www.tredition.de

Manfred Reichl

Die Rache der Modasosa

www.tredition.de

© 2017 Manfred Reichl

Verlag und Druck: tredition GmbH, Grindelallee
188, 20144 Hamburg

ISBN
Paperback: 978-3-7439-3022-3
Hardcover: 978-3-7439-3023-0
e-Book: 978-3-7439-3024-7

www.tredition.de

1. Kapitel

Jefferson Samuel saß völlig deprimiert auf der Couch seiner kleinen Zweiraumwohnung am Stadtrand von San Francisco und starrte an die Wand. Vor zwei Wochen feierte er ausgelassen seinen 45. Geburtstag, hatte einen gutbezahlten Job und eine heiße Freundin. Da war die Welt noch in Ordnung. Doch vor ein paar Tagen wurde er gefeuert und seine Freundin hatte ihn verlassen. Über ihm stürzte der Himmel ein und Jefferson ertrank in Selbstmitleid.

Da er an diesem trüben Montagmorgen nichts mit sich anzufangen wusste, schnappte er sich seine schwarze Lederjacke und ging auf ein herzhaftes Frühstück rüber zum Coffee Shop. Der Laden war wie immer gut besucht. Zum Glück fand er noch einen freien Tisch. Kaum hatte er sich niedergelassen, nahm eine junge, attraktive Blondine an seiner Seite Aufstellung und fragte Kaugummi kauend: „Was darf's denn sein, junger Mann?"

Die musste neu sein, denn er hatte sie hier noch nie gesehen. Ihre Nähe und der Duft den sie verströmte, ließ bei Jefferson ein Gefühl aufleben, welches ihm sagte, dass es mal wieder Zeit wurde. Doch zunächst gab er die Bestellung auf, faltete die Hände über dem Tisch ineinander und sah geduldig aus dem Fenster. Als er später mit dem Gesicht über dem Teller hing, bemerkte er aus den Augenwinkeln zwei stramme Schenkel in hautengen Jeans. Jefferson war irritiert und wurde nervös, schaufelte aber weiter unbeirrt seine Mahlzeit.

„Darf ich mich zu Ihnen setzen? Tut mir leid Mr. aber selbst am Tresen sind alle Plätze

belegt", vernahm er völlig überraschend die lieblich klingende Anfrage, die dem Anschein nach ihm allein gegolten hatte. Zögerlich, ja sogar etwas ängstlich schaute er auf, wobei er mit dem Kauen innehielt. Vor ihm stand eine wunderschöne Frau, mit schwarzen lockigen Haaren und sie war genau sein Typ. Ihr strahlendes Lächeln zog ihn sofort in den Bann und als er in ihre braunen Augen schaute, die wie zwei Edelsteine funkelten, war es um ihn geschehen.

„Was für ein bezauberndes Wesen. Faszinierend! Dich schickt der Himmel. Es könnte doch noch ein guter Tag werden?", frohlockte Jefferson gedanklich vorausschauend und strotzte plötzlich voller positiver Energie. Eigentlich hatte er noch nie an die Liebe auf den ersten Blick geglaubt. Doch eben war etwas geschehen, was er so noch nicht erlebt hatte. Es hatte ihn fürchterlich erwischt und so bot er ihr wie selbstverständlich den Platz an. Die feine Lady setzte sich ihm gegenüber. Es war ihr nicht entgangen, dass er mit großem Appetit über sein Menü hergefallen war.

„Ihnen schmeckt's aber?", versuchte sie ein Gespräch anzukurbeln, nachdem sie ihre Bestellung aufgegeben hatte. „Ich hatte großen Hunger", kam es schüchtern über seine Lippen.

„Ich bin übrigens Jennifer", stellte sie sich vor und reichte ihm die Hand. Jefferson nannte auch seinen Namen und fortan ergab sich eine ungezwungene und angeregte Plauderei. Zwei Tassen Kaffee später war es für Jennifer an der Zeit, sich zu verabschieden. Ein wichtiger Termin stand auf dem Plan. Jefferson war die Enttäuschung ins Gesicht geschrieben, dass seine Bemühungen nicht gefruchtet haben und seine Gefühle nicht erwidert wurden. Umso mehr war er total perplex, als sie ihn unvermittelt zum Abendessen einlud und noch zu sich nach Hause. Er konnte sein Glück kaum fassen. Sein Herz schlug Purzelbäume und die Hormone unterdrückten das Veto des Verstandes. Er willigte ein. „Diese Gelegenheit durfte er sich nicht entgehen lassen. So etwas widerfährt einem nicht alle Tage und was soll schon passieren? Im schlimmsten Fall würde es bei einer Nacht bleiben und ein unvergessliches Abenteuer werden", lief die aufregende Nacht schon wie ein Film vor seinen Augen ab, als Jennifer gerade aus der Tür war.

Mit einer guten Flasche Wein und einem Blumenstrauß im Gepäck, fuhr Jefferson am frühen Abend mit dem Taxi zu der Adresse, die sie ihm beim Abschied ins Ohr flüsterte. Er schaute ungläubig, als er vor dem pompösen Anwesen stand und vergewisserte sich beim Taxifahrer, ob die Adresse korrekt sei. „Sollte er in diesem Leben doch noch Glück und das große Los gezogen haben", schwang grenzenlose Euphorie nicht nur durch seine Lenden.

„Jennifer schien eine verdammt gute Partie zu sein. Mal abgesehen von der optischen Erscheinung, war sie auch noch stinkreich", frohlockte Jefferson als sich das eiserne Tor öffnete und er emotional aufgewühlt die Schotterstraße durch einen botanischen Garten seiner Bestimmung folgte.

Am Palast angekommen, stand die Haustür offen und sein Herz schlug bis zum Hals, als er über die Schwelle trat. Weiße Pfeile mit rosa Plüschumrandung gaben die Richtung vor. Dann erblickte er sie und sein Herz blieb fast stehen. Jennifer hatte sich auf der Couch mit übereinander geschlagenen Beinen arrangiert. Ein elegantes, schwarzes Abendkleid mit weitem Ausschnitt, aus dem ein brillantes Kollier glitzerte, umhüllte ihren atemberaubenden Körper.

Einem Engel gleich, saß sie da und lächelte verführerisch. Jefferson war hin und hergerissen.

„Was stehst du da wie eine Ölgötze? Komm doch näher! Ich beiße nicht. Das mit den Blumen und dem Wein wäre nicht nötig gewesen. Schau dich mal um! Da gibt es alles was das Herz begehrt", wies sie mit einer lässigen Handbewegung auf die üppig bestückte Hausbar, nahm den Blumenstrauß dankend entgegen und platzierte ihn in einer edlen Kristallvase auf dem Kaminsims.

„Leg ab und mach es dir bequem! Was möchtest du trinken?", fragte ihn das anmutige Wesen, ein offenbar leeres Glas in der Hand haltend. Ihre Stimme klang wie Musik in seinen Ohren und Jefferson ließ sich in ihren Bann ziehen. Nach kurzer Bedenkzeit entschied er sich für einen schottischen Whisky ohne Eis. Jennifer reichte ihm das bis zu einem Drittel gefüllte Glas und setzte sich ihm gegenüber auf das spiegelbildlich angeordnete Kanapee. Nur ein edler Couchtisch stand noch zwischen den Beiden. Ein mit

Rotwein gefülltes Glas erhob sie zum Anstoßen. „Prost! Auf unsere Bekanntschaft und den heutigen Abend. Das Essen habe ich bei einem Cateringservice bestellt. Es müsste jeden Moment geliefert werden. Ich hoffe, du hast großen Hunger. Es gibt Rehrücken mit Rotkohl", kündigte sie das Menü an und nahm einen Schluck.

Jefferson dagegen nippte nur an seinem Drink, was ihr offensichtlich grundlegend missfiel. „Nicht so bescheiden junger Mann! Es ist genug da", animierte sie ihn zum zügigen Trinken. Daraufhin legte Jefferson seine Hemmungen endgültig ab und spülte den Whisky in einem Zug hinunter. Jennifer schenkte mit zufriedener Miene nach. Die Wirkung ließ nicht lange auf sich warten. Um ihn herum drehte sich alles und die Konturen verschwammen. „Was ist denn nun los?", dachte er, denn noch nie hatte er nach zwei Gläsern schon die Kontrolle verloren. Normalerweise konnte er einen ordentlichen Stiefel vertragen. Hier stimmte was nicht.

Zu den Symptomen gesellte sich Müdigkeit. Jefferson lehnte sich zurück und atmete tief durch, doch es wurde nicht besser. Jennifer baute sich siegesgewiss vor ihm auf, als hätte sie es nicht anders erwartet. „Was ist los Jefferson? Geht es dir nicht gut? Du siehst so blass aus." Kaum hatte sie das ausgesprochen, schloss er die Augen und sein Kopf kippte zur Seite. Das Glas verlor den Halt zwischen seinen Fingern und fiel polternd zu Boden.

Jennifer setzte sich breitbeinig auf seinen Schoß und fuhr ihm mit den Fingern, wie mit einem Kamm durch seinen schwarzen Scheitel. „Was ist denn nun mit meinem Vollbluthengst und unserer heißen Nacht? Du wolltest es mir doch ordentlich besorgen? Hattest du dir das nicht so ausgemalt? Leider muss ich dich enttäuschen. Daraus wird wohl nichts", faselte sie mit den Gedanken schon voraus. Dann packte sie fester zu und riss seinen Kopf nach hinten. „Du mieses Stück Scheiße hast doch nicht ernsthaft geglaubt, dass zwischen uns was laufen könnte?

Heute werde ich dich zum Tanz bitten, doch die Musik wird dir nicht gefallen. Ich werde dir eine Lektion erteilen, die du nie vergessen wirst." Jefferson nahm die verbale Bedrohung wie aus der Ferne wahr und sein Verstand riet ihm zum Rückzug. Doch seine Muskeln verweigerten den Dienst. Dann schwanden ihm gänzlich die Sinne.

Als er aus seiner traumlosen Umnachtung erwachte, sah er sich ausgestreckt auf einer harten Pritsche in einer finsteren Kammer liegen. In die Decke waren Strahler eingelassen, die den ganz in schwarz gehaltenen Raum mit bläulichem Dämmerlicht fluteten. Jefferson wollte sich umschauen, doch das war ihm nicht vergönnt. Über seine Stirn spannte sich ein Riemen und hielt ihn unnachgiebig in seiner Umklammerung. So blieb ihm nur an die Decke zu starren und sich aus den Augenwinkeln, einen Überblick zu verschaffen. Viel war nicht zu entdecken, denn die meisten Dinge verschmolzen farblich mit dem Hintergrund.

Erst jetzt bemerkte er mit Entsetzen, dass seine Beine wie bei einem Gynäkologen auf dem Stuhl gespreizt lagen, zudem waren die Füße und Hände mit Lederriemen fixiert. Sogar über den Bauch legte sich ein strammer Gurt, der die Bewegungsfreiheit auf ein Minimum beschränkte und dann war er auch noch nackt. „Was hatte das zu bedeuten und wo in Dreiteufelsnamen befand er sich?", rätselte Jefferson emotional aufgewühlt, denn seine Notlage ließ nichts Gutes erahnen. War er in die Fänge einer Psychopathin geraten? Allmählich dämmerte es. Er war zum Abendessen geladen. Es gab ein paar Drinks und dann war da diese Frau, an mehr konnte er sich nicht erinnern.

Plötzlich öffnete sich hinter ihm eine Tür. Jemand trat ein. Jefferson konnte es nicht sehen spürte aber, dass die Person sich langsam näherte und an seine Seite trat. Da erkannte er die Lady aus dem Coffee Shop, die ihn zum Essen eingeladen hatte. Das Abendkleid hatte sie gegen eine ausgewaschene Jeans und ein T-

Shirt getauscht. Eine Zigarette glimmte zwischen ihren Fingern, an der sie gerade gezogen hatte.

„Es stört dich doch nicht, dass ich rauche und in etwas Bequemeres geschlüpft bin? Du wirst doch verstehen, dass ich mir nicht das kostbare Kleid versauen möchte", verkündete sie mit eisiger Stimme, die Jefferson einen Schauder über den Rücken jagte. „Um Gottes Willen, was hat die vor? Die ist verrückt. Die wird doch wohl nicht ... doch angesichts der Umstände deutete alles daraufhin, dass sie ihn nicht für ein lockeres Plauderstündchen derart präpariert hatte", führte er sich ein furchtbares Schicksal vor Augen, wobei ihm der Arsch auf Grundeis ging.

Jennifer stolzierte erhaben um ihn herum und drehte ein paar Runden, ohne ein einziges Wort zu verlieren. Irgendwann reichte es ihr und sie pflanzte sich ungeniert auf seinen Bauch, was Jefferson mit einem leidvollen Stöhnen quittierte. Mühevoll spannte er die Bauchmuskeln, um die unerwartete Belastung einigermaßen zu ertragen. „So du dreckiges Stück

Scheiße, jetzt wird abgerechnet. Heute bist du fällig! Du hast sicher keinen blassen Schimmer, wer ich bin und warum du hier bist? Du hast keine Ahnung, oder?", fragte sie und behielt ihn mit stechendem Blick im Auge. Jefferson starrte mit aufgerissenen, angsterfüllten Augen und zuckte die Achseln.

„Zu gegebener Zeit werde ich dich aufklären. Bis dahin spielen wir ein Spielchen. Ob es dir gefallen wird, wage ich zu bezweifeln. Ich denke eher du wirst dir bald wünschen, mir nie begegnet zu sein", sprach sie zum Ende hin erzürnt, drückte die Zigarette, als wäre es die normalste Sache der Welt, auf einer seiner Brustwarzen aus und erhob sich. Jefferson jaulte ob des brennenden Schmerzes und traute seinen Ohren nicht. „Was geht hier ab? Das kann doch nur ein beschissener Alptraum sein", waren seine Gedanken nach der schockierenden Ansage, worauf er sich mit aller Macht zu befreien versuchte. Doch so sehr er auch an den Fesseln zerrte, es tat sich nichts.

Jennifer nahm einen Gummiknüppel von der Wand, wie er zur Standartausrüstung eines Polizeibeamten gehörte und schlug ihn bedrohlich in die offene Handfläche. Jefferson ahnte Böses, als der Schlagstock auch schon mit voller Wucht auf seine Gebeine sauste. Ein Mitleid erweckender Schrei war die Konsequenz. Nun wurde ihm endgültig auf brutale Weise klar, dass dies kein Spaß mehr war. „Die wird ihn doch niemals laufen lassen, schließlich hatte er sie gesehen, könnte sie anzeigen und bei einer Gegenüberstellung identifizieren", spukten ihm die düsteren Aussichten durch den Kopf.

Ein zweiter noch heftigerer Schlag folgte. „Aua, aua, hör auf! Was soll das? Das tut doch weh. Ich stehe nicht auf diese Scheiße. Was habe ich dir denn getan? Bind mich wieder los und lass mich gehen! Ich verspreche dir, auch niemandem etwas zu sagen", jammerte er leidvoll, während schon der nächste unerbittliche Hieb herniedersauste. „Aua! Dafür wirst du büßen, du verrückte Schlampe! Die werden dich am Arsch kriegen und dann wanderst du in den Knast", verschaffte Jefferson seinem Unmut Luft und hoffte, damit zu beeindrucken. Jennifer ließ das kalt. Sie fühlte sich von seinem Gelaber nur genervt und stopfte ihm das Maul mit einem Knebel. „Halt die Fresse du dummes Schwein. Du hast hier nichts zu melden. Wenn ich mit dir fertig bin, wirst du ganz bestimmt niemandem mehr etwas sagen. Du gehörst mir und niemand wird mich aufhalten", verkündete sie euphorisch.

Ein aufgebrachtes Murmeln drang durch den Knebel. Wieder holte sie zum Schlag aus, doch entgegen seiner Erwartung hielt sie inne und tauschte den Knüppel gegen eine Pfauenfeder. Zu seiner Verwunderung, begann sie ihn liebevoll zu streicheln Erst auf dem Bauch, dann zwischen den Schenkeln und am Ende unter den Fußsohlen. Die Schmerzen waren bald vergessen, denn diese Art von Folter war noch schlimmer. Es kitzelte fürchterlich und bald schon wurde es unerträglich.

Einige Minuten verwöhnte sie ihn auf ihre Art und amüsierte sich, wie er zuckte und sich zierte. Doch dann war Schluss mit Lustig und genug der Zärtlichkeiten. Jennifer wollte ihn leiden sehen und wechselte das Handwerkszeug. Jetzt war es ein Rohrstock mit dem sie gefühlvoll über seine nackte Haut strich, als suche sie noch nach der geeigneten Stelle. Jefferson war schweißgebadet und stellte sich auf eine Prügelorgie ein.

Die ließ dann auch nicht lange auf sich warten. Mit brachialer Gewalt prasselten die Schläge auf ihn ein, wieder und immer wieder. Oftmals auf dieselbe Stelle, bis die Haut platzte. Erst als das Blut spritzte, tanzte der Rohrstock auf einer anderen Bühne. Bald schon legte sich eine zufriedene Miene auf ihr Antlitz. Sie hatte sich in einen Blutrausch gesteigert und ergötzte an seinem Leid.

Jefferson war besudelt vom roten Saft, doch damit nicht genug. Als Sahnehäubchen hatte sie eine besonders fiese Gemeinheit ausgeheckt und nahm wieder den Gummiknüppel zur Hand. Diesmal setzte es aber keine Tracht Prügel, wie es zu vermuten wäre, nein, brutal und ohne Vorwarnung rammte sie den abgerundeten Stiel in seine unempfängliche Körperöffnung. Nun kam es knüppeldick, denn bis zum Anschlag führte sie ihn ein, zog ihn raus und versenkte ihn erneut.

Im weiteren Verlauf erhöhte sie die Frequenz, so dass das zweckentfremdete Gerät flutschte wie der Pleuel einer Dampflokomotive. Manch ein strammer Bursche mag bei dieser Prozedur neidvoll mit der Zunge schnalzen, nicht so dieser Patient. Er hegte eine inständige Abneigung gegen derartige Praktiken und das wusste sie nur allzu gut. „Na wie gefällt dir das? Ist doch geil, oder? Jetzt spürst du es am eigenen Leib, wie es sich anfühlt, ungewollt gefickt zu werden." Jefferson stöhnte gequält und schrie wie am Spieß

 soweit es der Knebel gestattete.

Plötzlich schien es, als wäre ihr blutiger Durst gestillt. Sie ließ von ihm ab und wechselte den Standort zum Kopfende, wo er mit dem Scheitel auf Höhe ihrer Kniekehlen lag. Das konnte er ungefähr erahnen, denn er blickte auf die Unterseite ihrer Schenkel, die sich weiter oben zu einem beachtlichen Hinterteil vereinten.

Die Jeans war optimal ausgefüllt und gestattete den eingepferchten Rundungen so gut wie keinen Spielraum. Langsam schob sie sich heran und

Jefferson witterte eine weitere ungeheuerliche Demütigung. Kurz darauf schwebte ihr pralles Gesäß auch schon über ihm, so dass er sich Auge in Auge mit der akuten Gefahr konfrontiert sah. Unter anderen Umständen wäre es vielleicht sogar eine anregende Erfahrung, doch in diesem Fall litt er unter Schmerzen und hasste dieses durchgeknallte Biest.

Viel Zeit zum Nachdenken blieb ihm nicht, denn schon wälzte sich die düstere Prophezeiung auf seine entsetzt dreinschauende Visage.

„Ich brauch eine Pause. Du hast doch sicher nichts dagegen, dass ich dein dummes Gesicht als Hocker benutze?", fragte Jennifer scheinheilig, obwohl es ihr von vornherein gleichgültig war, wie er reagieren würde. Jefferson quittierte es mit einem kurzen widerborstigen Gemurmel, dann kehrte Ruhe ein. Unglücklicherweise hatte sich Jennifer so platziert, dass er weder durch die Nase und dank dem Knebel auch über den Mund keine Luft bekam. Ungeachtet dessen, offenbarte sie ihm in aller Seelenruhe, dass Jennifer nicht ihr richtiger Name sei und mit wem er es tatsächlich zu tun hatte und warum er in diese Zwickmühle geraten war. Obwohl ihn schon eine leise Ahnung beschlich, traf es ihn doch wie ein Schlag.

Nun erlosch der letzte Funken Hoffnung,

lebend aus dieser Nummer herauszukommen. Schlimmer war die Vorstellung, welche Pein noch auf ihn warten würde. Andererseits könnte es auch in

Kürze ein Ende finden, sollte sie sich nicht bald erheben. Es wäre der absolute Super Gau, unter dem Arsch dieser blöden Kuh abzukratzen.

Die Sekunden verstrichen. Jefferson war beunruhigt, denn die Luft wurde knapp. Wieder zerrte er an den Fixpunkten, diesmal geschah es mehr instinktiv. Doch die Riemen saßen fest und kannten keine Gnade. Jennifer ignorierte sein mürrisches Gezappel. Sie dachte nicht daran, ihre gemütliche Position so schnell aufzugeben. Er musste sich gar noch ein paar Seitenhiebe mit dem Schlagstock gefallen lassen. „Hör auf zu zappeln! Sei nicht so ein Weichei! Du kannst doch noch. Spare dir lieber die Kräfte für später! Du wirst sie noch brauchen", verhöhnte sie ihn bedenkenlos. Der enorme Druck auf seinem Gesicht und der drohende Erstickungstod lösten nun eine Panik aus. Sein Überlebensinstinkt wurde geweckt und so bäumte sich Jefferson auf, stemmte sich mit aller Macht gegen das Unvermeidbare. Er zuckte und zappelte wie wild.

Sein Aufbegehren stieß jedoch auf taube Ohren. Jennifer kannte kein Erbarmen und presste ihren Hintern nur noch fester auf seine Larve. Ja sie weidete sich gar an seiner Qual und zögerte, ihm auch nur einen Hauch von Atem zu gönnen. Dabei schloss sie die Augen und leckte sich genüsslich die Lippen. Plötzlich kehrte Ruhe ein. Kein Gejaule, kein Gejammer. Sein geschundener Leib fiel schlaff in sich zusammen, wie ein Schlauchboot aus dem die Luft entweicht. Hatte sie es übertrieben? Statt aufzuspringen, um zu retten was noch zu retten war, blieb sie minutenlang sitzen.

Wie parallelisiert starte sie an die Wand. Irgendwann stand sie dann doch auf und blickte wie ein hilfloses Kind auf ihr Opfer. Sie wusste nicht, was sie machen sollte. Er atmete nicht mehr und sein Herz stand still. Das war so nicht geplant. Eigentlich wollte sie ihm nur eine Lektion erteilen und noch etwas mehr Spaß haben. Nun war er mausetot und guter Rat teuer. Sie musste sich etwas einfallen lassen, wie sie die Leiche am besten loswerden konnte. Nach Möglichkeit sollte

sie spurlos verschwinden. Dann kam ihr die zün-
dende Idee.

2. Kapitel

Jennifer nahm ein paar Tage Urlaub und regelte die Angelegenheiten, die zu regeln waren. Anschließend fuhr sie wieder ins Büro als wäre nichts gewesen. Niemand hat etwas gesehen oder gehört und niemand schöpfte Verdacht. Eine Jennifer hat es nie gegeben.

Ihr Büro lag mitten in San Francisco in der Market Street, wo sich ein gläserner Gipfelturm erhob und in einem Meer aus Beton und Stahl versank. Aus der zwanzigsten Etage bot sich ein imposanter Blick auf das pulsierende Leben der Stadt. Ihre Mitarbeiter kannten sie als Franziska Husboon, die vor sieben Jahren in dem renommierten Architekturbüro anheuerte und sich rasch etablierte. Von Anfang an war sie erfolgsorientiert, Gefühlsduseleien waren fehl am Platz. In letzter Zeit verschärfte sich die Lage, denn sie nutzte ihren Posten mehr und mehr für eigenwillige Machtspielchen, was sie ihre Untertanen spüren ließ und nicht jeder konnte damit umgehen.

Franziska war eine attraktive, sportliche Frau, immer modisch gekleidet. Sie marschierte flott auf die Vierzig zu, was man ihr natürlich nicht ansah. Die langen schwarzen Haare vereinigten sich oftmals zu einem bizarren Geflecht am Hinterkopf und ihre stattlichen 1,78, konnte man durchaus als überdurchschnittlich bezeichnen. Mit Kompetenz, Durchsetzungsvermögen und eiserner Disziplin eroberte sie letztendlich den Chefsessel der Entwurfsabteilung. Einer ihrer männlichen Mitarbeiter war Normen Wendslay.

Montagmorgen lümmelte Norman an seinem Schreibtisch und stützte sich gelangweilt auf die Ellenbogen. Mit überschaubarem Elan, machte er sich am Entwurf eines Freizeitzentrums zu schaffen. Heute war es besonders schlimm. Er kam überhaupt nicht in Tritt und rutschte lustlos auf seinem Stuhl hin und her.

Normen war nur 1,59 und von hagerer Statur. Vor kurzem feierte er seinen 33. Geburtstag. Die gängigen Anzüge von der Stange waren meistens eine Nummer zu groß, wie die hübschen Mädchen von denen er schwärmte. Zudem mangelte es ihm an Selbstbewusstsein.

Heute strahlte die Sonne von einem wolkenlosen Himmel und es war warm. Bei den sonnigen Aussichten stand ihm der Sinn nach dem

Straßencafe um die Ecke. Am liebsten würde er jetzt einen Eisbecher schlabbern und die süßen Hasen beobachten, die dort in knappen Höschen flanieren.

Doch die Realität zeigte ein anderes Gesicht. Norman stemmte sein Kinn in die Hand und blinzelte aus dem Fenster, wie in einen leeren Raum. In Gedanken versunken knabberte er an seinem Bleistift. Die Sonne spiegelte sich in der gegenüber liegenden Fassade und blendete ihn, so dass er die Augen zusammen kneifen musste. Als er an das letzte Wochenende dachte, legte sich ein deprimierender Schatten auf sein Gemüt.

In der Disko säuselte ihm ein blonder Engel zuckersüß ins Ohr. Norman sprang in die Spendierhosen und wollte der kleinen Maus die Sterne vom Himmel holen. Bis über beide Ohren war er verliebt und sah sich schon auf Wolke sieben. Doch einmal mehr wurde er enttäuscht. Die falsche Schlange hatte ihn verarscht. Nach dem der letzte Dollar über den Tresen flatterte, ließ sie ihn wie eine heiße Kartoffel fallen.

Während Norman in Selbstmitleid zerfloss und sich in sein Handwerkzeug verbiss, zerrte ihn ein schrilles Läuten aus der Lethargie. Aufgeschreckt verabschiedete sich der Bleistift mit einem Salto. Etwas verwirrt tastete er nach dem Telefon. Das Display warnte vor einem internen Anruf seiner Chefin und ließ seinen Adrenalinspiegel nach oben schnellen. Norman wollte sich gerade zu Wort melden, da keifte es auch schon aus dem Hörer. „Guten Morgen, Mr. Wendslay. Kommen sie bitte sofort in mein Büro und bringen sie ihren Terminplaner mit!" Obwohl er die Muschel auf Distanz hielt, schmerzte ihre durchdringende Stimme im Gehörgang.

Das hatte ihm gerade noch gefehlt. „Guten Morgen, Ms. Husboon. Ich bin sofort ..." Der Rest blieb in der Luft hängen, denn sie hatte bereits aufgelegt. Achselzuckend und genervt ließ er den Hörer auf die Gabel fallen. Seine Augen irrten suchend über das Schlachtfeld. „Wo ist bloß dieser blöde Kalender?", fluchte Norman, weil ihm das Objekt seiner Begierde nicht auf Anhieb in die Hände fiel?

Vor seinem geistigen Auge sah er sich schon als armselige Wüstenspringmaus vor der sich aufblähenden und geifernden Hyäne. Da drohte Ungemach. „Die macht mich zur Schnecke, wenn ich ohne das Ding antanze", ging es ihm durch den Kopf. Endlich wurde er fündig und atmete auf. Vor dem Spiegel fuhr er sich durch seine kurzen blonden Haare und brachte seinen Anzug in Form. Dann warf er sich einen kantigen Blick zu, ballte aufmunternd die Faust vor der Brust und verließ das Büro.

Der lange Flur war verweist. Das Büro seiner Chefin lag am anderen Ende. Schlagartig verflog das bisschen Mumm aus seinen Knochen. Die Schultern sackten ab und die Knie schlotterten. „Was für eine Schikane hat sie sich heute wieder ausgedacht? Oder macht sie mir die Hölle heiß, weil ich nicht aus dem Knick komme?", spielte sich das anstehende Szenario vor seinem geistigen Auge ab.

Plötzlich wurde eine Tür aufgerissen. Es war sein Kollege Richard Rustell, den offensichtlich ein dringendes Bedürfnis plagte. Er umkurvte ihn wie eine Slalomstange. „Richie! Was hat dich denn gebissen? Du hast mir vielleicht einen Schrecken eingejagt." Bei Richie war es fünf vor zwölf, dennoch konnte er sich eine zynische Bemerkung nicht verkneifen. „Hey Normen! Hast du die Kleine flachgelegt?" Norman ließ sich aber nicht aus der Reserve locken. Viel zu sehr war er mit sich beschäftigt, schüttelte verständnislos den Kopf und winkte ab. Während Richard auf dem Örtchen vor der Erlösung stand, stand Norman an der Schwelle zur Tyrannei. Das Herz schlug ihm bis zum Hals.

Norman klopfte und wie aus einer fernen Welt klang ihre Stimme durch die geschlossene Tür. „Herein!" Ängstlich griff Norman nach dem Knauf und schob sich mit verkürztem Hals in die Höhle des Löwen. In der geöffneten Tür blieb er kleben und senkte betreten den Blick. „Guten Morgen, Ms. Husboon!"

Seine Behäbigkeit blieb ihr nicht verborgen. Erzürnt blickte sie auf, zog die Brauen herunter und brachte ihn auf Trab. „Nun machen Sie schon, Mr. Wendslay! Schließen Sie die Tür und treten Sie näher!" Franziska saß am Schreibtisch und sah mörderisch gut aus. Wäre sie nicht seine Chefin und so abgefahren, hätte er mehr Arsch in der Hose und hätte wenn und aber, …? Es war müßig darüber zu spekulieren, denn für diesen Typ Frau war er unsichtbar.

Ihre Finger tanzten flott über die Tastatur des Computers. Ohne ihn weiter zu beachten, deutete sie mit einer flüchtigen Handbewegung auf den Tisch in der Ecke. „Machen Sie sich schon mal mit den Unterlagen vertraut, ich komme gleich!" Norman stand wie angewurzelt, wie in Stein gemeißelt. Wieder war er gefangen von ihrem anmutigen Wesen. Überraschend klang ihre Stimme nun wie verwandelt, wie eine Sinfonie, die Moleküle in zauberhafte Schwingungen versetzt. Er träumte sich mit ihr an die mexikanische Küste. Drei Männer in landestypischen Trachten musizierten an einem weißen Strand. Er aalte sich in der Sonne und schmolz dahin. Sie schlug mit einem Steinchen den Takt auf einer Muschel.

Abrupt stoppte das rhythmische Stakkato. Franziska hatte ihre Schreibarbeit unterbrochen und fixierte ihren Sprössling mit finsterer Miene. „Was haben Sie für ein Problem, Mr. Wendslay? Sie sehen so blass aus, geht es Ihnen nicht gut?" Der Traumtänzer reagierte nicht und so bedurfte es eines weiteren Anstoßes. Das konnte Franziska auf den Tod nicht ausstehen. Ihr platzte der Kragen und mit einem Schuss Ironie, wies sie ihn zurecht. „Es wäre zu freundlich von Ihnen, wenn Euer Hochwürden sich zur aktiven Mitarbeit herablassen würde. Konzentrieren Sie sich auf das Wesentliche, Mr. Wendslay!" Die letzten Worte glichen einer militärischen Kommandosprache.

Abrupt erwachte der schwarze Anzug zum Leben. Norman zuckte zusammen und versuchte, instinktiv die Situation zu retten. „Nein, nein, Ms. Husboon. Mir geht es gut." Er hob beschwörend die Hände. „Bin schon dabei, alles bestens."

„Schön, dass Sie wieder bei uns sind", kommentierte sie sein Gehabe. Norman machte auf dem Absatz kehrt und nahm die Bauzeichnungen in Augenschein. Die Grundrisse verrieten ihm, dass es sich um eine Villa handeln musste. „Nicht übel", dachte Norman voller Bewunderung! Anscheinend war die Planung abgeschlossen. Worin sollte seine Aufgabe bestehen?

Norman zog die Frontansicht hervor, beugte sich über den Bogen und inhalierte die bizarre Struktur der Fassade. Plötzlich schob sich ein gespenstischer Schatten über das Papier. Es hatte den Anschein, als holte die Schattengestalt zum Schlag aus. Der Angsthase machte einen unbeholfenen Ausfallschritt. Es war aber nur Ms. Husboon, die sich genähert hatte, an ihrem Haargesteck nestelte und dabei seine Aktivitäten mit Argusaugen verfolgte. Ihre High Heels machten Norman einen Kopf kürzer und so mahnte sie aus luftiger Höhe. „Na, na! Wer wird denn gleich so schreckhaft sein! Nun, Mr. Wendslay! Was sagen Sie? Beeindruckend, nicht wahr? Da hat Mr. Greenbal ganze Arbeit geleistet."

Norman nickte zustimmend, ließ ihre Lobeshymne aber unkommentiert. Ihr Gesichtsausdruck legte die Floskel nach: „Nicht wahr, Mr. Wendslay!" Doch sie sagte es nicht und schwärmte weiter. „Der Bauherr, Mr. Fieldhand, war voll des Lobes und angetan von der Kreativität. Mr. Fieldhand ist Ihnen doch ein Begriff?" Norman guckte dumm aus der Wäsche und kramte in seinen Erinnerungen. Franziska schielte ungeduldig zur Decke und half ihm auf die Sprünge. „Vor zwei Jahren hatten Sie an seinem Firmenge- bäude mitgearbeitet. Diesmal soll es sein privates Do- mizil werden. Er hat uns gebeten bis nächste Woche Dienstag, ein anschauliches Modell zu präsentieren. Mr. Wendslay! Ich dachte da an Ihre Wenigkeit. Sie sind ein findiges Kerlchen. Knien Sie sich rein und stampfen Sie ein Modell aus dem Boden, das alles in den Schatten stellt. Ich weiß, dass Sie das Zeug dazu haben. Am Freitag werde ich es in Augenschein neh- men und erwarte Sie um 10.00 Uhr im Konferenz- raum. Möglich, dass noch kleinere Korrekturen vor- genommen werden müssen."

Norman runzelte ungläubig die Stirn. Ihre wahnwit- zigen Vorstellungen brachen wie ein Feuersturm über ihn herein. Widerwillig rang er sich ein Nicken ab. Zähneknirschend fraß er seinen Unmut in sich hinein und verkniff sich eine skeptische Anmerkung. „Das war unmöglich. Das wird ein Fiasko", zog er im

Stillen die Konsequenz. Derweil beglückte ihn Franziska mit weiteren Details und gestikulierte mit den Händen. Sarkastisch stellte sie den ungeheuren Aufwand unter den Scheffel. Mit aufgestelltem Finger appellierte sie an seine nicht vorhandenen Tugenden. „Mr. Wendslay, bei Ihrer Kompetenz wird es ein Klacks.

Zeigen Sie uns, dass Sie ein Genie der plastischen Darstellung sind." Norman folgte ihrer Predigt und glaubte sich im falschen Film.

„Und was ist mit dem Freizeitzentrum?", nuschelte Norman eingeschüchtert in der Hoffnung, dem Wahnsinn doch noch zu entgehen. Franziskas Miene legte sich in ernste Züge. Schroff und kompromisslos nahm sie ihm den Wind aus den Segeln. „Das Modell hat Vorrang! Sehen Sie zu, dass es wie eine Bombe einschlägt und der Termin gehalten wird! Wenn Sie etwas brauchen, lassen Sie es mich wissen. Bitte entschuldigen Sie mich jetzt!"

Franziska wandte sich ab und stöckelte dem überwältigenden Panorama entgegen. Norman erstarrte zur Salzsäule. Er war wie gelähmt und fühlte sich hilflos. Selbst die optischen Reize der schwingenden Augenweide genügten nicht, die aufkommende Antipathie zu unterdrücken.

Ms. Husboon nahm ihr Handy und wählte eine Nummer. Dann wurde ihr gewahr, dass Mr. Wendslay an einer akuten Verwurzlung mit dem Untergrund litt. Für sie war das Thema abgehakt, doch Norman bettelte um eine weitere Schelte. Franziska neigte den Kopf zur Seite und zog zum Zeichen des Unverständnisses die Brauen hoch. Damit wollte sie ihm klar machen, dass er abtreten möge. Der gewünschte Effekt blieb jedoch aus und so ließ sie sich zu einer weiteren Bemerkung herab. „Ist noch was, Mr. Wendslay?"

Norman besann sich. „Nein, alles okay. Ich werde mich unverzüglich an die Arbeit machen." Nun musste er doch in den sauren Apfel beißen und auf ein Wunder hoffen. Er wollte gerade die Kurve kratzen, als hinter ihm noch einmal der keifende Sopran ertönte.

„Mr. Wendslay! Haben Sie nicht etwas vergessen?" Norman viel es wie Schuppen von den Augen. Peinlich berührt schwenkte er zum Ausgangspunkt. Eilig rollte er die Bauzeichnungen ein, ramschte sie vor der Brust zusammen und jonglierte sie zum Ausgang. Derart beladen grübelte er, wie er die Tür öffnen sollte. Norman schaffte es, dass die Tür einen Spalt offen stand und gerade als er seinen Fuß dazwischen schieben wollte, entglitt ihm das Rollenknäuel. Die Mission „Geschmeidiger Abgang" geriet außer Kontrolle und in einem Tohuwabohu verteilte sich das Pamphlet zwischen Tür und Angel. Die tollpatschige Einlage blieb seiner Chefin nicht verborgen. Verächtlich schüttelte sie den Kopf, als wollte sie sagen: „Was für ein Troddel." Sie verdrehte die Augen und ein abwertendes Grinsen huschte über ihr Gesicht.

Norman bückte sich und versuchte, alles so schnell wie möglich zusammen zu klauben. Am liebsten wäre er im Boden versunken. Aufgelöst suchte er das Weite und flüchtete in seine vertraute Welt. Im Büro breitete Norman die Zeichnungen auf dem Boden aus. Da wurde ihm die Tragweite seiner Aufgabe erst so richtig vor Augen geführt. Zweifel flammten auf. Das Virus der Ohnmacht befiel ihn und löste ein brennendes Fieber aus. Das Zeitfenster schloss sich noch bevor er überhaupt aus den Startlöchern kam.

Bei der Villa handelte es sich um ein architektonisches Filetstück. Da schmiegte sich ein Türmchen an die Ecke, dem zarte Spitzgauben Spalier standen. Ein pompöser Frontspieß thronte über der geräumigen Dachterrasse, die von einer verschnörkelten Balustrade gesäumt wurde. Ein protziger Erker posierte im Einklang mit dem Balkon. Sprossenfenster verliehen dem Ensemble eine filigrane Note. Die Krönung war die Haustür mit der Kristallglasfüllung, über der sich ein erhabener Rundbogen wölbte.

Unten herum schmückte sich das Gemäuer mit einem prächtigen Natursteinsockel. Die unzähligen Bossen, Gesimse und Bekrönungen sorgten für den einzigartigen Schliff. Sogar griechische Säulen mit unterem und oberem Kapitell wurden stilvoll eingefügt. Diese Sisyphusaufgabe stellte Norman vor große Probleme. Das Licht am Ende des Tunnels schrumpfte auf die Größe eines Stecknadelkopfes.

Doch alles Fluchen und Lamentieren half nichts. Normen stürzte sich in den Schlamassel und zermarterte sich das Hirn. Was für Materialien wären geeignet und wo fängt er an? Nach einiger Zeit fand er seine Linie. Bald verlor er sich in einer akribischen Bastelorgie, zeichnete und malte, schnippelte und faltete, puzzelte und leimte. Er werkelte tagein, tagaus und machte die Nacht zum Tag.

Der Zeitdruck setzte ihm zu und sein Spiegelbild warnte mit dunklen Augenringen vor der Selbstzerstörung. Am Freitag um 9.30 Uhr platzierte er den letzten Pinselstrich. Aufatmend lehnte er sich zurück.

Ein dezenter Anflug von Stolz schmeichelte seiner geschundenen Seele. Neugierig beäugten die Kollegen seine Arbeit und klopften ihm bewundernd auf die Schulter. Um 9.48 Uhr platzierte er seine Kostbarkeit im Konferenzraum.

Unschlüssig kehrte er ins Büro zurück. Dort lauerte er wie eine Sprungfeder und schielte auf die Uhr. Die Nerven lagen blank als das Telefon klingelte. „Mr. Wendslay! In fünf Minuten. Meine Zeit ist knapp. Ich hoffe, es ist arrangiert!"

„Selbstverständlich, Ms Husboon", erwiderte Norman.

Er legte auf und schoss wie von der Tarantel gestochen aus seinem Sattel. Kopflos drehte er ein paar Runden um seinen Schreibtisch. „Cool bleiben Norman! Du hast es drauf. Du zeigst ihr wo der Hammer hängt. Was soll schon schief gehen? Sie wird dir schon nicht den Kopf abreißen", impfte er sich Mut ein.

Zuversichtlich marschierte er in den Konferenzraum. Da stand es! Sein Prachtstück strahlte wie ein Kronjuwel an der Stirnseite der langen Tafel. Norman setzte sich auf den vordersten Sessel der ledernen Sitzgruppe abseits der Tafel. Artig wie ein Schuljunge legte er die Hände in den Schoß. Sein Blick sprang nervös durch den Raum und wurde von den Vitrinen mit den Modellen vergangener Jahre eingefangen. Dann nahm er die eingerahmten Bauzeichnungen und die Abbildungen der Referenzobjekte, die an den Wänden hingen ins Visier.

Beiläufig schaute er aus dem Fenster. Draußen braute sich etwas zusammen. Dunkle Wolken türmten sich zu einem Unwetter. Die ersten Vorboten schluckten die Sonne und tauchten den Raum in schummriges Licht. Es war 10.08 Uhr. Ms. Husboon war längst überfällig.

Trotz laufender Klimaanlage, wurde Norman von aufsteigender Hitze erfasst. Der Kragen schnürte am

Hals und die feuchten Hände klebten an der Leder-garnitur. Ein Schweißtropfen löste sich im Nacken und rollte den Rücken herunter. Das Lockern der Krawatte sollte ihm Luft verschaffen, doch das zuge-knöpfte Hemd sträubte sich.

Dann hallte das dumpfe Wummern einer sich schlie-ßenden Tür über den Flur. Dem folgte ein forsches Stakkato harter Absätze. Norman kauerte sich tiefer in den Sessel. Schweißperlen glitzerten auf seiner Stirn, die er hastig mit dem Taschentuch abtupfte. Die hohe Pulsfrequenz ließ seinen Blick nervös zwi-schen Tür und Modell hin und her springen.

Überraschend kehrte dann jedoch Ruhe ein und Nor-man lauschte irritiert. Warum verebbte das Stakkato ihrer Hackenschuhe? Wieso trat sie nicht ein? Die Se-kunden dehnten sich wie aufgehender Hefeteig. Ge-bannt starrte Norman zur Tür. Die aufziehenden Wit-terungsunbilden mit einhergehender Finsternis stell-ten eine unbehagliche Kulisse. Erste Blitze zuckten aus dem pechschwarzen Gewölk, dem ein ohrenbetäubender Donnerschlag folgte. Der gleißende Lichtschwall verzerrte die Konturen der Ausstellungsstücke zu einem geisterhaften Schattenspiel.

Wie ein scheues Reh krallte sich Norman ins weiche Leder und schielte nach dem Knauf. Unmerklich schien er eine Rechtsdrehung zu beschreiben oder spielten ihm seine Sinne einen Streich? Die Tür blieb geschlossen. Nach einem weiteren Blitzschlag prasselten Funken in die Häuserschlucht.

Endlich überwand sich Norman und wollte zum Lichtschalter eilen. Da öffnete sich die Tür wie von Geisterhand und Norman blieb im Sessel kleben. Die Tür schlug in seine Richtung auf. Er sah also nicht, wer oder was in der Tür stand. Das einfallende Licht warf einen unheimlichen Schatten. Eine ausgefahrene Klaue schob sich über den Boden. Norman zitterte wie Espenlaub.

Doch dann war ihm die Erleichterung ins Gesicht geschrieben, als Ms. Husboon mit dem Handy am Ohr erschien. Den zweifelhaften Schatten hatte ihr ausgestellter Ellenbogen geworfen. In das Telefonat vertieft, würdigte sie ihn keines Blickes. Wohl auch der Tatsache geschuldet, dass er mit dem Sitzmöbel verschmolz. Franziska schaltete das Licht an. Die aufflackernden Neonröhren fluteten den Raum mit gewöhnungsbedürftiger Helligkeit. Unbeirrt stolzierte Ms. Husboon auf und ab.

Allmählich löste sich Norman aus seiner Hängepartie und nutzte die Kunstpause auf seine Weise. Er ergötzte sich mit leuchtenden Augen an der erotischen Darbietung. Der knielange enge Rock, brachte ihre weiblichen Reize exquisit zur Geltung. Einem Showgirl gleich, versetzte sie ihre Kurven in harmonische Schwingungen. Norman badete in schmutzigen Fantasien und ließ sich wieder mal vom Strudel der sinnlichen Abgründe erfassen.

Plötzlich beendete Ms. Husboon das Gespräch und widmete sich ihrem Schützling. Erwartungsvoll stemmte sie die Hände in die Hüften und musterte ihn eindringlich. „Mr. Wendslay! Wenn Sie so freundlich wären, mir jetzt das Modell zu präsentieren!", maßregelte sie ihn mit strengem Gesichtsausdruck.

Eben noch schlürfte Norman vom süßen Wein der willenlosen Begierde und landete im nächsten Moment auf dem gefühllosen Boden der Tatsachen. Ms. Husboon lehnte am Tisch. Genervt verschränkte sie die Arme vor der Brust und erweckte den Eindruck, als hätte sie das Modell hinter ihr nicht gesehen. Sie machte gar Anstalten, sich mit Schwung auf den Tisch zu setzen. „Ich warte, Mr. Wendslay oder brauchen Sie eine Extraeinladung? Wo ist das Modell?", forderte sie zynisch.

„Sie konnte es doch unmöglich übersehen haben", fragte sich Norman verwundert. Da ließ sie sich auch schon ungeniert auf den Rand vom Tisch fallen. Ihr pralles Gesäß verwandelte sich in eine herzlose Abrissbirne und begrub die filigrane Bastelei unter sich, während ihre Lippen ein kindlich schadenfrohes

Grinsen nicht verbergen konnten. Kaum war es um das Modell geschehen, tat sie so als wäre es aus Versehen passiert. Unglaubwürdige Tugenden traten zu Tage. Sie zeigte sich peinlich berührt.

Norman fiel aus allen Wolken. Es drängte ihn zu schreien, um das Desaster in allerletzter Sekunde abzuwenden. Doch eine unsichtbare Macht ließ ihn verstummen. Er fühlte sich wie in einem Alptraum gefangen, wo das Böse ihn verfolgte, er aber nicht vom Fleck kam, als würde er in einer zähflüssigen Masse feststecken.

Dann schüttelte er sich und riss sich krampfhaft aus seiner Starre. Er reckte die Arme vor und rief. „Halt!" Sein Engagement verfehlte jedoch die Wirkung und so spiegelte sich alles Elend dieser Welt in seiner Miene. Er musste mit ansehen, wie seine aufopferungsvolle Arbeit in wenigen Sekunden zerbröselte. Bis auf kleinere Splitter die zur Seite sprangen, wurde das Modell platt gemacht. Es war im wahrsten Sinne des Wortes im Arsch. Norman fühlte sich vor den

Kopf gestoßen und stammelte: „Da, da, das Modell!"
Das schlug dem Fass den Boden aus. Solch schamlose
Demütigung.

Sein Meisterwerk war zu einem unförmigen Knitter-
klumpen mutiert. Sie schlug die Hand vor den Mund
und heuchelte Unschuld. „Huch ... Was war das?"
Mit schauspielerischem Talent, versuchte sie es als
Unglück einzustufen. „Um Gotteswillen! Was hab ich
getan? Mr. Wendslay. Das war doch nicht etwa das
Modell? Warum haben sie nichts gesagt? Das ist mir
aber äußerst unangenehm. Wie konnte das passieren?" Scheinbar fassungslos schüttelte sie den Kopf.
Innerlich jedoch ergötzte sie sich an seiner klagenden
Mimik.

Norman schäumte wutentbrannt und hätte allzu
gern eine Bombe platzen lassen. Er musste sich aber
zügeln und durfte den brodelnden Sud der Empörung nicht entkorken. „Die ist nicht ganz dicht! Das
hat die mit Absicht gemacht, die blöde Kuh. Die Alte

hat einen Sprung in der Schüssel", verschaffte er heimlich, still und leise seinem Unmut Luft.

Franziska überhäufte ihn mit Hohn und Spott und forderte unverblümt: „Es macht Ihnen doch keine großen Umstände, bis Montag etwas Neues aus dem Hut zu zaubern. Nicht wahr, Mr. Wendslay? Das ist doch ein Klacks. Sehen Sie es mal positiv! Sie sind jetzt in der Übung. Es kann nur besser werden", schloss sie mit einem hämischen Grinsen.

Dann war für sie das Thema abgehakt und ihr edles Kleidungsstück hatte Vorrang. Rundum tätschelte sie den feinen Designerrock und präsentierte ihm die Kehrseite. Dabei lugte sie herrisch über die Schulter. „Mr. Wendslay, seien Sie doch so nett und schauen Sie, ob alles in Ordnung ist?"

Norman fiel vom Glauben ab. Die blöde Kuh dachte tatsächlich nur an ihren beschissenen Rock. Schweren Herzens unterdrückte er seinen aufsteigenden Hass und gab klein bei. „Alles in Ordnung, Ms. Husboon."

„Sehr schön", sagte sie, drehte sich um und zupfte obligatorisch am Kleidungsstück. „Wie ich schon sagte, Mr. Wendslay, es tut mir schrecklich Leid. Wir brauchen aber bis Dienstag das Modell. Also klotzen Sie ran! Ich verlass mich auf Sie. Jetzt bin ich spät dran. Entschuldigen Sie mich! Ich wünsche ihnen noch einen schönen Tag." Mit diesen schnippischen Worten trug sie „Konon den Zerstörer" zur Tür hinaus.

In der Hoffnung, noch etwas Brauchbares zu finden, wühlte Norman in den zertrümmerten Resten. Seufzend stellte er fest, Ms. Husboon hatte ganze Arbeit geleistet. Da war nichts mehr zu gebrauchen. Norman war völlig fertig. Unter diesen Umständen fiel es ihm schwer, sich noch mal zu motivieren. Doch unterkriegen lassen wollte er sich auch nicht und so stellte er sich der neuerlichen Herausforderung. Ein weiteres Wochenende stand ganz im Zeichen der Firma.

3. Kapitel

Eine Weile, hatte Norman dran zu knabbern. Seine überschäumende Wut ließ den Frust anschwellen wie die Brandung in der aufkommenden Flut. Bisher hatte er alles in sich rein gefressen und steckte es irgendwie weg. Doch jetzt war das Maß voll. Nie wieder sollte sie ihn als Fußabtreter benutzen. Diesmal hatte sie den Bogen überspannt und er wird ganz bestimmt nicht wieder den Schwanz einziehen.

In Normans Kopf spukte seit geraumer Zeit ein heikler Plan. Seit einigen Wochen brodelte die Gerüchteküche, wonach Ms. Husboon ein paar Leichen im Keller verscharrt haben soll. Es war durchgesickert, dass sie triebgesteuerte Kerle in ihr Haus lockte und im weiteren Verlauf in eine raffinierte Falle tappen ließ. Selbst gestandene Herren der Schöpfung verfielen ihren bittersüßen Verführungskünsten und ergaben sich den verwerflichen Gelüsten. Am Ende der zügellosen Eskapaden sollen einige Spielgefährten verreckt sein. Die Polizei hatte sich eingeschaltet, doch die Ermittlungen verliefen im Sande.

Jetzt wollte Norman auf eigene Faust Licht ins Dunkel bringen. Ihm war klar, dass es kein Spaziergang wird. Zumal er nicht aus dem Holz geschnitzt war, aus dem Helden gemacht sind. Doch der Stachel saß einfach zu tief.

Norman machte sich daran, die Mission „Heimzahlung" akribisch vorzubereiten. Ein Fehler durfte ihm nicht unterlaufen, denn der könnte fatale Folgen haben. Wenn er bei ihr einsteigt, handelt es sich um eine Straftat und dafür wandert man gewöhnlich in den Knast. Doch dazu durfte es nicht kommen. Sein vorheriger Job als Elektronikfacharbeiter sollte ihm von Nutzen sein. Alarmanlagen waren sein Spezialgebiet.

Doch dann kam Norman ins Grübeln. Sollte er Richie einweihen? Oder vielleicht doch lieber nicht? Er könnte sich verplappern. Andererseits wäre er der rettende Anker, falls etwas schiefläuft. Wenn an den Gerüchten etwas dran ist und sie ihn erwischt, macht sie Hackfleisch aus ihm. Das Risiko musste er einge-hen. Zu groß war die Gefahr, dass sein Plan auffliegt. Richie war zwar ein feiner Kerl, aber eine alte Tratsch Tante.

Kommende Woche sollte es losgehen. Norman reichte vierzehn Tage Urlaub ein und bekam ihn auch genehmigt. Fürs erste stand das Observieren des Grundstückes auf dem Plan. Beim generalstabsmäßigen Aufrüsten erfasste ihn ein Hauch von Abenteuerlust. Er fühlte sich wie ein Spezialagent vom Federal Bureau of Investigation. Sein Equipment für Phase I, bestand aus einer kleinen Trittleiter, einem Feldstecher, einer Stablampe und einem Klappmesser für alle Fälle. Bis auf die Trittleiter passte alles in den Werkzeugkoffer, den er noch von seinem alten Job im Keller aufbewahrte. Für die Mobilität mietete er sich einen schwarzen Pick-up Ford F-150 Lightning. Da würde er kein Aufsehen erregen und als Handwerker durchgehen. Die schwarze Kombi verlieh dem Ganzen einen professionellen Anstrich.

Vor einer Woche hatte Norman bei einem Meeting Information aufgeschnappt. Demnach gab sich Ms. Husboon an den folgenden Abenden auf Partys und wohltätigen Veranstaltungen die Ehre. Das Zeitfenster der Verweisung galt es zu nutzen. Montagabend nahm er den Tatort erstmals in Augenschein. Es dämmerte, als er nahezu lautlos an ihrer Einfahrt mit dem eisernen Tor vorbeifuhr. Sein grenzenloser Optimismus wich einer Portion Skepsis. Hat er sich zu viel zugemutet? Sollte er lieber die Finger davon lassen? Das war kein normales Anwesen. Es ähnelte mehr einem Hochsicherheitstrakt. Zweieinhalb Meter hohe Mauern umschlossen Arial. Oben drauf stellte sich dem mutmaßlichen Eindringling ein Spalier von scharf geschliffenen Eisenspitzen entgegen. Die Hürde musste erst genommen werden und wer weiß, was für Schikanen noch auf ihn warten.

Durch die üppige Botanik war ihr Haus, von der Straße aus nicht zu sehen. Norman rätselte, wie er es angehen sollte? Mal abgesehen von der Mauer, musste er auch über seinen eigenen Schatten springen. Doch Norman war fest entschlossen. Zumal jetzt erst recht einiges darauf hindeutete, dass sie etwas zu verbergen hatte. Um sich ein ordentliches Bild zu machen, brauchte er einen vernünftigen Standpunkt. Auf der rechten Seite war die Grundstücksmauer nahezu vollständig vom Wildwuchs verdeckt. Da könnte er das Objekt unbemerkt in Augenschein nehmen.

An diesem lauen Sommerabend war die Gegend wie ausgestorben. Es herrschte gespenstische Stille. Sogar der Wind hatte sich schlafen gelegt. Nur ein paar bellende Hunde meldeten sich aus der Ferne. Die ersten Sterne funkelten am wolkenlosen Himmel und der Vollmond thronte majestätisch über den Dächern der noblen Vorstadt.

Norman stellte den Wagen in der nächsten Seitenstraße ab. Der steigende Adrenalinspiegel, sorgte zu seiner Verwunderung für einen ruhigen Puls. Lockeren Schrittes näherte er sich mit dem Werkzeugkoffer und der Trittleiter dem anvisierten Einstieg in die Buschlandschaft. Norman schaute sich um. Es war kein Schwein zu sehen und so ließ er sich unbehelligt vom Dickicht verschlucken. Mit eingezogenem Kopf schlug er sich durch und blieb in der Nähe der Mauer. Nach dreißig Metern brachte er die Leiter an der Mauer in Stellung. Vorsichtig näherte sich sein Scheitel dem oberen Rand. Das spitzbübisch aufblitzende Augenpaar lugte neugierig über die Kante. Zu seiner Verwunderung, gab es nichts zu entdecken. Vor ihm breitete sich ein Blättermeer aus.

Norman kämpfte sich weiter voran. Nach ein paar Metern versuchte er es erneut. Diesmal wurde er mit freier Sicht belohnt. Er zückte das Fernglas und visierte das Gebäude an. „Wou! Was für ein protziges Teil." Ein bisschen erinnerte es an das Modell, was er anfertigten musste, nur war dies hier eine Nummer größer. „Das glaub ich nicht. Die Alte stinkt vor Geld", fluchte Norman bei dem Gedanken an seinen Hungerlohn. Dann nahm er die Haustür ins Visier und erspähte die Tastatur einer Schließanlage. Um den Zahlencode auszuspionieren, bräuchte er ein stärkeres Objektiv. Außerdem galt es den Moment abzupassen, in dem Ms. Husboon den Code eingab.

Norman wollte gerade den Rückzug antreten, als ihm ein Hundezwinger ins Auge fiel. Rechts vom Gebäude machte ihn das wuchernde Unterholz nahezu unsichtbar. Das musste er sich näher anschauen. Er stieg von der Leiter, markierte die Stelle mit einem Kreuz und pirschte sich heran. Trotzdem nahmen die Köter Witterung auf und schlugen an.

Norman zuckte zusammen. Obwohl er sich hinter der schützenden Mauer befand, kroch die Angst unter seinen Overall. Es wäre aber wichtig, die Lage zu peilen. Drum riskierte er einen Blick. Die zähnefletschenden Höllenhunde, erwiesen sich als drahtige Dobermänner. Die beiden durchtrainierten Bestien waren wie vom Teufel besessen und sprangen in wilder Hatz gegen die Gitterstäbe. Da er sie in sicherem Gewahrsam wähnte, konnte er sich den Stinkefinger nicht verkneifen. Als wüssten die Biester das bösartige Zeichen zu deuten, rasteten sie nun völlig aus. Norman setzte noch einen drauf und schleuderte einen Knüppel vor den Käfig. Ihre Mäuler schäumten vor Wut.

Eine böse Überraschung war Norman ins Gesicht geschrieben, als daraufhin die Gittertür aufsprang. Die losgelassenen blutrünstigen Kreaturen ließen nichts anbrennen und stürzten sich auf den Bösewicht. Mit klaffendem Kiefer katapultierten sie sich an der Mauer in die Höhe. Zum Glück hatte die Natur ihnen Grenzen gesetzt und beendete den Kamikazeflug unterhalb der Mauerkrone. Jaulend prallten die übermütigen Tölen ab und klatschten zu Boden. Doch das schien sie nicht im Geringsten zu irritieren. Sie schüttelten sich und bliesen zur nächsten Attacke.

Als ihm die aufblitzenden Reißzähne zu sehr auf die Pelle rückten, rutschte ihm das Herz doch noch in die Hose. Außerdem fürchtete er, die Aufmerksamkeit der Anrainer zu erregen. Daher beschloss Norman, die Operation „Aufklärung" umgehend abzubrechen. Fürs Erste hatte er genug gesehen und war mit der Ausbeute zufrieden. Er hatte sogar noch erfahren, dass der Öffnungsmechanismus für den Zwinger durch Bewegungsmelder gesteuert wurde. Da wird er den Hunden ein Leckerli zubereiten müssen. Die Überwachungskameras ließ er außer Betracht. Durch den schwarzen Overall und die Skimütze wird man ihn nicht identifizieren können. Außerdem wollte er sich nicht länger als nötig aufhalten.

Am folgenden Abend ging er auf die Pirsch nach dem Zahlencode. An der markierten Stelle legte er sich auf die Lauer. Zwischen den Eisenspitzen justierte er das Teleobjektiv auf die Tastatur der Schließanlage. Norman war von der Technik begeistert. Als stünde er direkt davor, so deutlich waren die Zahlen zu erkennen. Dann stieg er runter und setzte sich auf den Koffer. Er streckte die Beine aus und lehnte sich an die Wand. Nun brauchte er nur noch auf Ms. Husboon zu warten. Doch Norman hatte die letzten Nächte kaum geschlafen und so überwältigte ihn die Müdigkeit. Als er aus dem Nickerchen aufschreckte war es Zappen duster. Plötzlich raschelte es im Gebüsch. Von einem beklemmenden Fracksausen befallen, lauschte er in die Finsternis.

Norman nahm die Stablampe, schaltete sie ein und leuchtete ins Dickicht. Da war aber nichts. Dann verstummte das Geräusch. War er einer akustischen Täuschung aufgesessen? Wie lange hatte er geschlafen? Hatte er den entscheidenden Moment verpennt?

Norman schwang sich auf die Leiter und schaute zum Gebäude. Erleichtert stellte er fest, dass im Haus noch kein Licht brannte. Zum Glück hatte er Ms. Husboon nicht verpasst. Er seilte sich wieder ab und spitzte die Ohren. Da war wieder dieses Rascheln, was jetzt immer näher kam. Sein angsterfüllter Blick haftete am umherirrenden Lichtkegel der Stablampe. Plötzlich leuchteten zwei feurige Augen auf. Vor Schreck ließ Norman die Lampe fallen, die zu allem Unglück auch noch erlosch.

„Scheiße! Was war das?", hauchte er mit ängstlich bebender Stimme. Er zitterte am ganzen Körper und presste sich Schutz suchend an die Mauer. Dann sank er wie ein an die Wand geklatschter Eierpfannkuchen zu Boden und fischte hektisch nach der Lampe. „Das war bestimmt nur ne Katze", versuchte er sich zu beruhigen, während beide Hände durch das Gras pflügten. Endlich kriegte er sie zu fassen. Norman betätigte den Schalter und das Licht ging an. Zum Glück hatte sie es heil überstanden. Er richtete den Lichtkegel wieder auf die Stelle, wo er das geisterhafte Augenpaar gesehen hatte.

Zu seiner Erleichterung entpuppte sich das vermeintliche Schreckgespenst als kleiner Jack Russel Terrier. Das niedliche Hündchen wedelte mit dem Stummelschwänzchen und beäugte ihn argwöhnisch mit geneigtem Kopf. Norman flüsterte. „Na du kleiner Wauwi! Wo kommst du denn her? Du hast mir aber einen schönen Schrecken eingejagt, du putziges Kerlchen. Hast dich wohl verlaufen? Geh schnell zu deinem Herrchen", besann sich Norman der akuten Gefährdung und versuchte, ihn zu vertreiben. Der Terrier quittierte es mit boshaftem Knurren und zeigte seine spitzen Zähne. Daraufhin zuckte Norman respektvoll

zurück. Von der Straße hallte eine forsche männliche Stimme. „Buffi! Buffi? Komm her hier! Haste schon wieder ne Katze aufgescheucht? Mach dein Häufchen und komm!"

Buffi war ein artiges Hündchen und parierte aufs Wort. Er gab Laut und entschlüpfte. Norman atmete tief durch und kam zu dem Schluss, dass zottelige Vierbeiner nicht gerade gut auf ihn zu sprechen sind. Kaum hatte sich der pelzige Gast aus dem Staub gemacht, spurtete ein brüllender Achtzylinder die Einfahrt hinauf. Erwartungsvoll klemmte sich Norman hinter sein Objektiv. Der Hauseingang war hell beleuchtet, die Bedingungen optimal. Das Ergebnis der Beobachtung war allerdings ernüchternd. Die ausladende Krempe ihres Hutes versperrte ihm die Sicht.

„So ein Mist!" Angefressen packte Norman seine sieben Sachen.

Am nächsten Tag lief es nicht viel besser. Da kam ihm eine Einkaufstüte in die Quere und am Übernächsten war es ein Blumenbukett. Norman raufte sich verzweifelt die Haare. Es war wie verhext. Er war drauf und dran, die Sache abzublasen. Doch die Hoffnung stirbt zuletzt und am vierten Tag hatte er den Code im Kasten. Seltsam, dass sie ihm diesmal die Ziffernfolge wie auf einem silbernen Tablett servierte. 5,7,9,2, so tippte sie die Zahlen auffällig langsam und machte noch einen Schritt zur Seite. Sollte ihm das zu denken geben? Norman verschwendete keinen Gedanken daran und hatte nur den Erfolg seiner Mission vor Augen. Er brauchte noch eine Strickleiter, damit er auf die andere Seite gelangen konnte und der Rückzug gesichert war.

Am Mittwoch war es endlich soweit. Norman saß abends einsatzbereit hinter dem Lenkrad des Ford Ligthning. Aus sicherer Entfernung beobachtete er die Einfahrt. Um 20.35 Uhr schwenkten die eisernen Torflügel auseinander und Franziska rauschte mit ihrem Porsche vom Gehöft. Um nicht entdeckt zu werden, duckte sich Norman unter das Armaturenbrett.

Eine beängstigende Stille umgab ihn. Norman prüfte nochmal die Ausrüstung. Fotoapparat, Schraubendreher, Stablampe, Brecheisen, Köder, Strickleiter, Handschuhe und Skimütze. Es lag alles bereit. Um Fußspuren auf dem Grundstück und im Gebäude zu vermeiden, hatte er sich extragroße Wollsocken besorgt, die er über die Turnschuhe streifen konnte. Er hatte an alles gedacht und fühlte sich unendlich clever. Dann schlich er zum Tatort. Irgendwie war es heute anders als sonst. Ein mulmiges Gefühl überkam ihn, denn bisher waren es nur Trockenübungen.

Auf Höhe des Zwingers warf er die Öse der Strickleiter gezielt über eine der Eisenspitzen. Wie sollte es auch anders sein? Es klappte nicht beim ersten Mal. „Na, das geht ja gut los", brabbelte Norman. Beim dritten Anlauf war die Strickleiter fest verankert. Er stülpte sich die Skimütze über, zog die Handschuhe an und schlüpfte in die Wollsocken. Dann stieg er die Leiter hinauf und prüfte den Status am Hundezwinger. Merkwürdig, dass sich nichts rührte. Die Köter lagen gelangweilt auf dem Boden und mucksten sich nicht. Ob es an der Windrichtung lag? Diesmal wehte das Lüftchen von der anderen Seite. Anscheinend entging ihnen die Witterung.

Wie dem auch sei, Norman schleuderte die präparierten Fleischbrocken vor das Gitter und ging in Deckung. Er stutzte. Warum sprang die Tür nicht auf? Den Bestien entlockte es nur ein halbherziges Knurren. Norman grübelte. „Waren die Fleischklumpen zu leicht für die Bewegungsmelder. Klar doch!", kam ihm die Erleuchtung. Sonst würde doch der kleinste Piepmatz den Alarm auslösen. Norman schaute sich nach einem angemessenen Knüppel um. Er fand aber keinen und stieß mit dem Fuß gegen einen Findling. „Das könnte funktionieren", dachte er. Ein Problem gab es allerdings. Hatte er genug Mumm in den Knochen? Norman machte dicke Backen. Mit überraschender Leichtigkeit hievte er den Stein in die Höhe, der gar nicht so schwer war wie er aussah. Mit Schwung wuchtete er den Felsbrocken über die Mauer. Beim Überflug schrammte er die Eisenspitzen, schlug Funken und landete auf der anderen Seite. „Das war knapp", pustete Norman und lauschte.

Mit Wohlwollen nahm er zur Kenntnis, dass sich die Tür vom Zwinger öffnete. Seltsam, dass sich die Biester zurückhaltend auf die Köder stürzten. Das ungewöhnliche Schauspiel musste sich Norman anschauen und kletterte auf die Strickleiter. Den Köder hatten sie geschluckt und jetzt schnüffelten sie nach weiteren Leckerbissen. Dabei wirkten sie schon ziemlich träge. Norman schrieb es dem Elixier zu, wunderte sich aber nicht, dass es so schnell wirkte. Die Köter torkelten sichtlich benommen und verwandelten sich in sanftmütige Stubentiger. Bald darauf legten sie sich auf die Seite. Norman war verzückt von seiner Genialität und wie er die blöden Viecher ins Bockshorn jagte.

Nun tickte die Uhr, denn das Mittel wirkt nicht ewig. Maximal 90 Minuten, hatte man ihm versichert. Er setzte die Strickleiter um und machte sich an den Abstieg in fremde Gefilde. Geduckt huschte er wie ein Schatten an der Fassade entlang. Dank der Zahlenkombination, stellte die Haustür kein ernsthaftes Hindernis dar und auch die triviale Alarmanlage ließ sich rasch überrumpeln. Das aufleuchtende grüne Lämpchen versicherte ihm, dass es nichts mehr zu befürchten gab. Norman fühlte sich wie ein ausgebuffter Profi, der gerade einen genialen Coup gelandet hatte.

4. Kapitel

Norman stand in der Eingangshalle und inhalierte die parfümgeschwängerte Luft, versetzt mit einer dezenten Nuance kalten Zigarettenrauches. Zu seinem Verdruss war Ms. Husboon wieder allgegenwärtig. Das war Öl für die Flamme seines lodernden Zorns. Nun galt es aber, kühlen Kopf zu bewahren und sich sorgfältig umzusehen. Der Lichtkegel seiner Stablampe wanderte über die breiten Stufen einer geschwungenen Marmortreppe die zum Obergeschoss führte. Dem Verlauf folgte ein schwarzes schmiedeeisernes Geländer mit goldener Verzierung. Die Galerie ruhte auf griechischen Säulen, die dem Empfangsbereich einen pompösen Charakter verliehen. Norman war schwer beeindruckt. Nichts desto trotz gab es für ihn keinen Zweifel, dass er das Geheimnis lüften wird.

Seine Augen irrten zwischen den Säulen umher. Welche Tür sollte er sich zuerst vornehmen? Wird er im

Erdgeschoss überhaupt was finden oder sollte er gleich im Keller nachsehen? Überzeugen wollte er sich trotzdem und wählte die erste Tür. Norman schlurfte über das schwarz-weiße Schachbrett aus Marmor. Er langte nach dem Knauf und schickte seine Stablampe voraus. Es war ein pompöses Badezimmer.

Irgendwie hatte es einen Hauch von Advent, wo er als kleiner Junge ein Türchen nach dem anderen öffnen durfte. Am Ende stieß er auf den Weihnachtsmann, nur wird es in diesem Fall nicht Knecht Ruprecht sein.

Hinter der nächsten Tür folgte ein Gästezimmer und dann kam das Arbeitszimmer. Die Wände in ihrem heimischen Büro waren bis unter die Decke mit feinem Teakholz ausgekleidet. Das Mobiliar bildete ein einzigartiges Ensemble wertvoller Antiquitäten. Die aufwendige Vertäflung der Wände, wurde von zahlreichen Aquarellen und Gemälden dekoriert. Die dargebotenen Motive der schaurigen Exzesse und exzentrischen Rituale ließen tief blicken. War das eine heiße Spur? Gab es hier vielleicht eine geheime Tür? Er wollte seine Zeit aber nicht mit der Suche nach der Stecknadel im Heuhaufen vergeuden.

Einige belanglose Räume folgten, bis er auf einen der besonderen Art stieß. Norman war von den Socken. Mit offenem Mund verfolgte er das ungeheuerliche Schauspiel. Es war wohl der Salon und der war außergewöhnlich. Die Wände waren übersät mit detaillierten Fresken der erotischen und obszönen Art. Er war verblüfft, als die Figuren plötzlich lebende Gestalt annahmen. Die spärlich bekleideten Körper erwachten zum Leben und gaben sich ihren Gelüsten hin. Sie zogen alle Register und scheuten sich nicht der Befleckung. Mit Wollust frönten sie der Schamlosigkeit bis hin zu verwerflichen Ritualen. Normans Augen glänzten und starrten fasziniert aus den dunklen Höhlen der Skimütze.

Er knipste das Licht seiner Stablampe aus, klemmte sie unter den Arm und hielt die Hände vors Gesicht. Als hätte er eine Fata Morgana gesehen, lugte er skeptisch durch die gespreizten Finger. Der Spuk war vorbei. Die trügerischen Wandmalereien verschwanden wie von Zauberhand, genauso plötzlich wie sie gekommen waren. Nur das Mondlicht schimmerte jetzt matt auf den grau gestrichenen Wänden. Das war äußerst merkwürdig. Norman schüttelte den Kopf. Hatte ihn sein Verstand im Stich gelassen? Sieht er schon Gespenster?

Doch Norman ließ sich nicht von den fadenscheinigen Trugbildern beirren. Er setzte seinen Weg fort. Der führte ihn durch eine Zweiflügeltür, die ihm den großzügigen Wohnbereich eröffnete. Dort erstrahlte ein fürstlicher Kronleuchter mit seinen funkelnden Kristallen im Schein der Taschenlampe.

Ein wahrhaftes Juwel war der Kamin. Er war aus Naturstein gefertigt. Davor stützten vier goldene Löwenpranken eine geschliffene Glasplatte, die sich zu

einem Couchtisch formten und von zwei Leder-
couchgarnituren flankiert wurden. Dazwischen
streckte sich das Fell eines Grizzlybären flach auf den
Boden. Eine verspiegelte Hausbar durfte natürlich
auch nicht fehlen. Erlesene Tropfen standen da bereit,
um die Gaumen der Gäste in angemessener Form zu
verwöhnen.

Neben dem Kamin standen Bücherregale. Vollgestopft mit aufschlussreicher Lektüre, weckten sie sein
Interesse. Auch hier wurde das Thema nicht verfehlt.
Zeit zum Stöbern blieb ihm aber nicht. Aus Filmen
kannte er, dass sich manchmal Geheimgänge dahinter verbargen. Norman kippte ein paar Exemplare an
oder schob sie tiefer hinein. Zu seinem Bedauern öffnete sich Sesam nicht. Weiter hinten stieß er auf den
Essbereich und die Küche. Da gab es aber keine Anzeichen, die von Interesse wären.

Norman wandelte durch die heiligen Hallen wie ein
mittelalterlicher Schlossgeist. Beim schleichenden

Rückzug spukte plötzlich ein finsterer Geselle in einem Seitengang. Norman fuhr der Schreck in die Glieder. „Verdammte Scheiße! Was war das?", dachte er, löschte das Licht seiner Stablampe und hielt die Luft an. „Da war doch jemand!", flüsterte er ungläubig, trat zurück und zückte sein Taschenmesser. Neben dem vermeintlichen Gang presste er sich an die Wand und lugte ängstlich um die Ecke. Aufschreiend zog er zurück. Die dunkle Gestalt tat es ihm gleich und beinahe wären sie mit den Nasenspitzen zusammengestoßen.

Dann fiel es ihm wie Schuppen von den Augen. Der vermeintliche Unhold war sein eigenes Spiegelbild. Die 15 cm tiefe Nische war mit einem mannshohen Spiegel ausgeschlagen. Sein gewöhnungsbedürftiges Outfit hatte ihn zum Narren gehalten.

Norman beruhigte sich schnell und zog Bilanz. Nüchtern betrachtet hatte er noch nichts in der Hand. Eine blutverkrustete Bluse oder Axt müsste ihm in die Hände fallen. Diesbezüglich legte er nun all seine

Hoffnungen auf das Kellergeschoss. Den kursieren-
den Gerüchten zu Folge, hatte sie die Leichen ohnehin dort vergraben.

Norman marschierte zurück in die Eingangshalle.
Ein Türchen hatte er noch nicht geöffnet. Das konnte
nur die Kellertür sein. Mittlerweile hatte er viel Zeit
vertrödelt und musste sich beeilen. Nicht auszudenken, wenn die Hunde aus der Narkose erwachen. Zu
seiner Verwunderung stand die anvisierte Tür offen.
Norman zweifelte an seinem Verstand. Er war sich
sicher, dass alle Türen geschlossen waren. War er
doch nicht allein? Norman lauschte angestrengt in
die Dunkelheit. Gab es eine Haushälterin, die nach
dem Rechten sah? Doch die hätte sich bemerkbar gemacht. Norman grübelte. Irgendeine plausible Erklärung musste es geben. Vermutlich war die Tür nur
angelehnt und von einem Luftzug erfasst worden.
„Genau! So muss es gewesen sein", meinte er die Lösung gefunden zu haben.

Norman trat an die Öffnung. Dahinter gähnte ein finsterer Abgrund, dem ein leicht modriger Geruch entströmte. Er rümpfte die Nase und schickte den Lichtkegel seiner Stablampe über eine Treppe in die Tiefe. Im Auslauf beschrieben die Stufen einen Bogen und verliefen sich um die Ecke. „Wie weit mochte es da gehen?", fragte er sich.

Mit Unbehagen machte sich Norman an den Abstieg und nahm die Stufen wie in Zeitlupe. Unten war es stockdunkel. Ohne Taschenlampe würde er die Hand vor Augen nicht sehen. Allmählich erfasste er die Dimensionen. Ein im Stich ca. vier Meter hohes Kreuzgewölbe spannte sich über einen rechteckigen Flur. Norman war beeindruckt. Da hatte ein Virtuose der Mauerwerkskunst, der Nachwelt seinen Fingerabdruck hinterlassen.

Mehrere eigenwillige Holztüren wiesen den Weg zu den Kellerräumen. Ob hinter einer der Türen das düstere Geheimnis lauerte? Die grob gehobelten Bretter mit ihren schmiedeeisernen Beschlägen und den sie überspannenden Spitzbögen, könnten einer Ritterburg entstammen. Von den Wänden spreizten sich Zwillingsleuchter aus aschgrau geschlagenem Metall. Die Talglichter waren zur Hälfte herunter gebrannt und bildeten lange Tropfnasen. Hier lag der Hauch vergangener Tage in der Luft.

Während Norman die historische Architektur bestaunte, strauchelte er an der letzten Stufe. Mit den Armen rudernd, stolperte er vor eine Tür. Zum Glück war nichts passiert und so schaute er gleich mal nach. Es war aber nur der Weinkeller. In dem gut temperierten Verlies, warteten die gläsernen Kameraden auf den Tag, an dem sie geköpft werden. Norman war kein Experte, aber eines war sicher. Der gelagerte Rebensaft reifte an den erlesensten Stöcken. Schon die klangvollen Namen Carmesi Guarda Mag und Shafer Carbernet Sauvignon ließen aufhorchen.

Doch von ihren Schandtaten keine Spur. Hastig stürmte er zur nächsten Tür. Es war aber nur der

Heizraum und dann kam die Wäschekammer. Wieder ein Schuss in den Ofen. Jetzt blieben nur noch zwei Türen. Nach dem Öffnen der Vorletzten staunte er nicht schlecht. Es war zwar wieder nicht das was er suchte, aber es war überwältigend. Ein nicht alltäglicher Fitnessraum. Die Außenwand bildete ein flimmerndes Aquarium.

Von vielfältigen Exoten bevölkert, erstrahlte es farbenprächtig. Dem Anschein nach trennte es den Fitnessraum auf der einen und den Swimmingpool auf der anderen Seite. Der Pool befand sich außerhalb des Gebäudes. Sein Wasser schimmerte

Türkis. So was hatte er noch nicht gesehen. Beim Trainieren erlag man dem Südseeflair und tauchte im Pool vor einem Korallenriff mit tropischer Meeresfauna. Das Spektakel zog ihn für Sekunden in den Bann. Doch er musste sich losreißen, denn die Zeit lief ihm davon.

Jetzt blieb nur noch eine Tür. Enttäuscht blickte er in einen ca. fünf Meter langen und zwei Meter breiten

Flur, den am Ende ein Einbauschrank begrenzte. Sein Orientierungssinn verriet ihm, dass der Gang unter dem Salon und dem Wohnbereich lag. Den Fußboden zierte ein abstraktes Fliesenmuster, mit einer eigenwilligen Aufteilung. Eine Zickzacklinie zog sich über die Mitte.

Dann entdeckte er auf der rechten Seite eine weitere Tür. Im Gegensatz zu den Anderen knarrte sie beim Öffnen. Der Fußboden in diesem Keller lag um eine Stufe höher. Norman schwenkte die Stablampe forschend durch den Raum. Er stand vor dem Scherbenhaufen seines Rachefeldzuges. Belangloses Gerümpel und nutzloser Krempel türmte sich auf.

Sollte alles umsonst gewesen sein? Er wollte es nicht wahrhaben. „Das kann es doch nicht gewesen sein?", haderte er mit sich. Niedergeschlagen machte er auf dem Absatz kehrt und wollte den Raum verlassen, als er aus den Augenwinkeln einen baugleichen Einbauschrank wahrnahm. Der stand genau auf der anderen Seite der Wand gegenüber dem Schrank vom Flur.

Norman schenkte ihm vorerst keine Beachtung und schleppte sich niedergeschlagen die Treppe rauf. An der Haustür hielt er inne und schaute sich nachdenklich um. Plötzlich ging ihm ein Licht auf. Seine Erfahrung in der Bauplanung zahlte sich nun doch noch aus. Die Ausdehnung des Wohnbereiches im Erdgeschoss war noch allgegenwärtig. Im Kellergeschoss fehlte ein beachtlicher Teil. Eine Teilunterkellerung hielt er für unwahrscheinlich. Waren die Einbauschränke des Rätsels Lösung? Gab es da einen geheimen Zugang zur Kammer des Schreckens?

Norman spurtete wieder in die Katakomben und musterte das Möbelstück. Er fasste sich grübelnd ans Kinn und nahm jedes Detail unter die Lupe. Auf Anhieb entdeckte er aber nichts Ungewöhnliches. Ein ganz normaler Einbauschrank mit Schiebetüren. Warum stand nebenan ein baugleiches Exemplar? Er zog die Tür auf. Der Schrank war leer. Das war merkwürdig, in Anbetracht des überquellenden Unrates nebenan.

Er entwickelte eine nicht von der Hand zu weisende Theorie. Irgendwo musste es einen Mechanismus geben, der über einen versteckten Hebel oder etwas Ähnliches ausgelöst wird. Der eine Schrank schiebt sich in den anderen und gibt das geheime Türchen frei. Euphorisch probierte er alles. War es ein kippendes Brett, ein drehbarer Fuß oder ein loser Ziegelstein? Er nestelte an dem alten Leuchter in der Mitte des Flures. Es tat sich aber nichts. Eifrig und mit wachsender Ungeduld, tastete er sich über die Wände und schimpfte wie ein Rohrspatz. „Wo ist das verdammte Ding. Verfluchte Scheiße! Komm schon!"

Wutentbrannt nahm sich Norman den anderen Schrank zur Brust. Ungestüm kletterte er über die Kisten und Kartons. Dabei stieß er sich das Knie. Der stechende Schmerz bohrte sich wie eine Pfeilspitze ins Bein und ließ nur langsam nach. Norman biss auf die Zähne und kämpfte sich weiter voran. Leider waren seine Bemühungen auch diesmal umsonst. Entnervt schleppte er sich zurück in den Flur. Plötzlich stand er im Dunkeln. „Was ist denn nun los? Das kann doch nicht wahr sein. Bitte, tue mir das nicht an! Nicht jetzt!", fluchte er.

Seine Lampe hatte den Geist aufgegeben. Norman verfiel in Rage und prügelte die Leuchte aufbrausend in die offene Handfläche. Doch die Technik hatte ihren eigenen Kopf und blieb stur. Norman fuhr aus der Haut und schlug mit der flachen Hand gegen die Mauer. „Scheiße, Scheiße, Scheiße! Das kann doch nicht wahr sein."

Plötzlich grummelte und grollte es. Der Boden erzitterte. „Ein Erdbeben?", war sein erster Gedanke. Haben ihn denn alle guten Geister verlassen? Gerade als er die Flucht ergreifen wollte, begann der Boden auseinander zu driften. Stöhnend und ächzend tat sich mitten im Flur ein Spalt auf, der rotglühend leuchtete. Norman konnte jetzt wieder was sehen, war aber von panischer Angst ergriffen. Er flüchtete unter das Gewölbe und beäugte argwöhnisch das ungeheuerliche Spektakel. Rauchschwaden fauchten empor, wie aus der Felsspalte einer aktiven Vulkanflanke. Norman war perplex, als sich der Höllenschlund auftat. „Was zum Teufel geht hier ab?", grübelte er schwer beeindruckt.

5. Kapitel

Als sich der Rauch verzogen hatte, war der Fußboden in dem kleinen Flur verschwunden, hatte sich aufgespalten und seitlich zurückgezogen. Aus der Tiefe flimmerte es feurig, als hatte sich eine Magmakammer geöffnet. Norman trat näher und riskierte einen Blick. Eine Treppe mit rotem Teppich belegt führte hinab. Norman staunte. Ein zweites Untergeschoss, wie raffiniert! Das perfekte Versteck. Hier konnte sie ihrem sadistischen Hobby frönen. Jetzt war sich Norman sicher, dass er die richtige Fährte aufgenommen hatte.

Das Klatschen war demnach der Auslöser für die theatralische Inszenierung. Norman war beeindruckt vom Einfallsreichtum und dem Sinn für das Extravagante. So führte sie also ihre ahnungslosen Opfer, vermutlich schon mit angelegtem Geschirr zur Schlachtbank.

Norman tastete sich vorsichtig hinab und erkannte in der Stirnseite der aufgerissenen Decke winzige Düsen, die den künstlichen Nebel erzeugten. Die spektakulären Lichteffekte, entsprangen fackelähnlichen Leuchten aus dem Untergrund.

Auf halbem Weg fuhr ihm ein Schreck in die Glieder. Was, wenn sich die Luke hinter ihm schließt? Dann säße er in der Falle. Norman musste sich etwas einfallen lassen und dachte gleich an die Rumpelkammer. Dort lag ein dickes Kantholz. Er wetzte zurück, schnappte sich den Balken und keilte ihn zwischen die Deckenplatten.

Auf der Sole angekommen, eröffnete sich ihm eine fremdartige Welt. War das eine natürliche Felsenhöhle? Oder vielleicht doch nicht? Nein! Das hier war von Menschenhand geschaffen. Die Grotte war aus felsiger Natur abgekupfert und wölbte sich zerklüftet über seinem Haupt. Der purpurne samtweiche Textil Belag der Treppe, war einem auf Hochglanz polierten

schwarzen Marmorboden gewichen. Das Höllenfeuer der elektrischen Fackeln loderte konfus und
zauberte in die silbern glänzenden Einschlüsse des
schwarzen Gesteins ein märchenhaftes Glitzern.

Norman schaute sich weiter um. Auf der

rechten Seite gab es drei gigantische Pforten. Wie Eu-
lenaugen glotzten sie aus Vertiefungen in der Felsen-
wand. Die Portale ähnelten denen im Kellergeschoss,
nur bewegte sich Norman hier auf Augenhöhe mit
dem Türdrücker. Als stünde er vor dem Eingang einer Kathedrale oder befände sich im Lande Gulliver.
Oder hält sie hier unten die drei Hunde aus dem Mär-
chen „Das Feuerzeug" gefangen? Haben die ihr den
Reichtum beschert? Ganz bestimmt nicht. Dahinter
lauert das Böse, war sich Norman sicher und trat an
die erste Pforte. Der Drücker folgte ihm nur widerwillig. Er musste sich mächtig ins Zeug legen und
stemmte den Fuß in den Fels. Endlich gab das wuchtige Türblatt nach. Schaurig hallte das abgehackte
Knarren durch die Felsengrotte.

Ein bläulich grelles Licht flutete den Spalt. Er spitzte hindurch und behielt die Tür im Auge. Zum Glück hielt sie ihre Position, so dass er sich umschauen konnte. Ihm bot sich ein Eldorado der Schmerzgrenze. Der Raum maß ca. sechs Meter im Quadrat und beherbergte die übelsten Werkzeuge, die eine ordentliche Folterkammer benötigt. Die vielfältigen Utensilien der körperlichen Züchtigung ließen keine Wünsche offen. Alles war in schwarz gehalten.

Ein Andreaskreuz blickte strafend von der Wand mit Haken und Ösen. In der Ecke stand eine bösartige Streckbank mit Fuß- und Handfesseln. Daneben bekam er einen züchtigen Sessel der besonderen Art zu Gesicht. Aus der Sitzfläche gähnte ein ovales Loch, dessen Zweck offensichtlich war. Dahinter baumelte ein Flaschenzug am Galgen und Lacklederstiefel standen am Pranger. Ein Halsband lag an der Kette, von der Decke fielen Masken und ein Käfig durfte natürlich auch nicht fehlen. Erschlagen von der Vielfalt der Peitschen und Rohrstöcke, fesselten die zahlreichen Stricke und Ketten seine Sinne. Die verschiedenen Knebel machten ihn sprachlos. Weitere rätselhafte Instrumente reiten sich in das Equipment und nicht alles war ihm geläufig.

Unterm Strich reichte es aber wieder nicht. Denn es war nicht ungesetzlich und sicherlich gab es genügend Leute, die darauf abfuhren. Man konnte zwar nicht behaupten, dass ihr Hobby gesellschaftsfähig war, aber wie dem auch sei, es war ihre Privatsache und ging keine Sau was an. Doch Norman warf die Flinte nicht ins Korn. Irgendwo muss was zu finden sein.

So machte er sich, an der nächsten Pforte zu schaffen, die sich auch nicht einfacher öffnen ließ. Norman zwängte sich durch den Spalt und war überrascht. Der rosa flimmernde Raum präsentierte sich in gleicher Ausdehnung, war aber doppelt so hoch wie das schwarze Kabinett. Graue und pinkfarbene Kacheln zogen in einem wirren Muster über den Boden, in dessen Mitte ein Ablauf eingelassen war. Auch die

Wände waren gefliest. So oder ähnlich stellte er sich eine Metzgerei vor.

Es gab eine Schlachtbank und einen Seziertisch aus Edelstahl mit Hand- und Fußschellen. Unter der Decke lief eine Kranbahn mit Laufkatze, an dessen Seilende ein Fleischerhaken blinkte. Unter dem Fleischerhaken stand ein Gerät das einem Häcksler ähnelte, wie er in der Forstwirtschaft zum Einsatz kam. Dieser war allerdings umgerüstet und ähnelte mehr einem riesigen Fleischwolf. Was hatte das zu bedeuten? Hat dieses Monstrum etwa lebende Körper schmatzend verschlingt?

Seine Augen fielen auf eine alte Holztruhe. Neugierig klappte Norman den Deckel auf und trat erschrocken zurück. Bis auf den Fußboden, waren alle Seiten und der Deckel mit scharfen Eisenspitzen ausgeschlagen. War das Opfer erst mal in der Truhe eingeschlossen, wurde ihm zwingend von einem Ausbruchsversuch abgeraten.

An einem Brett an der Wand sortierten sich fein säuberlich, Bestecke der Fleischeslust. Wobei das Wort in diesem Zusammenhang eine ganz neue Bedeutung erfuhr. Die Auswahl war vielfältig. Da warteten ein Knochenbeil, diverse Schlachtermesser, Fleischspieße und Handsägen auf ihren herzlosen Einsatz. Weiterhin standen für ein zünftiges Massaker ein Trennschleifer, eine Kettensäge und eine Bohrmaschine zur Verfügung. Jetzt hatte sie sich aber ins eigene Fleisch geschnitten. Mit den hieb- und stichfesten Beweisen wähnte sich Norman am Ziel.

Er kramte die Kamera aus seiner Brusttasche und machte ein paar Fotos. Beim Blick in den Fleischwolf stockte ihm der Atem. Messerscharfe Zähne griffen ineinander und würden alles zermalmen, was sie zu fassen kriegen. Beim Rausgehen kreuzten zwei Samurai Schwerter über der Tür die Klingen. „Hat sie damit die armseligen Opfer zerstückelt?", drängte sich die Frage auf, als ihm etwas Ungewöhnliches auffiel. Irgendetwas stimmte nicht. Alles war so sauber, so klinisch rein. Norman hielt inne und fuhr mit

dem Finger über den Seziertisch. An seiner Finger-
kuppe haftete klein einziges Staubkorn. Kein ausge-
rissenes Haarbüschel und nicht der kleinste Bluts-
tropfen. Selbst bei sorgfältiger Reinigung übersieht
man was. Es gab aber nicht die kleinste Spur, als wäre
dieser Raum nie benutzt worden. Das war äußerst
merkwürdig. Wohin hat sie die Opfer verschwinden
lassen?

Die dritte Kammer war nun seine letzte Hoffnung.
Wenn er dort wieder leer ausgeht, kann er einpacken.
Doch die Pforte verweigerte ihm den Zutritt. Sie war
abgeschlossen. Das hatte bestimmt seinen Grund.

Jetzt durfte er nicht zimperlich sein. Norman redete
sich stark, packte das Brecheisen aus und brachte es
am Schloss zum Ansatz. Mit brachialer Gewalt, meldete sich der eiserner Komplize zu Wort. Es krachte,
knackte und splitterte. Die deutliche Ansprache
hallte bedrohlich durch die Katakomben. Dann
sprang die Tür auf. „Geht doch", lobte er sich und

schlüpfte hindurch. Diesmal wurde er nicht von eigenwilliger Beleuchtung empfangen, stattdessen strömte ihm Eiseskälte entgegen. Hatte er den Kühlraum geknackt? Norman fingerte aufgeregt nach dem Lichtschalter. Neonröhren blinkten auf und ließen den Raum in einem unschuldigen Weiß erstrahlen.

Der Raum war nur halb so tief wie die anderen Kammern. Vermutlich verbarg sich hinter der Trennwand ein weiterer Kühlraum. Die Art der Tür deutete darauf hin. Auf der rechten Seite standen zwei hellblaue Kunststofffässer, gegenüber füllte eine Gefriertruhe die Nische aus. „Ein bisschen merkwürdig war das schon. Wozu braucht man heutzutage einen Kühlraum? Es gibt alles frisch im Supermarkt. Oder hält sie hier unten ihre Gefühle unter Verschluss?", kombinierte Norman in Gedanken.

Er hatte schon davon gehört, dass in einigen Kriminalfällen Leichen oder Leichenteile in der Kühltruhe aufbewahrt wurden. Da wird die Verwesung gestoppt und die Leiche verrät sich nicht durch ihren penetranten Geruch.

Norman schnupperte. Es roch etwas säuerlich. Auf den Fässern klebten Etiketten mit der Aufschrift: „Hundefutter". Das musste er genauer untersuchen. Mit einem Finger schnippte er die Eisenschelle auf und lüftete den Deckel. Als er den Inhalt erblickte, ließ er den Deckel fallen. Angeekelt sprang er zurück und hielt sich die Nase zu. „Puh! Scheiße verdammte. Was war das?" Er schob das Brecheisen noch einmal in respektvollem Abstand unter den Deckel, hob ihn an und schielte in den Bottich.

Eine gelbrote Grütze aus schnoddrigen Innereien und schleimigen Gedärmen schwappte fast über. Ein übler Gestank entströmte dem Fass. Zweifelsfrei war das nicht zuzuordnen. War es menschlichen oder tierischen Ursprungs? Beim nächsten Fass verhielt es sich ähnlich. Das war aber nur zur Hälfte gefüllt und enthielt ein

Gemenge aus zermatschtem Fleisch und Knochen, ähnlich dem Gehackten vom Fleischer. Leider musste er sich eingestehen, dass eindeutige Beweise anders aussahen.

Norman schloss die Deckel und stützte sich durchschnaufend auf das erste Fass. Resignierend schüttelte er den Kopf. Allzu viele Optionen blieben nun nicht mehr. Es gab nur noch einen Raum und die Kühltruhe. Er machte sich daran, die Tür zur nächsten frostigen Kammer aufzuhebeln. Schneidende Kälte zischte ihm entgegen. Beim Überfliegen der eingelagerten Dinge entdeckte er nur ein paar delikate Würste, geräucherter Schinken und zwei Spanferkel die an einem Fleischerhaken hingen.

Die Enttäuschung war Norman ins Gesicht geschrieben. Sollte er am Ende doch mit leeren Händen dastehen und alles umsonst gewesen sein? War er einer Ente aufgesessen und hat sich in seiner blinden Wut ins Bockshorn jagen lassen? „Was hat mich nur geritten?", haderte er mit sich, während sein leerer Blick gedankenversunken an der Gefriertruhe hing. Warum war sie mit einem Vorhängeschloss gesichert? Ein Hoffnungsschimmer flammte auf.

Sein eiserner Kumpan sollte sich ein zweites Mal zu Wort melden. Diesmal hielt er eine kurze, aber zerreißende Ansprache. Das Schloss leistete kaum Widerstand. In Erwartung tief gefrorener Kost, wie Geflügel, abgepacktes Gemüse oder Ähnliches, kippte er den Deckel hoch. Da gefror das Blut in den Adern. Es lag aber nicht an den eisigen Temperaturen. Schockiert trat er zurück und starrte fassungslos auf den Inhalt.

Er drehte sich zur Seite und hielt die Hand vor den Mund. Nur mit Mühe gelang es ihm, den aufkommenden Brechreiz zu unterdrücken. „Scheiße! Um Gottes Willen!" Er knallte den Deckel zu und rannte hinaus in die Grotte. Er stützte sich an der Felswand ab und starrte angeekelt zu Boden. „Was zum Henker war das?" Eigentlich war es genau da, was er suchte, aber nun ging es ihm mächtig an die Nieren.

Sein Puls raste und seine Knie verwandelten sich in einen Wackelpudding.

In Film und Fernsehen hatte er schon schlimme Dinge gesehen. Die waren aber meistens nicht real oder weit weg. Hier und jetzt lag es vor ihm. Es widerstrebte ihm, noch einmal den Kühlraum zu betreten. Norman brauchte aber die Fotos. Wie gegen eine starke Strömung ankämpfend, quälte er sich hinein. Vorsichtig lüftete er den Deckel.

Erst jetzt erkannte er das ganze Ausmaß des Grauens. Überzogen mit Eiskristallen, blickte er auf ein verstricktes Gewirr aus menschlichen Körperteilen. Aus der Mitte starrte ein bis zur Unkenntlichkeit zugerichteter Schädel. Die Augäpfel waren herausgesprungen und hingen seitlich an den Sehnen. Die Nase wurde dem Opfer abgeschnitten und die Kopfhaut samt Ohren vom Kopf geschält. Die Lippen fehlten gänzlich und gestatteten einen umfassenden dentalen Blick. Die spärlichen, faulligen Zähne deuteten darauf hin, dass sie vermutlich einen Penner von der Straße aufgelesen hatte.

Der entstellte Schädel war umringt von abgehackten und zerstückelten Extremitäten. Der Torso lag abseits, als wollte er sich ausgrenzen und mit dieser Sauerei nichts zu tun haben. Von Schnittwunden zerfurcht, hing seine Haut in Fetzen. Die über dem Knöchel abgesägten Füße, wiesen extreme Quetschungen auf, die vermutlich ein Schraubstock verursachte. Alles war blutverschmiert. „Das arme Schwein. Wie kann man einem Menschen so etwas antun?", brach es mitleidig aus Norman heraus. Er fühlte sich nun zwar bestätigt, konnte es aber nicht begreifen.

Er machte eiligst die Fotos, denn sein Magen fuhr Achterbahn und die drohte, aus den Gleisen zu springen. Dann ging alles ganz schnell. Er schmiss den Deckel zu und rannte wie ein geölter Blitz in die Grotte. Dort ließ er der Natur freien Lauf. Nachdem er seinen Mageninhalt entleert hatte, war es höchste Eisenbahn, sich aus dem Staub zu machen. Das Kantholz beförderte er mit einem Fußtritt aus der Verankerung in der Hoffnung, dass sich die Decke wieder schließen möge. Norman wollte verhindern, dass Ms. Husboon vorzeitig Verdacht schöpft und das belastende Material verschwinden lässt.

Dann rannte er die Treppe rauf und vernahm ein untrügliches Geräusch. Reifen kratzten eine Kurve in den Schotter, ein Motor heulte auf und verstummte. Norman traf es wie ein Blitz aus heiterem Himmel. Er konnte es nicht fassen, dass Franziska ausgerechnet heute Abend früher nach Hause kam. An der obersten Stufe stehend, zog er ängstlich die Tür zur Eingangshalle heran. Wenn er sich jetzt unsichtbar machen könnte. Er presste sich an die Wand und lauschte. Dann war es wieder ruhig.

Mit dem schrecklichen Inhalt der Gefriertruhe vor Augen, mochte sich Norman gar nicht erst ausmalen was geschehen würde, wenn sie ihn in die Finger kriegt. Er zitterte wie Espenlaub und lugte schweißgebadet durch den Türspalt. In der Eingangshalle rührte sich nichts. Plötzlich grummelte es im Keller. Norman fuhr in sich zusammen. „Verdammt. Ungünstiger konnte der Zeitpunkt nicht gewählt sein", hauchte er leise.

Der Einstieg zur Grotte, begann sich zu schließen. Bange Sekunden verstrichen, dann kehrte Ruhe ein. „Das war ihr sicher nicht entgangen", wurde ihm schlagartig klar. Leider hatte er keinen Plan B. Wie sollte er unbemerkt entkommen? Da fiel ihm ein, dass es in der Küche eine Fenstertür gab. Nach vorne würde er ihr in die Arme laufen, doch durch die Hintertür sah er eine reelle Chance.

Wie eine zähflüssige Masse schob sich Norman in das Foyer und ließ seinen angsterfüllten Blick schweifen. Die Hosen hatte er gestrichen voll, doch die Luft war rein. Er nahm die Beine in die Hand und rannte was das Zeug hielt. Mit einer gehörigen Portion Angst im Nacken, stürmte er durch den Salon in den Wohnbereich. Als er am Kamin vorbei rauschte, strauchelte er am Kopf des Bärenfells und wäre fast gestürzt. „Warum war es so dunkel? Hatte sich der Mond verzogen?", fragte sich Norman. Dann sah er, dass die Rollläden herunter gelassen waren. Schockiert erkannte er, dass sein Fluchtweg abgeschnitten war und er wie ein gehetzter Hase in der Falle saß. Blankes Entsetzen erfasste ihn.

Dann ging auch schon das Licht an und eine vertraute Stimme zügelte ihn durchdringend. „Ganz ruhig mein Junge! Schön die Hände hoch und keine falsche Bewegung, sonst fängst du dir ne Kugel ein! Dreh dich langsam um und nimm die Mütze ab!" Norman ging der Arsch auf Grundeis. Seine schlimmsten Befürchtungen, schienen sich zu bewahrheiten. „So ein Mist! Jetzt bin ich im Arsch", murmelte er tief getroffen.

Resignierend riss er sich die Mütze vom Kopf und nahm ihr scheinheiliges Plädoyer entgegen. „Sieh an, sieh an! Mr. Wendslay! Was für eine Überraschung." Franziska schüttelte den Kopf und schnalzte mit der

Zunge, als wollte sie belehrend sagen, dass man nicht in fremde Häuser einsteigt. „Was für ein kapitaler Bursche ist mir denn da ins Netz gegangen?" Sie presste in einer Atempause die Lippen nachdenklich aufeinander. „Von ihnen hätte ich das am allerwenigsten erwartet. So viel Mumm hätte ich ihnen gar nicht zugetraut. Sie sind doch nicht etwa sauer, dass sie bei der letzten Gehaltserhöhung übergangen wurden und wollten nun ihr Taschengeld aufbessern? Mein lieber Norman, das wird ein schlimmes Ende nehmen. Wenn sie nur ihre dumme Visage sehen könnten. Ihnen ist doch klar, dass ich sie nicht so einfach laufen lassen kann. Ich könnte sie über den Haufen schießen und niemand würde es mir verdenken. Sie halten ein Brecheisen in der Hand. Es wäre Notwehr!" Dabei hob sie beschwörend die Augenbrauen und griente schadenfroh. „Sie brauchen keine Angst zu haben. Ich werde sie nicht erschießen. Vielleicht lasse ich mir was anderes einfallen. Oder haben sie eine Idee, was ich mit ihnen machen soll? Ich denke, es wird das Beste sein, wenn ich ihnen Handschellen anlege und die Polizei rufe", gab sie sich Vertrauen erweckend, damit er sich widerstandslos fesseln lässt.

Noch nie sah Norman sie in hautengen Jeans und mit offenen Haaren. Normalerweise wäre er von diesem Rasseweib besessen. Doch jetzt hasste er sie und sich selbst, dass er nicht clever genug war. „Ob sie dran glaubte was sie sagte?

Die Polizei rufen, dass ich nicht lache. Dann könnte sie sich gleich die Kugel geben", zweifelte Norman und verbat sich die Äußerung. Er wollte vermeiden, dass der letzte Funken Hoffnung wie ein Wassertropfen auf einer heißen Herdplatte verdampft. Außerdem war er nicht in der Position, irgendwelche Forderungen zu stellen. Eine Pistole war auf ihn gerichtet und sie wird ohne zu zögern abdrücken oder Schlimmeres mit ihm anstellen.

Franziska kam näher, bohrte ihm den Lauf in die Seite und hielt die Handschellen vor seine Nase. „Dreh dich um du Wurm!

Hände auf den Rücken", forderte sie barsch. Allzu gerne würde er sich widersetzen, doch leider hatte sie die besseren Karten. Eine Flucht war zwecklos. Selbst wenn er es nach draußen schaffte, ohne von einem gezielten Schuss nieder gestreckt zu werden, lauerten da die blutrünstigen Bestien. Die dürften mittlerweile aus ihrem Nickerchen erwacht sein. Aber soweit würde er gar nicht kommen, denn Franziska war sehr sportlich und eine perfekte Kampfmaschine. Sie hatte den schwarzen Gürtel im militärischen Nahkampf. Da hätte er wohl kaum eine Chance.

Also drehte sich Norman artig um und harrte der Dinge, die da kommen sollten. Die Handschellen klickten aber nicht, stattdessen spürte er einen dumpfen Schlag im Genick. Es wurde dunkel.

6. Kapitel

Im San Francisco Police Department in der Park Station an der Waller Street, lümmelte Detektiv Harry Morgan vom Morddezernat im Büro in seinem Sessel und stöberte in der Tageszeitung vom Examiner. Er war Mitte vierzig, 183, dunkelhaarig, durchtrainiert und mit herben Gesichtszügen. Sein Markenzeichen war der Dreitagebart. Meistens sah man ihn nur in Jeans, T-Shirt, Lederjacke und Turnschuhe. In der Regel war er immer gut drauf und hatte einen coolen Spruch auf Lager.

Sein Partner, Dave Hollywan war da ganz anders. Im gesetzten Alter von 58, mit Bauchansatz und ergrautem Haarkranz, riss er keine Bäume mehr aus und fieberte seiner Pensionierung entgegen. Die fehlende Ausstrahlung, versuchte er mit gepflegter Garderobe zu kompensieren. Das gelang nicht immer.

An diesem nebeligen Mittwochmorgen wühlte Dave in einem Berg von Akten, als er auf ein Foto stieß. Nebenbei fingerte er nach dem nächsten Donut. Die Krümel verteilten sich über den Tisch, als er schmatzend auf die Ablichtung starrte. Er runzelte die Stirn, brummelte vor sich hin und kratzte sich nachdenklich die hohe Stirn. „Das ist eine verdammt haarige Sache. Ob wir die harte Nuss knacken? Seit drei Wochen treten wir auf der Stelle und tappen im Dunkeln. Es gibt keinerlei Spuren, keine Zeugen, keine Beweise und kein Motiv. Wir haben noch nicht mal einen Verdächtigen", gab Dave zu bedenken und blickte angesäuert auf das Titelblatt vom Examiner. „Harry! Hörst du mir überhaupt zu?"

Das Presseblatt senkte sich und Dave erntete einen vorwurfsvollen Blick. Harry hatte die Ruhe weg und genehmigte sich einen Schluck Kaffee, bevor er sich dem unruhigen Geist widmete. „Jeden Tag laberst du die gleiche Scheiße. Der Bäcker schiebt schon Überstunden, um deinen Bedarf zu decken. Du solltest lieber deine grauen Zellen auf Trab bringen! Keine Panik, wir werden das Kind schon schaukeln", blieb Harry gelassen und winkte ab.

Er faltete die Zeitung zusammen und legte sie zur Seite. Dann beugte er sich vor und stützte sich mit den Ellbogen auf die Tischkante. „Was haben wir?", konstatierte Harry mit einseitig hochgezogener Augenbraue. Mit dem Daumen voran listete er die Fakten auf. „Eine junge Frau wurde in ihrer Wohnung brutal ermordet. Man hat sie vergewaltigt und anschließend den Schädel zertrümmert. Die Tatwaffe war ein gläserner Aschenbecher, den man am Tatort sichergestellt hat. Außerdem war ihr Körper von Hämatomen übersät, die auf extreme Gewalteinwirkung schließen lassen." Der letzte Fakt wollte ihm nicht über die Lippen und so sprang Dave ein.

„Er hat ihre Weiblichkeit wie eine faule Stelle im Apfel, mit einem Küchenmesser aus dem Unterleib geschält und vermutlich als Trophäe mitgenommen.

Die blutverschmierte Tatwaffe lag noch zwischen ihren Schenkeln."

„Richtig!" Harry ging für einen Moment in sich, blickte mit mahlenden Kiefern aus dem Fenster und machte seinem Unmut Luft. „Mir dreht sich jetzt noch der Magen um. Was geht in so einem Menschen vor, der zu so etwas fähig ist? Ich habe schon einiges erlebt, aber das ging mir unter die Haut. Der Fall ist ein Rätsel und ich kann nur hoffen, dass wir diesen Mistkerl finden, bevor er wieder zuschlägt. Solche Leute sind meistens triebgesteuert und morden regelmäßig. Wir nehmen den Tatort morgen noch einmal unter die Lupe. Vielleicht haben wir was übersehen", kam Harry zu dem Schluss.

Plötzlich wurde die Tür aufgestoßen. Chefinspektor Sam Rucklay platzte herein. Er war ein großer und kräftiger Kerl mit kantigen Gesichtszügen. Mit 53 schimmerte sein üppiges Haupthaar in gräulichen Fassetten. Große Reden schwingen war nicht sein Ding und so kam er ohne Umschweife zur Sache.

„Morgen Jungs. Sperrt mal die Lauscher auf!" Die beiden Detektive fuhren erschrocken zusammen. Dave blieb vor Schreck der letzte Bissen im Halse stecken.

„Ich habe eine heiße Sache! Den anderen Fall lasst ihr erst mal liegen! Erinnert ihr euch an die abgedrehte Lady, bei der vor ein paar Wochen dieser Typ, ... wie hieß er noch?" Er fuchtelte nervös mit den Armen und hoffte, dass ihm einer auf die Sprünge half. Dann schoss es ihm wieder ein. „Mr. Lambert, ... jetzt hab ich's, ...dass dieser Kerl spurlos verschwunden war?" Sam machte eine Pause und schaute fordernd in die Gesichter der verdutzten Männer. Harry überlegte, dann fiel bei ihm der Groschen. „Miss. Husboon? Die Leiche von dem Lambert konnte nie gefunden werden. Es gab keine Spuren und keine Beweise. Die Untersuchungen wurden eingestellt."

„Genau, und jetzt kommt's!" Er machte es spannend, indem er wichtig tuend die Arme vor der Brust verschränkte. „Sie hat wieder zugeschlagen und diesmal kriegen wir sie am Arsch. Ich fresse einen Besen, wenn die nicht ihre Finger im Spiel hat. Ein gewisser Ronald Westfield rief heute Morgen an und meldete seinen Arbeitskollegen als vermisst. Ebenfalls ein Mr. Lambert. Die Adresse steht auf dem Zettel. Es könnten Brüder sein." Sam reichte Harry den abgerissenen Wisch. Der warf einen flüchtigen Blick drauf und nickte.

Der Chefinspektor fuhr in seinen Ausführungen fort. „Ich hab mit dem Hauseigentümer Mr. Maysson gesprochen. Er wohnt in dem Haus, hat einen Ersatzschlüssel und lässt euch in die Wohnung. Seht euch mal um! Vielleicht findet ihr was, dass ihn mit der Verdächtigen in Verbindung bringt." Seine locker dirigierende Hand verriet, dass er nach gewissen Fakten suchte. „Ihren Namen im Notizbuch, eine Telefonnummer, oder etwas in der Art, na ihr wisst schon. Wir brauchen was handfestes, um einen Durchsuchungsbefehl zu beantragen. Alles klar Männer?"

„Alles Roger. Wir kümmern uns darum", gab Harry zu verstehen und nickte zuversichtlich. Sam verließ den Raum und zog die Tür hinter sich zu.

„Wo soll das sein?", fragte Dave neugierig und versuchte einen Blick auf dem Zettel zu erhaschen.

„In der Union Street 36. Schnapp dir deine Jacke und komm!"

„Die Ecke kenne ich. Eine Straße weiter wohnte eine Freundin."

„Sehr interessant! Hast du sie gevögelt?"

Dave schaute ihn entsetzt an. „Nein, um Gottes willen! Sie war zwar ein verdammt hübsches Ding, aber nicht mein Fall und außerdem ..." Harry fiel ihm ins Wort. „Du meinst, ..." Er machte eine Pause und schmunzelte. „Du spielst nicht in ihrer Liga. Sie war eine Nummern zu groß."

Das ließ Dave unkommentiert, warf sich die Jacke über und folgte seinem Partner. „Wann hast du das letzte Mal eine flachgelegt?", setzte Harry auf dem Weg zum Parkplatz noch einen drauf.

Dave war peinlich berührt und fühlte sich auf den Schlips getreten. „Du denkst wohl nur an das Eine? Ich muss erst den Kopf frei kriegen. Seit dem Tod meiner Frau, hatte ich kein Interesse. Ich kann's nicht. Ich hab sie geliebt."

„Okay, okay!" Harry hob beschwichtigend die Hände. „Tut mir Leid. Ich weiß, dass du deine Frau über alles geliebt hast und mit dem Krebs, ... war ne schlimme Sache. Es ist nun aber schon vier Jahre her. Du kannst den Kopf nicht ewig in den Sand stecken. Die bittere Pille musstest du schlucken! Es ist aber keine Lutschtablette. Das Leben geht weiter, mein Freund. Deine Brechstange gehört doch noch nicht zum alten Eisen. Glaube mir Dave, es gibt nichts Schöneres als eine weiche, rosarote, feuchte und glatt rasierte Muschi." Harry geriet mit halb geschlossenen Augen ins Schwärmen. „Komm doch heute

Abend mal mit. Ich kenne einen heißen Schuppen. Da steppt der Bär."

„Mal sehen. Eigentlich hast du ja Recht. Es wird echt mal wieder Zeit, dass der rostige Säbel geschliffen wird. Was für Mädels sind denn am Start?", zeigte sich Dave nicht abgeneigt.

„Zu den Bräuten fällt dir nichts ein. Top Figur, geile Titten, knackiger Arsch, alles dran! Schwarze, Blonde, Rothaarige, die ganze Palette. Du hast die Wahl", versuchte Harry es schmackhaft zu machen.

„Okay, ich denk drüber nach."

Auf dem Parkplatz stiegen sie in ihren Dienstwagen. Ein silbergrauer Cadillac Servile SLS.

Harry setzte sich ans Steuer, startete den Motor und trat aufs Gas. Obwohl es kein dringlicher Einsatz war, bretterten sie mit hohem Tempo durch die Häuserschluchten, so dass in den Kurven die Reifen quietschten. Dave nahm sich noch einen Donut mit auf den Weg und mampfte ihn genüsslich. Einfach war das nicht, denn er wurde mächtig durchgeschüttelt.

„Die nächste Querstraße müsste es sein", gurgelte Dave mit vollem Mund.

„Was hast du gesagt? Beiß doch noch mal ab!"

Dave würgte den Bissen runter. „Da vorne ist es! In der Straße wohnte meine Bekannte. Zu ihrem 37. Geburtstag war ich eingeladen. Ist schon lange her. Soweit ich weiß, hatte sie jemanden kennen gelernt und ist nach Los Angeles gezogen. Ich habe seit dem nichts mehr von ihr gehört."

Hinter der nächsten Kreuzung fuhr Harry seitlich an den Straßenrand. Er beugte sich vor, legte die Arme auf das Lenkrad und wendete sich vorwurfsvoll seinem Partner zu. „Ganz toll, Dave!"

„Was?", reagierte Dave auf seine genervt klingende Anmerkung.

„Der halbe Donut hat sich auf deinem Schoss verteilt."

„Ist doch kein Wunder, bei deinem Fahrstil."

„Okay, lass uns aussteigen! Da drüben muss es sein."

Er wies auf ein dreigeschossiges Gebäude in typischer San-Francisco-Architektur. Dave quälte sich behäbig aus dem Wagen und klopfte die Krümel von seinem Anzug. Harry verfolgte die Prozedur mit Ungeduld. „Sind wir endlich so weit", hallte es von der anderen Straßenseite.

„Ja, ja. Ich komm schon. Nun mach bloß keinen Stress!" Harry zeigte auf die Hausnummer. „Das muss es sein. Nebenan ist die 37. Hier ist die Nummer kaum zu entziffern."

Schneidig nahm Harry die acht Stufen bis zur Haustür und Dave folgte ihm. Es gab drei Klingelknöpfe. Ganz unten stand in fetten Druckbuchstaben „Maysson". Harry presste seinen Daumen auf die Klingel. Das Ding Dong der Glocke war deutlich zu hören, doch es rührte sich nichts. Die beiden Beamten waren sich unschlüssig. „Drück noch mal und auch bei

Lambert! Man weiß ja nie", meinte Dave achselzuckend.

Wieder tat sich nichts. „Vielleicht sollten wir um die Ecke einen Kaffee trinken und es später versuchen." Plötzlich polterte es auf den Stufen der Holztreppe. Harry hob mit zufriedener Miene den Finger und trat einen Schritt zurück. Die Tür sprang auf und ein flippiger Teenager schlüpfte mit einem „Hi" zwischen den sichtlich verdutzten Beamten hindurch. Harry erfasste als erster die Situation und rief der Halbwüchsigen hinterher. „Hey, kleine Lady! Einen Augenblick!" Das Mädchen stoppte seinen Wettlauf gegen die Zeit und schenkte ihm missbilligend und schnippisch ihre Aufmerksamkeit. „Was gibt's? Ich bin spät dran."

Harry zeigte ihr seine Dienstmarke. „Wir sind vom SFPD und wollten zu Mr. Maysson. Ist er zu Hause?" Ihre Antipathie den Bullen gegenüber, war nicht zu übersehen. „Keine Ahnung Mister. Der Olle Griesgram ist schwerhörig. Meistens hängt er vor der

Glotze und dreht den Kasten voll auf, schallt durchs ganze Treppenhaus."

„Okay! Danke." Reaktionsschnell stellte Harry seinen Fuß in die sich schließende Haustür und schlüpfte durch den Spalt. Dave folgte ihm in den renovierungsbedürftigen Hausflur. Unüberhörbar drang ein heftiger Schusswechsel durch die Wohnungstür im Erdgeschoss. Harry und Dave waren sich sofort einig, dass es sich um die Wohnung von Mr. Maysson handeln musste. Nach dem sie es vergeblich mit Klopfen versucht hatten, bullerte Harry mit der Faust gegen die Tür. Als das Türblatt fast aus den Angeln flog, kam ein Echo von der anderen Seite und das Geballer verstummte. „Ja, ja. Ich komm ja schon." Ein Husten und Krächzen näherte sich. „Wer ist da?"

„San Francisco Police Departement. Inspektor Sam Rucklay hat uns geschickt. Es geht um die Wohnung von Mr. Lambert", gab sich Harry zu erkennen.

Die Kette rasselte, ein paar Schlösser schnappten und als die Tür aufschlug, schrammte sie Schlieren in den

Dielenboden. Ein dürres, greisenhaftes Männlein erschien. Sein vergilbtes Unterhemd hatte schon bessere Tage gesehen und die grünen Shorts stammten vermutlich noch aus den Fünfzigern. Eine üble Dunstwolke schwappte den Polizisten entgegen und hüllte die Männer in ein Gemisch aus billigem Pfeifentabak und muffigen Altherrenduft.

Harry zückte seine Dienstmarke und hielt sie dem alten Mann vor die Nase. „Ich bin Detektiv Morgan und mein Kollege ist Detektiv Hollywan." Der Alte prüfte die Plakette flüchtig, schwenkte herum und schlurfte wieder zu seinem abgewetzten Ledersessel. Bevor er sich der Altersschwäche entsprechend niederließ, deutete er mit einem seiner knöchrigen Finger auf die Anrichte.

„Da liegt der Schlüssel. Es ist das Apartment ganz oben unter dem Dach. Inspektor Ruckley hat mir versichert, dass sie nicht wilde Sau spielen. Mr. Lambert ist ein ordnungsliebender Mensch. Bringen sie ihn zurück sobald sie fertig sind." Als Mr. Maysson seine

Kehrseite präsentierte erweckte es den Eindruck, als wäre sein Haupthaar ausgefallen und auf dem Rücken angewachsen. Hier würde sich der Einsatz einer Heckenschere lohnen.

Oftmals ging Harry voran doch in diesem Fall, wer mag es ihnen verdenken, ließen sie sich gegenseitig den Fortritt. Dave erbarmte sich, rümpfte die Nase und quittierte es mit einem missbilligenden Blick. „Geht klar, Mr. Maysson. Wir sehen uns nur mal um", tönte Dave extra laut wegen der Hörschwäche des alten Mannes. Er nahm den Schlüssel und folgte seinem Partner die Treppe rauf.

Vor der Wohnungstür im obersten Geschoss drückte Dave den Klingelknopf. Die schrille Alarmglocke ließ die Beamten zusammenzucken. „Also wer dabei nicht aus dem Bett fällt, hat den Schuss nicht gehört", kommentierte Harry den Klingelton, bevor sein eindringlicher Bass durch das Treppenhaus schallte. „Mr. Lambert! San Francisco Police Department, bitte öffnen sie!" Gemäß den Gepflogenheiten verlieh er seiner Aufforderung durch energisches Klopfen Nachdruck. Obwohl sie wussten, dass Mr. Lambert vermisst wurde und wohl kaum jemand zu Hause war.

Zur Verwunderung der Beamten war die Tür nur angelehnt und öffnete sich durch das Klopfen einen Spalt breit. Bei den eingefleischten Profis schrillten die Alarmglocken. Lautlos postierten sie sich neben der Tür, zogen ihre 38er aus dem Halfter und brachten sie mit der Mündung nach oben in den Anschlag. Harry und Dave verstanden sich blind. Dave gab ihm ein Zeichen und sein Kollege nickte.

Daraufhin nahm Harry vor der Tür Aufstellung. Ein Tritt wie aus dem Lehrbuch und die Tür sprang ganz auf. Im Flur stehend sicherte er den Korridor. Dave vergewisserte sich über das Treppenauge, ob sich eine verdächtige Person aus dem Staub machte. Doch bis auf die Filmgeräusche aus Mr. Mayssons Wohnung war nichts zu vernehmen. Dann schloss er sich seinem Partner an und staunte.

„Hatte der Alte nicht behauptet, dass Mr. Lambert ein Reinheitsfanatiker sei? Sieht aus, als hätte ein Tornado gewütet", bemerkte Dave lakonisch. Ein großer Teil des Hausrates hatte sich auf dem Boden verteilt. Mitten drin der zertrümmerte Monitor eines Computers und die Festplatte. Für Dave gab es nur eine logische Erklärung. „Da ist uns wohl jemand zuvor gekommen. Was meinst du Harry? Ist das auf ihrem Mist gewachsen?"

„Schon möglich. Keine Ahnung", entgegnete er und bedeutete Dave, dass er die verbliebenen Räume checken wollte. Ohne etwas gefunden zu haben, kehrte er zurück.

„Wir können wohl davon ausgehen, dass hier ..." Beim Anblick seines Partners brach er den Satz ab. Dave stand wie eine Statue vor der Küchentür, als hätte ihn ein furchtbarer Geist benebelt. Harry kannte das. Wenn Dave etwas Schlimmes gesehen hatte, wechselte er die Farbe wie ein Chamäleon. Die leichenblasse Farbe war ein Indiz.

„Hey Partner, was ist los?", fragte Harry in böser Vorahnung, während ihm Kloakendunst entgegenströmte. „Puh, ... Dave! Sind das deine chronischen Blähungen?" Er wedelte mit der Hand vor der Nase. Doch das war nicht die eigentliche Ursache des fürchterlichen Gestanks.

Dave hob die rechte Hand und wies mit dem Daumen hinter sich. „Das ... solltest du dir mal ansehen", stammelte er mit bebender Stimme. Harry schob ihn zur Seite und warf einen Blick hinein. Es traf ihn wie ein Schlag. Hier hatte eine Bombe eingeschlagen und ein Schlachtfeld hinterlassen. Die verdunkelte Küche ähnelte einer Müllhalde und mitten drin prangte eine Riesensauerei. Er nestelte nach seinem Taschentuch und hielt es sich vor Mund und Nase. „Verfluchte Scheiße, was ist denn hier passiert? Das stinkt ja fürchterlich!", brach es aus ihm heraus. Die Luft war gesättigt von verwesendem Fleisch. Darunter mischte sich übelster Fäkaliendunst. Fliegen tummelten sich um einen Kadaver.

Vor ihm hockte auf einem Stuhl, den Rücken zugewandt, ein fettleibiger nackter Mann am Küchentisch. Seine wurstigen Handgelenke waren mit den
hinteren Stuhlbeinen verbunden. Die dünnen
Schnüre hatten sich im Todeskampf ins Fleisch geschnitten und mit Blut getränkt. Seine Unterschenkel
teilten das Schicksal und waren an den Vorderbeinen
fixiert. Der schwammige Körper und alles drum-
herum war blutüberströmt.

Harry schaute sich genauer um. Bei jedem Schritt
knirschten Scherben von zersprungenem Porzellan
und Glas. Je näher er kam, desto bewusster wurde
ihm das Ausmaß des Grauens. Harry war eigentlich
ein abgebrühter Haudegen und mit allen Wassern ge-
waschen, doch in dieser Jauchegrube drohte auch er
emotional zu versinken. Ihm war klar, dass es nur das
Werk eines Wahnsinnigen, eines durchgeknallten
Psychopathen sein konnte.

„Oh, man! Das ist echt widerlich. Hast du das gesehen? Wie kann man nur…?" Der Anblick löste bei

Harry blankes Entsetzen aus. Dem armen Teufel wurde der Kopf wie eine Kartoffel geschält. Die Lippen wurden entfernt und die Zunge raus geschnitten. Die vorderen Zähne waren herausgebrochen. Die Bauchdecke hing aufgeschlitzt wie die Klappe eines Backofens herunter. Daraus ergossen sich die Eingeweide wie ein Wasserfall zwischen seine blutigen Schenkel. Seine Zehen und Fingerkuppen waren abgehackt oder abgeschnitten worden. Alles lag blutverschmiert unter dem Stuhl.

Harry versuchte sich zu beherrschen, damit er sich nicht übergeben musste. Er raufte sich die Haare, schloss die Augen und versuchte sich zu konzentrieren. „Dave! Funk die Zentrale an! Die sollen die Spurensicherung herschicken und den ganzen Quatsch."

Doch Dave konnte ihn nicht hören. Den hatte es bereits übermannt und auf die Toilette verschlagen. Harry musste sich also selber kümmern. Mit zittriger Hand fingerte er nach seinem Sprechfunkgerät und drückte den Knopf. „Hallo Sam!" Es vergingen ein paar Sekunden, dann meldete sich Cindy. Cindy Deppenford war der Vorzimmerdrachen, eine aufgetakelte Mitfünfzigerin, die sich den lieben langen Tag mit vollen Segeln in den Wind legte, um im Hafen des Chefinspektors vor Anker zu gehen. Doch die alte Fregatte erlitt einen Schiffbruch nach dem anderen.

„Was gibt's Harry? Sam ist zu Tisch", hörte Harry aus dem Sprechfunk und strich sich mit dem Handrücken über die verschwitzte Stirn. „Hör zu Cindy! Wir sind auf etwas gestoßen. Schick sofort die Spurensicherung in die Union Street 36! Na du weißt schon, was zu tun ist", gab Harry die Anweisung. Während dessen vernahm Cindy den Background von der Toilette. „Was ist los bei euch? Das hört sich nicht gut an."

„Dave hat's erwischt. Der kotzt sich gerade die Eingeweide aus dem Leib."

„Okay, ich schicke die Jungs rüber."

Dave kam in die Diele und nestelte mit rotem Kopf an seinem Anzug. Harry musterte ihn von oben bis unten. „Alles in Ordnung? Das kann einem schon übel mitspielen", ging Harry mit gewisser Anteilnahme auf seinen Partner ein. „Danke, geht so." Dave hob entschuldigend die Hand. „Das war zu heftig. Ich glaube ich kann es bald nicht mehr", äußerte er sich bedrückt und bemühte sich, den Schock zu verdauen. Er holte tief Luft und bemerkte nachdenklich. „Ich kann mir beim besten Willen nicht vorstellen, dass sie das gewesen ist. Das war ein Verrückter, ein Wahnsinniger. Kein normaler Mensch macht so was. Das kann nur ein wildes Tier gewesen sein."

„Dave!" Harry räusperte sich, hob belehrend den Zeigefinger. „Ein wildes Tier tötet nicht aus Lust, sondern nur, weil es Hunger hat und sein Überlebensinstinkt ihn dazu zwingt. Niemals würde es sein Opfer unnötig leiden lassen. Hier haben wir es mit einem Menschen zu tun. Ein vernunftbegabtes Wesen möchte man meinen. Leider hat die Evolution bei diesem Exemplar die falsche Richtung gewählt. Der geilt sich daran auf, wenn sein Opfer leidet. Es macht ihm Spaß! Auf dem Gipfel seiner Qualen geht ihm dann einer ab. Das ist doch krank oder?" Harry winkte genervt ab und ging ins Treppenhaus. „Komm Dave, wir statten Mr. Maysson noch einen Besuch ab."

Als die Detektive wieder auf seiner Matte standen, hämmerte Harry ungehalten gegen die Tür. „Mr. Maysson!" Er lauschte und kurz darauf öffnete sie sich. Der alte Mann klammerte sich sichtlich geschwächt an das Türblatt, als könnte er sich kaum noch auf den Beinen halten. Verwundert sah er in die gezeichneten Gesichter der Beamten. „Was ist los Gentlemen? Man könnte meinen, sie seien dem Leibhaftigen begegnet."

„So könnte man es auch nennen", pflichtete Harry dem Alten bei und unterrichtete ihn von den Tatsachen. „Tut mir Leid, Mr. Maysson, ... nach dem Stand der Dinge wurde Mr. Lambert ermordet." Mr. Maysson fuhr der Schock in die Glieder und seine Gesichtszüge versteiften sich zu einer Büste. Er rang nach Fassung. „Das ist ja furchtbar. Wie war das möglich?", äußerte er sich bestürzt und suchte händeringend nach einer Sitzgelegenheit. Er schleppte sich zu einem Stuhl und sank wie in Zeitlupe nieder. Sein Blick fiel ins Leere.

Harry ging beruhigend auf ihn ein. „Ich kann sie verstehen. Das ist keine schöne Sache. Aber ich würde ihnen gerne noch ein paar Fragen stellen." Mr. Maysson schüttelte den Kopf und hatte sich scheinbar gefangen. „Ist schon gut! Fragen sie nur! Mr. Lambert war ein netter Kerl, aber ich hatte kein persönliches Verhältnis. Wenn sie verstehen, was ich meine." Ein kräftiger Hustenanfall unterbrach seine Ausführungen.

Harry griff sich nachdenklich ans Kinn und sah zu seinem Partner. „Ist alles in Ordnung, Mr. Maysson?", wollte Dave wissen. Mr. Maysson winkte ab und nickte. „Geht schon. Das ist dieser fürchterliche Pfeifentabak. Weiß der Teufel, was die da alles untermischen? Meine Stammmarke war leider vergriffen."

„Ist ihnen in letzter Zeit etwas Ungewöhnliches aufgefallen? Haben sie Schreie gehört oder seltsame Geräusche?" Eigentlich hätte er sich die zweite Frage
sparen können, doch die Macht der Gewohnheit ließ
es nicht zu. „Nein. Die letzten Wochen war es ruhig.
Die Familie über mir, ist gestern aus dem Urlaub zu-
rückgekommen und von Mr. Lambert hat man selten
was gehört."

„Die kleine Lady gehört zur Familie? Wie lange waren die im Urlaub?"

„Ja, das ist die Tochter. Eine freche Göre, das kann ich
ihnen sagen. Die haben aber auch noch einen Sohn,
der ist erst sieben und ein feiner Kerl. Das weiß ich
nicht genau, vielleicht drei Wochen. Die wollten in
die Berge."

„Okay, alles klar." Harry biss sich nachdenklich auf
die Lippe und fuhr fort. „Hat Mr. Lambert in letzter
Zeit mal jemanden abgeschleppt?" Als er das verdutzte Gesicht des Alten bemerkte wurde ihm klar,
dass er sich verständlicher ausdrücken musste.

„Hatte er mal eine Frau mit nach Hause gebracht?"
Harry gestikulierte mit den Händen. „Stand er überhaupt auf Frauen?" Mr. Maysson wirkte überfordert. „Wie meinen sie das?" Dann viel der Groschen. „Gott nein, ... woher soll ich das wissen." Er legte seine Stirn in die Hand, massierte seine altersbefleckte Kopfhaut und blickte auf. „Ich habe keine Ahnung. Eine Frau habe ich nie gesehen, soweit ich mich erinnern kann."

„Wie hieß Mr. Lambert mit Vornamen?"

„Jefferson Samuel, denke ich, ... ja genau."

„Er hatte zwei Vornamen?"

„So steht es jedenfalls im Mietvertrag. Ich kann es ihnen zeigen."

„Danke, nicht nötig." Harry hob abweisend die Hand. „Wissen sie, ob Mr. Lambert eine Familie hatte? Eltern, Geschwister oder Verwandte?" Mr. Maysson zuckte die Achseln. „Keine Ahnung. Ich habe nur den Mietvertrag geschrieben und er hat im Voraus gezahlt. Da stellt man nicht viele Fragen. Ab und zu habe ich ihn im Hausflur getroffen. Mehr als ein „Guten Tag" hat es nie gegeben. Ich schwatze ja gerne mal mit den Leuten, aber das war nicht sein Ding. Er hatte es immer eilig."

Während Harry verständnisvoll nickte, traf vor dem Haus die Spurensicherung ein. „Würden sie mich einen Moment entschuldigen."

„Ja, ja! Machen sie nur", rief ihm der Alte gleichgültig nach. Harry ging in den Hausflur und öffnete den Spürhunden, wie Harry sie zu nennen pflegte. „Hallo Jungs! Ihr müsst nach ganz oben in die Küche. Kein schöner Anblick."

Dann widmete er sich wieder Mr. Maysson. „Tut mir leid aber was sein muss, muss sein." Den Greis tangierte das herzlich wenig. Er nickte nur gleichgültig. „Wo sind wir stehen geblieben? Ach ja, ... die Bezugspersonen. Er hatte also nie Gesellschaft?", hakte er noch mal nach.

„Ich habe doch schon gesagt, dass ich niemanden gesehen habe."

„Wann ist ihnen Jefferson Samuel Lambert zum letzten Mal begegnet?" Harry sprach den Namen besonders deutlich aus. Der Alte schürzte die Lippen, schaute aus dem Fenster und rieb sich nachdenklich das stoppelige Kinn. „Warten sie mal! ... Wann war das?", dachte er laut, bevor es ihm einschoss. „Genau! Jetzt hab ich's. Das war einen Tag nach meinem Geburtstag. Ich weiß es noch, weil meine Schwester zu Besuch kam. Als ich sie an der Tür empfing, lief Mr. Lambert im Jogginganzug vorbei."

„Und wann hatten sie Geburtstag, Mr. Maysson?", wollte Harry wissen.

„Heute vor einem Monat."

„Danke Mr. Maysson. Das wäre vorerst alles. Hier ist meine Karte. Wenn ihnen noch etwas einfällt, rufen sie mich an." Harry reichte ihm den Karton und schwenkte zum Ausgang. Doch eine gravierende Ungereimtheit ließ ihn aufhorchen. Er machte auf dem Absatz kehrt und schenkte dem Alten noch einmal seine Aufmerksamkeit. „Eins wüsste ich noch zu gern Mr. Maysson. Woher wissen sie, dass Mr. Lambert einen ordentlichen Haushalt führte?"

„Es gab mal ein Problem mit der Spüle. Die Mischbatterie leckte. Ich bin hoch und habe mir das angesehen. Früher habe ich das selber in Ordnung gebracht, doch mittlerweile bin ich zu alt dafür. Leider bin ich heute auf diese Pfuscher angewiesen", konnte er sich den Seitenhieb auf die betreffende Zunft nicht verkneifen.

Harry nickte beipflichtend und drehte ab, als ihm noch etwas sauer aufstieß. „Eine letzte Sache hätte ich noch. Sie haben Mr. Lambert im Jogginganzug gesehen. Trug er den in seiner Freizeit aus Bequemlichkeit, oder war er sportlich aktiv?"

Mr. Maysson stemmte seine Hände bestimmend auf die Oberschenkel, bäumte sich auf soweit es die Sitzhaltung zuließ und versuchte auf diese Weise, seine Aussage zu bekräftigen. „Ja sicher! Mr. Lambert hat regelmäßig Sport getrieben. Mindestens zwei Mal die Woche ist er drüben im Park gelaufen." Detektiv

Morgan zog grübelnd die Augenbrauen zusammen. „Stimmt was nicht?", fragte Mr. Maysson.

„Das ist sehr merkwürdig. Der Mann, den wir oben in der Küche gefunden haben", seine Leiche wurde gerade an der offenen Tür auf einer Trage im schwarzen Sack vorbei getragen, „wog bestimmt 300 Pfund, ne richtig fette Qualle", Harry deutete mit der Hand zur Tür, „Das war doch nicht ihr Mieter Mr. Lambert. Könnte es der Bruder gewesen sein?", richtete Harry die Frage an den alten Mann.

Mr. Maysson war ratlos und schüttelte achselzuckend den Kopf. „Keine Ahnung! Ich habe seinen Bruder nie kennen gelernt."

„Okay, Mr. Maysson. Wir haben ihre Zeit lange genug in Anspruch genommen. Wie schon gesagt, melden sie sich, wenn ihnen noch etwas einfällt!"

Die Männer verabschiedeten sich. Dave brannte es unter den Nägeln und auf der Straße platzte es heraus. „Wer zum Teufel war das?" Darauf antwortete

Harry spitzfindig. „Das war Mr. Maysson, der Vermieter."

„Du Blödmann! Du weißt genau wen ich meine."

Nach dem kleinen Scherz verfinsterte sich Harrys Miene. „Keine Ahnung. Ich vermute mal, dass es sein Bruder war. Aber warum hatten wir damals eine andere Adresse. Da sehe ich im Moment nicht mehr durch. Jetzt stehen wir ziemlich blöd da."

Hinter ihnen rief der Fahrer vom Leichenwagen. „Hey, ihr da! Geht doch mal zur Seite!"

7. Kapitel

Norman erwachte unbekleidet auf nackter Erde und blickte in den azurblauen Himmel, wo sich aufgebauschte Schäfchenwolken tummelten. Wärmende Strahlen streichelten seine Haut. Ringsum war es mucksmäuschenstill, kein Vogelgezwitscher, kein Autolärm und kein Wind der zwischen den Zweigen der umstehenden Bäume säuselte. Nur ein fernes Knistern drang an sein Ohr.

Plötzlich nahm er schemenhaft einen verschleierten Schatten wahr, der sich allmählich in Gestalt legte. Zunehmend schärfer formten sich die Konturen zu einer teuflisch lüsternen Satansbraut. Auf Höhe seiner Lenden, stand mit gespreizten Beinen eine rassige Amazone in purpurnem Mieder, hautengen schwarzen Lederhosen und blutroten Lacklederstiefeln. Sie stemmte ihre geballten Fäuste in die schlanke Taille, gleich der einer Wespe und strafte ihn mit erniedrigendem Augenaufschlag. Dann ließ sich die abgöttische Erscheinung herab und hüllte sein Gesicht in einen Schleier ihrer schwarzen Mähne. Das eingerahmte Antlitz war ihm nur allzu vertraut.

Es war Ms. Husboon, die wie nicht anders zu erwarten, in die beherrschende Rolle geschlüpft war. Kurzzeitig schockiert, wollte Norman aufspringen und davonlaufen. Leider war es ihm nicht vergönnt. Wie in den Kokon einer Spinne gewebt, umspannten ihn Stricke und hielten ihn im Würgegriff. Doch damit nicht genug. Holzpflöcke waren in den Boden gerammt und hielten beidseitig eine Schlinge, die sich jeweils um seinen Hals und die Knöchel legten.

Wie unter dem Gewölbe eines Gebetshauses hallte ihre Stimme kaltherzig. Franziskas Augen funkelten feurig aus einem boshaften Engelsgesicht. „Du armseliger Wurm! Was bildest du dir ein? Was denkst du wer du bist? Du bist ein Nichts, ein Ungeziefer, ein Mistkäfer, eine Made, die nichts anderes verdient hat, als zertreten zu werden", wetterte sie giftig, holte tief Luft und fuhr fort: „Du wolltest mir an den Wagen pissen? Dafür wirst du teuer bezahlen. Ich werde dich zermalmen, dich platt machen wie eine Flunder." So sehr es Norman auch zur verbalen Gegenoffensive drängte, ein Knebel hielt ihn im Zaum.

Zu seiner Verwunderung schlug sie plötzlich einen vornehmen Ton an, als wäre sie eine feine Lady aus gutem Hause. So geriet sie gar ins Schwärmen. „Dir wirft sich ganz gewiss die Frage auf, wie ich es wohl anstelle? Nun, ... gar verzückt wäre ich von der Vision, du würdest mir als Insekt zu Füßen kriechen. Ich könnte dich nach Belieben schupsen, bis ich deiner überdrüssig, dich unter dem Ballen fixiere und genüsslich das Knirschen aufnehme, als würde ich eine Schabe zertreten", steigerte sie sich in einen düsteren Rausch und fuhr fort: „Mein lieber Norman, jetzt werde ich mir einen Traum erfüllen. Zu diesem Zweck habe ich meine große Schwester bemüht. Darf ich dir mein gewichtiges Mädchen vorstellen!"

Franziska sprang auf und trat mit einem strahlenden Lächeln zur Seite. „Trara! Ich präsentiere Bulldog die Wuchtramme!" Als stünde sie in der Manege vor dem Publikum und bereitete der Attraktion mit kreisender Armbewegung einen würdigen Empfang. Sie gab den Blick frei, auf ein furchteinflößendes Ungetüm. Norman erschrak, als ihm auf makabre Weise die aussichtslose Lage vorgeführt wurde.

Vor ihm türmte sich ein gigantischer Kollos aus Stahl und Gummi. Bedrohlich wölbte sich die grimmige Schnauze über zwei breite Reifen. Zwei gläserne Augen nahmen ihn schon ins Visier. Ein tonnenschwerer gelber Bulldozer protzte damit, alles niederzuwalzen was sich ihm in den Weg stellte. Zu seinem Pech lag Norman genau in seiner Spur.

Das Teufelsweib weidete sich an seiner Todesangst. „Na mein Lieber! Gefällt dir was du siehst? Ich schwinge meinen Arsch gleich da rauf, werde über dich drüber fahren und dich wie eine Laus zerquetschen."

In ihrer diebischen Vorfreude rieb sie sich kichernd die Hände. Zum Zeichen der Erniedrigung platzierte sie ihren Fuß auf seiner Brust. „Haben Sie noch etwas zu sagen, bevor das Urteil vollstreckt wird?", verkündete sie sachlich wie in einem Gerichtssaal. Daraufhin stammelte Norman wirres Kauderwelsch. Franziska beugte sich herunter und blickte ihm tief in die Augen. „Ich kann dich nicht hören. Was hast du gesagt?", ließ sie zynisch verlauten, hielt die Hand ans Ohr und lauschte. Wieder drang nur unverständliches Gemurmel durch den Knebel. „Du hast also nichts zu deiner Entlastung vorzubringen?" Wie ein kecker Cheerleader stellte sie sich wieder aufrecht und stützte die Hände in die Hüften. „Der Angeklagte wird zum Tode durch Zerquetschen, unter den Rädern eines Bulldozers verurteilt! Das Urteil wird sofort vollstreckt", tat sie unberührt kund.

Franziska zuckte kokett mit den Achseln, wendete sich schnippisch ab und stolzierte mit aufreizendem Hüftschwung zur Baumaschine. Während des eleganten Aufstiegs hauchte sie ihm zum Abschied einen Luftkuss zu. Lächelnd hinter dem Steuer sitzend, ließ sie den Anlasser rotieren und brachte das lieblose Herz der unbarmherzigen Schwester zum Schlagen. Mit lautem Getöse heulte es auf und ließ den Boden erzittern. Franziska salutierte und legte den Gang ein. Ein Ruck ging durch den wilden Stier und ließ ihn stampfen. Bedenkenlos gab sie ihm Futter.

Norman wurde von panischer Angst ergriffen. Er wand sich wie ein Aal und zerrte an den Fesseln. Doch so sehr er sich auch drehte und jammerte, es gab kein Entrinnen. Die Seile ließen nicht locker und hielten ihn in Position, während sich der bullige Reifen auf seine Gebeine zu wälzten. Franziska hatte ihre helle Freude. Kurz bevor der Reifen ihn erfasste und er zu einem Schrei ansetzen wollte, schreckte er auf und riss sich aus dem zähflüssigen Strudel der furchterregenden Fiktion.

Zum Glück war es nur ein böser Traum und Norman wähnte sich gut behütet im Schoß seines heimischen

Nachtlagers. Die grenzenlose Erleichterung währte jedoch nur kurz und wich schweißtreibendem Unbehagen. Die tatsächlichen Umstände unterschieden sich kaum von den Traumatischen. Norman fiel vom Regen in die Traufe.

Mit geschlossenen Augen und abgrundtiefer Bestürzung lauschte er einem prasselnden Kaminfeuer, ein Glas wurde abgestellt und an einer Zigarette gezogen. Die Luft war erfüllt von dem Rauch.

Wie im Alptraum, mangelte es an Bewegungsfreiheit. Norman lag auf der Couch und war wie eine ägyptische Mumie von Kopf bis Fuß mit Klebeband umwickelt, welches sich auch über Mund spannte. Ihm wurde Angst und Bange. Welche Pein mag ihm blühen?

Norman riss die Augen auf und schickte sich an, aufrecht zu sitzen. Der Versuch misslang kläglich. Ein Halsband hielt ihn fest und zwang ihn in die Rückenlage. Seine Beine hafteten ebenfalls wie angenagelt an

der Polstergarnitur. Vom Kamin strömte Wärme her-
über. Die lodernden Flammen strahlten ein Licht aus,
dass schummrig über die Decke flackerte. Die Fenster
waren noch immer verdunkelt. In den Augenwinkeln
filtrierte sich die Silhouette seiner Peinigerin auf dem
gegenüberliegenden Kanapee.

Es war Franziska, die ungeduldig sein Erwachen her-
beisehnte. Sie nahm noch einen letzten Zug und
drückte den Kippen zwischen die Leidensgenossen
in den überfüllten Aschenbecher. Hörbar ausatmend
setzte sie sich zurück, schlug die Beine übereinander
und verschränkte die Arme vor der Brust. Ihre Miene
wandelte sich zu einem erhabenen Selbstbildnis.
Dann brach sie das Schweigen.

„Norman, Norman, Norman!", betete sie seinen Na-
men runter wie auf einer Tonleiter. „Du bist ein böser
Junge und ich bin enttäuscht von deiner Kinderstube.
Hat dir deine Mutti nicht beigebracht, dass man seine
Nase nicht in fremde Angelegenheiten steckt? Was
hast du dir dabei gedacht? Diese Odyssee hättest du

dir ersparen können, aber du musstest ja den Helden spielen."

Sie machte eine kurze Pause und schüttelte den Kopf. „Hattest wohl schon die Schlagzeile vor Augen. - *Mitarbeiter eines Architekturbüros entlarvt seine bestialische Chefin!*", stellte sie den skandalösen Schriftzug mit flacher Hand in den Raum. „Was meinst du Norman, ... was soll ich mit dir machen?" Sie bemühte sich um eine nachdenkliche Mimik und schürzte die Lippen. „Ich werde dich bestrafen müssen und glaube mir Norman, dass wird dir nicht gefallen", brach es böse auf ihr wehrloses Opfer herein.

Normans Gefühle fuhren Achterbahn. Allgegenwärtig waren die entsetzlichen Eindrücke aus den Katakomben und möglicherweise ereilt ihn ein ähnliches Schicksal. Längst hatte er es bitter bereut, dass er sich niemandem anvertraute.

Franziska nahm den Faden ihres Plädoyers wieder auf. „Soweit ich weiß, hattest du keine Familie. Deine Eltern sind vor sieben Jahren bei einem Autounfall ums Leben gekommen und du warst ein Einzelkind. Ein Onkel lebt in New York, aber du hattest schon ewig keinen Kontakt. Eine Freundin gibt es nicht und überhaupt konnte dich niemand leiden." Die Tonlage ihrer Stimme ging enthusiastisch nach oben. „Der ideale Proband für neckische Spielchen. Es wird heißen, Norman Wendslay ist im Urlaub verschollen. Niemand wird dich vermissen. Im Gegenteil, ... die Kollegen werden sich die Hände reiben und sich wie die Aasgeier auf den freien Posten stürzen."

Sie erhob sich, stolzierte wie ein Monarch um den Tisch und postierte sich gebieterisch vor dem Häufchen Elend. Franziska trug noch die Jeans und den Pulli, setzte ihr linkes Knie auf seine Brust und beugte sich über ihn. Gequält jaulte Norman, während sie sein Kinn packte und die Kiefer versuchte auseinander zu quetschen, soweit es das Klebeband zuließ. Ihr messerscharfer Blick bohrte sich in seine angsterfüllten Augen. „Dumm gelaufen, nicht wahr Norman? Du kleines Würstchen warst wohl stolz, dass du so weit gekommen bist? Ich hatte es längst durchschaut! Die Alarmanlage war manipuliert und den Hunden gab ich ein Beruhigungsmittel. Wie fandst du den Videoraum? Das war das Ende meines Lieblingsfilmes. Hat es dir gefallen?", keifte sie triumphierend.

Norman traute seinen Ohren nicht. Wie gelähmt vernahm er ihr unverfrorenes Gelaber. „Deine Kamera macht nette Bilder. ...", schnalzte sie mit der Zunge und schüttelte den Kopf. „Zu schade, dass sie niemand zu Gesicht bekommt. Sie ist bereits in Flammen aufgegangen, genau wie deine lustige Verkleidung", fuhr sie ironisch fort. „Warte nur, bis ich mit dir fertig bin! Dann wird auch von Dir nicht mehr viel übrig bleiben", verkündete sie mit wütendem Anstrich.

Franziska trug ein künstliches Lächeln zur Schau und kehrte in die aufrechte Position zurück. Feindselig funkelten ihre Augen und ihr kokettierendes Mienenspiel verriet, dass sie etwas Hinterhältiges im Schilde führte. „Ich werde noch Eine rauchen und mich dann deiner armen Seele annehmen", sagte sie scheinbar gleichgültig, warf ihm einen abfälligen Blick zu und schockierte ihn mit der Ankündigung: „Es macht dir doch nichts aus, wenn ich gleich hier Platz nehme." Ohne eine Reaktion abzuwarten, schwenkte sie herum und ließ sich ungeniert auf seiner verdutzten Visage nieder.

Noch bevor er reagieren konnte, wurde sein Schädel brachial ins Polster gedrückt. Wie die Schneekönigin brach sie in schallendem Gelächter aus. „Ha, ha, ha, ...gefällt dir das? Das ist doch genau nach deinem Geschmack, du perverse Sau."

Norman fiel vom Glauben ab, als sich ihre ausladenden Rundungen auf sein Gesicht wälzten. Anfangs umschloss ihn das weiche Fleisch zartfühlend. Doch bald darauf malträtierten ihn die Steißknochen auf brutale Weise. Norman bekam keine Luft und panische Angst, unter ihr jämmerlich zu ersticken. Franziska blieb einen Augenblick sitzen und scherte sich nicht um sein Elend. Im Gegenteil. Sie liebte es, Männer auf diese Weise zu quälen.

Norman fühlte sich von Gott und der Welt verlassen. Er sträubte und stemmte sich mit aller Macht gegen die Schmach. Endlich gönnte sie ihm einen Spalt für einen Atemzug, um ihn gleich wieder zu versiegeln. Das Spielchen zog sich über die Länge der Zigarette. Dann inspizierte Franziska ihn freudestrahlend. „Oh, ... Norman! Du machst ja so ein bedrücktes Gesicht."

Norman pumpte wie ein Maikäfer. Trotz seiner misslichen Lage spürte er Erleichterung, welche postum in Wut und Empörung umschlug. Er zerrte an den Fesseln, wälzte sich hin und her und wetterte wie ein Rohrspatz. Für Franziska war das Gebrummel unter dem Klebeband schwer zu verstehen und so machte sie sich einen Reim darauf. „Du Schlampe! Was soll das? Bist du total durchgeknallt! Bind mich los, du blöde Kuh! Ich werde dir den Arsch aufreißen, du olle Pissnelke."

Franziska lauschte ignorant seiner wütenden Schimpfkanonade und rang sich ein müdes Lächeln ab. Als ihm gewahr wurde, dass sein Aufbegehren wirkungslos blieb, drosselte er seinen Widerstand. Insgeheim bereute er es sogar, denn er hatte nichts erreicht und sie nur noch wütender gemacht. Wenn überhaupt ein Funken Hoffnung bestand, dann war er soeben erloschen. Entsetzliche Angst machte sich breit.

Dann übernahm Franziska wieder das Ruder, beugte sich vor und stützte sich mit beiden Händen auf ihre Knie. „Na du kleiner Wichtelmann. Wer wird denn gleich so zornig sein", flötete sie honigsüß, als wäre er ein kleines wuscheliges Hündchen. Mit einer schwungvollen Drehung schwenkte sie herum und als wäre es das Normalste auf der Welt, pflanzte sie sich graziös wie eine Diva auf seine Brust. Das Gerippe ächzte unter der Last.

Unbeeindruckt und erhaben blickte sie auf ihn herab, strich durch sein verschwitztes Haar und lächelte gebieterisch. „Das war doch nur Spaß. Du wirst dich doch nicht gleich unterkriegen lassen oder? hie, hie,

hie, hie, ...", kicherte sie hämisch, ob der sinnbildlichen Zweideutigkeit. Mit zynischer Miene stichelte sie. „Sei mal ehrlich Norman, ... darauf fährst du doch total ab oder? Meinst du, ich hätte nicht bemerkt, wie du mir ständig auf meinen Hintern gestarrt hast? Das beflügelte doch deine perversen Fantasien. Zu Hause hast du dir einen von der Palme gewedelt, habe ich Recht?"

Norman blieb stur und bohrte mit seinem starren Blick ein Loch in die Decke. Es war beängstigend, wie gut sie über ihn Bescheid wusste. Häufig hatte er davon geträumt, in ihre femininen Rundungen einzutauchen, mit zartfühlender Hand, sinnlichen Lippen und empfänglicher Zunge, sie hingebungsvoll zu durchpflügen. Doch niemals dachte er an solch ein masochistisches Szenario und schon gar nicht unter diesen Umständen.

Gleichgültig registrierte sie Normans Bockbeinigkeit und fuhr achselzuckend fort. „Eigentlich ist es mir auch völlig egal, ob du es gut findest oder nicht. Du warst ein böser Junge und musst bestraft werden."

Franziska erhob sich, stolzierte davon und kehrte mit einer rollenden Trage zurück. Auf das Niveau der Couch abgesenkt, manövrierte sie die Trage seitlich heran. Dann löste sie das Halsband und die Fußfesseln, packte ihn und rollte ihn wie einen Mehlsack bäuchlings auf die Pritsche. Dort schnallte sie ihn mit Lederriemen fest und bugsierte ihn auf die Bücherregale zu. Ohnmächtig musste es Norman über sich ergehen lassen und lauschte dem beschwörenden Kommando. „Modasosa!" Ein dezentes Wischen durchdrang den Raum. Wie von Geisterhand teilten sich die Regale und gaben den Blick auf eine goldene, im orientalischen Stil verzierte Fahrstuhltür frei, die sich automatisch öffnete. Holpernd schob sie ihn in die Kabine und die Tür schloss sich.

Begleitet von einem unterschwelligen Pfeifton, sackte der Fahrstuhl ab. Kurz darauf stoppte er sacht und die Tür öffnete sich. Norman erkannte sofort die grottenähnliche Unterwelt. Die Fackeln flammten auf, während er ins schwarze Kabinett geschoben wurde. Sie stellte ihn in der Mitte ab und verschwand.

Unbeschreibliche Ängste befielen ihn. Norman konnte es nicht fassen, dass er selbst zum Opfer geworden ist und ihren sadistischen Launen ausgeliefert war. Er lauschte. ... Der Fahrstuhl setzte sich in Bewegung. „Was hat sie vor? Will sie mich im eigenen Saft schmoren lassen und einen psychologischen Matchball schlagen?", ging es ihm durch den Kopf. Schritte polterten über ihm. Gab es da oben einen Zwischenraum? Norman erinnerte sich an die unterschiedlichen Deckenhöhen der einzelnen Kammern. Er kam zu dem Schluss, dass es noch ein Zimmer geben musste, zwischen dem Wohnbereich und dem schwarzen Kabinett. Ließ sie dort die Hüllen fallen und verwischte die Spuren. Norman kombinierte. Sie könnte bei unverhofftem Besuch auf dem Weg nach oben in die Rolle der unschuldigen Hausfrau schlüpfen. Da wird nichts dem Zufall überlassen. Alles ist perfekt ausgeklügelt und bis ins kleinste Detail geplant.

Nach ein paar Minuten rauschte der Fahrstuhl wieder herab. Ein Schauder fuhr durch seine fixierten Glieder, als ihn ein ultraviolettes Licht umspülte und dichte Rauchschwaden den Türrahmen säumten. Mit verrenktem Hals beäugte er über einen mannshohen Spiegel an der gegenüberliegenden Wand den bühnenreifen Auftritt. Nachdem sich der Qualm verzogen hatte, stand Franziska im Katzenkostüm an der Tür, die hinter ihr ins Schloss fiel. Ein hautenger Latexanzug umspannte ihren Körper. Das flimmernde Licht ließ ihn kobaltblau erstrahlen. Die geföhnte Löwenmähne rahmte eine Katzenmaske, aus der die Augen funkelten und die Zunge begierig ihre Lippen umspielten.

Sie führte ein Samurai Schwert mit sich und zog die Schneide mit der flachen Seite über seinen ängstlich zuckenden Körper. Die Kälte des gefühllosen Metalls drang über die nackte Haut und ließ nichts Gutes er-ahnen. „Wollte sie ihn in Stücke hacken und scheib-chenweise an die Hunde verfüttern?", malte sich Norman sein furchtbares Schicksal aus. Obwohl es völlig sinnlos war, zerrte er an den Fesseln. Sein Auf-begehren stimulierte jedoch nur ihre sadistische Ader.

Während Norman mürrisch zappelte, zog Franziska Edelstahlketten aus den vier Ecken der Kammer, die aus runden Öffnungen in der Wand bedrohlich ras-selten. An dessen Ende waren Ledermanschetten an-gebracht, die sie um seine Hand- und Fußgelenke legte. Auf Knopfdruck zogen sich die Ketten wie eine Muräne in ihre Höhle zurück. Die Ketten strafften sich und zerrten an ihrem Opfer. Gleichzeitig löste sie die Riemen an der Trage und ritzte das Klebeband mit dem Schwert, ohne ihn dabei zu verletzen.

Will sie ihn Vierteilen oder in gespannter Haltung zerlegen, so dass seine Körperteile reißend auseinan-der schnellen? Unnachgiebig rumpelten die Ketten und drehten ihn um 180 Grad, bis sie oberhalb der Trage mit seiner bedauernswerten Gestalt ein X bildeten. Das Klebeband trennte sich schmerzhaft von seiner Haut.

Dann sackte die Trage unter Norman weg und rollte zur Seite. Nun schwebte er ca. 60 cm bäuchlings über dem Boden und nicht nur seine Nerven waren zum Zerreißen gespannt. Franziska entfernte den Knebel. „Bitte, ... bitte lass mich gehen! Ich werde dich nicht verraten. Ich werde auch die Stadt verlassen. Du wirst mich nie wiedersehen. Bitte, verschone mich! Ich will noch nicht sterben", jammerte Norman.

Es klang erbärmlich und schürte nur ihre Lust auf besondere Grausamkeit. „Norman, du Schmeißfliege! Du kannst winseln, so viel du willst. Es wird dir nichts nützen, niemand kann dich hier unten hören."

Gebieterisch stolzierte sie in hochhackigen Lacklederstiefeln auf und ab. Dabei schlug sie eine geflochtene Lederpeitsche einschüchternd in die offene

Hand. Dazu untermalte sie ihre Drohgebärden sarkastisch und hielt mit der Vorfreude auf die körperliche Züchtigung nicht hinterm Berg.

Plötzlich blieb sie stehen und wandte sich ihm zu. „Nun lass dich nicht so hängen!", verhöhnte sie ihn, ob der sinnbildlichen Erscheinung. Dann kitzelte sie ihn mit der Peitsche auf dem Rücken, fuhr über die Innenseite seiner Schenkel und wuselte am Genitalbereich herum. „Genug der Zärtlichkeiten", zügelte sie sich und holte zum Schlag aus. Mit einem Hieb ließ sie die Gerte auf seinen Rücken klatschen. Kommentarlos folgten weitere Schläge. Norman zuckte und wand sich unter den Schmerzen. Seine Mitleid erweckenden Schreie verhalten jedoch wirkungslos.

Während die Knute unablässig zum Tanz bat, öffnete sich unter ihm eine Falttür. Ausgelöst durch die Wahrnehmung der ausgefallenen Schikane, stockte Norman der Atem. Als seien derer Qualen nicht genug, schraubte sich ein Stempel mit aufgesetzten Eisenspitzen, gleich dem Nagelbrett eines indischen

Tapirs empor. Stetig näherten sich die Spießgesellen seinem Bauchnabel. Unzählige Speere reihten sich zu einem kampfbereiten Heer und gierten nach dem wehrlosen Opfer. Wenige Zentimeter vor dem schmerzvollen Rendezvous hielten sie inne. Norman atmete auf, und dennoch schwitzte er Blut und Wasser.

Ein letztes schwungvolles Intermezzo, dann stellte Franziska das Instrument der leiblichen Züchtigung außer Dienst und brachte sich am Kopfende rücklings mit gespreizten Beinen in Stellung. „Jetzt wird's lustig, Norman!" Sie krallte ihre langen Fingernägel in sein Haupthaar und zog den Kopf zwischen ihre Schenkel. Im Schritt fixierte sie ihn und ließ die Muskeln spielen. Wie in einem Schraubstock eingespannt quetschte sie seinen Schädel, dass ihm Hören und Sehen verging. Seine schmerzverzerrte Grimasse und das gequälte Gurgeln, zeugten von der Wirkung der Beinpresse. Franziska hatte ihre helle Freude und genoss den Augenblick „Ich hätte nicht übel Lust, deinen Schädel wie eine Nuss zu knacken. Was meinst du Norman? Das wäre doch sehr amüsant", verkündete sie und lachte.

Franziska reckte die Arme wie eine Gigantin triumphierend in die Höhe und erhöhte den Druck, bis die Schmerzgrenze erreicht war. Dann löste sie die Umklammerung und gab seinen hochroten Kopf frei. „Bitte, hör auf! Ich kann nicht mehr. Lass mich runter!", bettelte Norman krächzend.

Franziska zerrte seinen Kopf an den Haaren hoch, beugte sich herunter und kam ganz dicht an sein Ohr. „Lass den Kopf nicht hängen! Das war doch noch nichts. Ich habe noch gar nicht angefangen. Jetzt wird es erst richtig lustig", prophezeite sie ihm.

Sie setzte sich auf seine blutigen Schulterblätter, wodurch sein Körper extrem gedehnt wurde und von unten drückten die Eisenspitzen gegen seinen ängstlich bebenden Leib. Zu seiner Verwunderung bohrten sie sich aber nicht durch die Haut. Ungeachtet seiner Leiden machte es sich Franziska bequem und zündete sich eine Zigarette an. Genüsslich inhalierte sie das Nikotin und wippte verträumt, als säße sie auf einer Hängematte.

Norman mobilisierte seine letzten Kräfte, um sich von den Eisenspitzen fern zu halten. Doch die Last war erdrückend und hielt ihn auf Schlagdistanz. Hätte er geahnt, dass das Nagelbett über Sensoren gesteuert und auf Abstand gehalten wurde, er hätte sich weniger Sorgen machen müssen. Es war nur eine Schikane für den Nervenkitzel. Doch das wusste Norman nicht und schwebte in Todesangst über den Spießgesellen.

Plötzlich erhob sich Franziska und lockerte die Ketten. Die Spieße verschwanden im Boden und Norman wurde über der sich schließenden Luke abgelegt. Sie löste die Schellen und zerrte seinen geschundenen Leib zum Käfig. Dort schob sie ihn unsanft durch die Gittertür und verriegelte sie von außen. Als Verpflegung stand ein Eimer Wasser und ein Kanten Brot zur Verfügung. „Ich wünsche dir eine gute

Nacht! Morgen werde ich mich wieder um dich kümmern. Und glaube mir, heute war es nur Spaß." Dann drehte sie auf dem Hacken um und verließ die Kammer des Schreckens.

Die Tür fiel ins Schloss und völlige Finsternis hüllte ihn ein. Der Fahrstuhl rauschte nach oben, Schritte polterten, dann wurde es still. Nun lag er in seinem Elend und sah einem qualvollen Ende entgegen. Der Käfig maß gerade mal einen Meter im Quadrat und viel höher war er auch nicht. Dazu standen die Gitterstäbe so eng, dass er nicht mal die Beine hindurch strecken konnte. Jede Bewegung wurde zur Qual und die Haut schmerzte auf dem Rücken wie bei einem Sonnenbrand.

Norman ertastete eine Pferdedecke und rollte sich hinein. Doch der seelische Schmerz saß tief und ließ ihm keine Ruhe. Was wird die Bestie noch mit ihm anstellen und wie lange hält er das durch? Dann schwanden ihm die Sinne.

Plötzlich riss ihn ein Grummeln aus der Schläfrigkeit. Angestrengt lauschte Norman. Der Fahrstuhl rauschte. War es schon wieder soweit? Hektische Schritte polterten in dem Raum über ihm und ließen seine Ängste aufleben. Wird sie ihm gleich den Garaus machen?

Doch der Fahrstuhl sauste wieder nach oben. Es legte sich eine unheimliche Stille und zermürbende Ungewissheit über ihn. Was hat das zu bedeuten? Soll er hier unten verfaulen? Die Zeit verflog. Die anhaltende Dunkelheit und Stille machte ihn fast wahnsinnig. Schlaf- und Wachphasen lösten sich ab. Längst hatte er das Zeitgefühl verloren. Wie viele Stunden oder Tage mögen vergangen sein? Immer wieder lauschte er und glaubte etwas zu hören, doch es war nur eine Sinnestäuschung. Das Brot war längst verzerrt und das Wasser aufgebraucht. Hunger und Durst quälten ihn. Halluzinierend wandelte er auf einem schmalen Grat zwischen Leben und Tod.

Die unbequeme Lage machte ihm zu schaffen. Liebend gern würde er sich aufrichten und die Glieder strecken. Doch das war nicht möglich. Seine Gedanken irrten umher und trafen sich immer wieder in einem Punkt. Sollte das jetzt das Ende sein? Niemand kennt das Versteck und die, die es mal gesehen haben, weilen nicht mehr unter den Lebenden. Dann verließen ihn die Kräfte.

Plötzlich erzitterte der Boden. Ein spürbares Dröhnen breitete sich über das Gemäuer aus und Putz rieselte von der Decke. Die eisernen Gitterstäbe sangen ein unstimmiges Klagelied. Öffnete sich jetzt das Tor zur Hölle? Oder war es diesmal ein Erdbeben? Dann wurde es wieder ruhig und das Geräusch verstummte. Norman spürte nichts mehr.

8. Kapitel

Donnerstagmorgen saß Detektiv Dave Hollywan wie gewöhnlich im Diner, Visasvis vom Police Departement und gönnte sich ein Frühstück. Sein Blick fiel gedankenversunken auf die Straße. Obwohl es noch früh am Tag war, verfinsterte sich der Himmel. Ein Unwetter zog auf und bald darauf öffneten sich die Schleusen. Der sintflutartige Regen ergoss sich über die staubige Stadt und spülte alles in den Gully der sich mühte, dem Ansturm gerecht zu werden. Gestresste Leute hetzten am Fenster vorbei und stellten sich mit Schirmen der Naturgewalt. Getrieben von Windböen peitschten Regentropfen gegen die Scheibe. Der in sich verlaufende Niederschlag verwischte die Konturen.

Drinnen war es gemütlich und der Kaffee dampfte. Das Aroma stieg Dave verführerisch in die Nase. Mit jedem Schluck weckte es seine Lebensgeister, wie die

Frühlingsblumen in der aufgehenden Sonne. Im Hintergrund dudelte ein Lovesong aus den Fünfzigern. So oft es der Dienst erlaubte, kehrte Dave ein und das hatte einen guten Grund. Rebecca hieß der Inbegriff der Weiblichkeit. Die brünette Schönheit arbeitete seit einem Monat in dem Imbissrestaurant. Dave haderte zwar noch mit seinem Schicksal, schäkerte aber bei jeder Gelegenheit. Allerdings könnte er ihr Vater sein und deshalb strandeten seine liebesambitionierten Lustreisen im Sackbahnhof.

Plötzlich flog die Tür auf und Detektiv Harry Morgan stürmte mit dem Examiner unterm Arm in den Diner. „Morgen Rebecca! Hallo Dave! Ist das ein Sauwetter." Er fuhr sich mit der Hand durch das nasse Haar, fegte die Tropfen von seinem Jackett und flegelte sich auf die Bank. Während er die Zeitung aufschlug, gab er ein Zeichen zum Tresen und beglückte Rebecca mit einem flüchtigen Lächeln. „Das gleiche wie immer! Den Kaffee bitte extra stark!" Dann wandte er sich an Dave und sein Lächeln verkroch sich. „Letzte Nacht war ziemlich hart. Mir brummt der Schädel, als würde sich eine Ratte durch die Schädeldecke fressen. Du hast nicht zufällig ein Aspirin?", brachte er zähneknirschend heraus und kniff leidend ein Auge zu.

Dave zeigte wenig Verständnis „Du kannst es einfach nicht lassen. Wenn es mir morgens so dreckig gehen würde, ... ich würde den Scheiß nicht mehr anfassen. Du hast Glück! Ich war gerade in der Apotheke. So wie du aussiehst, nimmst du am besten gleich zwei." Dave schob ihm die Packung rüber. Harry warf sich zwei Tabletten ein und spülte sie mit einem Schluck Wasser runter.

Im Anschluss schob er Dave das Presseblatt unter die Nase. Mit pinkfarbenem Textmarker waren Annoncen eingekreist. Harry legte den Finger auf eine Fettgedruckte und als er sich dazu äußern wollte, blieb ihm das Wort im Halse stecken. Dave hatte mal wieder nur Augen für Rebecca. Sie lehnte sich gerade über den Tisch und schenkte Kaffee ein. Ihre wollüstigen Fleischbällchen drohten, aus der Verankerung zu springen. Da spielten bei dem alten Mann die Hormone verrückt. Es ging ihm völlig ab, dass der Sabber lief. Rebecca blieb cool. „Extra stark und schwarz wie die Nacht. Ist's recht so, meine Herren?" Dave krabbelte schwermütig aus seiner Faszination. Harry grollte wegen der unpässlichen Entgleisung und runzelte die Stirn. „Komm runter du alter Sack!" An Rebecca gerichtet, wandelte sich seine Tonart in eine honigsüße Violine. „Danke, dass ist lieb von dir."

„Die Eier sind gleich soweit", sagte Rebecca und griente etwas beschämt. Dann stolzierte sie in ihrem knielangen schwarzen Rock, mit der weißen Rüschenschürze und der süßen Schleife über ihrem knackigen Hintern davon.

Harry schlürfte an seinem Kaffeepott und knüpfte da an, wo er unterbrochen wurde. „Ich bin vorhin über diese Anzeigen gestolpert. Da sind ein paar interessante Sachen bei. Hör mal! - *Körperliche Züchtigung jeder Art* - oder - *Bist du ein böser Junge? Ich werde dich bestrafen!* - oder hier, - *Du liebst den Schmerz und möchtest Leiden? Bei mir bekommst du deine Lektion!* - Und so weiter und so weiter."

Dave strafte seinen Partner mit einem vorwurfsvollen Blick und ging widerwillig auf sein fragwürdiges Engagement ein. „Was soll das? Bist du auf den falschen Zug gesprungen?" Mit spöttischem Grinsen schob er die Zeitung bei Seite.

Harry war sofort klar, dass Dave nicht verstanden hatte. Umgehend bemühte er sich um Aufklärung. „Nein, ... um Gottes willen. Wie kommst du denn darauf? Ich dachte nur, ... dass es vielleicht eine heiße Spur sein könnte."

Daraufhin nahm Detektiv Hollywan das Presseblatt zur Hand. Skeptisch presste er die Lippen aufeinander und kommentierte seine unorthodoxe Taktik. „Harry, das ist doch absurd! Wie stellst du dir das vor? Willst du den Lockvogel spielen und dich verprügeln lassen, bis sich herausstellt, dass es ein Schuss in Ofen war? Eine Anzeige mit dem Wortlaut

- Suche Männer zum Abschlachten, mein Name ist ... und ich wohne in ... - wirst du nicht finden. Ich denke, dass sie ihre Opfer zufällig trifft. Für die Frau dürfte es ein Leichtes sein, notgeile Kerle um den Finger zu wickeln. Im Glauben an eine heiße Liebesnacht, bringt sie die armen Schweine um den Verstand. Ehe die merken was los ist, stecken sie mit dem Kopf in der Schlinge."

„Magst Recht haben, ... war ne blöde Idee", musste Harry eingestehen. Dennoch war das Thema für ihn noch nicht vom Tisch: „Es wäre ein Strohhalm, eine kleine Chance!" Dave winkte kopfschüttelnd ab. „Hör bloß auf! Das wäre reine Zeitverschwendung. Und überhaupt, ... hätte, wenn und aber bringen uns nicht weiter." Nun hakte auch Harry das Thema ab und widmete sich seinem Rührei mit Speck, das gerade serviert wurde.

Plötzlich klingelte Dave sein Handy, er wühlte in seiner Jackentasche, fischte es heraus und meldete sich: „Detektiv Hollywan!" Chefinspektor Sam Rucklay war am anderen Ende. Ungehalten polterte es aus dem Mobiltelefon. „Wo treibt ihr Penner euch rum? Ich habe es schon über Funk versucht. Hängt ihr faulen Säcke wieder im Diner ab und geifert nach der Bedienung?" Dave prüfte sein Sprechfunkgerät und antwortete kleinlaut. „Hey Sam! Tut mir leid! Es war nicht eingeschaltet. Was gibt's?"

„Der Bericht von der Spurensicherung und der Obduktionsbericht sind mir auf den Tisch geflattert. Ich habe schon einen Blick reingeworfen. Da sind mir ein paar seltsame Dinge aufgefallen. Das solltet ihr euch ansehen! Bewegt eure Ärsche!"

„Okay Sam! Wir kommen gleich. Gib uns ne Sekunde!"

Bevor ihn Sam noch mehr zur Schnecke machen konnte, unterbrach Dave das Gespräch und ließ das Handy zurück in die Tasche gleiten. Hastig schaufelte er die letzten Bissen hinter und nuschelte mit vollem Mund. „Das war der Alte. Er war leicht angefressen. Die Berichte sind da und wir sollen in die Hacken spucken." Harry blieb gelassen, setzte die Tasse ab und erwiderte. „Der soll mal keine Welle machen.." Dann hob Dave die Hand. „Genau! Keine Panik. Du weißt der Alte macht immer unnötig die Pferde scheu." Nach dem letzten Schluck verabschiedeten sie sich mit einem saftigen Trinkgeld.

Vor dem Büro des Chefinspektors klopfte Detektiv Morgan obligatorisch an die milchige Scheibe mit dem Aufdruck -*Chefinspektor Sam Rucklay*- und trat unaufgefordert ein. Dave trottete, einem Anhängsel gleich hinterher. „Morgen Sam!" Der Chef saß wie auf Kohlen in seinem Ledersessel. Sein Schädel kochte wie ein dampfender Kessel, der kurz vor dem Bersten stand. „Wo bleibt ihr Saftsäcke? Ihr werdet nicht dafür bezahlt, dass ihr den lieben langen Tag den Weibern nachstellt. Nun ist es schon so weit, dass ich eure Arbeit mache. Ihr ward mal die Besten, mit einer super Quote. In letzter Zeit kriegt ihr nichts mehr auf die Reihe. Ihr wollte doch nicht den Verkehr regeln, oder?" Mit tadelndem Blick nagelte er

Dave an die Wand und wartete auf eine Erklärung. Der fühlte sich zwar angesprochen, überspielte sein Schuldbewusstsein aber mit Achselzucken und treudoofer Mimik. Harry wusste, dass Sam den Nagel auf den Kopf getroffen hatte und dennoch ging es ihm am Arsch vorbei.

„Also gut! Setzt euch!", hatte Chefinspektor Sam Rucklay die Sache offensichtlich abgehakt und wurde sachlich. Er deutete auf die Ordner, die auf dem Schreibtisch lagen, lehnte sich zurück, verschränkte die Arme vor der Brust und nickte in die Richtung der Akten. „Da sind die Berichte. Sehr seltsam, von euren Fußspuren abgesehen, gab es wieder nichts Brauchbares und keine Fingerabdrücke, nur vom Opfer und seinem Bruder."

Die beiden erstaunten Detektive sanken schweigend nieder. „Dann war das Opfer also doch der Bruder von Mr. Lambert?", äußerte Harry. Sam wühlte sich aus seiner bequemen Lage und brachte sich hinter dem Sessel in Stellung. Wichtig tuend stützte er sich auf die Lehne. An Harry gerichtet, fuhr er fort. „Genau! Es war der Jüngere von beiden, Dustin Lambert. Geboren wurden die Jungs in einem Kaff namens Rockandtree. 1998 kamen sie nach San Francisco und zogen beide in die Union Street, wobei Jefferson noch eine zweite Adresse hatte. Da fanden wir doch auch keine Hinweise und bis heute ist er verschollen. Die Leiche wurde nie gefunden und sein Tod nicht offiziell bestätigt", fuhr Sam an Harry gerichtet fort, nahm einen Ordner und blätterte darin.

„Ist ne verdammt haarige Geschichte. Da muss es eine Verbindung geben. Es sind Brüder und starben vermutlich auf ähnlich grausame Weise. Bestimmt steckt die Husboon dahinter. Ich frage mich, wie sie sich in der Küche bewegen, ihn derart foltern und abschlachten konnte, ohne Spuren zu hinterlassen?" Sam hielt die Luft an und fuhr fort. „Frauen sind grausamer als Männer! Das gilt als erwiesen! Im hasserfüllten Rausch sind die zu allem fähig, doch das ergibt keinen Sinn. Was haben ihr die Männer getan, dass sie so grausam sterben mussten?" Sam schaute

abwechselnd in die verdutzten Gesichter seiner Mitarbeiter und kratzte sich am Kopf „Es ist mir ein Rätsel, warum es keine Spuren gab?", fügte Chefinspektor Rucklay hinzu und massierte sich nachdenklich
das Kinn. „Sagt mal! ... Ihr habt euch doch umgesehen und den Vermieter gesprochen?", fragte Sam.
Dave und Harry nickten.

„Hatte Mr. Lambert einen Hund? Die Rede ist nicht
vom Repinscher oder Dackel, es muss ein großes Tier
gewesen sein. Vielleicht so ein Kalb, ... eine Dogge o-
der ein Bernhardiner? Gab es Anzeichen? Einen Fut-
ternapf, Hundefutter oder ein Halsband?" Die Detektive schüttelten einvernehmlich den Kopf. Um Plus-
punkte zu sammeln, bemühte sich Harry den Verdacht zweifelsfrei auszuräumen. „Nein Sam. Da gab
es nichts. Das wäre uns aufgefallen." Von wegen der
Daseinsberechtigung haute Dave in die gleiche
Kerbe. „Mr. Lambert hatte ganz sicher keinen Hund."

„Das ist merkwürdig, um nicht zu sagen mysteriös",
ließ der Chef aufhorchen und sorgte mit entsprechen-
der Mimik für Spannung. „Es wurden Spuren von einem Hund gefunden! Von einem großen Hund. Die
Jungs fanden verwischte Abdrücke von Pfoten oder
Tatzen. Sie sind sich noch nicht ganz sicher, ob es
auch eine Raubkatze gewesen sein könnte. Was haltet
ihr davon?" Dave und Harry guckten ungläubig aus
der Wäsche. „In der Wohnung fand man allerdings
nicht das kleinste Hundehaar. Bei einem pelzigen
Tier dieser Größe recht ungewöhnlich. Ehrlich gesagt, ... bin ich mit meinem Latein am Ende. Jetzt seid
ihr dran! Versaut es nicht! Stattet der Husboon noch
mal einen Besuch ab! Möglich, dass ihr was übersehen habt", gab Sam zu verstehen und sackte zer-
mürbt in den Sessel.

Harry hegte Zweifel und bekundete seine Sichtweise:
„Also wenn ich das richtig verstanden habe, bist du
davon überzeugt, dass die Husboon dahinter steckt?
Ich glaube, dass wir es mit einem verrückten Psychopathen zu tun haben. Ein völlig durchgeknallter Kerl,

der seine irren Fantasien auslebt. Aber wenn du meinst, werden wir ihr noch mal auf den Zahn fühlen." Harry schnappte sich die Berichte und schwenkte zur Tür, als sich Sam an einen wesentlichen Fakt erinnerte. „He Jungs! Eins hätte ich fast vergessen. In einer Probe fanden sich DNA-Spuren, die weder dem Opfer, noch dem verschollenen Bruder zugeordnet werden konnten. Sie war auch nicht gelistet. Versucht mal rauszukriegen, zu wem die Probe gehört. Ich könnte wetten ..." Den Rest ließ er im Raum stehen und winkte ab. „Na ja, ihr wisst schon was zu tun ist."

Wortlos schlichen Dave und Harry den Flur entlang. Im Büro machten sie sich über die Akten her. Harry stöberte im Obduktionsbericht, als lese er in einem Buch mit sieben Siegeln. Er stieß auf weitere haarsträubende Fakten. Verblüfft wandte er sich an seinen Partner. „Das gibt's nicht! Sein Bauch wurde mit Krallen aufgeschlitzt und an den Brustwarzen fanden sich Bissspuren von Reißzähnen. Zum Schluss wurde ihm das Herz herausgerissen. Davon fehlt jede Spur.

Sein Todeskampf soll über eine Stunde gedauert haben. Samstagmorgen gegen 0.30 Uhr trat der Tot ein." Harry war fassungslos. „Das sind die Fakten. Wer tut so was und wo liegt das Motiv?"

In sich gekehrt faltete Harry die Hände ineinander und starrte gedanklich entrückt aus dem Fenster. Die Regenwolken hatten sich verzogen. Auf dem Fensterbrett ließ sich ein Spatz nieder und tschilpte. Doch das ging an Harry vorbei. Plötzlich schoss ihm eine irrsinnige Vision durch den Kopf. „Vielleicht war es gar kein Mensch, sondern ein blutrünstiges Ungeheuer, eine Ausgeburt der Hölle?" Harry besann sich. „Blödsinn. So was gibt's doch nur im Film, oder will uns da Einer verarschen und zieht eine makabre Show ab?" Dave folgte seinen Spekulationen und zuckte mit den Achseln. „Keine Ahnung! Ein bisschen seltsam ist es schon. Der oder das, oder was es auch immer sein mag, muss verdammt sauer gewesen sein. Da werden wir uns die Zähne dran ausbeißen. Wenn das FBI davon Wind bekommt, sind wir den Fall los."

Um 16.00 Uhr fuhren sie zum Anwesen von Ms. Husboon, doch es öffnete niemand. Die Männer observierten die Zufahrt. Dave hatte für den Proviant gesorgt, ein paar Donuts und Kaffee.

Nach einer halben Stunde brummelte Dave mit vollem Mund: „Was meinst du Harry, hat sie es getan?" Gespannt richtete Detektiv Hollywan sein mampfendes Doppelkinn auf Harry. Der gähnte gelangweilt, rieb sich die Augen und streckte sich, so gut es die Position hinter dem Steuer erlaubte. „Ich glaube nicht. Das ergibt keinen Sinn. Wie soll sie das angestellt haben? Wenn Du mich fragst, hätten wir uns den Einsatz sparen können. Eine Sache bereitet mir allerdings Kopfschmerzen. Kann sein, dass ich mich auch irre", fügte er grübelnd hinzu. „Was meinst du?", horchte Dave neugierig auf.

„Warts ab! Vielleicht ist auch nichts dran." Harry nahm sich jetzt auch einen Donut und beäugte Dave verächtlich. „Du frisst wie ein Schwein. Wenn du so weiter machst, wirst du noch platzen. Ich hoffe nur, dass du dann allein im Auto sitzt."

„Wieso? Ist doch erst der Neunte", protestierte Dave, während sich weitere Krümel auf seinem Schoß verteilten. Harry verdrehte die Augen. „Alles klar Dave! Hau rein! Zwei sind noch."

Dann zogen sie über ihren Chef her und ließen kein gutes Haar an ihm. Im Anschluss hatte Harry noch eine Geschichte zu erzählen. „Ich war doch am Sonnabend in der Disko. Es war mal wieder brechend voll. Ich stand mit meinem Bier am Tresen. Da schob sich eine blonde Dampfwalze durch die Massen, ganz dicht an mir vorbei. Die blöde Kuh latschte mir volle Pulle auf den Fuß. Ich hätte an die Decke gehen können und die hat es nicht mal gemerkt. Als der Schmerz nachließ stand sie plötzlich vor mir und machte mich an. Die wollte mich doch tatsächlich auf ein Glas Wein eingeladen. Sie war aber nicht mein Typ und ich habe dankend abgelehnt. Da war sie

sauer und meinte, dass sie mich wohl auf dem falschen Fuß erwischt hätte. Das ist ein Ding, oder?"
Dave schmunzelte. „Nicht übel. Das passt."

Um 18.37 Uhr schoss ein schwarzer Ferrari brüllend
um die Ecke. Der Sportwagen stoppte vor der Einfahrt und lauerte mit intervallartig aufheulendem
Motor, dass ihm die Torflügel den Weg bereiteten.
Dann schluckte ihn das Anwesen mit durchdrehen-
den Rädern. Der ansonsten zurückhaltende Dave
platzte mit einer untypischen Idee heraus. „Los
Harry! Wir hängen uns an ihre Stoßstange!"

„Ich weiß nicht. Das ist keine gute Idee", äußerte
Harry seine Bedenken, entschloss sich aber dann
doch für den Nervenkitzel und konnte der Idee etwas
Positives abgewinnen. „Zumindest kann sie uns
nicht einfach abwimmeln."

Harry drehte den Zündschlüssel und der Anlasser
quengelte. „Scheiße. Was ist denn nun los?" In einem
kurzen und heftigen Wutausbruch traktierte er das
Lenkrad. Beim zweiten Versuch sprang der Wagen

an. Er legte den Gang ein und trat aufs Gas. Wie ein wutschnaufender Büffel stampften sie auf das Tor zu, dass sich bereits zu schließen begann. Dave feuerte seinen Partner an. „Los Harry, gib Gummi! Wir schaffen das."

Harry presste sich in die Lehne und drückte das Pedal durch. Bald mussten sie entsetzt feststellen, dass es nicht reichen würde. In letzter Sekunde brach Harry das Manöver ab. Einen Finger breit vor dem einrastenden Tor kam der Wagen zum Stehen. „Wenn ich schon mal auf dich höre. Ich hab's geahnt. Das konnte nicht gut gehen", ließ Harry Dampf ab und Dave kauerte wie ein geprügelter Hund. „Nicht auszudenken, wir hätten das Tor gerammt oder durchbrochen. Die filmreife Leistung hätte uns ganz bestimmt keinen Oskar eingebracht. Du weißt, dass der Alte solche Wildwestmethoden verabscheut. Der wäre zum Dampfross mutiert und im Zickzack gesprungen."

„Ist doch nichts passiert. Bleib cool! Dann versuchen wir es eben auf die herkömmliche Art. Stoß zurück und melde uns an!", versuchte Dave die Wogen zu glätten. Detektiv Morgan grummelte mürrisch und ließ den Wagen auf der abschüssigen Zufahrt rückwärts rollen. An der videoüberwachten Sprechanlage drückte er den Knopf. Achselzuckend sahen sich die Männer an. Der Kasten blieb stumm. „Warum meldet die sich nicht? Die müsste doch längst drin sein." Harry hielt den Knopf länger gedrückt. Kurz darauf schrillte es aus dem schwarzen Gitter. „Nicht so stürmisch, meine Herren! Was verschafft mir die Ehre?" Die Männer zuckten zusammen, als ihr respektables Organ ihnen eine trommelfellschmerzende Salve entgegen schmetterte. Harry hatte sich schnell gefangen. „Guten Abend, Ms. Husboon! Ich hoffe, wir kommen nicht ungelegen. Wir hätten da noch ein paar Fragen zum Fall Lambert."

Eine kurze Pause, dann hallte es gereizt in die abendliche Stille. „Ich dachte, der Fall ist abgeschlossen? Ich hatte ihnen doch schon alles gesagt. Außerdem ist es im Moment äußerst unpassend. Es war ein harter Tag und ich habe noch viel zu tun."

„Es dauert nicht lange, Ms. Husboon. Nur ein paar routinemäßige Fragen. Wenn es ihnen nicht passt, kommen wir ein andermal." Ein paar Sekunden verstrichen, dann tönte es halblaut. Der grimmige Unterton verriet, dass sie das kleinere Übel gewählt hatte. „Also gut. Kommen sie rein!" Der Schließer summte und das Tor öffnete sich.

Obwohl der letzte Besuch noch nicht allzu lange zurück lag, war es den Beamten unheimlich. Angespannt folgten sie der frischen Spur im Schotter. Vor dem Gemäuer plätscherte der Springbrunnen unschuldig, den sie im Schritttempo umkurvten. Die Haustür stand offen und ein smaragdgrünes Licht schimmerte aus der Eingangshalle. Es glich einer filmreifen Szene, bei der jeden Moment Graf Dracula die Bühne betritt. Die beklemmende Atmosphäre machte die Polizisten misstrauisch. „Ob das eine Falle war? Warum empfängt sie uns nicht an der

Tür?", brachte es Dave auf den Punkt. Umsichtig näherten sie sich dem Eingang.

Franziska hatte sie schon im Visier. Die Gesetzeshüter zuckten zusammen als ihre Stimme von oben schrillte. „Treten sie näher, meine Herren! Sie kennen doch den Weg. Ich erwarte sie im Salon." Die Männer schlurften durch die Eingangshalle, als lauerte die Gefahr hinter der nächsten Säule. Mit einem heftigen Wummern, welches schaurig durch das Gemäuer hallte, fiel die Haustür ins Schloss. Instinktiv schwenkten die Beamten herum, ließen sich aber nicht beirren.

Franziska saß im gepflegten Hosenanzug auf der Couch, die Beine übereinander geschlagen. „Nicht so schüchtern, meine Herren! Kommen sie rein und nehmen sie Platz!" Sie erhob sich, begrüßte ihre ungebetenen Gäste und wies auf die Couchgarnitur. „Setzen sie sich! Darf ich ihnen etwas anbieten?"

„Nein, danke! Wir sind im Dienst", lehnte Harry wichtig tuend ab. Dave platzierte sich gegenüber, öffnete sein Jackett, lockerte die Krawatte und lehnte sich entspannt zurück. Er hätte schon eine Stärkung vertragen können, verzichtete aber aus den gleichen Gründen.

„Fühlen sie sich wie zu Hause! Sie können auch ein Glas Wasser oder einen Saft haben. Oder möchten sie lieber einen Tee oder Kaffee?" Harry lehnte abermals dankend ab und Dave hielt sich zurück. „Nein, danke. Nicht nötig. Wie ich schon sagte, es wird nicht lange dauern." Ms. Husboon ließ sich auf der Armlehne nieder, warf kess ihr Haar in den Nacken und wartete auf die Fragen. „Legen sie los! Ich bin ganz Ohr."

Harry räusperte sich und kam zur Sache. „Es geht um Mr. Lambert! Die Vermisstengeschichte ... sie wissen schon!" Etwas gereizt fuhr Franziska ihm in die Parade. „Sie hatten es erwähnt. Ich kenne den Mann nicht."

„Dann wissen sie auch nicht, dass Mr. Lambert einen Bruder mit dem Namen, Dustin Lambert hatte?"

„Nein, natürlich nicht", antwortete Franziska gleichgültig, griff nach der Zigarettenschachtel und fischte einen Glimmstängel heraus. Kurz bevor sie die Zigarette anzündete, entsann sie sich der Etikette. „Entschuldigen sie! Soweit ich weiß, hatten sie dem Laster abgeschworen. Sie haben doch nichts dagegen, dass ich ...?" Sie wartete nicht auf die Antwort, ließ den Tabak genussvoll aufglimmen und stieß den Rauch in einer ausgedehnten Säule zur Decke. „Sagt ihnen die Union Street 36 etwas?", stellte Dave die Frage.

Ein andächtiger Schatten huschte über ihr Antlitz, doch auch diesmal prallte das Kreuzfeuer wirkungslos ab. Noch bevor sie antworten konnte, bombardierte sie Detektiv Morgen mit weiteren Fakten. „Da lebte Jefferson Samuel Lambert und auch sein Bruder Dustin war dort gemeldet. Wir fanden ihn in der Küche auf einen Stuhl. Er wurde übel zugerichtet."

Bei seiner Schilderung beobachtete Harry ihre Mimik. Wieder gab sie sich keine Blöße. „Und was hab ich damit zu tun?", gab sie sich ahnungslos. Ihr übertriebenes Gehabe ließ vermuten, dass sie etwas verheimlicht. Den Profis war das nicht entgangen. Harry zog ein Ass aus dem Ärmel, um sie in Verlegenheit zu bringen. „Ein Zeuge hat sich gemeldet. Der Taxifahrer, der Mr. Lambert vor ihrem Anwesen absetzte. Er konnte sich gut daran erinnern und war der Letzte, der ihn lebend gesehen hatte."

„Ach ja? Ich habe keine Ahnung, worauf sie hinaus wollen. Bei mir war kein Mr. Lambert und das hatte ich auch schon zu Protokoll gegeben."

„Seltsam, ... der Taxifahrer hätte schwören können, dass er im Rückspiegel gesehen hat, wie Mr. Lambert auf ihr Tor zulief", brachte Harry ein weiteres Argument zur Sprache.

Franziska blieb ihrer Linie treu und räumte die Verdachtsmomente aus. „Was wollen sie damit sagen?

Der Mann kann sich am Busch erleichtert haben und ist dann seiner Bestimmung gefolgt."

Detektiv Morgan horchte auf. „Wie meinen sie das?"

Franziska hob beschwörend die Hände. „Was weiß denn ich? Vielleicht hatte er in der Nähe ein Verhältnis. Um eine kompromittierende Situation zu vermeiden, ließ er sich nicht vor der Haustür absetzen. Wäre doch denkbar."

„Ja natürlich. Könnte sein." So recht glauben wollte es Harry nicht, tat aber so als kaufte er ihr das ab. „Wussten sie, dass die Beiden aus Rockandtree stammen? Sagt ihnen der Ort was?" Franziska schluckte, blieb aber nach außen unberührt. „Tut mir leid. Ich kenne die Beiden nicht und von dem Ort habe ich noch nie was gehört." Harry nickte nichtssagend und packte die nächste Frage aus. „Wo haben sie studiert?"

Franziska war überrascht von der abweichenden Frage, ging aber darauf ein. „Am California Institute of Architecture. Was hat das mit dem Fall zu tun?"

Harry zuckte mit den Achseln. „Eigentlich nichts. Ich war nur neugierig. Wo sind sie geboren?"

„In Victorville, bei Los Angeles."

„Ja, ich weiß wo das liegt. Ein nettes Örtchen. Letztes Jahr, habe ich dort einen Freund besucht." Während er redete zog er einen Notizblock und ein Kugelschreiber aus der Innentasche seines Jacketts, schob den Stift unter das Deckblatt und warf einen Blick auf die erste Seite. Dann kam er wieder auf den Fall zu sprechen. „Wo waren sie in der Nacht von Freitag zu Sonnabend letzte Woche, ... so um Mitternacht?"

Während der kurzen Bedenkzeit funkelten ihre Augen feindselig. „Warten sie ... Freitag zu Sonnabend? ... Auf einer Party."

Detektiv Morgan zog skeptisch die Brauen zusammen. „Was für eine Party? Kann das jemand bestätigen?"

„Meine Freundin. Angela hatte eine Party geschmissen. Am Nachmittag saßen wir im Café Maritime am

Marina Dining District. Da hatte sie die Idee. Danach fuhr ich nach Hause und habe mich frisch gemacht."

„Haben sie vielleicht die Adresse und eine Telefonnummer?"

„Ja sicher! Warten sie!" Franziska nahm ihr Handy, klappte es auf und drückte ein paar Tasten. „Angela Wangeles, Franklin Street 24, die Nummer ist 1415-5578695." Harry notierte es und war sich nicht mehr sicher, ob sie was mit der Sache zu tun hatte.

Er massierte sich nachdenklich die Nasenspitze. „Okay, das war's. Ach ja, ... sie haben doch nichts dagegen, wenn wir uns noch mal im Keller umsehen?" Dave schaute verdutzt. Harry hatte davon nichts erwähnt.

„Sie haben doch schon das ganze Haus auf den Kopf gestellt", reagierte Ms. Husboon verwundert.

„Es dauert nicht lange. Ich will nur mal kurz nachsehen."

„Also gut! Wenn's denn sein muss", antwortete Franziska schnippisch.

Harry sprang auf, zupfte an seinem Jackett und marschierte mit seinem Partner im Schlepptau voran. Dave plagte die Ungewissheit. „Was soll das? Was versprichst du dir davon?"

„Warts ab!" Harry stieg die Treppe runter und Dave folgte ihm bis zum Einbauschrank. „Fällt dir was auf?" Dave drehte sich um die eigene Achse, wie ein verirrter Wanderer.

„Worauf willst du hinaus? Das ist ein Keller."

„Du Armleuchter! Das meine ich nicht. Beachte die Ausdehnung! Über uns liegt der Vorraum und ungefähr da müsste die Tür zum Wohnbereich sein." Harry reckte den Finger zur Decke. „Da standen wir und hier unten ist Schluss." Dave runzelte die Stirn. „Ja, klar. Eine Teilunterkellerung. So was soll es geben", antwortete er sarkastisch.

Harry flüsterte. „Sicher gibt es das, aber nicht hier. Ich habe Einsicht in die Originalpläne von 1929 genommen." Harry hob blockend die Hand. „Frag lieber nicht, wie ich da rangekommen bin. Zwischen den Unterlagen, fand ich den ursprünglichen Grundriss vom Kellergeschoss. Der war deckungsgleich mit den oberen Etagen. Was sagst Du nun?" Triumphierend stellte Harry den Finger auf, während Dave seine Zweifel hatte. „Vielleicht gab es eine Änderung?"

„Das habe ich überprüft. Gab es nicht."

„Und wenn die Seite einfach zugemauert wurde?"

„Mag sein. Aber ich bin davon überzeugt, dass es ein Schwarzbau ist." Harrys Gesicht legte sich in ernste Züge. „Hier ist was faul. Dahinter könnte sich etwas verbergen. Ich tanze splitternackt über die Promenade, wenn ich mich irren sollte."

„Na das wird ein Gaudi und die Schnappschüsse erst...! Dave schnalzte schwärmend mit der Zunge. „Also ich denke hier wurde nur zugemauert und basta. Falls du doch Recht hast, wie stellst du dir das vor? Was sollen wir unternehmen?"

„Wir müssen da durch." Harry deutete auf die Mauer hinter dem Schrank. „Vielleicht gibt es auch eine geheime Tür. Das müssen wir uns genau anschauen."

„Willst du etwa ...?"

„Nun ja, wir besorgen uns einen Durchsuchungsbefehl. Sieh mal, was ich hier habe." Harry hielt seine rechte Hand hoch. Irgendetwas klemmte zwischen Daumen und Zeigefinger. Dave trat einen Schritt näher, konnte aber nichts erkennen. „Was soll das? Da ist nichts."

„Das ist ein Haar von ihrem Sofa. Ich habe es mitgehen lassen. Wenn die DNA mit der Probe vom Tatort übereinstimmt, haben wir den Durchsuchungsbefehl. Komm Dave, wir verziehen uns!" Harry schwenkte zur Treppe. Dave folgte ihm und hätte ihn fast über den Haufen gerannt, als Harry abrupt stehen blieb.

Franziska war wie aus dem Nichts erschienen. Im Anschlag hielt sie ein Sauer 202 Forest. Der Lauf des Jagdgewehres war auf die Beamten gerichtet. Harry und Dave stockte der Atem und ihre Gesichter waren von Bestürzung gezeichnet. Instinktiv rissen sie die Hände hoch.

„Lady! Was soll das werden? Nehmen sie die Waffe runter!", versuchte Harry zu schlichten.

Franziska erschrak und senkte die Mündung. „Oh, ... entschuldigen sie! Tut mir Leid, ich war in Gedanken. Sie können die Hände runter nehmen! Das Gewehr ist nicht geladen. Es ist ein Geschenk. Ich wollte es in den Waffenschrank stellen. Ein kostbares Stück, nicht wahr?" Franziska wiegte die Flinte fürsorglich im Arm und strich mit der Hand über den Lauf, als kraulte sie den Nacken einer schnurrenden Katze. Die Männer registrierten es argwöhnisch und ließen die Hände sinken. „Ich dachte schon sie wollten uns weg pusten. Für so was braucht man einen Waffen-schein. Ich darf doch hoffen, dass sie einen haben?", kommentierte Harry das Missverständnis mit aufgesetztem Grinsen. Erst gegen Ende des Satzes erlangte seine Stimme wieder die gewohnte Gelassenheit.

„Aber sicher doch. Möchten sie ihn sehen?", antwortete Franziska selbstsicher.

„Ich denke, das wird nicht nötig sein. Wir sind spät dran und wollten uns empfehlen. Eine Frage hätte ich allerdings noch." Harry rieb sich mit dem Finger die Nase und wies mit dem Daumen der anderen Hand hinter sich. „Da fehlt doch was. Warum ist da Schluss? Oben geht es noch weiter."

Franziska hatte diese Frage schon erwartet und lieferte eine plausible Erklärung. „Das kann ich nicht genau sagen. Ich habe den Besitz so erworben. Einer Legende zufolge, soll in den vierziger Jahren der Hausherr seine Ehefrau grausam ermordet haben." Ms. Husboon näherte sich und legte knisternde Spannung in ihre rauchige Stimme.

„Er hatte sie in flagranti erwischt. Angeblich soll er den Kerl sofort erschossen und sie an den Haaren in den Keller geschleift haben. Dort fesselte er sie auf dem Boden und riss ihr die Kleider vom Leib. Er hat sie ein letztes Mal richtig rangenommen, bevor er sie mit einer Axt erschlug und in tausend Stücke hackte. Als ihm seine Tat bewusst wurde, verlor er den Verstand. Er bastelte sich eine Guillotine und enthauptete sich. Sein kahlköpfiger Schädel, rollte wie eine Bowlingkugel bis vor die Tür. Der Polizeibeamte der den Tatort zuerst betrat, ergraute auf Schlag und musste sich in psychiatrische Behandlung begeben. Danach stand das Gebäude einige Jahre leer. Die neuen Eigentümer ließen den Ort des Grauens zumauern." Franziska blickte abwechselnd in die Augen der furchtsam lauschenden Männer. „Eine schaurige Geschichte, nicht wahr?"

Die Polizisten sahen sich ungläubig an. „Was ist aus dem Mann geworden?", fragte Dave neugierig, winkte dann aber ab. „Vergessen sie's!"

„Vielen Dank, dass sie ihre Zeit geopfert haben. Bitte bemühen sie sich nicht, wir finden alleine raus", verabschiedete sich Harry und schlüpfte an der Hausherrin vorbei.

Erst auf dem Heimweg im Auto löste sich die Irritation. Dave wischte sich die verschwitzte Stirn mit dem Taschentuch. „Oh, man ... als sie mit der Kanone da stand, hätte ich mir fast in die Hosen gemacht. Wo kam die so plötzlich her? Wieso haben wir nichts gehört? Und diese seltsame Geschichte. Glaubst du den Quatsch?"

„Nun ja, wäre durchaus möglich. So was soll schon mal vorgekommen sein. Ihr plötzliches Erscheinen ist mir allerdings auch ein Rätsel", meinte Harry und schüttelte den Kopf.

9. Kapitel

Wie angewurzelt stand Franziska vor dem offenen Waffenschrank. Fest umklammerte sie den Lauf der Jagdflinte, als wollte ihr jemand das kostbare Stück entreißen. Ihre zwiespältigen Gedanken meißelten eine zornige Miene, mit der sie den Abgang der Polizeibeamten über den Monitor der Videoanlage verfolgte.

Ein milchiger Schleier legte sich auf ihr Gemüt und Zweifel kamen auf. War es der richtige Weg, den sie eingeschlagen hatte? War ihr Plan ausgereift genug? Doch schnell hatte sie sich wieder unter Kontrolle und war sich sicherer denn je. Es gab kein zurück. Angesichts der Umstände musste sie allerdings umdisponieren.

Franziska stellte das Gewehr in den Schrank und lief die Treppe rauf. Jetzt galt es, einen kühlen Kopf zu bewahren. Vor dem Kamin spiegelte sich die sterbende Glut in ihren Augen, als würde der Teufel in ihr erwachen. Gedanklich ging sie die nächsten Schritte durch. Da erinnerte sie sich an ihr Opfer im Keller. Zu gerne hätte sie noch mit ihm gespielt und ihn am Ende auch laufen gelassen. Doch nun war die Zeit knapp und sie musste ihn dem Schicksal überlassen. Ihr war es eigentlich auch völlig egal, ob er da unten verreckt. Franziska trat an das Regal und kippte einen Schmöker an. Sie blätterte in der Schwarte, bis ihr ein Zettel in die Hände fiel. Darauf stand ein Name und eine Telefonnummer. Sie wählte die Nummer und spazierte vor dem Kamin auf und ab. Ein grimmiger Bass meldete sich.

„Ola!"

„Jose Rodrigos?"

„Wer ist da?", brummelte die gereizte Stimme in spanischem Akzent.

„Modasosa!", antwortete Franziska bestimmend. Schlagartig wandelte sich die raue Tonlage ihres Gesprächspartners in einen charmanten Singsang.

„Ola Senora! Wie geht es ihnen? Habe noch nicht mit Anruf gerechnet. Was ist passiert?"

„Keine Sorge! Alles wie geplant. Ich brauche die Ware nur etwas früher."

„Kein Problem, Senora! Alles da. Sie können holen. Wann?"

„Geht es heute noch?

„Sicher! Kein Problem. Um Mitternacht!

„In Ordnung", bestätigte Franziska.

„Da wäre noch Kleinigkeit! Preis ist um fünfzig Prozent gestiegen."

Franziska zögerte einen Augenblick, lenkte dann aber ein. „Okay, das kriege ich hin."

„Alles klar, Senora! Ich erwarte sie."

„Bis dann!" Franziska legte auf und lauschte dem schwächer werdenden Knistern im Kamin, während ihr unbändiger Wille aufflammte. Entschlossen ertönte das Kommando „Modasosa!" und das Bücherregal gewährte ihr den Zutritt. Franziska brauchte ein paar Dinge aus dem Versteck. In der geheimen Kammer versenkte sie hinter einem Bademantel eine Kachel. Ein Stahlschrank schrammte zur Seite und legte ein sechseckiges Relief mit Abbildungen aus dem Mittelalter frei. Es ging, wie sollte es anders sein, um abgründige Rituale. Nach der Eingabe einer Kombination rauschten die Elemente des geometrischen Gebildes auseinander. Eine Panzertür kam zum Vorschein, für die ein weiterer Code fällig wurde.

Franziska sackte bündelweise Dollarscheine und weitere unentbehrliche Utensilien ein. Sie verstaute die Reisetasche in ihrem Mustang und öffnete das Garagentor. Im Gleichklang mit der aufheulenden Maschine fuhr ein entschlossenes Drehmoment durch ihr Mienenspiel.

Als Franziska die Straße herunter preschte, zauberte der Sonnenuntergang einen malerischen Horizont über den Pazifik. Die Wolken verschwammen zu bizarren Fabelwesen. Doch heute hatte sie kein Auge dafür. Als die Nacht hereinbrach, bog sie auf den West Side Freeway. Das Asphaltband zog sich endlos durch die Tiefebene. Auf der einen Seite das San Joaquim Valley und gegenüber der Höhenzug des Diablo Range, der seine Silhouette in den Abendhimmel stellte. Über ihr funkelte ein Sternenmeer und legte sich wie ein Glitzerkleid über das Land. Der Lichtkegel ihrer Scheinwerfer tastete sich an der Fahrbahnmarkierung entlang. Dazu summte der Motor sein eintöniges Lied.

Kurz vor Mitternacht erreichte sie die Abfahrt nach Los Banos. Der Ort, war durch einen diffusen Lichtschimmer schon von weitem zu erahnen und als sie sich näherte, herrschte dichter Nebel. Er tauchte die verschlafene Gemeinde in eine graue Suppe. Es herrschte beängstigende Stille. Nur das Blubbern ihres feurigen Mustangs lieferte die Begleitmusik. Franziska kamen die Umstände nicht ungelegen.

Im Ort bog sie in die Nevada Avenue und hielt unter einer Eiche. Ihr Treffpunkt war drei Blocks entfernt. Sie schlüpfte hinter dem geöffneten Kofferraum in einen schwarzen Overall, versteckte die Haare unter einem Basecup und setzte zur Tarnung eine dunkle Brille auf.

Dann nahm sie eine leere Reisetasche, steckte ein paar Geldbündel ein und schlich im Schutz des Nebels und der Dunkelheit die Straße entlang. An einem rostigen Stahltor blieb sie stehen. Nummer 25. Das Gehöft war durch einen Maschendrahtzaun gesichert und eine Dornenhecke versperrte die Sicht. Über dem Zaun verlief ein Geflecht aus Stacheldraht und am Tor prangte die hässliche Fratze eines Vierbeiners.

Franziska drückte den Klingelknopf zweimal kurz und dreimal lang. Doch es tat sich nichts. Mittlerweile hatte sich der Nebel noch verdichtet. Die Sicht war unter zehn Meter gesunken. Plötzlich dröhnte der Türsummer und Franziska huschte durch das Schlupftor. Ein Hund schlug an und Kettenglieder rasselten. Ein wildes Bellen näherte sich. Franziska machte auf dem Hacken kehrt und wollte zurück auf die Straße. Doch die Tür war schon ins Schloss gefallen und blockierte den Rückzug. Zu allem Verdruss gab es an der Innenseite keinen Drücker. „War das eine Falle? Wollte er sie reinlegen und auszurauben?", schoss ihr der Gedanke durch den Kopf. Schutz suchend presste sie sich an das Tor. Aus den Tiefen ihres Einteilers zog Franziska ein Messer und hielt die Klinge zur Verteidigung bereit.

Dann kam das zähnefletschende Biest kläffend angeflogen. Franziska machte sich auf das Schlimmste gefasst, als die sabbernd scharfen Reißzähne der Kampfmaschine einen Meter vor dem Ziel durch die Kette ausgebremst wurden. Franziska war drauf und dran ihm das Messer in den Hals zu rammen, als im Hintergrund ein Licht aufflammte. Eine raue Stimme pfiff ihn zurück. „Godzilla! Komm her hier!" Sein Herrchen bewies magische Kräfte. Der stämmige

Rottweiler parierte und Franziska atmete auf. „Merkwürdiger Name für einen Hund", stellte sie fest als Jose rief: „Senora Modasosa?"

„Jose Rodrigos?", wollte sich Franziska vergewissern.

„Sie sind spät dran!" Es war zehn Minuten nach Mitternacht, als eine große breitschultrige Gestalt aus dem Nebel trat. „Tut mir Leid! Es ging nicht schneller. Aber lassen wir die Höflichkeiten und kommen gleich zum Geschäft", ging sie emotionslos auf seine Beschwerde ein. Seine mexikanischen Wurzeln waren unverkennbar. Er war durchtrainiert und einen Kopf größer. Der zerfranste Strohhut und das ölverschmierte T-Shirt ließen nicht vermuten, dass er dick im Geschäft war. Zudem machten die Tätowierungen und die Narben im Gesicht einen brutalen Eindruck.

„Entschuldigen sie den Aufzug, aber ich habe Motor zerlegt. Folgen sie mir, Senora!" Der raubeinige Klotz schwenkte um und verschwand im Nebel. Nur der vorauseilende Lichtkegel seiner Taschenlampe wies den Weg. Der Boden war uneben und steinig. Sie stolperte am Haus und dem Hundezwinger vorbei. Die Bestie kauerte davor, hatte ihre Schnauze auf die Pfote gelegt und behielt Franziska wachsamem im Auge.

Bald hatte der Nebel das Haus und den Hundezwinger hinter ihnen verschluckt. Wo führte er sie hin? Plötzlich standen sie vor einem Schuppen, dessen Front einem Garagenkomplex ähnelte. Jose öffnete das zweite Tor. Franziska blieb ein paar Schritte zurück und wartete ab. In der Garage stand kein Auto. Regale prägten das Bild, die mit Ersatzteilen bestückt waren. Franziska schaute sich um und lauschte. Alles war ruhig. Als sie sich wieder dem Tor zuwandte war Jose verschwunden. Auch das Licht der Taschenlampe, war nicht zu sehen. „Was hat das zu bedeuten?", grübelte Franziska. Dann schepperte es und die Taschenlampe flammte wieder auf. Ihr Licht streute sich in den unendlichen Tiefen der Regale. „Jose! Wo sind sie?", rief sie, doch es kam keine Antwort. Franziska versuchte es noch einmal, ohne Erfolg. Vorsichtig tastete sie sich dem Licht entgegen. Unter einem Regal lag die Lampe, doch von Jose keine Spur. Sie suchte die nähere Umgebung ab. „Jose! Wo sind sie?" Es kam wieder keine Antwort. Allmählich wurde es unheimlich.

Dann hörte sie Schritte die langsam näher kamen. Es war aber niemand zu sehen. „Was für ein Spielchen wird hier gespielt?", fragte sie sich mit sorgenvoller Miene, als plötzlich eine Hand ihre Schulter packte. Franziska zuckte zusammen. „Wo bleiben sie, Senora? Ich dachte, sie wären hinter mir." Franziska sah ihn entgeistert an. „Ich habe gerufen. Haben sie mich nicht gehört?"

„Entschuldigung, mein Gehör hat durch Motorlärm gelitten. Bleiben sie dicht hinter mir!" Weiter ging es durch ein verzweigtes Labyrinth aus Regalen. Jose wurde immer schneller und Franziska bemühte sich, Schritt zu halten. Die Regale waren vollgestopft mit heißer Ware. Endlich nahm der Wettlauf ein Ende.

„Okay! Wir sind da. Warten sie!" Er schob ein Regal zur Seite und zog eine Fernbedienung aus der Hosentasche. „Stellen sie sich hier her, Senora!" Er deutete auf eine quadratische Plattform. „Wenn Angst haben, können bei mir festhalten!" Die letzte Bemerkung überhörte Franziska und schaute unschlüssig. „Haben sie keine Angst! Vertrauen sie mir!" Daraufhin rückte Franziska näher und Jose drückte einen Knopf auf der Fernbedienung. Eine rote Lampe leuchtete und ein Summen schwirrte durch den Raum. Dann gab es einen sanften Ruck.

Die Plattform löste sich aus dem Boden und sank nach unten. Langsam aber stetig wurden ihre Fahrgäste in die Unterwelt befördert. Durch einen betonierten Schacht ging es abwärts, bis der eigenwillige Fahrstuhl stoppte. Automatisch öffnete sich eine Tür zu einem Raum, der in ein giftiges Grün getaucht war, als würde man durch ein Nachtsichtgerät schauen.

„Bitte nach ihnen!", ließ Jose Etikette aufblitzen. Franziska betrat den unterirdischen Bunker und erblickte ein waffenstarrendes Eldorado. Im Abstand von drei Metern um den Schacht präsentierte sich ein kreisrunder Raum. Die Wände waren mit kriegstauglichem Material dekoriert. Da hingen Maschinengewehre, Pistolen, Handgranaten, Panzerfäuste, Mienen, Sprengstoff und diverse Munition. Mit dem Arsenal könnte man eine Armee ausrüsten.

Jose ging auf einen Tisch zu. „Senora! Hier ist, was sie bestellt haben." Franziska nahm die Ware in Augenschein, als sich die Fahrstuhltür schloss. Es folgte ein dumpfes Andocken und ein Grollen. „Ist der Fahrstuhl wieder hochgefahren und was war das für ein Geräusch?", wollte Franziska wissen. Jose schaute nach oben und antwortete mit einem beruhigenden Lächeln. „Wir nehmen anderen Weg. Oben wieder alter Zustand."

Franziska war beeindruckt, widmete sich aber gleich dem Geschäftlichen und prüfte die Ware. Jose verfolgte es mit verschränkten Armen. „Geht mich nichts an, aber was haben sie vor? Wollen sie Krieg anzetteln? Oder ein paar hundert Leute umlegen?"

Franziska hielt inne und durchbohrte den Mexikaner mit strafendem Blick. „Das haben sie gut erkannt! Es geht sie nichts an." Jose wirkte beleidigt, zuckte dann mit den Achseln und hob beschwichtigend die Hände. „Okay, okay! Geht mich nichts an." Franziska nickte zufrieden und zog zwei Bündel Dollarscheine aus dem Overall. "Scheint alles da zu sein. Hier ist die Kohle." Sie warf ihm das Geld rüber und Jose schnappte danach wie ein gieriges Raubtier. Er ratschte mit dem Daumen über die Bündel, als könnte er das Geld auf diese Weise zählen. „Zählen sie ruhig nach! Es müsste stimmen." Damit gab sich Jose zufrieden und grinste. „Ich vertraue Ihnen. Vielen Dank, Senora! War mir ein Vergnügen", sagte er und ließ die Dollars in seine Hosentasche gleiten. Franziska verstaute die Ware in ihrer Reisetasche, während Jose sie bereits auf der anderen Seite erwartete. Er drehte eine Handgranate die augenscheinlich an der Wand hing, worauf sich ein Element aus der Wand löste, zurückzog und seitlich abdriftete. Ein schmaler Tunnel kam zum Vorschein, der mit roten Lampen ausgeleuchtet war. Der Stollen war durch Balken und Bretter gesichert.

Jose ging voraus und Franziska heftete sich an seine Fersen. Der Gang war etwas niedrig, so dass sie den Kopf einziehen mussten. Fünfzig Meter weiter kam eine Stahltür. Jose hebelte die Tür auf, worauf ein dahinter stehender Generator zur Seite rollte. Vermutlich verdeckte das Gerät die Tür von der anderen Seite.

Dann standen sie in einem hohen Raum von dem eine gusseiserne Wendeltreppe nach oben führte. Unterdessen nahm der Generator automatisch seinen angestammten Platz ein. Die Beiden stiegen die Treppe rauf. Am Ende öffnete Jose eine Falttür, über die sie sich in einer Montagegrube unter einem abgestellten Fahrzeug wiederfanden.

Bei dem Fahrzeug mit dunkelgrüner Metalliclackierung, handelte es sich um einen Chevrolet Alero 3,4. Jose nahm einen Putzlappen und fuhr polierend über den Kotflügel. „Ein Schmuckstück. 45.000 km. So gut wie neu. Klimaanlage und Sitzheizung. 177 PS, vollgetankt und Schlüssel steckt. Noch Fragen?"

Franziska nahm seine Preisung gelangweilt hin. „Nein. Alles bestens. Und die Papiere?" Jose zog eine Schublade aus der Werkbank und entnahm eine schwarze Plastiktüte. „Alles da, Senora! Sie heißen ab sofort Angelina Modasosa, sind in Acapulco geboren und wohnen in Los Angeles." Franziska begutachtete die Dokumente. „Gute Arbeit!", zollte sie ihm Anerkennung.

Wieder griff Franziska in ihren Overall. „Hier sind die Fünftausend für den Wagen. Haben sie vielen Dank!" Jose deutete einen Diener an. „Ich danke ihnen, Senora Modasosa! Beehren sie mich bald wieder!", entgegnete er. „Ich denke nicht, Mr. Rodrigos. Von hier an trennen sich unsere Wege und wir sind uns nie begegnet. Ich wäre ihnen sehr verbunden, wenn sie mir noch das Tor öffnen!", ging Franziska wie nebenbei darauf ein. Jose blieb stumm und kam ihrem Wunsch nach. Franziska verstaute die Reisetasche im Kofferraum und stieg in den Wagen. Als sie aus der Garage fuhr, winkte Jose zum Abschied, doch Franziska würdigte ihn keines Blickes. Der Nebel hatte sich gelichtet.

10. Kapitel

Heute war Donnerstag und Dave hatte einen freien Tag. Der Anlass für die Freistellung war allerdings alles andere als erfreulich. Seine Mutter war vor zwei Wochen im biblischen Alter von 92 Jahren gestorben. Die betagte Dame ging abends zu Bett und wachte morgens nicht mehr auf. Eigentlich ein Ende, dass sich jeder wünscht und dennoch ging es Dave an die Nieren. Heute war der Tag, wo er für immer Abschied nehmen und seine Mutter zu Grabe tragen musste.

Da Harry an dem Fall alleine nicht weiter ermitteln wollte, nutzte er diesen Tag und bummelte die Überstunden ab. Am Nachmittag schlenderte er die Einkaufsmeile rauf und runter. Dabei fingen einige Schaufenster seine Blicke ein. Nun hatte er endlich mal Zeit die vielen schönen Dinge zu bewundern. Es gelang ihm aber nicht ganz, den aktuellen Fall zu verdrängen. Vor allem spukte ihm diese Husboon im Kopf herum. Die war von einer Aura umgeben, die sie einerseits interessant und reizvoll, andererseits geheimnisvoll und gefährlich erscheinen ließ. Bei der letzten Vernehmung lief es ihm schaurig den Rücken herunter und das nicht nur als sie mit dem Gewehr auftauchte.

Diese Frau hatte etwas und war mit einer geilen Figur gesegnet, ein Weib wie es im Buche steht. Wer da nicht schwach wird, war entweder blind oder vom anderen Ufer. Ob sie der kaltblütige Killer war, für den sie gehalten wurde? Harry konnte sich nicht so recht glauben.

Als er an einer noblen Boutique vorbeikam, fesselten ihn die sexy Schaufensterpuppen. Einige stellten aufreizende Dessous zur Schau. Harry begann zu träumen und verlor sich in seinen Fantasien. Dabei hätte er fast den Moment verpasst, als eine gutaussehende Lady den Laden verließ.

Wie von einem Magnet angezogen nahm Harry die Fährte auf. „Was war das für ein heißes Gerät?", dachte Harry und konnte nicht widerstehen. Das holde Weib trug einen weißen Hut mit ausladender Krempe, unter dem sie ihre schwarzen Haare verbarg. Nur eine einzelne Strähne präsentierte sich der Öffentlichkeit. Die traumhafte Figur wurde von einem hautengen Sommerkleid in Szene gesetzt. Hochhackige Pumps rundeten das Ensemble ab und verliehen ihr einen ausgewogenen Gang. Mit jedem Schritt schwang die üppige Augenweide und zwang Harry wie hypnotisiert, sich an ihre Fersen zu heften.

Als er bis auf wenige Meter näher kam, überlegte Harry wie er sie ansprechen sollte. In der Beziehung war er nicht gerade ein Meister. Was sollte er sagen und wann war der richtige Zeitpunkt?

Plötzlich drehte sie sich abrupt um, als hätte sie etwas vergessen. Da Harry ziemlich dicht aufgelaufen war, konnte er nicht mehr ausweichen. Ein Zusammenstoß war unvermeidbar. In der Folge fiel ihr die Tasche herunter und Harry war derart geschockt, dass ihm die Worte fehlten. Instinktiv bückte er sich und hob die Tasche auf.

„Tut mir Leid! Ich hätte mich vorher umsehen müssen", entschuldigte sich die junge Dame. Nun löste sich auch seine Zunge, während er ihr die Tasche übergab. „Sorry! Das war meine Schuld. Ich war in Gedanken. Hoffentlich ist Ihnen nichts passiert."

„Danke, alles in Ordnung. Ich habe im Laden mein Portemonnaie vergessen und das schoss mir eben ein. Kennen Sie das?", fragte sie, nahm die dunkle Sonnenbrille ab und zeigte sich überrascht. Harry war völlig von den Socken, so dass ihm die Worte im Halse stecken blieben. Was für ein Zufall! Vor ihm stand Ms. Husboon, die so unerreichbar schien und nun fast in seinen Armen lag. Harry spürte wie seine Knie weich wurden.

„Detektiv Morgan! Was machen Sie denn hier?", fragte sie in einem Tonfall, als hätte sie ihn längst bemerkt oder es sogar drauf angelegt. „Müssen Sie nicht irgendwelche bösen Jungs jagen oder Häuser durchsuchen?", stellte sie ihn zur Rede.

„Sie werden es nicht glauben, aber wir haben auch mal einen freien Tag."

„So, so! Na dann haben Sie ja viel Zeit. Wenn es Ihnen nichts ausmacht, könnten Sie mich zum Laden begleiten. Vielleicht wurde das Portemonnaie auch gestohlen, dann könnten Sie sich gleich der Sache annehmen. Was meinen Sie?", lockte sie mit einem Augenaufschlag, dem er nicht widerstehen konnte. „Ich muss Sie enttäuschen. Ich bin beim Morddezernat und befasse mich nicht mit solchen Delikten. Gegen die Begleitung, wäre allerdings nichts einzuwenden. Ich würde es mir niemals verzeihen, wenn Ihnen etwas zustoßen sollte."

Auf dem Weg wich Harry ihr wie ein Schutzpatron nicht von der Seite und allmählich kehrte seine Lockerheit zurück. In der Boutique hatte die Verkäuferin das Portemonnaie unter dem Ladentisch sichergestellt. Da Franziska offensichtlich Stammkunde war, wäre es ohnehin nicht verloren gegangen. Dennoch tat sie, als wäre sie erleichtert.

Wieder auf der Straße nahm Harry allen Mut zusammen, um sie auf einen Kaffee einzuladen. Er fiel aus allen Wolken, als sie ihm zuvorkam. „Detektiv Morgan! Da Sie sich so rührend und aufopferungsvoll um mich gekümmert haben, möchte ich Ihnen jetzt eine Tasse Kaffee spendieren."

Harry wusste nicht was er sagen sollte. Auf der einen Seite war er fasziniert und konnte sein Glück kaum fassen, auf der anderen Seite war sie immer noch eine Hauptverdächtige in einem Mordfall, mit der er sich normalerweise nicht auf ein Tete-a-tete einlassen sollte. Wie sollte er damit umgehen? Doch Harry war auch nur ein Mann. „Okay! Ich wüsste ein nettes Cafe gleich um die Ecke", schlug er vor und wies mit der Hand auf die nächste Kreuzung.

Franziska war einverstanden. Im Cafe suchten sie sich ein lauschiges Plätzchen im hinteren Bereich. Nach dem ersten Schluck sahen sie sich stillschweigend an. Dann brach Franziska das Schweigen. „Detektiv Morgan! Nicht, dass Sie mich falsch verstehen, die Einladung sollte ein Dankeschön sein und bitte bombardieren Sie mich nicht mit lästigen Fragen bezüglich des Falls", beschwor ihn der Traum eines jeden Mannes, als könnte er kein Wässerchen trüben. „Ich gebe mir Mühe, diesen Zwang zu unterdrücken. Aber wissen Sie, … es liegt in meiner Natur und manchmal kann ich nicht anders. Allerdings könnten Sie hier und heute ein Geständnis ablegen, mir weitere Gräueltaten beichten oder spezielle Details ausplaudern. Ich bin allein, und da steht Aussage gegen Aussage."

„Na dann bin ich ja beruhigt und kann Ihnen beichten, dass ich schon zehn Männer auf dem Gewissen habe. Sie wurden gefoltert und gequält, bis sie um den Tod bettelten", gestand sie mit einem nicht ernst zu nehmenden Unterton.

„Ach was! Es waren bestimmt noch ein paar mehr. Bei so vielen Opfern kann man schnell mal durcheinander kommen", haute Harry in die gleiche Kerbe.

„Kann schon sein. Vielleicht waren es auch ein paar mehr", fügte sie hinzu.

„Mal im Ernst! Das Herz haben Sie bestimmt so mach einem Mann gebrochen, aber jemanden kaltblütig umbringen, das ist etwas anderes. Wären Sie dazu im Stande?", fragte Harry mit neugierig.

„Nein! Natürlich nicht. Die einzigen Opfer in meinem Leben waren Mücken und Fliegen, die ich erschlagen musste. Einige achtbeinige Krabbeltiere, die mir zu sehr auf die Pelle rückten. Vor allem die haarigen Biester. Ach ja, und nicht zu vergessen der Hase, der mir vors Auto lief. Er tat mir sehr leid, aber es ging alles so schnell. Und dann muss ich zu meiner Schande gestehen, dass ich mich aus Versehen auf meinen Hamster gesetzt habe. Werden Sie mich jetzt verhaften, Detektiv?", fragte sie mit einem Lächeln und hochgezogen Augenbrauen.

„Das möchten Sie wohl gerne? Wie ist denn das mit dem Hamster passiert?"

„Ich spielte mit Hannibal, so nannte ich ihn, auf der Couch. Ich bekam einen Anruf und holte während des Gespräches etwas aus dem Schrank. Hannibal setzte ich behutsam neben mir ab. Vom Gespräch abgelenkt vergaß ich ihn und setzte mich wieder auf die Couch. Das Telefonat dauerte einige Minuten. Danach war der Hamster verschwunden. Ich bekam einen furchtbaren Schreck, sprang auf doch es war zu spät. Ich war untröstlich und hoffte nur, dass er nicht allzu lange gelitten hatte."

„Soweit ich weiß, sind Hamster ziemlich flink."

„Er war fast zwei Jahre alt und nicht mehr ganz so schnell auf den Beinen."

„Tut mir Leid um Ihren kleinen Freund, aber so was soll vorkommen. Also ich bin der Meinung, dass Sie nichts mit dem Fall zu tun haben. Sie machen nicht den Eindruck, als könnten Sie kaltblütig morden. Sicher sind immer wieder welche dabei, die weiß Gott nicht so aussahen und sich dann als ganz schlimme Finger entpuppten."

„So, so! Ich sehe also nicht so aus. Na dann hoffen wir mal, dass Sie einen guten Riecher haben", entgegnete Franziska glaubwürdig.

„Oder wollen Sie mir vielleicht doch etwas sagen?", kam Harry routinemäßig nicht umhin ihr darauf die Frage zustellen, bestärkt durch das eigenartige Funkeln in ihren Augen.

„Detektiv Morgan!", wollte Franziska gerade darauf eingehen, als Harry mit einem Angebot vorpreschte.

„Sie können Harry zu mir sagen!"

„Okay! Ich bin Franziska, kannst auch Franzi sagen", ging sie auf seine Offerte positiv überrascht ein und reichte ihm die Hand.

„Also lassen wir das Thema und unterhalten uns über angenehmere Dinge. Schließlich habe ich heute frei", kapitulierte Harry.

„Das ist eine gute Idee", pflichtete ihm Franziska zufrieden bei. „Dann erzähl doch mal ein bisschen was von dir! Von mir hast du schon einiges erfahren, aber ich weiß so gut wie gar nichts", forderte sie ihn heraus und stütze sich in gespannter Erwartung auf die Ellenbogen. „Oh je, da gibt es eigentlich nicht viel zu erzählen. Ich arbeite bei der Polizei und das schon eine ganze Weile. Solange sich die Leute gegenseitig an die Gurgel gehen, gibt es genug zu tun. Vor der Zeit sollte ich Jura studieren. Mein Vater war Anwalt und drängte mich dazu. Nach dem zweiten Semester war Schluss. Ich habe hingeschmissen, hatte einfach keinen Bock mehr. Das Studentenleben war schon okay, aber dieser bescheuerte Paragraphenwald war nichts für mich. Dann habe ich mich drei Jahre mit Gelegenheitsjobs über Wasser gehalten, bis ich durch einen Freund zur Polizei kam."

„Okay! Und wie sieht es mit Frauen aus? Bist du verheiratet oder hast du eine Freundin?"

„Nein, weder noch. Ich war nie verheiratet und habe derzeit auch keine Freundin. Es ist nicht so einfach, das passende Gegenstück zu finden. Mit dem Alter steigen die Ansprüche und zu viele Kompromisse mag man ja auch nicht eingehen. Und wie sieht es bei dir aus? Hast du einen Freund?", stellte Harry nun seinerseits alles entscheidende Frage.

„Nein. Die letzten Jahre hatte ich keine Zeit für eine Beziehung. Der Job nimmt mich voll in Anspruch und dann sind da noch die abendlichen Termine."

„Was für Termine?", wollte Harry neugierig wissen.

„Nun ja, Wohltätigkeitsveranstaltungen, Geburtstagsfeiern, Richtfeste, Einweihungspartys und all diese Sachen."

„Verstehe, da ist kein Platz für einen Mann."

„Ja leider. Es soll aber kein Dauerzustand werden. Ich habe mir überlegt, dass ich demnächst einen Gang zurückschalte und nicht mehr auf jeder Hochzeit tanze. Schließlich wollte ich nicht für immer alleine bleiben. Wer will das schon? Da gibt es so viele Dinge im Leben, die zu zweit mehr Spaß machen. Mit hatte zu Denken gegeben, wenn ich die Pärchen gesehen habe, die sich verliebt in den Armen lagen. Bei einigen älteren Ehepaaren war die Liebe nach außen möglicherweise nur gespielt und doch tat es ein bisschen weh und ich wünschte mir ein ehrliches Glück. Geld allein macht nicht glücklich. Es beruhigt zwar ungemein, aber das ist auch alles", gab Franziska unumwunden Einsicht in ihr derzeitiges Gefühlsleben. Harry war beeindruckt von ihrer Offenheit und hätte ihr diese Sichtweise gar nicht zugetraut. Das machte sie um einiges sympathischer.

„Da hast du völlig Recht. Ich hatte leider von beidem immer zu wenig. Das Geld und auch die Liebe waren bei mir immer nur auf der Durchreise", gestand Harry.

„Das tut mir Leid! Um finanziell einigermaßen über die Runden zu kommen, kann eigentlich fast jeder etwas tun. Aber die Liebe, lässt sich nicht erzwingen, entweder sie kommt oder sie kommt nicht. Fast jeder Mensch sehnt sich nach der wahren Liebe, aber nur den Wenigsten ist sie vergönnt. Ist schon ein bisschen traurig, aber so ist das Leben. So Harry! Ich muss jetzt leider los. Ich habe einen wichtigen Termin", gab Franziska beim Blick auf ihre Armbanduhr zu verstehen. „Es war sehr nett, sich mit dir zu unterhalten", fügte sie hinzu.

„Okay! Vielleicht könnten wir demnächst zusammen essen gehen?", fragte Harry und rechnete nicht wirklich mit einer Zusage.

„Warum nicht? Wegen meiner gleich heute Abend. Bei dem Termin dürfte es nicht allzu lange dauern. Wir könnten uns um 19.00 Uhr an der Ecke treffen", machte Franziska zu seiner Verwunderung den Vorschlag.

„Um 19.00 Uhr an der Ecke. Wunderbar", brachte Harry nur kurz heraus.

„Danke für den Kaffee!" Mit diesen Worten verabschiedete sich Franziska. Harry trank seinen Kaffee aus, der längst nicht mehr heiß war und wie kalter Kaffee schmeckte. Er konnte den Blick nicht von ihr lassen, als sie das Cafe verließ und verlor sich bei dem Gedanken an den Abend in heimlichen Fantasien.

Abends war es immer noch angenehm warm und Harry kam pünktlich zum vereinbarten Treffpunkt. Franziska ließ dagegen noch auf sich warten. Er machte sich aber keine Sorgen, denn oft genug hatte er die Erfahrung gemacht, dass Frauen sich etwas mehr Zeit ließen. Ob sie die Männer zappeln lassen wollten oder es an ihrem Naturell lag, sei dahingestellt. Allmählich beschäftigte ihn die Frage, ob sie überhaupt Interesse hatte oder es ein Vorwand war, sich schnell zu verabschieden. Vielleicht hatte sie den Termin nur vorgeschoben.

Als sich die Zeiger der Uhr beim gegenüberliegenden Uhrmacher auf 19.20 Uhr stellten, war er von seiner Theorie überzeugt. Um 19.30 Uhr rechnete Harry nicht mehr mit ihr und machte sich enttäuscht auf den Heimweg. Einerseits wollte er es nicht wahr haben, andererseits wunderte er sich nicht. Warum sollte sich eine Frau wie sie, ausgerechnet mit einem so unbedeutenden Polizeibeamten abgeben? Vielleicht war es auch besser so. Möglicherweise hat sie doch etwas mit dem Mord zu tun.

Während Harry diesem Gedanken nachging und sich die Straße entlang schleppte, klatschte plötzlich eine Hand auf seine Schulter. Ein kleiner Funken Hoffnung flammte auf, als sich Harry erschrocken umdrehte. Doch es war nur Dave, der in seinem schwarzen Anzug zufällig daherkam.

„Mensch Harry! Was machst du denn hier und was machst du für ein Gesicht? Man könnte glauben, du hast deine liebe Mutter unter die Erde gebracht. Du brauchst dringend eine Aufmunterung. Lass uns in Susis Bar gehen und einen Drink nehmen. Ich lade dich ein", machte Dave den verlockenden Vorschlag und obwohl es ihm schwer viel, rang er sich ein Lächeln ab.

„Ach nichts. Ich hatte mich verabredet und wurde versetzt. Das ist alles."

„Kopf hoch Harry! Auf die Weiber ist eben kein Verlass. Glaube mir, es gibt Schlimmeres. Meine Laune ist auch nicht gerade die Beste, aber du solltest mir Gesellschaft leisten. Nur auf ein oder zwei Bierchen. Was meinst du? Komm schon! Sei kein Frosch!", versuchte ihn Dave zu überzeugen.

„Nein danke. Ist gut gemeint, aber mir ist jetzt nicht danach. Ich werde nach Hause fahren und mich aufs Ohr hauen."

„Okay! Wir sehen uns morgen", rief Dave seinem Partner nach, als der abwinkend weiter gegangen war. Einen Block später schnallte Harry, dass er die falsche Richtung eingeschlagen hatte. Sein Auto stand drei Blocks entfernt auf der anderen Seite der Kreuzung. Noch etwas frustrierter machte er auf dem Kacken kehrt und lief den ganzen Weg zurück. Als er sich der Kreuzung näherte, nahm er aus den Augenwinkeln eine Gestalt wahr.

„Harry! Wohin so eilig?" Hörte er eine lieblich singende Stimme. Harry blickte auf und traute seinen Augen nicht. Es war Franziska, die ihn mit offenen Haaren, Jeans und weißem T-Shirt anlächelte. In diesem Outfit wirkte sie noch jünger und derart betörend, dass er ihr auf Schlag verfallen war und nicht böse sein konnte.

„Hallo! Wir waren um 19.00 Uhr verabredet", forderte Harry eine Erklärung obwohl es ihm eigentlich egal war, die Hauptsache sie war da. „Ich weiß. Es tut mir Leid, aber der Termin hatte sich hingezogen und dann musste ich mich noch frisch machen und umziehen. Leider hatte ich deine Nummer nicht, sonst hätte ich dich angerufen. Ich hoffe, du bist nicht sauer." Beim Anblick dieser süßen Maus und wie sie schmollend lächelte, war der Ärger verflogen als hätte es ihn nie gegeben. Ihm spukte der Gedanke durch den Kopf, dass er sich zum Glück nicht von Dave hat überreden lassen. „Ich bin nicht sauer. Lass uns essen gehen!", wollte Harry nicht länger auf dem Thema herumreiten, legte seine Hand behutsam auf ihren Rücken und geleitete sie in der Manier eines Gentlemen über die Straße.

In dem feinen Restaurant aßen sie delikat und tranken Wein. Sie redeten über Gott und die Welt und lachten. Dabei geriet der Fall gänzlich ins Hintertreffen. Zum Ende hatte Harry es fast schon vergessen, dass er einer mutmaßlichen Mörderin gegenüber saß. Sie sah einfach nur hinreißend aus und war in ihrer Art unwiderstehlich.

Nun war es um ihn geschehen. Harry hatte sich bis über beide Ohren verliebt. Das durfte doch nicht sein. Was sollte er machen? Den Fall abgeben? Mit welcher Begründung? Oder so tun als wäre nichts gewesen? Einem Richter würde man im laufenden Verfahren Befangenheit unterstellen und wie verhält es sich mit Polizeibeamten die sich in eine Mordverdächtige verlieben?

Harry war sich nun absolut sicher, dass sie es nicht getan haben konnte. Er legte auch die Vision zu den Akten, dass sie alles nur arrangiert hat, um ihn für sich zu gewinnen, damit er die anderen von ihrer Unschuld überzeugt.

Dann musste Harry für kleine Jungs. Als er von der Toilette zurückkam und das letzte Glas getrunken hatte, machte sich ein flaues Gefühl im Magen breit. Die Welt um ihn herum begann zu verschwimmen. Ihr Gesicht verzerrte sich, als würde sie Grimassen schneiden. Was war los? Hatte sie ihm etwas in den Wein getan. So abgebrüht konnte sie doch nicht sein. Das wollte Harry nicht glauben und suchte krampfhaft nach einer anderen Erklärung. Hatte er zum Mittag etwas Schlechtes gegessen?

„Ist lange her, als ich das letzte Mal Wein getrunken habe. Ich glaube das Zeug bekommt mir nicht. Mir ist ein bisschen schlecht und ich sehe alles verschwommen", offenbarte Harry sein Unwohlsein, was ihm offensichtlich unangenehm war. Er rieb sich die Augen und schüttelte sich in der Hoffnung, dass der Anflug sich schnell wieder geben würde. Es blieb jedoch bei der Hoffnung und wurde sogar noch schlimmer. Ein Schwindelgefühl überkam ihn und leicht abwesend registrierte Harry, dass Franziska die Rechnung bezahlte.

„Es ist wohl besser wenn wir jetzt gehen. Dein Auto lässt du am besten stehen. Ich werde dich nach Hause bringen. Schaffst du es bis zum Wagen, er steht gleich um die Ecke oder soll ich lieber einen Arzt rufen?" Harry nahm ihre Aufforderung nur unterschwellig wahr.

„Nein, nein! Das ist nicht nötig. Ich schaff das schon. Gleich geht es mir besser. Ich brauch nur etwas fri-

sche Luft", versuchte Harry die harte Schale heraus-
zukehren und riss sich so gut es ging zusammen. Leider gelang es ihm nur mit mäßigen Erfolg, so dass
Franziska ihren Arm um seine Hüfte legte und ihn
zum Auto bugsierte. Gefügig ließ es Harry geschehen
und fand sich bald darauf angeschnallt auf ihrem Beifahrersitz. Während der Fahrt flossen vor seinen Augen die Lichter der Stadt zu einem bunten Strudel zusammen und wieder auseinander. Irgendwie fühlte
er sich schlaff, als hätte man ihm all seine Kräfte ge-
raubt. Von dem was sie während der Fahrt sagte, verstand Harry kein Wort. Nur langgezogene, quakende
Laute.

Was hatte sie ihm angetan? Warum mussten sie so
plötzlich aufbrechen? War er doch auf ihre char-
mante Art reingefallen und hat sich von der äußeren
Erscheinung blenden lassen? Hatte sie sich auf diese
Art ihrer Opfer bemächtigt? Wird er der Nächste
sein? War sie also doch dieses berechnende Biest?
Harry sah sich schon festgeschnallt auf einer Pritsche,
wo sie ihn auf sadistische Weise quält. Nun war es

aber zu spät. Er war sich sicher, dass es ein schlimmes Ende nehmen wird und er bereute es, nicht mit Dave einen trinken gegangen zu sein. Jetzt kam die Erleuchtung, dass Dave der rettende Engel war. Leider hatte Harry in seiner Verblendung die Zeichen nicht erkannt.

Gerade als seine geschundene Seele die Talsohle durchschritten hatte und er keinen Ausweg mehr sah, besserte sich sein Zustand. Ihre Stimme nahm wieder deutliche Züge an. Harry schüttelte den Kopf und riss die Augen auf. Plötzlich war wieder alles in Ordnung, als wäre nichts gewesen. „Was ist Harry? Geht es dir besser?" Vernahm Harry ihre besorgte Stimme, die ihn wie ein Glücksgefühl durchströmte.

„Ist schon komisch! Der Schwächeanfall ist wie weggeblasen. Mal abgesehen davon, dass ich leicht einen sitzen habe, geht es mir den Umständen entsprechend gut. Ob der Wein dran schuld war? Der ist mir wohl nicht bekommen", meinte Harry die Ursache gefunden zu haben.

„Das war aber ein guter Wein", legte Franziska ihr Veto für den edlen Tropfen ein.

„Mag sein. Mein Magen reagiert manchmal etwas seltsam, aber so extrem hatte ich es noch nie."

„Na dann bin ich ja beruhigt, dann wirst du sicherlich den Weg bis zu deiner Haustür schaffen oder?", fragte sie, als der Wagen direkt vor seinem Haus stoppte.

„Woher weißt du wo ich wohne?", fragte Harry verdutzt.

„Entschuldige! Aber ich musste in deinem Ausweis nachgesehen, der in deiner Jackentasche steckte. Du konntest es mir nicht sagen, warst völlig weggetreten."

„Ist schon okay. Ich denke, dass ich mich jetzt wieder gefangen habe. Ich finde allein ins Bett. Eigentlich schade", fügte Harry die anspielende Bemerkung hinzu.

„Irgendwie fand sie es total süß wie er sich anschickte, mit den nuschelnden Worten aus dem Wagen zu krabbeln. Sie packte ihn am Jackett, zog ihn zu sich heran und gab ihm einen Kuss. Das hatte Harry nun ganz und gar nicht erwartet. Er war total perplex. Es dauerte eine Weile, in denen sich ihre Blicke in den Tiefen der Augen verloren und nach Erklärungen für dieses Phänomen zu suchen schienen. Derweil krallte sich ihre Hand immer fester in den Stoff seines Jacketts und ließ nicht locker. Erst nach einer Weile löste sie den Griff und strich sanft den Kragen glatt.

„Ist wohl besser, wenn du jetzt gehst. Lass dich morgen von einem Arzt untersuchen! Das muss doch Ursachen haben. Man kann ja nie wissen", gab sie ihm den guten Rat.

„Mal sehen wie ich mich morgen fühle. Also gut. Dann werde ich mal." Harry schwang sich schwerfällig aus dem Wagen. Vor der Haustür blieb er stehen und drehte sich noch einmal um. Sie stand immer noch da und behielt ihn mit besorgtem Blick im Auge. Harry winkte und Franziska erwiderte den Gruß. Dann ließ sie den Motor aufheulen und fuhr davon.

11. Kapitel

Detektiv Morgan trabte gemächlich zum Polizeirevier. Seinen verschlafenen Blick verdeckte er mit einer abgedunkelten Sonnenbrille. Vor dem Eingang hatte sich schon die Kavallerie versammelt und wartete auf den Marschbefehl. „Morgen, Dave! Hallo Leute! Dann wollen wir mal", sagte er an Dave gerichtet, der mit verschränkten Armen am Kotflügel lehnte. „Alles klar! Ich hab den Durchsuchungsbefehl", fuhr er fort und schwang sich auf den Beifahrersitz. Ein dutzend Polizeibeamte sprangen daraufhin in ihre Einsatzfahrzeuge und 9.15 Uhr setzte sich der Konvoi in Bewegung. Das Ziel war der Wohnsitz von Ms. Husboon. Die beiden Detektive fuhren voraus. „Erzähl doch mal! Wie ist es gelaufen? Du hast doch bestimmt wieder ein linkes Ding abgezogen", stichelte Dave.

„Die DNA der Schleimprobe vom Tatort und die von ihrem Haar stimmten überein. Dann habe ich einige Fakten untergemischt und alte Untersuchungsergebnisse herangezogen. Der Rest war Formsache", ging Harry darauf ein.

Dave würdigte seine Argumente mit zweifelndem Blick. „Was hatte der Richter zum Alibi ihrer Freundin gesagt?"

„Nichts! Ich hab's untern Tisch fallen lassen. Sehr glaubhaft klang die Drogenabhängige doch nicht", erwiderte Harry. Dave schüttelte verständnislos den Kopf. „Oh Mann, Harry! Das kannst du doch nicht machen! Ihre Freundin hatte vielleicht ein paar Gläser Wein getrunken, die hing doch nicht an der Nadel. Sie wird doch wohl noch wissen, wann die Husboon bei ihr war und wegen einer Falschaussage nichts riskieren. Das stinkt gewaltig. Diesmal hast du den Bogen überspannt."

Harry nahm es gelassen. „Nun mach mal halblang! Vertraue mir! Wir werden das Kind schon schaukeln!

In ein paar Stunden sind wir schlauer und wer weiß, ob wir überhaupt was finden."

Vor dem Tor stoppte die Kolonne. Ein aufkommender Wind strich durch die Wipfel der Bäume und wiegte einen Lebensbaum wie einen bösen Zeigefinger hin und her, als wollte er vor dem Betreten warnen. Dave drückte den Knopf der Sprechanlage. Es meldete sich aber niemand. Erfolglos probierte er es noch ein paar Mal. Dann versuchte er, Ms. Husboon übers Handy und im Büro zu erreichen. Beim Handy sprang die Mailbox an und im Büro wurde ihm mitgeteilt, dass sie die nächsten vier Wochen im Urlaub sei.

Den Polizeibeamten blieb nur die harte Tour. Das Tor musste aufgebrochen und das Anwesen gestürmt werden. Für die geschulten Spezialisten war das keine große Sache. Doch vorher galt es, die wachsamen Dobermänner ruhig zu stellen. Die rannten frei auf dem Grundstück herum und drehten am Tor kläffend ihre Runde. Die Polizei war aber auch darauf vorbereitet und hatte sich mit Betäubungsgewehren ausgerüstet. Zwei Gewehrläufe schoben sich durch die Gitterstäbe und nahmen die tierischen Wachposten ins Visier. Ein dumpfer Knall zuckte, dem ein Zweiter folgte und die Köter kippten kurz darauf winselnd auf die Seite.

Nun war der Weg frei und die Torflügel wurden aufgeschoben. Als das letzte Fahrzeug vor dem Gebäude ankam, stand die Haustür schon offen. Die Beamten verteilten sich im Haus und auf dem Grundstück. Harry und Dave stiegen mit zwei Kollegen, Sergeant Black und Sergeant White in die Katakomben hinab.

Harry gab letzte Anweisungen, nachdem die Beleuchtung und das schwere Gerät einsatzbereit waren. Er blickte in die Runde und deutete auf den Einbauschrank. „Also Leute! Da müssen wir durch. Zuerst räumen Sie den Schrank weg! Den Hammer setzten Sie in Brusthöhe an! Wenn Sie durch sind, melden Sie sich!" Die beiden Kollegen hatten verstanden und machten sich unverzüglich an die Arbeit. Harry und Dave wollten sich unterdessen in den oberen Etagen und auf dem Gelände umsehen.

Während des Streifzuges, hallte es immer wieder einhellig. „Nichts gefunden, Sir! Nichts! Hier auch nichts!" Nach zwanzig Minuten alarmierte ihn das Sprechfunkgerät. „Hallo! Detektiv Morgan!" Harry griff an seinen Gürtel, nahm das Gerät und drückte den Knopf. „Sergeant Black? Was gibt's?" Die etwas verzögerte Antwort rauschte zittrig. „Kommen Sie runter! Das sollten Sie sich ansehen!"

Die Spannung spiegelte sich in ihren Gesichtern, als sie im Keller von einer Staubwolke empfangen wurden. Die Detektive legten den Mundschutz an und tasteten sich ans Ende des Flures, wo Sergeant Black hinter einer Atemmaske wartete. Sergeant White war noch mit dem Wegräumen der Bruchstücke beschäftigt.

Allmählich wurde das Ausmaß der bahnbrechenden Aktion sichtbar. Der Presslufthammer hatte ein trichterförmiges Loch in die Wand gerissen. Das Mauerwerk war ungefähr einen halben Meter stark. Hinsichtlich der verwendeten Ziegel musste es jüngeren Datums sein. In der Größe eines Basketballs klaffte ein schwarzes Loch. Der Öffnung entströmte ein muffiger Geruch.

„Was haben Sie gesehen oder gehört?", fragte Harry und wartete auf eine Antwort, doch der Kollege blieb stumm. „Was ist? Hat es Ihnen die Sprache verschlagen?", hakte Harry nach. „Nun ja. Ich bin mir nicht sicher. Mir war so, als hätte ich ein eigenartiges Brummen gehört und zwei feurige Augen gesehen. Da geht es verdammt tief runter. Keine Ahnung wie weit", äußerte sich der sichtlich gezeichnete Sergeant Black.

Harry ließ sich von ihm die Taschenlampe geben und lauschte. „Wahrscheinlich hat der Bauschutt das Geräusch verursacht. Ich höre nichts." Dann wagte er sich näher heran und blickte in die Dunkelheit. Es gab also doch Räume hinter der Mauer. Vielleicht stimmte ihre Geschichte. Auf jeden Fall war er gespannt, auf was sie stoßen werden. Harry leuchtete den Raum aus und sah wie die Wände und die Decke funkelten. „Wie ein Sternenhimmel sieht das aus", stellte Harry nüchtern fest.

„Halt stopp! Was war das, verdammt? Da leuchteten tatsächlich zwei Augen. Verflucht noch eins." Harry richtete sich auf, rieb sich die Augen und schüttelte den Kopf. „Haben Sie das gesehen? Zwei feurige Augen. Oder habe ich mir das nur eingebildet?" Harry ging noch mal an das Loch und suchte die Stelle. Die Augen waren verschwunden. Dann schaute er noch einmal und rief so laut, dass es schallte. „Hallo! Ist da jemand? Hier ist die Polizei! Melden Sie sich! Falls Sie nicht in der Lage sind, geben Sie Klopfzeichen!" Doch nur ein leises Echo kam zurück.

Harry wollte sich genauer umsehen und zwängte sich durch die enge Passage. Doch bald steckte er fest.

Es ging weder vor noch zurück. Sekunden der Ungewissheit verstrichen, ohne dass sich etwas rührte. Dave machte sich allmählich Sorgen. „Hey Leute! Nicht, dass es in dem Raum ein tödliches Gas gibt. Harry! Geht es dir gut?" Detektiv Morgan reagierte nicht und hing regungslos in der Bruchstelle. Dave war das nicht geheuer und zerrte an seinem Hosenbund. „Harry! Mach kein Scheiß! Komm schon!" Kurz darauf meldete sich der Detektiv.

„Alles gut! Alles okay! Das ist der Hammer", schwärmte er während er sich aus der staubigen Umklammerung löste und seine Eindrücke sprudeln ließ. „Eine Art Höhle. Geht ziemlich tief runter. Ich schätze mal fünf Meter und drei Meter nach oben. Die zerklüfteten Wände und die Decke bestehen aus einer Art Naturstein. Überall funkelt es silbern und smaragdgrün. Rechts habe ich drei Gänge gesehen. Da müssen wir nachsehen."

Harry gab an Sergeant Black gerichtet den Befehl. „Sie loten die Tiefe, holen eine passende Leiter und leuchten alles aus!" Dann wand er sich an den Sergeanten White. „Sie vergrößern die Öffnung! Die Ausrüstung muss durchpassen. Außerdem sollten wir davon ausgehen, dass wir jemanden bergen müssen."

Die Pressluft hauchte dem Hammer wieder Leben ein und er sang sein durchtriebenes Lied. Harry warf Dave einen genervten Blick zu und wies mit einer flüchtigen Kopfbewegung zum Ausgang. „Lass uns frische Luft schnappen!" Dave hatte zwar nichts verstanden, wusste aber was gemeint war. „Ob wir da unten was finden?", fragte Harry als sie vor dem Haus standen. Dave zuckte mit den Achseln. „Keine Ahnung. Vielleicht sind es die Reste einer alten Burg. Wer weiß? Die Höhe der Grotte ist ungewöhnlich."

„Lassen wir uns überraschen!", meinte Harry als Dave schon ein anderes Thema anschlug. „Ich habe dich neulich mit einer Blondine in der Stadt gesehen.

Ist das eine neue Flamme? Was Festes?" Harry zögerte einen Moment. „Die habe ich im Club kennen gelernt. Ist ganz nett", ging er sporadisch drauf ein.

„Ganz nett? Das war ein heißer Feger" rollte Dave schwärmend mit den Augen.

„Du kannst ja mal mitkommen. Da gibt's auch reife Früchte", versuchte es Harry schmackhaft zu machen. Gerade als sie sich ein ruhiges Plätzchen hinter dem Haus gesucht hatten, plärrte das Sprechfunkgerät. „Hallo! Detektiv Morgan! Bitte melden Sie sich!" Harry war überrascht, dass es so schnell ging. „Seid ihr schon fertig?" „Ja! Wir haben da was gefunden."

„Okay! Wir kommen." Der Staub hatte sich gelegt als Harry und Dave eintrafen. Nun klaffte ein riesiges Loch in der Mauer. Black and White waren verschwunden und aus der Öffnung ragte die Leiter. Im Gegensatz zu vorher, war jetzt die andere Seite hell erleuchtet. Harry warf einen Blick hinunter. „Sergeant Black! Was haben Sie gefunden?"

„Es gibt eine Leiche. Ist übel zugerichtet und ver-stümmelt", meldete sich der Sergeant und wies auf die vordere Nische. „Ist eine Art Folterkammer. Die Leiche liegt in einem Käfig und stinkt bestialisch." Harry stieg die Leiter hinunter und brummelte. „Ach du Scheiße. Das kann doch wohl nicht wahr sein. Nun ist es also doch wahr."

Dave folgte ihm, schaute sich staunend um und drehte sich wie ein Brummkreisel um die eigene Achse. „Was für ein geniales Versteck! Da muss man erst mal drauf kommen. Sieh mal Harry! Da gibt es einen Fahrstuhl und hier eine Treppe." Er nahm ein paar Stufen und musste feststellen, dass sie gegen eine Decke lief. „Die Treppe wurde dicht gemacht. Da oben geht's nicht weiter. Wir hätten es einfacher haben können", argumentierte Dave mit Blick auf den Fahrstuhl. „Hast du oben eine Fahrstuhltür gese-hen?", widersprach Harry. Dave schüttelte einsichtig den Kopf und versuchte sich zu rechtfertigen. „Ir-gendwo muss er doch hinführen. Tiefer kann es ja wohl kaum gehen?" Unterdessen verschwand Harry in der Kammer.

„Dave! Komm mal her und schau dir das an!", meldete sich Harry und hätte gar nicht so laut schreien brauchen, denn Dave stand schon in der Tür. Der traute seinen Augen nicht. „Ein Kabinett der Lustschmerzen. Oh, man! Was ist das alles für ein Zeug?" Mit einem Blick auf das Opfer fügte er hinzu. „Bei ihm ist sie wohl etwas zu weit gegangen. Sieht übel aus! Was hat sie mit ihm gemacht? Das Gesicht ist verquollen und der Rücken von Striemen übersät. Sieht aus, als hätte sie ihn nach Strich und Faden verdroschen. Was sind das für dunkle Flecken? Ist das Kacke?" Harry nickte. „Ja. Sieht ganz so aus. Sergeant Black! Wo ist er verstümmelt? Ich sehe nichts."

Der Sergeant kam näher. „Nun ja, vorhin sah es so aus als fehlte der linke Arm. Da hat er wohl drauf gelegen." Harry betrachtete die Gittertür mit dem Vorhängeschloss. „Der Käfig war nicht abgeschlossen und das Schloss nur eingehängt. Er hätte möglicher-weise über den Fahrstuhl abhauen können."

„Vielleicht war er nicht in der Lage, wenn sie ihm sämtliche Knochen gebrochen hat. Lebt er überhaupt noch?", fiel ihm Dave ins Wort. Harry fühlte den Puls an der Schlagader. Sergeant Black winkte ab. „Der ist hinüber! Ich hab's schon überprüft." Harry ließ die Finger trotzdem angepresst. „Ich spüre einen schwa-chen Puls. Der lebt noch. Rufen Sie den Notarzt! Die sollen sich beeilen! Lange macht er es nicht", gab Harry das zackige Kommando.

Behutsam hievten die Kollegen das Opfer auf eine Trage und brachten es in die Grotte. Harry und Dave schauten sich in den anderen Nischen um und ent-deckten eine weitere Kammer. Dort stockte ihnen der Atem. „Halleluja. Was geht denn hier ab? Sieht aus wie ne Metzgerei", formulierte Harry es mit den Worten die auch Dave auf der Zunge lagen.

„Ob die Leute erst verprügelt und dann geschlachtet wurden? Es soll ja welche geben, die auf Auspeitschen stehen. Aber hier hört der Spaß auf", tat Dave seine Eindrücke kund und beobachtete Harry wie er ein Messer von der Wand nahm. Der prüfte die Klinge mit dem Daumen und hielt sie ins Licht. „Ich bin mir nicht sicher, ob die Dinger je benutzt wurden? Ist alles so sauber. Wenn es hier ein Gemetzel gab, müssten doch ein paar Blutspritzer zu finden sein." Dave pflichtete ihm bei und spann den Faden weiter. „Da magst du Recht haben, aber vielleicht diente der Raum nur zur Abschreckung. Den Opfern wurde vor Augen geführt was ihnen blüht, wenn sie nicht gehorchen. Danach trabten sie artig in die Folterkammer und nahmen die Strafe wohlwollend entgegen."

Harry lauschte dem Beitrag und rieb sich nachdenklich das Kinn. „Du kennst dich wohl aus? Hast es schon mal probiert?", fragte er mit einem Schmunzeln. „So könnte es aber tatsächlich gewesen sein. Spekulationen bringen uns jedoch nicht weiter. Die

Spurensicherung muss ran. Lass uns noch einen Blick um die Ecke werfen!" Harry marschierte voraus, blieb vor der Tür stehen und begutachtete das demolierte Schloss. „Da hatte jemand den Schlüssel vergessen. Oder unser Opfer hatte nach dem Ausgang gesucht", kombinierte Harry.

Er riss die Pforte mit einem Ruck auf. „Hey Dave! Du wirst es nicht glauben. Es ist ein Kühlraum! Hier muffelt es etwas. Riecht nach vergammeltem Fleisch." Er schaltete das Licht ein und ging in die hintere Kühlkammer. „Oh ha! Da hat sich aber jemand eingedeckt. Der penetrante Geruch stammt aber woanders her." Dave verfolgte Harrys Betriebsamkeit am Türrahmen lehnend und klappte mit dem Fuß den Deckel der Gefriertruhe hoch. Nach einem kurzen Aufschrei ließ er ihn fallen. „Heilige Scheiße! Hast du das gesehen?"

Harry schwenkte herum. Abwechselnd sprang sein Blick zu Dave und auf die Truhe. „Was ist?" Wie ein Kamelion wechselte Dave seine Hautfarbe und wurde kreidebleich. „Ich glaube, in der Truhe eine zerstückelte Leiche gesehen zu haben." Harrys Gesicht legte sich in ernste Züge. Vorsichtig lüftete er den Deckel mit einem Besenstiel und zuckte zurück. Dann runzelte er skeptisch die Stirn und tippte den Schädel an. Dave hielt abgestoßen die Hand vor den Mund. „Den Kerl hat es in seine Bestandteile zerlegt. Der lebt aber nicht mehr oder?" Den mitschwingenden Sarkasmus ignorierte Harry.

Detektiv Morgan richtete sich auf und schüttelte den Kopf. „Nee. Da kommt jede Hilfe zu spät." Dave nickte und fügte hinzu. „Dann haben wir jetzt einen Beweis." Harry quittierte es mit einem fragwürdigen Blick. „Tut mir Leid, Dave! Ich muss dich enttäuschen. Aber der Kumpel ist nicht echt. Eine Attrappe! Fast wäre ich auch drauf reingefallen. In panischer Angst mag es seine Wirkung nicht verfehlen, um deine Vision fortzuspinnen." Nun berührte auch Dave die plastischen Teile. „Tatsächlich. Das ist der Hammer. Wie kommt man auf so eine verrückte

Idee? Sieht verdammt echt aus. Wenn man aber genauer hinschaut entdeckt man den Schwindel."

Harry öffnete eines der blauen Fässer und wedelte angeekelt mit der Hand vor der Nase. „Puh, das stinkt!" Er warf einen Blick in das zweite Fass, ließ den Deckel aber gleich wieder fallen und eilte in die Grotte. Der anschwellende Lärmpegel verriet, dass dort was im Gange war. Der Notarzt war eingetroffen und gerade dabei, das Opfer zu untersuchen. Harry erkannte ihn sofort. Es war ein alter Bekannter. Gary Olderman. Seit ein paar Jahren arbeiteten sie schon zusammen. „Hallo Gary! Wie sieht's aus? Kommt er durch?" Der Arzt reagierte mit Verzögerung, stützte sich auf sein aufgestelltes Knie und blickte auf. „Hey Harry. Wie geht es dir? Was machen die Frauen?" Harry reagierte mit ablehnender Geste und blieb die Antwort schuldig. Daraufhin kam Gary zur Sache.

„Sieht schlimmer aus als es ist. Den Umständen entsprechend geht es ihm gut. So wie es scheint, gibt es keine ernsthaften Verletzungen. Wassermangel und Erschöpfung. Das ist alles. Der ist bald wieder auf dem Damm. Wie lange hat er hier gelegen? Was ist passiert?" Harry zuckte mit den Achseln. „Keine Ahnung. Vielleicht ne Woche oder zwei." Gary nickte. „Wer hat das getan?"

„Wir wissen es noch nicht genau und haben nur eine Vermutung. Wenn sie es war, wird sie wegen Körperverletzung und Freiheitsberaubung angeklagt. Und das ist auch noch nicht sicher. Das Opfer muss Anzeige erstatten und gegen sie aussagen. Was, wenn er es gewollt hat und nichts unternimmt?"

„Ich drück die Daumen. Der Mann verdankt euch jedenfalls sein Leben. Ein Tag später und er wäre höchstwahrscheinlich hinüber gewesen. Wir bringen ihn ins Krankenhaus. In ein paar Tagen dürfte er ansprechbar sein."

„Das wäre toll. Ruf mich an! Ich muss ihm ein paar Fragen stellen."

„Verstehe. Okay, Ich werde dann mal los." Norman wurde von den Helfern des Notarztes nach oben gebracht. „Hey Jungs! Seid vorsichtig!", mahnte Gary.

Dave kam aus dem Gefrierraum und sah noch schlechter aus. „Was ist los? Hast du dich noch nicht erholt? Das waren doch nur makabre Scherzartikel", ging Harry auf das Elend ein. Dave atmete schwer und war ernsthaft mitgenommen. „Junge! Mach kein Ärger! Nicht, dass du einen Herzinfarkt kriegst." Dave schüttelte den Kopf. „Nicht doch. Ich hab in dem Fass gerührt und rate mal was ich da entdeckt habe?" Harrys Miene verfinsterte sich. „Nun mach es nicht so spannend!", forderte Harry ungehalten.

„Ein abgerissenes Ohr und diesmal bin ich mir sicher, dass es sich um ein menschliches Organ handelt. Die hat jemanden durch den Fleischwolf gedreht und wollte ihn an die Hunde verfüttern. Kein Wunder, dass die Viecher so giftig waren." Harry legte Dave die Hand auf die Schulter. „Dave! Geh an die frische Luft! Ich schau mir das mal an und komme gleich nach." Draußen versuchte Dave, den Schauder aus seinem Anzug zu schütteln. Er setzte sich auf den Brunnenrand und starrte zum Himmel. Kurze Zeit später kam Harry und setze sich neben ihn. „Du hattest Recht. Es ist ein menschliches Ohr. Ich habe auch ne leise Ahnung wem es gehören könnte. Dem vermissten Typen! Der soll doch auf ein Plauderstündchen bei ihr gewesen sein. Da hat er sich hinreißen lassen und ihr ein Ohr geliehen." Dave sah ihn mit runzelnder Stirn an und war nicht zu Scherzen aufgelegt. „Ha, ha! Sehr witzig!"

Harry spürte sofort, dass der Versuch der Aufmunterung gründlich in die Hose gegangen war. „Die müssen die Fässer genau untersuchen. Vielleicht finden sie noch mehr. Wer weiß, was sie sich alles eingebrockt hat. Zu dumm, dass sie uns jetzt nicht Rede und Antwort stehen kann? Wir werden einen Haftbefehl beantragen müssen und eine Fahndung rausgeben", meinte Harry und war von ihr enttäuscht. Insgeheim hatte er gehofft, dass es anders gelaufen wäre. Dave starte noch zum Himmel und Harry betrachtete ihn mit sorgenvoller Miene. „Alles in Ordnung, Dave? Weißt du was? Ich fahre dich nach Hause. Du legst dich hin und ruhst dich aus! Ich regle das mit dem Alten."

Ein Beamter, der mit der Durchforstung des Grundstückes beauftragt war kam gelaufen. „Detektiv Morgan! Wir haben an der Mauer eine Strickleiter gefunden und draußen steht eine Werkzeugkiste. Sieht aus, als wäre jemand eingestiegen." Harry nickte und gab die strikte Anweisung. „Fassen Sie nichts an! Die Spurensicherung kümmert sich drum!" Nachdem sich der Kollege wieder entfernt hatte, wandte er sich an Dave. „Was meinst du? Kam unser Opfer über die Mauer? Sollte es ein klassischer Einbruch werden? Warum hat sie ihn nicht auch zu Hackfleisch verarbeitet? Auf uns wartet ne Menge Arbeit. Ich fahre dich jetzt nach Hause und nehme mir die Akte noch mal vor." Harry klopfte Dave aufmunternd auf die Schulter und ging zum Wagen. Dave folgte ihm schwermütig.

12. Kapitel

Es war schon hell als Franziska erwachte. Der Regen trommelte eine triste Melodie an das Fenster ihres Hotelzimmers im Best Western Villa del Lago, Nahe der Stadt Patterson. Es lag direkt am West Side Freeway 5. Unter ihrem neuen Namen „Angelina Modasosa" hatte sie weit nach Mitternacht eingecheckt.

Vor ihr lag noch ein weiter Weg, doch sie war entschlossener denn je. Auf dem Parkplatz wartete allerdings eine böse Überraschung. Das Auto war weg. Sofort schoss ihr die heiße Ware durch den Kopf und dass der Langfinger irgendwann darauf stoßen würde. Aufsteigende Hitze ließ ihre Wangen rotglühend anlaufen. Was sollte sie machen? Sie konnte unmöglich die Polizei rufen", suchte sie händeringend nach einer Lösung des Problems.

Dann viel es ihr wie Schuppen von den Augen. „Du Dummerchen", ging sie mit sich ins Gericht. Ihr Mustang stand in El Bano. Der dunkelgrüne Chevrolet war jetzt ihr fahrbarer Untersatz und stand da, wo sie ihn abgestellt hatte. Ein Stein fiel ihr vom Herzen, als auch im Kofferraum alles an seinem Platz war.

Etwas angespannt, aber mit einem guten Gefühl setzte Angelina ihre Reise fort. Als der Grey Rock North mit seinen 2215 m in Sichtweite kam und sie den Shasta Lake überquerte war es noch eine Tagesreise. Doch sie kam nur schleppend voran und früher als erwartet setzte die Dämmerung ein. Angelina entschied sich für die Übernachtung im Zelt. Das hatte sie für den Notfall bei Jose auf die Liste gesetzt.

Sie bog in den nächsten Waldweg und fand einen geeigneten Lagerplatz. Beim Holz sammeln stieß Angelina auf eine Schlucht und vernahm das Rauschen eines Wasserfalles. Sehen konnte sie ihn nicht, war aber trotzdem angetan von der überwältigenden Natur. Später saß sie am Lagerfeuer und lauschte dem Knistern, bis die Müdigkeit siegte und der Schlafsack lockte. Zur Ruhe kam sie aber nicht gleich, denn ihre Gedanken kreisten um die anstehende Mission. Als sie dann irgendwann eingeschlafen war, knackte es plötzlich. Wie ein Klappmesser schnellte sie hoch und lauschte. „Was war das?", fragte sie sich. Oder hatte sie das nur geträumt? Dann knackte es erneut ganz in der Nähe. Nun gab es keinen Zweifel. Es waren Schritte und sie kamen näher. Angelina hielt den Atem an. „War ihr jemand gefolgt? Das war unmöglich. Vermutlich war es ein nachtaktives Tier", glaubte sie, die Erklärung gefunden zu haben.

Dann vernahm sie den hechelnden Atem und ihr wurde schlagartig klar, in welcher Gefahr sie schwebte. Das musste ein Bär sein, der nur noch durch die Zeltwand von ihr getrennt war. Der Geruch ihres Abendessens hatte ihn angelockt. Jetzt musste sich der Pfadfinderkurs bezahlt machen. Die Essensreste hingen oben im Baum und das Gewehr war geladen. Auf dem Speiseplan eines Grizzlybären zu landen, das hatte sie nicht auf dem Zettel.

Für Meister Petz wäre es ein Leichtes, ihren Unterschlupf zu zerlegen. Ein Hieb mit der Pranke und das

Leckerli läge auf dem Silbertablett. Den Festschmaus wollte sie ihm aber gründlich versalzen. Da ihre Kampfkünste ihn wohl kaum beeindrucken würden, klammerte sie sich an das Gewehr. Zum Glück trollte sich dann aber der ungebetene Gast. Entweder hatte er keinen großen Hunger oder Lunte gerochen. Angelina war jedenfalls mit dem Schrecken davongekommen und versuchte nun endlich zu schlafen, unter den gegebenen Umständen eine Herausforderung.

Am nächsten Morgen prasselte ein sintflutartiger Regen auf das Zeltdach. Das monotone Trommelfeuer wurde durch fette Tropfen unterbrochen, die sich von den Zweigen lösten. Wie rhythmische Paukenschläge gaben sie den Takt an. Angelina wollte aber nicht länger warten und packte zusammen. An der nächsten Tanke machte sie Rast. Der folgende Abschnitt sollte es in sich haben. Er war halsbrecherisch, mit unübersichtlichen Kurven und engen Passagen. Die Trasse führte entlang einer Schlucht und war in den Fels gehauen. Es gab zwar noch einen anderen

Weg, aber der würde mehr Zeit in Anspruch nehmen und die war knapp. Außerdem hoffte Angelina, dass die Strecke auf Grund des Gefahrenpotentials kaum genutzt wurde.

Als sie die gefährliche Trasse erreichte, kam zu ihrer Überraschung ein alter Sattelschlepper angerauscht. Beladen mit Schnittholz war er viel zu schnell unterwegs und der Fahrer hielt sich hinter abgedunkelten Scheiben bedeckt. Auspuffrohre über der Führerkabine stießen schwarze Abgase in den bewölkten Himmel. Geistesgegenwärtig riss Angelina das Steuer herum und wich in eine Nische aus. Der Sattelzug beanspruchte fast die gesamte Breite. „Hat der Idiot keine Augen im Kopf? Ist der besoffen?", brüllte Angelina außer sich vor Wut als er um Haaresbreite vorbei donnerte. Da es keine Leitplanke und keinen Anprallschutz gab, hatte sie freie Sicht auf die Tiefe der Schlucht, die ein reißender Fluss über Jahrmillionen in das Gestein gefressen hatte. Am Grund entdeckte sie einen zerborstenen Lastzug. Die Kabine steckte zerschmettert im quirligen Wasser und der Auflieger lehnte abgeknickt an der Steilwand.

Plötzlich sauste das nächste Ungetüm heran. „Was geht denn hier ab?", fragte sich Angelina verwundert. Diesmal ging sie rechtzeitig vom Gas und fuhr an die Seite, soweit es die kantigen Felsen zuließen. Sie schielte zum Führerhaus, aber wieder war niemand zu erkennen. Umso schauriger dröhnte sein Horn durch die Felsenschlucht.

Über den Rückspiegel verfolgte Angelina seinen rasanten Abgang hinter dem Felsvorsprung. Für das Phänomen gab es nur eine Erklärung. „Da oben musste es ein Sägewerk geben." Zunehmend kroch die Höhenangst unter ihre Bluse, während vom Grund des Canyon das tosende Wildwasser grollte.

Eine kurze Atempause, dann kam ein Monstertruck von hinten. Spielend fraß er die Steigung und näherte sich rasch. Auch diesmal entzogen sich die Verantwortlichen ihren Blicken. Der rostige und verbeulte Lastwagen rückte ihr bedrohlich auf die Pelle. Bald füllten die wuchtige Stoßstange und das finstere Gerippe seines Kühlers den Rückspiegel aus. Als Drohgebärde schmetterte sein Horn eine Breitseite. Leider gab es gerade keine Ausweichmöglichkeit und Angelina wollte und konnte nicht schneller fahren. Doch der unruhige Geist ließ nicht locker und hing wie eine Schmeißfliege an ihrem Heck. Endlich tat sich eine Nische auf. Kaum hatte sie den Blinker gesetzt, zog er vorbei als gäbe es kein Morgen.

Angelina wagte erneut einen verstohlenen Blick. Auf der Beifahrerseite war das Fenster nicht abgedunkelt. Für den Augenblick erschien der Sozius, der mit einer furchtbaren Fratze auf sie herunter starrte. Angelina erschrak und wäre fast in die Felswand gekracht. Er hatte kein Gesicht und der Schädel die Form einer Kartoffel. Die Haut war gespickt mit Eiterpickeln und blutigen Pusteln. Schalenförmige Dellen ersetzten die Augenhöhlen und wulstige Hautfalten formten die Lippen. Eine Nase und Ohren suchte man vergeblich.

Angelina glaubte an eine Sinnestäuschung und suchte Gewissheit, doch der Tross entzog sich schon ihrem Sichtfeld. Es war eine Leerfahrt, was die Leichtigkeit des Seins erklärte.

Endlich konnte sie die Schlucht verlassen und gelangte in ein ausgedehntes Waldgebiet. Der Schrecken saß noch unter der Haut, als sie den Lastzug wieder einholte. Zu ihrem Verdruss kroch er nun wie eine Schnecke und machte sich breit. An Überholen war nicht zu denken. Angelina fand das sehr merkwürdig und versuchte, ihn durch Hupen zum Einlenken zu bewegen. Der Fahrer blieb jedoch stur. „Hey, du blöder Hund! Fahr rüber! Bist du taub oder was?", brachte sie ihren Unmut zum Ausdruck.

Endlich gab er die Spur frei. Angelina trat aufs Gas und setzte zum Überholen an. In ihrer Rage ließ sie den Gegenverkehr außer acht und zu ihrem Verdruss nahm der Laster auch noch Fahrt auf. Frontal kam ihr ein monströser Truck entgegen. Dessen Warnsignal trug nicht gerade zur Entspannung bei. Für den Abbruch war es längst zu spät und so drückte Angelina auf die Tube. Im Vergleich zum feurigen Mustang, ließ sich hier jedoch keine Reserve mehr entlocken.

Der Alptraum eines jeden Autofahrers rückte näher. Der Sattelzug dachte nicht daran, in die Eisen zu steigen. Ein Crush schien unvermeidbar, bei dem ihre Blechdose wie Knüllpapier zusammen knautscht und der überrollende Truck hätte nicht mal einen Kratzer. Der Fahrer fühlte nicht anders, als hätte er eine Bodenwelle genommen.

Als der Laster seine Fahrt dann doch noch verlangsamte, gelang es Angelina in allerletzter Sekunde an der Stoßstange vorbei, auf die rechte Seite zu schrammen. Emotional aufgewühlt brachte sie den Wagen am Straßenrand zum Stehen und sprang wie von der Tarantel gestochen heraus. Wütend stützte sie sich auf die Motorhaube und bemerkte, dass ihr Widersacher ebenfalls einen Stopp einlegte. Ausgestiegen war aber niemand. Sein brüllender Motor lief auf vollen Touren und wechselte in einen rhythmisch, aufheulenden Intervall. Provozierend schossen die Säulen der Abgase in die Baumkronen. „Was soll das werden?", konnte sich Angelina keinen Reim darauf machen und fuhr weiter. Ein paar Kilometer bergauf holte sie der Lastzug wieder ein. Angelina rechnete schon mit der nächsten Runde in diesem Katz und Maus Spiel, doch es kam anders als erwartet. Der Truck zog einfach nur vorbei und entfernte sich.

Angelina war erleichtert, doch dann fiel ihr Blick auf die Tankanzeige. Schlagartig kehrte die Nervosität zurück. Im Eifer des Gefechts hatte sie den Tankstopp verpasst und keine Ahnung wie weit es bis zur nächsten Tankstelle war.

Es kam wie es kommen musste. Der kleine Funken Hoffnung zerstäubte sich mit der letzten Einspritzung. Der Motor stotterte und setzte schließlich aus. Rollgeräusche begleiteten sie die letzten Meter auf den Randstreifen. Wütend stieg sie aus und traktierte den Vorderreifen mit heftigen Fußtritten. In einem Tobsuchtsanfall schüttelte sie sich bis ihr die Zornesröte ins Gesicht stieg. Als sie sich gefangen hatte nahm sie ihr Handy, um einen Abschleppwagen zu rufen. Doch in dieser Einöde gab es keinen Empfang.

Ihr blieb also nichts weiter übrig, als zu Fuß Hilfe zu holen. Das war frustrierend, doch als sie nach einer halben Meile an eine Biegung kam und es bergab ging, kam ihr eine Idee.

Wenn sie den Wagen bis zu dieser Schwelle schieben könnte, würde die Schwerkraft greifen. Doch das war einfacher gesagt als getan, denn an ihrem Wagen wartete eine böse Überraschung. Eine Bärenfamilie, eine Mutter mit ihren zwei Jungen, hatte sich dort niedergelassen. Angelina versteckte sich hinter einen Busch und beobachtete das muntere Treiben. Die Beifahrerseite und das angebissene Sandwich auf dem Sitz hatte das Interesse der Bärin geweckt.

Die Jungen tollten unbekümmert, als sich die Bärin aufrichtete und gegen das Dach stemmte. Sie rüttelte den Wagen durch, doch die Büchse der Pandora öffnete sich nicht. Als das Tier die Sinnlosigkeit seines Unterfangens einsah, ließ es ab und wälzte sich im Gras, als wollte sie den Frust über den Misserfolg aus dem Pelz schütteln.

Wie auf Bestellung preschte ein Holzlaster heran, der den Boden erzittern ließ. Diesmal war er willkommen, denn schon von weitem schickte er eine Warnung über sein Horn an die Bärenfamilie. Die Pelzträger türmten in den Wald. Angelina nutzte das Zeitfenster und eilte zum Wagen.

Da kam ihr noch eine andere Idee. Durch das Schütteln könnte Benzin nachgelaufen sein. „Bitte, bitte, spring an!", flehte sie inbrünstig und drehte den Zündschlüssel. Welch Wunder, der Motor tat ihr den Gefallen und sie schaffte es punktgenau ans Ziel. Von da an rollte der Wagen und nahm Fahrt auf. Hinter jeder Kurve ersehnte sie die Erlösung, doch ein ums andere Mal stand die Enttäuschung. Beim nächsten Anstieg war Angelina am Boden zerstört und drohte in eine depressive Phase zu versinken, als blasse Farbtupfer durch die grüne Hölle schimmerten.

„War das vielleicht eine Tankstelle?", dachte sie und schaffte es den Wagen auf das Gelände zu schieben. Völlig am Ende und verschwitzt erlitt ihre Euphorie einen herben Dämpfer. Die Tankstelle schien nicht mehr in Betrieb zu sein, das Gebäude war marode und verfallen. Der Putz bröckelte und Risse zogen sich durch das Mauerwerk, als hätte ein Erdbeben der Stärke sechs gewütet. Fast alle Scheiben waren geborsten und einige durch Holzplatten ersetzt.

Um das Haus herum sah es nicht besser aus. Da bot sich ein chaotisches Durcheinander von versprengtem Gerümpel. Alte Haushaltsgeräte und verrostete Autoteile gaben sich die Ehre. Unzählige Autowracks hatten ihre letzte Ruhestätte gefunden und türmten sich vom Rost zerfressen und ausgeschlachtet übereinander.

Aus all dem Unrat stach ein unglaublicher Kontrast hervor. Vielleicht Hundert Meter hinter dem Haus ragte ein Felsen ebenso weit in den Himmel. Am Fuße wölbte er sich abgerundet und teilte sich mittig in einer Spalte. Etwas weiter oben verlor sich die Spalte über der Wölbung in einer glatten Steilwand. Den Abschluss bildete auswuchernder Wildwuchs. Die von Mutter Natur geschaffene Skulptur, ließ die graziöse Rückenpartie einer nackten Grazie erahnen, die im Schneidersitz ihr lockiges Haar in den Nacken warf.

Angelina begutachtete die nostalgischen Zapfsäulen aus den 60er Jahren und kam zu dem Schluss, dass diese Treibstoffoase schon länger trocken lag. „So ein Mist! Die Pissbude kannste knicken", fluchte Angelina. Erst jetzt bemerkte sie, dass sie bis zu den Knöcheln im Morast steckte. Der unbefestigte Boden war vom Regen der vergangenen Tage aufgeweicht und durch die Räder der Sattelzüge gepflügt worden. Die Spuren waren aber relativ frisch, was sie wieder optimistisch stimmte.

Rein zufällig sah Angelina, wie sich hinter einem der oberen Fenster die Gardine bewegte. „Da war doch was", stellte sie überraschend fest. „Hallo! Ist da jemand? Hallo!", rief sie aus voller Kehle, so dass das Echo vom Felsen hallte. Es rührte sich aber nichts und eine Totenstille lag über den Zapfsäulen, als stellten sie die Grabsteine der verlassenen Station. „Hallo! Ist da jemand?", wiederholte sie ihr Begehr und bekräftigte es durch ein Hupkonzert.

Dann hatte Angelina die Faxen dicke und nahm es selbst in die Hand. Obwohl der Schlauch brüchig war und das Equipment nicht gerade den Scharm einer sprudelnden Treibstoffquelle versprühte, griff sie sich die Zapfpistole. Und als die Zapfsäule brummte und das Zählwerk auf „Null" sprang, schien alles in bester Ordnung.

Plötzlich schepperte die Haustür. „Hey! Lady! Was machen sie da?", brüllte eine versoffene Stimme. Erschrocken ließ Angelina die Zapfpistole fallen, drehte sich um und blickte auf ein schnaufendes Michelin-männchen. „Ach du lieber Himmel. Wo haben sie den denn ausgegraben?", schob sie ihn in eine untere Schublade und ging in gewohnt schnippischer Art drauf ein: „Wonach sieht's denn aus?" Die Fettbacke wischte sich mit einem Lappen die fleischigen Hände und schleppte sich durch den schmatzenden Motter. Mehr und mehr klammerte sich ein klebriger Rand an seine ausgelatschten Schuhe. „Ich muss sie enttäuschen, Lady! Bei uns gibt's keine Selbstbedienung", gab er sich wichtig tuend.

„Sorry! Ich habe mehrmals gerufen."

„Tut mir Leid! Ich war hinten in der Werkstatt und hatte zu tun. Hier kommen selten Leute vorbei. Nur ab und zu ein Holztransporter und die kündigen sich von weitem an." Angelina nickte einsichtig. „Denen bin ich begegnet. Die haben nicht alle Tassen im Schrank. Fahren wie der Teufel. Hätten mich fast von der Straße gedrängt", sprudelte es aufgebracht aus ihr heraus. Daraufhin verfinsterte sich die Miene des

Tankwarts, bis es aufbrausend aus ihm heraus brach: „Passen sie auf was sie sagen! Auf die Jungs lass ich nichts kommen. Die haben einen harten Job und arbeiten im Accord." Angelina war irritiert, schlüpfte aber dann in die Rolle der Respektheuchelnden, um eine Eskalation zu vermeiden. „Okay, okay! Verstehe! Ich wollte ihnen nicht auf den Schlips treten. Ich brauche nur Benzin, dann bin ich auch schon weg."

Das Schwergewicht im gehobenen Mannesalter musterte sie skeptisch. „Sie haben hier nichts verloren. Verschwinden sie! Die Gegend ist nichts für eine feine Lady!" Angelina hatte so etwas Ähnliches erwartet. „Danke für den Tipp! Ich bin ein großes Mädchen und kann auf mich aufpassen", konterte sie unbeeindruckt. Der Spruch schmeckte dem Schwabbelkopf überhaupt nicht. Er zog eine zornige Grimasse und dann drohte, sein Temperament mit ihm durchzugehen. Doch kurz bevor er die Beherrschung verlor, schluckte er die bittere Pille. „Nichts für Ungut!

War nur ein gut gemeinter Rat. Voll tanken?", fragte er als wäre nichts gewesen.

Er hob die Zapfpistole auf und führte den Rüssel in ihren Stutzen ein. Dabei verdrehte er die Augen und es ging ihm einer ab. Es war aber nur der Knopf seiner Latzhose, der sich auf Grund der Spannungen sprunghaft verabschiedete. Während das Benzin sprudelte, plauderte er unvermittelt aus dem Nähkästchen. „Früher war hier mehr los. Seit dem die Mine dicht gemacht wurde läuft das Geschäft mies. Die Schrottkisten sind stumme Zeugen einer blühenden Vergangenheit." Er deutete eine richtungsweisende Kopfbewegung an. „Ihre damaligen Halter kamen oft zum Tanken oder zum Check, ich konnte mich kaum retten. Dann starben sie wie die Fliegen oder zogen weg. Jetzt verkommt alles. Das ist ein Jammer", klagte er wehleidig.

Während Obelix brabbelte, machte sich Angelina ein genaueres Bild. Seine schmutzige, rote Basekappe hing tief im verschwitzten Gesicht. Eine blaue, ölver- schmierte Latzhose spannte sich um die leibliche Fülle. Ein Wunder, dass sie beim Bücken nicht aus al- len Nähten platzte. Seine rosa Pausbacken waren von geplatzten Äderchen durchzogen und bildeten den Sockel der Nickelbrille. An der rechten Hand fehlte der Zeigefinger und ein übler alkoholhaltiger Knob- lauchdunst schwappte über die fauligen Zähne. Das Doppelkinn schlackerte bei jeder Bewegung. Als er sich dann noch einen schnoddrigen Tropfen von der Nase wischte, ging Angelina angeekelt auf Distanz. „Die Straße führt doch nach Rockandtree, oder?", er- kundigte sie sich nach dem Weg, um sein Geschwafel abzuwürgen.

Dem Latzhosenträger entglitten die Gesichtszüge. Boshaft schielten seine weit aufgerissenen Augen durch die beschmierte Brille. „Ja sicher. Was wollen sie da? Kehren sie lieber um! ... Der Ort ist verflucht", mahnte er mit erhobenem Zeigefinger der linken Hand. „Hä! Wieso ist er verflucht?", fragte Angelina aufhorchend. „Sie haben ja keine Ahnung! Vor ein paar Wochen kamen Touristen. Die wollten wandern und klettern. Man hat sie nie wieder gesehen. Wie vom Erdboden verschluckt. Außerdem gibt es da oben nur verrücktes Gesindel, die im Sägewerk arbeiten. Tun sie sich ein Gefallen Lady und fahren sie nach Hause! Macht 37 Dollar!" Der Mann hängte die Zapfpistole ein, nahm die Kappe ab und wischte sich die schweißnasse Stirn. Dabei pflügte er über einen eitrigen Pickel, der sich in die Hand entlud, die er ihr dann fordernd entgegen streckte.

Angelina rümpfte die Nase, kämpfte mit dem Würgereiz und schob das passende Geld rüber. Dann machte sie sich auf den Weg. „Was war denn das für ein schräger Vogel", dachte sie, als die eigenwillige Tankstelle aus ihrem Rückspiegel verschwand. Der Tankwart sah ihr noch lange nach, während sich seine finstere Miene wie in Stein meißelte. Er humpelte unbeholfen ins Haus, griff zum Telefon und wählte eine Nummer.

13. Kapitel

Zwei Stunden waren seit dem denkwürdigen Tankstopp vergangen. Es ging fast nur bergauf und bald zog sich der Wald von der Straße zurück, wie ein sich öffnender Reißverschluss. Als Angelina den höchsten Punkt auf einem Parkplatz erreichte, ließ sie bei einem Stopp ihren Blick über das Tal schweifen. Diesen Ausblick kannte sie so noch nicht. Früher standen hier hohe Nadelbäume, die unersättlichen Motorsägen zum Opfer gefallen waren. Dem Kahlschlag sei Dank, präsentiert sich nun der weitreichende Kessel in voller Pracht. Leider mit bitterem Beigeschmack, denn der Lebensraum unzähliger Waldbewohner war zerstört.

Knapp tausend Meter unter ihr, eingebettet in die umliegende Bergwelt lag Rockandtree. Die Sonne war gerade hinter dem Kamm untergegangen und räumte das Feld der Finsternis. Der Mond mit ersten Sternen im Gefolge, übernahm das Zepter.

Angelina folgte dem Lauf der Haarnadelkurven, wo die Baumstümpfe als stumme Zeugen der blindwütigen Rodungen Spalier standen. Der Gebirgsbach im Tal glitzerte im Mondlicht. Am Ortsrand hielt sie vor einem Motel. Alles war wie ausgestorben und auch die Herberge lud nicht gerade zum Verweilen ein. Sie glich einer Bruchbude, wo die Farbe blätterte und das Dach bemoost war. Das Werbeschild bestach durch seine Schieflage. Ein schwaches Lüftchen versetzte es in Schwingungen, so dass es an den Ketten hängend pendelte. Die Kettenglieder in der Aufhängung quietschten. „Zum Silberstollen", stand in schwarzer Schrift.

Angelina ging zur Rezeption, die mit pinkfarbener Leuchtschrift auf sich aufmerksam machte. Das „z" flackerte knisternd. Ihre Anspannung spiegelte sich in der forschen Gangart, was die Kieselsteine knirschend hinnahmen. Der Empfangsbereich war nicht besetzt und nur von einer nackten Glühbirne, die von der Decke hing beleuchtet.

Ein muffiger Geruch beherrschte den Raum. Der Grund war schnell ausgemacht. Müll türmte sich zuhauf, leere Verpackungen, Flaschen und Dosen. Das Mobiliar war ramponiert und die Tapete vergilbt. Zigarettenkippen und Kronkorken lagen auf dem Fußboden. „Hier musste die Putzfrau wohl vor Jahren gekündigt haben", dachte Angelina.

Irgendwie schien sich in diesem Saftladen, niemand verantwortlich zu fühlen. Schließlich sah sie keine andere Möglichkeit, als über die Serviceglocke zur Dringlichkeit zu mahnen. Es rührte sich aber nichts. „Hallo! Ist hier keiner?", rief sie, doch es kam niemand. Hinter dem Tresen war die Tür nur angelehnt. Angelina trat näher und lauschte. Ein Stimmengewirr drang aus dem Flur. Es folgte ein Schrei. „Da lief ein Fernseher", schlussfolgerte Angelina und schlüpfte durch den Spalt.

Die Tür fiel zu und sie stand im Dunkeln. Einen Lichtschalter fand sie nicht und so folgte sie der Geräuschquelle, die von ganz hinten zu kommen schien.

Ein schwacher Lichtschimmer unter der Tür wies ihr den Weg. Ihr Geruchssinn wurde aber auch hier auf eine harte Probe gestellt, denn es stank fürchterlich. Angelina tastete sich an der Wand entlang und trat auf etwas Weiches. Sie konnte es nicht sehen, ahnte nur, um was sich handeln könnte und verzog angeekelt die Miene.

An der Tür klopfte sie und wartete auf ein Zeichen, das allerdings ausblieb. Dann öffnete sie und wurde von richtig dicker Luft empfangen. Der üble Cocktail aus Zigarrenrauch, Exkrementenduft, Fußaroma und einem Hauch Verwesung, traf sie wie ein Vorschlaghammer. Ihr stockte der Atem und ein Brechreiz legte sich auf ihr Zäpfchen. Nur mit Mühe, gelang es ihr, die Haltung zu bewahren. „Hallo! Entschuldigen Sie die Störung, ich hätte gern ein Zimmer!"

Geradezu blickte sie auf die hohe Lehne eines Ohrensessel, die von einem Strohhut überragt wurde. Der Raum war nur durch die flimmernde Mattscheibe ausgeleuchtet. Unter dem Hut vermutete sie den Betreiber des Etablissements, der sich aber nicht bequemte. Als sie sich wiederholt bemerkbar machen wollte, blieb ihr das Wort im Halse stecken. „Du meine Güte", brachte Angelina stattdessen heraus und hielt sich schockiert die Hand vor den Mund. Drei Schritte entfernt, lag eine alte Frau auf dem Sofa. Ihre Hände waren über dem Bauch gefaltet. Man könnte meinen sie schläft. Doch ihr Gesicht war übel zugerichtet, die Lippen mit dicken Wollfäden zugenäht und die Augen teilten das grausame Schicksal. Durch die fortgeschrittene Verwesung, hatte sich an der Wange das Fleisch vom Knochen gelöst und aus der Nase und den Ohren krochen Maden. Angelina war fassungslos. „Verdammte Scheiße, was geht denn hier ab?", flüsterte sie schockiert.

Der brisante Fund degradierte den Schweinestall und das pikante Stillleben auf dem Tisch zur Nebensache. Da lief ein Aschenbecher über und eine Batterie Bierdosen stand in Reih und Glied vor der Whiskyflasche, die offenbar das Kommando hatte. Ihr salutierten vergammelte Essensreste und zwei löchrige Socken standen stramm. Auf dem Boden rekrutierte sich eine Kompanie speckiger Hemden und huldigten einer schmutzigen Unterhose, die vorgesetzt auf dem Stuhl thronte.

Allmählich lichtete sich der Verdacht, dass auch die andere Person das Zeitliche gesegnet hatte, denn ein Arm hing leblos an der Seite. Angelina näherte sich vorsichtig und rechnete mit dem Schlimmsten. Beim Anblick gefror ihr das Blut in den Adern.

Ein knöcheriger Greis kauerte im Sessel. Sein runzliges Antlitz war völlig verschroben. Der verrenkte Kiefer präsentierte einen zahnlosen Mund und eine fingerbreite Narbe zog sich über die linke Gesichtshälfte, dessen Entstehungsgeschichte wohl der Grund für den Verlust des Auges war. Dort klaffte ein dunkles Loch, aus dem just eine Fliege summend davon schwirrte. Angelina erschrak, trat einen Schritt zurück und kam wieder näher, um sich die Narbe genauer anzusehen. Dabei fiel ihr auf, dass der Ringfinger der linken Hand, die auf seinem Schoss ruhte verstümmelt war. Es fehlten zwei Glieder.

„Was war hier passiert? Hatte der Alte seine Frau umgebracht und sich dann mit Alkohol und Tabletten das Leben genommen? Wäre eine Variante. Aber warum hatte er sie so grauenvoll zugerichtet?", warf sich Angelina die Frage auf.

In seiner Hand steckte die Fernbedienung, zum Teil im offenen Hosenschlitz versenkt, als wäre es sein erigiertes Gestänge. Es widerstrebte ihr, aber Angelina fühlte sich verpflichtet, den Fernseher abzuschalten. In gebührendem Abstand fingerte sie nach der Fernbedienung und gerade als sie Hand anlegen wollte, erwachte der vermeintliche Kadaver zum Leben und schnappte nach Luft. Wie ein Zyklop beäugte er die kompromittierende Situation. „Was zum

Henker machen Sie da? Was haben Sie hier zu suchen? Wollten Sie etwa …?", platzte es boshaft aus ihm heraus, wobei er den Rest offen ließ.

Angelina wäre vor Schreck fast das Herz stehen geblieben, als sich der giftige Gnom plötzlich Gicht geplagt aus dem Sessel quälte. „Mach das du raus kommst, du blöde Kuh! Verpiss dich, du Schlampe!", geiferte er grantig und ließ jegliche Etikette vermissen. Angelina fühlte sich vor den Kopf gestoßen und zog sich anstandshalber zurück.

Mit befremdlich verwandelter Stimme und überraschend höflich, rief der Quacksalber ihr nach. Er witterte wohl die zahlungskräftige Kundschaft, die ein weiteres Gelage in Aussicht stellte. „Ich bin gleich bei Ihnen. Geben Sie mir ne Sekunde!" Tatsächlich dauerte es auch nicht viel länger und das abgebrochene Rumpelstilzchen tauchte hinter dem Tresen auf. Er glättete sein lichtes Haar und beäugte sie, als wartete er schon ewig. Verblüfft nahm Angelina zur Kenntnis, dass sich sein Augenpaar auf wundersame Weise komplettiert hatte. Die Narbe verriet jedoch, dass sie keinem Phantom gegenüberstand. Die abgewandelte Stimme rührte vom Zigarrenstummel, der lustig glühend im Mundwinkel klemmte.

Der mutmaßliche Übeltäter versuchte sich, mit einer fadenscheinigen Begründung aus der Affäre zu ziehen. „Hören Sie, Lady. Das ist mir äußerst unangenehm. Zugegeben, ich hatte schon bessere Tage, aber die Alte hat gekriegt was sie verdient." Er wies mit dem Daumen hinter sich. „Das ist, … das war meine Alte. Dauernd hat die gemeckert und irgendwann brachte sie das Fass zum Überlaufen. Da platzte mir der Kragen und im Affekt habe ich ihr eine Whiskybuddel übergezogen. Als ihr hämischen Grinsen immer noch nicht verschwunden war, musste ich ihr einen Denkzettel verpassen. Zugegeben, starker Tobak und ein bisschen krass, aber so ist es gewesen. Nun schläft sie seit ein paar Wochen. Sie werden mich doch nicht verpfeifen oder?", flüsterte er hinter vorgehaltener Hand.

Angelina schaute ungläubig. „Ich muss gestehen, so was wird einem nicht alle Tage geboten. Seien Sie aber unbesorgt, es interessiert mich einen Scheiß", versicherte sie und beugte sich über den Tresen, als wollte sie ihm etwas ins Ohr sagen. „Mir können Sie alles erzählen, wir sind doch unter vier Augen. Oh, … tut mir Leid. Wie taktlos", kam die Entschuldigung in Anspielung auf seine Behinderung.

Er schluckte den schlechten Scherz, ohne eine Miene zu verziehen und nahm einen Schlüssel vom Brett. „Sie wollten doch ein Zimmer, wenn ich mich recht erinnere. Ich hoffe, es genügt Ihren Ansprüchen. Macht 15 Dollar die Nacht! Wie lange wollen Sie bleiben?"

Angelina schnappte sich den Schlüssel und drehte ihn nachdenklich zwischen den Fingern. „Vielleicht eine Woche. Ist das okay?", antwortete sie nach einer kurzen Denkpause. Staunend rieb der Greis den Zeigefinger seiner verstümmelten Hand unter der Nase und nickte. „Okay! Wenn ich fragen darf, was haben

Sie vor? Hier ist der Hund begraben. Außerdem könnte ein Spaziergang gefährlich werden. Es gibt Schächte und Stollen, die nur notdürftig gesichert sind. Passen Sie auf sich auf", gab er ihr den guten Rat, faltete das Geld und steckte es in die Brusttasche seines karierten Hemdes.

„Keine Bange! Ich kann auf mich aufpassen. In den Bergen soll es eine geheimnisvolle Höhle geben. Ist das richtig?"

„Da gibt es nichts dergleichen. Wenn Sie Lebensmüde sind, tun Sie was Sie nicht lassen können. Ich rate Ihnen jedenfalls davon ab. Das Gestein ist porös und manche Gänge ziemlich niedrig. Zuletzt hatte es einen erwischt. Er zwängte sich durch einen Engpass und wurde verschüttet. Da kam jede Hilfe zu spät. Das arme Schwein ist jämmerlich verreckt."

„Okay! So was soll vorkommen. Wo kann ich jetzt noch was essen?"

Der grimmig dreinschauende Alte wackelte abwägend mit dem Kopf. „Sieht schlecht aus! Der Diner hat schon zu und in dem anderen Schuppen gibt es nichts Vernünftiges. Die Spielunke ist außerdem nichts für eine feine Lady."

„Das lassen Sie mal meine Sorge sein. Wo finde ich das Lokal?"

„Das Rumbamumu, nur die Straße hoch. Es ist nicht zu verfehlen. Da ballert die Mucke von früh bis spät und ab Mitternacht mutieren die Trunkenbolde zu Raufbolden. Mit denen ist nicht gut Kirschen essen."

„Auf Kirschen habe ich heute keinen Appetit. Sagen Sie Mister, wie ist das mit der Narbe passiert?"

„Das geht Sie einen Dreck an ... ach was soll's", warf er seine Bedenken gleich wieder über Bord. „Ich habe früher auch im Sägewerk gearbeitet. Bei der Verladung ist das Seil einer Winde gerissen. Ich stand zur falschen Zeit am falschen Ort. Aber mit dem Glasauge mache ich doch wieder was her, oder?" Er streckte die Brust heraus und strich sich über das schüttere Haar. Zu Recht kam kein Kompliment, worauf er etwas betrübt dreinschaute. „Und bevor Sie nach dem Finger fragen, … da hatte die Winde ein zweites Mal zugeschlagen. Sie hat ihn sich beim Aufwickeln geschnappt. Danach habe ich den Job an den Nagel gehängt und es ging stetig bergab. Ich würde das Motel gern auf Vordermann bringen, aber die Kohle fehlt. Bin sowieso bald am Arsch. Die haben meine Alte schon vermisst. Lange kann ich sie nicht mehr hinhalten. Habe ihnen weiß gemacht, dass ein altes Leiden aufgebrochen ist", fuhr er fort.

„Na dann noch einen schönen Abend!", verabschiedete sich Angelina und holte ihr Gepäck. Der Alte rang sich nur ein mürrisches Lächeln ab. Als sie mit der Tasche an der Rezeption vorbei lief sah sie, wie er hektisch telefonierte. Auf dem Zimmer schloss sie die Tür, schaltete das Licht an und atmete tief durch. Der eigenwillige Alte und seine verrückte Geschichte schwirrten ihr noch im Kopf herum, als sie ihren Blick durch das Zimmer schweifen ließ. Eine billige Absteige, aber das hatte sie auch nicht anders erwartet. Hier stammte alles noch aus den siebziger Jahren.

Im Bad wartete die nächste Enttäuschung. Die giftgrünen Kacheln trafen nicht gerade ihren Geschmack und die Armaturen waren verkrustet. Das Waschbecken und die Duschwanne hielten sich mit Wasserstein bedeckt. Angelina öffnete den Hahn in der Dusche, worauf es in der Leitung quietschte und dann rumpelte. Einige Sekunden später schoss in stockendem Intervall, eine braune Brühe aus dem Duschkopf. Bald darauf klärte sich das Wasser auf, doch leider blieb es kalt.

Mit der Beschwerde kehrte Angelina zur Rezeption zurück, doch der Alte war verschwunden. Auch im Hinterzimmer fehlte jede Spur. Sogar die Leiche der alten Frau hatte sich in Luft aufgelöst, als hätte sie nie existiert. Der Tisch war abgeräumt und alles sauber und ordentlich. „Wie zum Teufel, hatte der Alte das in der kurzen Zeit geschafft?", grübelte Angelina. Das war äußerst seltsam, doch sie dachte nicht lange drüber nach, duschte kalt und wollte sich unter die Radaubrüder ins Getümmel stürzen.

Entschlossen marschierte sie dem anschwellenden Lärmpegel entgegen. Rockandtree machte einen trostlosen Eindruck. Viele Häuser waren verlassen und die Fenster und Türen vernagelt. Außer im Rumbamumu, brannte nirgendwo Licht. Aus einem der Fenster schmetterte ein aggressiver Blues. Um den Eingang blinkten bunte Lichter, als wäre es eine Attraktion auf dem Jahrmarkt. Eine Treppe führte hinauf zu einer Pendeltür in der Form eines Mangokerns, die von einer fleischigen Wulst umrahmt war. Da schnallte selbst das prüdeste Landei, dass es sich um die überdimensionale Nachbildung einer Vagina handelte.

Angelina spazierte durch die originelle Öffnung und trat in einen schwach beleuchteten Flur mit abgerundetem Querschnitt. Die Wände waren gewellt und rosa gestrichen. Am Ende der anrüchigen Schleuse führte eine schlichte Holztür zum Gastraum. Beim Eintritt erlangte sie sofort die Aufmerksamkeit einiger Hinterwäldler. Ungeachtet dessen, verschaffte sie sich einen Überblick.

An einer goldenen Stange tänzelte eine zweihundert Pfund Trulla, die stramm auf die Sechzig zuging, in weinroten Strapsen und Gummistiefeln. Es war nicht verwunderlich, dass da kaum jemand Interesse zeigte. Am Tisch in der Ecke saßen vier Männer und spielten Karten. Zwei echte Naturburschen, schoben beim Billard eine ruhige Kugel. Ein anderer übler Geselle lehnte an der Musikbox und schüttete sich ein Bier in den Hals. Der dicke Wirt mit seiner Lederschürze erstarrte zur Salzsäule und hielt beim Abtrocknen der Gläser inne. Als plötzlich die Musik verstummte, waren alle auf den Neuankömmling fokussiert.

Ungeachtet der geweckten Begehrlichkeiten, steuerte Angelina auf den Tresen zu. Sämtliche Augenpaare der zwielichtigen Gestalten folgten ihr misstrauisch. Einer der Billardspieler, ein hagerer Typ mit strähnig, fettigem Haar, griff sich lüstern in den Schritt. Er massierte sein Gehänge und leckte sich die Lippen, wobei die Segelohren schlackerten. Beim dummdreisten Grinsen schob sich das vorspringende Kinn nach rechts, die Hakennase nach links und die Pupillen drifteten zum Silberblick auseinander. Die letzten drei Vorderzähne waren ein Indiz seiner Nehmerqualität.

Sein kraftstrotzender Gegenspieler, der mit der Visage offenbar in den Trampelpfad einer Wildschweinrotte geraten war, bewies halbherzige Etikette. Er ereiferte sich wegen der anzüglichen Gebaren. Dabei klang es, als schwenkte er Murmeln im Mund. „Benümm düch do Rüpel!", blökte er züchtigend und schlug der ungehobelten Bohnenstange auf den Hinterkopf. Beim blonden Langhaardackel schloss sich die lechzende Futterluke und justierten sich die verpeilten Okulare.

Angelina verdrehte kopfschüttelnd die Augen. Der zündstoffgeladene Moment verpuffte aber ohne Konsequenzen und so frönte die unterbelichtete Horde wieder ihrem schnöden Hobby. „Haben Sie was zu essen?", fragte Angelina und wandte sich an den Wirt, worauf dessen buschige Augenbrauen in die

Höhe schnellten. „Ich kann dir Eier machen und, und, … und ne Pizza in die Pfanne hauen", nuschelte er leicht schwankend. In Erwartung einer Entscheidung zog er die Brauen wieder nach unten. „Was willst du trinken?", legte er die Frage nach, als hätte er das Essen schon nicht mehr auf dem Zettel. Angelina beäugte ihn argwöhnisch. „Ich nehme die Eier, aber gebraten und geben sie mir ein Bier!", gab sie die Bestellung auf. Mit einem Schlenker machte der Wirt auf dem Hacken kehrt und stolperte von dannen. „Kommt sofort!", lallte er noch, bevor er durch eine Hintertür verschwand.

Plötzlich sprang ein muskulöser Kerl vom Pokertisch auf und schmiss wütend die Karten hin. Der Stuhl flog nach hinten und schwankend suchte er die Orientierung. Er war etwas kleiner als Angelina, kurz geschoren und von Kopf bis Fuß tätowiert. In aggressiver Haltung stürmte er im Zickzack auf Angelina zu, als wollte er Dampf ablassen. Ein Adrenalinschub sorgte bei ihr für die Umschaltung auf Verteidigungsmodus. Überraschend kratzte er jedoch die

Kurve und schwenkte zum Klo. Dabei gab er sich die Blöße und fabrizierte einen unschicklichen Fopa. Seine Hose rutschte und legte seinen Allerwertesten blank. Das sorgte sogar in der grimmigsten Runde für unverfängliche Heiterkeit.

Nach dem Essen drängte sich der schlaksige Billardspieler auf. Gestützt auf den Billardstock, postierte er sich seitlich und fing an, Angelina vollzulabern. Seine wurmähnliche Zunge züngelte zwischen den Lippen wie bei einer giftigen Schlange. „Hey, Kleine! Bist ne geile Sau. … Hab nen Ständer? … Wollen wir ficken!" Angelina nahm es gelassen, putzte sich den Mund ab und widmete sich dann dem Quälgeist. „Fick dich selbst, du Vogelscheuche! Dich juckt wohl das Fell? Hat dir deine Mutti keine Manieren beigebracht, du Arschgesicht?", maßregelte ihn Angelina unaufgeregt. „Du blöde Tussi! Was bildest du dir ein? Los Schlampe, lutsch mir die Nudel oder soll ich dir die Fresse polieren!", erboste sich der ungehobelte Verehrer.

Diesem Charme konnte Angelina nicht widerstehen. Sie lockte mit gekrümmtem Finger, als wollte sie auf seine Offerte eingehen. Der sich brüstende Volltrottel trabte an und grinste siegessicher ins gespannte Auditorium. Doch dann kam es anders als gedacht. Ehe er sich versah, lag ihre Hand auf seinem Hinterkopf und knallte ihn mit dem Gesicht auf den Teller. Der ging scheppernd zu Bruch und wie eine gallertartige Masse sackte der schleimige Knochenkarl mit gebrochener Nase zu Boden.

Angelina leerte das Bier in einem Zug, warf das Geld auf den Tresen und schickte sich an, das Lokal zu verlassen. Doch ein Kleiderschrank mit fliehendem Kinn und Boxervisage stellte sich ihr in den Weg. Der grantige Hüne mit Gleichgewichtsstörung pumpte sich auf und krempelte provozierend die Ärmel hoch. „Hey, …du dreckige Hure! Versuchs mal mit mir! Ich werd dir Manieren beibringen, du Miststück!", tönte er lauthals, worauf sich knisternde Spannung über die Meute legte. Dann spornten ihn die krawallhungrigen Zaungäste an. Ein Rabauke grölte aus der

Menge. „Los Billy! Zeig ihr wo der Hammer hängt! Mach sie fertig!" Die Masse tobte, feuerte Goliath an und wetterte mit erhobenen Fäusten gegen David. Der tosende Mopp hatte sich gerade zur Höchstform gepeitscht, da war die Party auch schon vorbei. Angelina nahm Maß und trat dem ungelenken Klotz in die Kronjuwelen. Danach krümmte er sich mit schmerzverzerrtem Gesicht. Ein schwungvoller Tritt zum Kopf folgte. Das Schwergewicht taumelte und kippte wie ein nasser Sack zwischen die Bestuhlung. Das johlende Pack verstummte und bereitete ihr eingeschüchtert den Weg.

Auf dem Heimweg schlug ein Hund an und bellte wie verrückt. Sein Kläffen erstickte kurz darauf in jaulendem Gewinsel. „Was mag da passiert sein", fragte sich Angelina. Doch sie war zu müde, um weiter darüber nachzudenken und legte sich schlafen. Plötzlich klopfte es. Angelina sah aus dem Fenster, doch da war niemand. Sie trat vor die Tür und schaute sich um. Hatte sie das geträumt? Sie legte sich wieder ins Bett, als es nach einer Weile erneut klopfte. „Wer ist da?", fragte sie und trat an die Tür. „Hallo Mis! Entschuldigen Sie die späte Störung! Ich wollte mich für das ungebührliche Verhalten der Leute entschuldigen", kam die Antwort.

Damit hatte Angelina absolut nicht gerechnet und sie war gespannt wer da den Kopf hinhielt. Sie öffnete und war positiv überrascht einen adretten Burschen anzutreffen, der vorhin nicht in Erscheinung trat. Obwohl eine innere Stimme warnte, bat sie ihn herein und setzte sich mit ihm aufs Bett. „Ich bin Steven", stellte er sich vor und reichte ihr die Hand. „Ich wollte ...", setzte er erneut zur Entschuldigung an, worauf sie ihm den Finger auf den Mund legte und ihn verstummen ließ.

„Vergiss es! War doch ne Lappalie. Ich bin Angelina! Würde dir was zu trinken anbieten, aber ich habe nichts im Haus", äußerte sie mit überwundener Hemmschwelle. Ihre forsche Gangart machte ihn verlegen. „Nicht so schlimm. Am besten ... ich gehe jetzt wieder", stammelte Steven. Als ihre zartfühlende

Hand aber unter sein Hemd glitt, konnte er nicht widerstehen. „Wou! Geiler Körper!", hauchte sie zart, riss gierig das Hemd auf und zwang ihn in die Rücklage. Nun gab es kein Halten mehr. Er entledigte sich dem Beinkleid und ließ Angelina auf dem Platz nehmen. In aufschäumender Ekstase walkte sie über seinen ausgehärteten Stahlhammer.

Überraschend zauberte Angelina wie aus dem Hut Handschellen herbei. „Na mein süßer Rodeoreiter! Da stehst du doch drauf, oder?" Mit der Prognose traf sie voll ins Schwarze und ihre Verführungskünste ließen seine Vernunft schmelzen, wie Eiswürfel in der Mittagshitze. Bereitwillig erlag er ihrem Charme und legte die Arme an die Gitterstäbe. Angelina zögerte keine Sekunde und ließ die Handschellen klickten. Um keine Zweifel aufkommen zu lassen, lächelte sie unwiderstehlich. Oh Wunder, für die Füße hielt sie ein zweites Paar bereit. Steven verfiel ihr mit Haut und Haar und sein pulsierendes Glied war ein Indiz seiner Neigung.

Angelina sattelte auf und liebkoste seinen perfekt modellierten Körper. Der reumütige Bußgänger schwelgte in Glückseligkeit, schloss genüsslich die Augen und ließ sich von ihren feuchten Lippen verwöhnen. Doch Angelina hatte andere Pläne und schickte ihre Hand auf Wanderschaft, während ihre Zunge ablenkend um eine der Brustwarzen kreiste. Unter der Matratze zog sie ein Schlachtermesser hervor und löste mit der kalten Klinge auf seiner bebenden Bauchdecke einen drastischen Sinneswandel aus. Sein ungetrübtes Glück wich blankem Entsetzen.

„Was soll das werden? Leg das Messer weg! Bist du wahnsinnig?", rief er verstört. Angelina ignorierte seinen Protest und schob die Messerspitze unter seinen Slip. Die Schneide teilte das Bündchen spielend und kurzerhand entriss sie ihm das Höschen. Die Unsicherheit erfuhr eine kurzzeitige Besänftigung, als sein triebgesteuertes Unterbewusstsein die Schikane als Nervenkitzel deklarierte. Doch als sie ihm die Reste seines Höschens in den Mund stopfte und des

Messers Schneide um das Gestänge zirkulierte, zerstäubte sich die Illusion. Auf Schlag knickte der Stößel ab und eine Panikattacke überfiel ihn.

Wie von Sinnen brummelte Steven wütend in den Knebel und zerrte an den Fesseln. Angelina ließ ihn zappelt und amüsierte sich. Die kantigen Handschellen fraßen sich in das Fleisch, so dass sich blutige Streifen um die Handgelenke bildeten. Unbeeindruckt ritzte sie bizarre Muster in seine Haut, an deren Verlauf sich dunkelrote Tröpfchen bildeten, die sich wie eine Perlenkette aneinander reihten.

Dann rutschte sie darüber hinweg und verwischte das Kunstwerk. Auf seiner Gurgel nahm sie ihn in die Mangel bis er röchelte. Wie ein Schraubstock presste sie die Schenkel zusammen, so dass sein Gesicht einem Faltenhund zur Ähnlichkeit gereichte. Eiskalt blickte sie in seine angsterfüllten Augen „Du mieser Dreckskerl! Jetzt werde ich ein Exempel statuieren, als Warnung für deine Artgenossen", prophezeite sie, rutschte zurück auf seinen Schoß und bäumte sich auf wie ein Todesengel. In ihren Händen blinkte die blutige Schneide. Dann sauste das Messer herab und bohrte sich in seinen Leib. Steven traute seinen Augen nicht und ein Mitleid erweckender Schrei war die Folge.

Angelina setzte noch einen drauf und drehte das Messer in der Wunde. Dann zog sie es heraus und stach erneut zu, wieder und immer wieder. „Jetzt wollen wir mal sehen, wie es um deine inneren Werte bestellt ist", untermalte sie das Blutbad auf makabre Weise. Sie ließ das Messer stecken und zog es durch den Bauch. Wie ein Pflug bahnte es sich den Weg. Die blutigen Eingeweide quollen hervor wie überkochender Nudeleintopf.

Anschließend grub Angelina ihre Finger in die wabernde Masse und riss die Eingeweide heraus, besudelte sich und ihr Opfer. Zum Abschluss traktierte sie wütend sein Gesicht mit den Fäusten. Steven war längst verstummt und rührte sich nicht, womit auch ihr Interesse an der Blutorgie versiegte.

Auf einem Stuhl neben dem Bett sitzend, ging Angelina in Selbstzufriedenheit auf und war überzeugt, dass sie ihn in die Hölle geschickt hatte. Auf einmal zuckten seine Glieder. Der Totgeglaubte bäumte sich wie ein Flitzbogen auf und wurde nur von den Handschellen im Zaum gehalten. Ungläubig verfolgte Angelina die satanische Wiedergeburt. „Wie war das möglich? Der Scheißkerl war mausetot", grübelte Angelina. Doch als sie ihm den Gnadenstoß versetzen wollte, wurde sie von einer unsichtbaren Macht zurückgehalten. Wie gelähmt blieb sie auf dem Stuhl kleben.

Dann war der Spuk wieder vorbei. Die blutige Masse fiel in sich zusammen und blieb reglos liegen. „Das müssen letzte Zuckungen gewesen sein", meinte Angelina, die Erklärung gefunden zu haben und hatte das Thema schon abgehakt, als sich das Opfer wie in Zeitlupe aufrichtete. In unnatürlich verengter Haltung kugelte er sich die Schultern aus. Als hätte ein Dämon von ihm Besitz ergriffen, entledigte er sich ruckartig der Fesseln. Wie ein auseinander gerissenes

Baguette, durchtrennten sich die Hand- und Fußgelenke. Nun hatte es weder Hand noch Fuß, was sie da
sah. Blutspritzer, Fleischfetzen und Knochensplitter
schwärmten aus. Der Dämon befreite sich selbst ver-
stümmelnd, schwenkte die ausgefransten Stümpfe
herum und setzte sich auf die Bettkante.

Die Ausgeburt der Hölle riss seine geschwollenen
Augen auf, wobei eines auslief und zu Boden
glitschte. Dann spuckte er ihr den Knebel vor die
Füße und sperrte das Maul auf. Er reckte die blutigen
Stümpfe zur Decke und beugte sich vor, als wollte er
sich auf sie stürzen. Seine demolierte Visage formte
sich zur Fratze und wurde vom aufgerissenen Rachen verdrängt. Scharfkantige Zähne traten in die
erste Reihe. Angelina erschauderte.

Mittlerweile war der Kopf ein einziger gähnender
Schlund, umringt von zersplitterten Zähnen. Oben
blieb das eine Auge und wölbte sich zur Beule. Feindselig glotzte es auf Angelina herab. Die abscheuliche
Kreatur war der Inbegriff des Bösen und von der Gier

nach Zerstörung getrieben. Plötzlich wuchsen aus den blutigen Stümpfen Ranken wie bei einer Kletterpflanze und schlängelten sich um das Opfer. Von gebärdendem Gebrüll begleitet, holte das Monster zum Schlag aus. Angelina wollte schreien und flüchten, doch es gelang ihr nicht.

Dann war plötzlich Ruhe. Angelina saß schweißgebadet im Bett und stellte fest, dass es nur ein böser Traum war. Erleichtert ließ sie sich auf das Kissen fallen und starrte an die Decke. „Das war so verdammt real", hauchte sie schläfrig und schloss wieder die Augen.

14. Kapitel

Harry erwachte verkatert und öffnete die Augen. Das grelle Licht was vom Fenster einfiel schmerzte, als blickte er in den Lichtbogen einer Schweißelektrode. „Wo bin ich?", fragte er sich. Sein Schlafzimmer wurde erst am Nachmittag mit Sonnenlicht geflutet. Entweder hatte er verpennt oder lag in einer fremden Kiste. Die Größe und Anordnung des Fensters waren ihm ebenso wenig vertraut, wie die mit Plüschteddys bedruckte Bettdecke. Da sondierte sich die nahe liegende Vermutung, dass er abgeschleppt wurde. Nur leider fehlte ihm von diesem Film der entscheidende Ausschnitt. In Erwartung einer süßen Maus drehte sich Harry um.

„Ach du Scheiße, was ist das denn?", brach es schockierend über ihn herein. Ein behaarter, schwammiger Rücken dominierte sein eingeschränktes Sichtfeld. Wie eine Staumauer türmte sich das abstoßende Fleisch vor ihm auf. Ungläubig wanderte sein Blick über die gekräuselten Haare abwärts. Die Staumauer lag unten herum blank und auch Harry war entblößt. Sein ohnehin angeschlagenes Ego erlitt einen weiteren herben Dämpfer. Er hatte sich doch nicht etwa zum Naschen verleiten lassen? Aufkommende Übelkeit war ein Zeichen seiner tiefen Abneigung.

Plötzlich riss ihn ein ungenierter Furz aus dem Gedankenspiel. Dann kippte die Staumauer einem Erdrutsch gleich und zwang Harry, den überfälligen Rückzug anzutreten. Verwundert blickte er in ein vertrautes Gesicht. „Oh man Dave! Was ist los? Warum liege ich mit dir in einem Bett?" Dave blieb die Antwort vorerst schuldig, rekelte und streckte sich und strahlte wie ein Honigkuchenpferd, als wäre es die beste Nacht seines Lebens gewesen. Er gähnte, kratzte sich am Arsch und widmete sich dann dem unruhigen Geist. „Morgen Harry! Gut geschlafen? Du hast keinen blassen Schimmer oder …? Ich hatte mich doch gestern breit schlagen lassen und bin mit dir in diesen Schuppen. Du hast dir mal wieder eine Dröhnung verpasst und bist vom Hocker gefallen."

„Oh, Scheiße!" Harry rieb sich reumütig die Stirn. „Ist sonst noch was passiert, was ich wissen sollte?" Harry blickte auf seinen schrumpeligen Wurmfortsatz.

„Keine Panik. Das wäre wohl das Letzte. Du hast dich selbst ausgezogen. Wahrscheinlich dachtest du im Suff, dass du zu einem Mädel in die Kiste hüpfst. Ich habe übrigens mit einer kleinen Blonden getanzt. War ganz nett. Zum Schluss wollte sie meine Nummer", prahlte Dave triumphierend.

„Und?"

„Ich hab sie ihr gegeben."

„Und ihr Alter?"

„Das hätte noch gefehlt, wenn der dabei gewesen wäre."

„Blödsinn! Ich meine wie alt war sie?"

„Ach so. Keine Ahnung. Ich schätze 45."

„Na das würde doch passen. Obwohl, eigentlich ..."

„Was soll's? Ich lass mich überraschen, ob sie sich überhaupt meldet. Aber für dich sehe ich schwarz. Wenn du dich immer so volllaufen lässt wird das nie was. Das mögen die Mädels nämlich gar nicht, wenn du beim „Hallo sagen" schon mit der Nase im Dekolleté steckst. Wie lange willst du noch so rumtingeln?"

„Ja, ja ich weiß, aber gestern konnte man doch alles in die Tonne kloppen."

„Dumm gelaufen! Nach Mitternacht kamen noch ein paar flauschige Hasen. Da hätte dir bestimmt eine gefallen. Leider waren zu diesem Zeitpunkt bei dir schon die Lichter aus", fiel ihm Dave ins Wort.

„Echt? Das ist ja ärgerlich. Nächstes Mal reiß ich mich am Riemen. Versprochen! Was ist heute für ein Tag?"

„Sonntag, wieso?"

„Haben wir dienstfrei?"

„Klar doch! Sonst wäre ich bestimmt nicht mitgekommen."

Erst jetzt fiel Harry das schillernde Veilchen auf, was sich Dave eingefangen hatte. „Hast du dich geprügelt?"

„Wie kommst du denn darauf?"

„Dein rechtes Auge ist blutunterlaufen. Das wird ein prächtiges Veilchen. Nun sag mir nicht, dass du gegen eine Tür gelaufen bist."

„Ach was! Du spinnst!" Dave tastete das Auge ab, sprang aus dem Bett und begutachtete vor dem Spiegel die aufkeimende Gesichts Flora. „Verdammt! Das kann doch nicht wahr sein. Das war doch völlig harmlos."

„Was meinst du?", stichelte Harry neugierig.

„Nun ja, wie soll ich dir das erklären", druckste Dave peinlich berührt herum. „Ich saß an der Bar und habe die Bierkrüge über dem Tresen bewundert."

„Wie aufregend", mischte Harry abwertend unter.

„Warts ab! Also ich saß da so und erkannte ein paar seltene Exemplare. Du weißt doch, dass ich auch eine kleine Sammlung habe. Ich fragte die Barmieze, ob sie mir einen runter holen kann? Ich ging fest davon aus, dass sie wusste was ich meinte. Ein fataler Irrtum, wie sich herausstellte. Danach klärte ich sie auf und es tat ihr leid. Die rechte Gerade hatte aber gesessen." Harry lachte und ließ sich ins Kissen fallen. „Typisch! Das konnte auch nur dir passieren."

Am nächsten Morgen lag dichter Nebel über der Stadt. Das Wetter hatte sich der Gemütslage der Beamten angepasst. Im Büro nahm Harry sich den Obduktionsbericht und blätterte lustlos darin. Dabei stieß er auf etwas, was ihm bisher entgangen war. „Die Schleimprobe soll schon älterer gewesen sein", stellte er fest. „Was für eine Schleimprobe?", fragte Dave.

„Na die vom Tatort in Mr. Mayssons Haus. Angeblich war sie mehrere Wochen alt."

„Dann war es doch jemand anders", schlussfolgerte Dave.

„Schon möglich."

„Na toll! Dann stehen wir wieder ziemlich dumm da", fluchte Dave missmutig.

Harry massierte grübelnd sein Kinn. „ Du warst doch bei der Freundin von der Husboon. Wie hieß sie noch?"

„Angela Wangeles! Wieso?"

„Was ist dabei raus gekommen?" Harry lehnte sich zurück und verschränkte die Arme vor der Brust, als wollte er einem spannenden Referat lauschen. „Gut, dass du mich erinnerst. Ich hab mir was notiert. Moment!" Dave wühlte in seinen Taschen und förderte einen zerknitterten Zettel zu Tage. Er breitete ihn auf dem Tisch aus und strich bügelnd mit der Hand darüber.

„Also! … Sie hat mir das Alibi bestätigt. Ms. Husboon kam um 20.30 Uhr und ging gegen 3.00 Uhr. Genau auf die Minute konnte sie es nicht sagen. Die kennen sich schon sieben Jahre. Du wirst es nicht glauben, aber die Husboon verabscheut Gewalt. Die Wangeles hätte ihre Hand dafür ins Feuer gelegt, dass sie keiner Fliege was zu Leide tut."

„Kaum zu glauben bei ihrem sonderbaren Hobby", warf Harry die Bemerkung ein.

„Das habe ich auch gedacht. Ab und zu nahm die Wangeles sogar an solchen Spielchen teil, zusammen mit der Husboon. Es soll einige reiche Säcke gegeben haben, die sich zwei Frauen unterwerfen wollten. Soll aber wohl alles harmlos gewesen sein. Auf Dauer konnte sie der Sache jedoch nichts abgewinnen. Die Wangeles hat mir versichert, dass nie jemand ernsthaft zu Schaden kam. Was sagst du dazu?"

Harry schüttelte ungläubig den Kopf. „Das kann doch nicht sein! Dann käme die Husboon nicht in Frage. Die Indizien sprechen aber für sich." Harry starrte auf die Akte, atmete tief durch und griff einen anderen Fakt auf. „Das abgetrennte Ohr gehörte Jefferson Samuel Lambert, was der Bruder von dem Opfer in der Wohnung war. Die DNA-Analyse hatte es zweifelsfrei ergeben. Am Fass klebte ein Aufkleber mit der Anschrift des Lieferanten. Demnach bezog sie ihr Hundefutter von der Schlachterei Gambergun und Partner. Ungefähr 70 Prozent waren vom Schwein, die anderen 30 …" Harry ließ den Rest des Satzes im Raum stehen.

„Vielleicht sollten wir uns da mal umsehen", machte Dave den Vorschlag.

„Es könnte auch sein, dass die Husboon die Original-abfüllung teilweise verbraucht und mit den Überresten vom Opfer aufgefüllt hat?", gab Harry zu bedenken.

„Schon möglich! Es kann aber nichts schaden, wenn wir der Firma einen Besuch abstatten. Vorher schauen wir bei Mr. Wendslay im Krankenhaus vorbei. Er soll auf dem Weg der Besserung sein. Vielleicht kann er uns etwas über die Husboon erzählen. Ich würde zu gerne wissen, warum er das getan hat."

„Okay! Na dann wollen wir mal"

Die beiden Detektive fuhren zum San Francisco General Hospital in der Potrero Avenue. Am Haupteingang schickte sie eine Krankenschwester in die fünfte Etage. Der Fahrstuhl stoppte aber schon in der Dritten und ein blonder Engel im weißen Kittel stieg zu. „Guten Morgen!", sagte sie mit bezaubernder Stimme. Harrys Augen leuchteten, denn die Stimme war Musik in seinen Ohren. Die hübsche Schwester stand direkt vor ihm und ihr Duft war atemberaubend. Harry begann zu träumen, als der Fahrstuhl schon wieder stoppte und sein Traum zerplatzte wie eine Seifenblase. Die süße Maus stieg eine Etage höher aus und Harry hatte wieder eine unverhoffte Gelegenheit verpasst.

Auf dem Gang verdrehte er schwärmend die Augen. „Wow! Das war vielleicht ne Granate. Bei der würde ich sofort explodieren." Dave schüttelte verständnislos den Kopf und winkte ab. „Lass gut sein Romeo! Krieg dich wieder ein! Sie könnte deine Tochter sein."

Damit brachte es Dave auf den Punkt und die Polizisten widmeten sich wieder dem Tagesgeschäft. Vor Zimmer 512 blieben sie stehen, klopften und traten unaufgefordert ein. Sie staunten nicht schlecht, als sie ein verwaistes Bett vorfanden. „Er wird auf der Toilette sein.", meinte Dave. Harry trat an die Tür. „Mr. Wendslay", rief er bestimmend. Aber es kam keine Antwort. Daraufhin riss er sie auf, doch nur sein eigenes Spiegelbild sah ihn verdutzt an. „Verdammt noch mal! Wo ist der Kerl? Der kann sich doch nicht in Luft auflösen."

Dave zitierte eine Schwester heran. „Hallo! Schwester! Sagen Sie mal! Wo ist der Patient von 512?"

Die Schwester sah ihn erstaunt an. „Auf seinem Zimmer! Wo soll er sonst sein?"

„Da ist aber niemand", konterte Dave.

„Das gibt's doch nicht", wehrte sich die Schwester resolut und legte einen Zahn zu. Nachdem sie sich im Zimmer umgesehen hatte, warf sie einen Blick in den Schrank und schlug entsetzt die Hand vor den Mund.

„Das kann doch nicht wahr sein. Der Schlawiner hat sich aus dem Staub gemacht. Die Sachen sind weg." Entrüstet stemmte die Schwester die Hände in die Hüften. „Das ist mir ein Rätsel. Vor einer Stunde lag er noch im Bett und machte einen sehr müden Eindruck. Hatte er denn was zu befürchten?", richtete sich die entrüstete Dame an die Beamten.

Dave fühlte sich überrumpelt und zuckte die Achseln. So war es wieder an Harry, auf die Frage einzugehen. „Das können wir nicht ausschließen. Hatte er schon mal Besuch?" Die Krankenschwester schüttelte den Kopf. „Ein Arbeitskollege brachte ihm ein paar Sachen, ansonsten wüsste ich nicht. Aber bei mir muss sich auch niemand an oder abmelden."

„Was in Dreiteufelsnamen hat ihn geritten, dass er so Hals über Kopf verschwunden ist? Passiert das öfter, dass Patienten klammheimlich verduften?", legte Harry die Frage nach.

„Normalerweise kann hier nicht jeder kommen und gehen wann er will. Aber wir sind auch kein Hochsicherheitsgefängnis und können die Patienten nicht ans Bett binden", reagierte die Schwester schnippisch.

„Ist Ihnen sonst irgendwas Ungewöhnliches aufgefallen?"

„Nein. Tut mir Leid."

Damit gaben sich die Beamten vorerst zufrieden. Auf der Fahrt zur Schlachterei versuchte Dave, die merkwürdige Geschichte aufzuarbeiten. „Warum ist Mr. Wendslay abgehauen? Und wo ist er hin? Irgendwas stinkt da gewaltig."

„Vielleicht hat er sich vor etwas gefürchtet", antwortete Harry nach einer kurzen Denkpause.

„Da steckt bestimmt die Husboon dahinter. Sie hätte sich, als Krankenschwester verkleiden und ihm eine tödliche Injektion verabreichen können", malte Dave ein mögliches Szenario.

„Dave! Du guckst zu viel Krimis. Aber ausgeschlossen ist es nicht. Das Ganze ergibt für mich keinen Sinn. Der Kerl ist gerade so mit dem Leben davon gekommen. Er sah aus, als hätte man ihn durch einen Fleischwolf gedreht und sie soll angeblich keiner Fliege was zu Leide tun? Das passt doch nicht zusammen", kombinierte Harry.

Am Stadtrand erreichten sie die Schlachterei Gambergun und Partner. Der Nebel hatte sich gelichtet. Die Firma war durch einen hohen Maschendrahtzaun umgeben, der darüber von gerolltem Stacheldraht gesichert war. Vom Pförtner wurden sie durchgewinkt, nachdem sie sich ausgewiesen hatten. Im Rückspiegel sah Dave, dass der Wachmann zum Telefonhörer griff. Auf dem Gelände herrschte geschäftiges Treiben. Gabelstapler beluden größere und kleinere Transporter. Männer in weißen Overalls schleppten Schweinehälften.

Harry hielt vor dem Bürogebäude, wo gerade ein Mitarbeiter mit zerknirschtem Gesicht aus der Tür stürmte. Harry packte die Gelegenheit beim Schopfe. „Wo finden wir den Chef?" Der gestresste Mann war im Begriff sie zu ignorieren, doch als Harry ihm die Dienstmarke vor die Nase hielt, antwortete er flüchtig. „Der sitzt oben am Ende des Ganges. Aber seien Sie auf was gefasst! Er hat heute nicht seinen besten Tag."

Die Beamten betraten das Verwaltungsgebäude und nahmen die Treppe. Im Obergeschoss liefen sie den Flur entlang. Der gedämpfte Maschinenlärm von draußen sorgte für eine gespenstische Atmosphäre. Zudem wurde der Flur nur über die milchigen Glasausschnitte in den Türen beleuchtet. Am Ende stand auf einer geschrieben. *„Geschäftsleitung"* Die Polizisten klopften, warteten aber nicht auf ein Zeichen und traten ein.

In einem vom Zigarrenrauch vergilbten Büro hockte ein untersetzter, glatzköpfiger Kerl am Schreibtisch. Er machte einen finsteren Eindruck und notierte, unbeeindruckt vom Erscheinen der Beamten etwas in einem Buch. Ohne den Besuch eines Blickes zu würdigen, brummte er angesäuert. „Was wollen Sie?" Abneigung schwappte ihnen entgegen und er ließ die Männer spüren, dass der Zeitpunkt nicht unpassender gewählt sein konnte.

Harry fühlte sich zur Kurzfassung genötigt, was ihm überhaupt nicht schmeckte. „Guten Tag! Sind Sie Mr. Gambergun? Wir sind vom San Francisco Police Departement und hätten da ein paar Fragen. Wir wären Ihnen sehr dankbar, wenn Sie sich einen Moment Zeit nehmen!"

Der korpulente Mann gehobenen Alters musterte die ungebetenen Gäste und verzog keine Miene. „Ich bin es höchstpersönlich. Edward Gambergun, um genau zu sein. Ich hab nämlich noch einen Bruder. James Gambergun, er ist mein Partner. Taugt aber nichts in der Wurzel. Unser Vater, Gott hab ihn selig, hatte es leider so verfügt. Ich hab viel zu tun. Hoffentlich ist es wichtig. Setzen Sie sich doch!", kam es emotionslos über seine Lippen.

Harry und Dave fühlten sich für den Moment in die Schule versetzt, wo der Lehrer das Sagen hatte. „Wir werden Ihre kostbare Zeit nicht über Gebühr in Anspruch nehmen, aber es geht um Mord und eine Spur führt in Ihre Firma!", ließ Harry gewichtig verlauten.

Die Beamten ernteten einen ungläubigen Blick. Edward lehnte sich zurück und schob die Daumen nachdenklich unter seine Hosenträger. „Mord sagen Sie? Nun mal langsam mit die jungen Pferde! Was für ein Mord und was soll meine Firma damit zu tun haben?", polterte er etwas irritiert.

„Sagt Ihnen der Name Lambert etwas?"

„Hab ich noch nie gehört."

„Mr. Lambert wurde wahrscheinlich durch einen Fleischwolf gedreht." Auf das verdutzte Gesicht des Geschäftsführers hin, unterstrich Harry die Vermutung. „Sie haben richtig gehört. Man hat Hackfleisch aus ihm gemacht. Ein halb zerfetztes Ohr war alles, was von ihm übrig blieb. Wir haben es in einem Fass gefunden, was von Ihrer Firma als Hundefutter an

Ms. Husboon geliefert wurde. Wie erklären Sie sich das?"

Mr. Gambergun runzelte die Stirn und schüttelte den Kopf. „Das ist völlig ausgeschlossen. Wir haben einige Kunden, die bei uns Abfälle für ihre Köter bestellen. Aber so was ist mir noch nicht untergekommen. Sie wollen doch nicht allen Ernstes behaupten, dass wir Leute zu Hundefutter verarbeiten?", äußerte er sich aufgebracht zu den Vorwürfen.

„Nein, natürlich nicht. Mr. Gambergun", versuchte Dave die Wogen zu glätten.

„Es wäre doch aber denkbar, dass zum Beispiel eine Leiche im Kofferraum eingeschleust und dann heimlich auf diese oder andere Art entsorgt wurde? Schließlich ist es eine sichere Methode, jemanden spurlos verschwinden zu lassen. Vielleicht hatte er oder sie noch einen Komplizen. Wir müssen alles in Erwägung ziehen Mr. Gambergun", zog Harry den möglichen Tatbestand in Betracht.

„Ich verstehe, aber das ist unmöglich", schmetterte Edward die in seinen Augen zweifelhafte Theorie ab. „Die Einfahrt ist rund um die Uhr besetzt und Besucher müssen sich eintragen. Das Gelände ist durch einen Zaun gesichert und nachts sind die Hallen verschlossen und für meine Leute lege ich die Hand ins Feuer." Mr. Gambergun ließ seine flache Hand donnernd auf den Tisch klatschen, um seiner Aussage Nachdruck zu verleihen. „Warten sie! Ich schau im Computer nach. Dann werden Sie sehen, dass wir ein ordentlich geführtes Unternehmen sind", schlug er vor und ließ seine wurstigen Finger über die Tastatur poltern. .

Einige Minuten verstrichen. Dave und Harry sahen sich fragend an. „Hier hab ich was", ließ Mr. Gambergun aufhorchen. „Ms. Husboon wurde vor zwei Wochen beliefert. Jeden Monat gehen zwei Fässer raus. Halt Stopp! Hier ist was faul. Da gab es eine zusätzliche Lieferung. Das war vor sechs Wochen. Ich frag mal unten nach." Er nahm das Telefon und wählte eine interne Nummer. Mit nichts sagender

Miene sprang sein Blick abwechselnd von Harry zu Dave und von Dave zu Harry. Nervös klopften seine Fingernägel eine unbekannte Melodie auf den Schreibtisch. Dann war jemand dran. „Sag mal, kannst du dich erinnern, warum die Husboon vor sechs Wochen ein zusätzliches Fass geliefert bekam?" Aufmerksam lauschte er, nickte immer wieder und legte dann auf. „Also, … er kann sich dunkel erinnern. Das Fass stand morgens zum Abholen bereit. Die Papiere waren in Ordnung und damit für ihn der Fall erledigt. Mehr kann ich Ihnen dazu nicht sagen."

„Wird der Inhalt denn nicht überprüft?", wollte Harry wissen.

„Nun ja, ab und zu machen wir Stichproben. Menschliche Überreste wurden aber noch nie gefunden. Bei uns werden fast ausschließlich Schweine verarbeitet und solange ich den Laden führe, waren es auch nur Abfälle vom Schwein, die als Hundefutter rausgegangen sind."

„Wieso sind Sie da so sicher?"

„Ich sehe auch mal selber nach, denn sonst könnte vielleicht einer auf die Idee kommen, ein paar gute Stücke raus zu schmuggeln", antwortete er selbstzufrieden. Dann hatte Harry noch zwei Fragen. „Haben Sie Geräte, die ganze Körper in einem Stück zu Hackfleisch verarbeiten und wer stellt die Papiere aus?"

„Also am Stück geht es nicht. Die Schweine werden vorher zerlegt. Unser Standwolf schafft 300 kg in der Stunde. Den Papierkram erledigt Mrs. Cutter. Die ist aber zur Zeit im Urlaub. Nun möchte ich Sie bitten, mich zu entschuldigen. Ich hab noch viel zu tun", reagierte Mr. Gambergun genervt.

„Okay! Das war's auch schon. Sie haben doch nichts dagegen, wenn wir dem Kollegen, mit dem Sie gerade telefoniert haben noch ein paar Fragen stellen. Wie heißt der Kollege und wo finden wir ihn?" Mr. Gambergun blickte nicht auf, winkte ab und brummelte. „Ja sicher! Mr. Franklin. Wenn Sie raus kommen rechts. Die große Halle."

„Mich beschleicht langsam das Gefühl, dass die den schwarzen Peter haben", meinte Dave auf der Treppe. „Wo finden wir Mr. Franklin?", fragte Harry draußen einen Mitarbeiter, der auf einem Bein hüpfte und sich mit schmerzverzerrtem Gesicht das Schienbein hielt.

„Peter Franklin! Da drüben!", wies der Mann auf einen Schwarzafrikaner im blauen Kittel.

„Oh Dave, du hattest ein gutes Gefühl. Die haben tatsächlich den schwarzen Peter", ging Harry auf seine vorangegangene Bemerkung ein.

Der Vorarbeiter sah die Beamten kommen und empfing sie freundlich lächelnd, mit strahlend weißen Zähnen.

„Sind Sie Peter Franklin? Haben Sie hier den Hut auf?", wollte Harry wissen.

„Heute nicht. Aber wenn die Sonne brennt, setze ich schon mal einen auf", flachste er gut gelaunt.

„Sie sind wohl ein kleiner Witzbold was?", ging Harry auf seine scherzhafte Äußerung ein und zeigte ihm seine Dienstmarke. „Wir sind vom SFPD und hätten da ein paar Fragen. Haben Sie einen Moment?"

„Sicher. Worum geht's?", antwortete der leitende Angestellte nun in sachlichem Ton. „Es geht um Mord", kam die nüchterne Ansage von Detektiv Morgan. Franklins Augen weiteten sich und das Lächeln verschwand wie ablaufendes Wasser in einem Ausguss. Nach einer kurzen Phase der Verarbeitung reagierte er betroffen. „Um Gottes Willen. Was ist passiert?"

„Die Vermutung liegt nahe, dass bei Ihnen eine Leiche zu Hundefutter verarbeitet wurde. Ist Ihnen in letzter Zeit etwas Ungewöhnliches aufgefallen und wie war das damals, mit dem zusätzlichen Fass für Ms. Husboon?"

Mr. Franklin grübelte. „Oh Gott! Zu Hundefutter? Das ist ja furchtbar. Aber ich kann mich noch erinnern, dass damals alles ein bisschen anders war als sonst." Dave und Harry horchten auf, als hätten sie schon den Jackpot geknackt. „Normalerweise werden die Fässer so gegen Mittag zum Abholen bereitgestellt. Das Extrafass stand schon morgens da. Ich habe mir aber nichts dabei gedacht", fuhr Mr. Franklin fort.

„Haben Sie den Inhalt überprüft?", warf Dave die Frage ein.

„Nein. Das ist nicht meine Aufgabe. Da schaue ich nur rein, wenn der Deckel nicht richtig sitzt oder etwas mit dem Aufkleber nicht stimmt."

„Wann kamen Sie an dem Tag in die Firma?"

„So gegen 9.00 Uhr muss es gewesen sein. An dem Tag kam ich eine halbe Stunde später. Ich hatte einen Termin beim Zahnarzt."

„Wer ist für das Abfüllen zuständig? Gibt es überhaupt jemanden, der den Inhalt überprüft?"

„Mrs. Cutter ist dafür verantwortlich. An diesem Tag soll sie ungewöhnlich früh in der Firma gewesen sein. Ich erfuhr es später von einem Kollegen, denn als ich kam war sie schon wieder unterwegs. Sie kam an dem Tag auch nicht mehr rein."

„Wusste Mrs. Cutter, dass sie einen Zahnarzttermin haben?"

„Ich denke wir hatten uns ein paar Tage zuvor darüber unterhalten. Mich plagten nämlich schon leichte Zahnschmerzen."

„Sagt Ihnen der Name Lambert was?"

„Nein, noch nie gehört."

„Sie haben doch einen Standwolf, der 300 kg die Stunde schafft. Können wir uns das Teil mal ansehen?"

„Ja sicher. Folgen Sie mir!" Mr. Franklin marschierte voraus und steuerte geradewegs auf den Seiteneingang einer Halle zu. Er schlüpfte durch die Tür und winkte den Beamten, ihm zu folgen. Drinnen deutete er auf das betreffende Gerät, welches gerade im Einsatz war. Sein gefräßiger Schlund verschlang ein Stück Fleisch nach dem anderen und würgte es als breiige Masse wieder aus.

„Wäre es möglich, dass ein Mensch durchgejagt wird?", fragte Dave neugierig.

„Sicher ist das möglich. Das Gerät fragt nicht nach der Herkunft. Ich kann es mir aber beim besten Willen nicht vorstellen. Wer würde so was tun?"

„Mal angenommen, damals wurden Teile eines Menschen verarbeitet. Könnte man heute noch Spuren finden?", legte Harry die Frage nach.

„Kaum. Das Gerät wird jeden Tag gründlich gereinigt."

„Wie ist der Status von Mrs. Cutter in der Firma?",
stellte Dave die Frage.

„Wie meinen Sie das?"

„Nun ja, was ist ihre Aufgabe und wie ist das Verhältnis zu ihren Kollegen?"

„Sie hat die Schlachtung und Verarbeitung unter
sich, kümmert sich aber auch um die Abfälle. Mit den
Kollegen versteht sie sich gut. Da gibt es keine Probleme."

„Was genau macht sie da?"

„Mrs. Cutter ist Abteilungsleiter, überwacht den Prozess und gibt Anweisungen. Sie ist sehr engagiert."
Dann erinnerte sich Mr. Franklin an eine brisante Beobachtung. „Einmal habe ich zufällig gesehen wie sie
bei der Schlachtung selber Hand anlegte. Da muss irgendwas schief gelaufen sein. Es war bei der Einar-
beitung eines neuen Mitarbeiters. Die ging nicht zimperlich zu Werke. Ohne mit der Wimper zu zucken,
hat sie einem Schwein den Kopf abgehackt. Es schien

ihr Spaß zu machen. Vor allem beim Aufschlitzen und Zerlegen kam sie so richtig in Fahrt."

„Das ist sehr interessant!", stellte Dave erstaunt fest.

„Wie gut kennen Sie sich?", wollte Harry wissen.

„Wir sind Kollegen. Mehr nicht. Ich kann Ihnen nicht viel über Mrs. Cutter sagen. Ich habe aber gehört, dass ihr Mann auf mysteriöse Weise umgekommen sein soll. Die Leute munkeln, dass sie ihn umgebracht hat."

„Wie ist ihr Mann denn ums Leben gekommen?", stocherte Dave.

„Offiziell war es ein Unfall. Angeblich hatte er vergessen die Handbremse anzuziehen und lag unter seinem Vierzigtonner. Auf abschüssigem Gelände hatte sich das Fahrzeug in Bewegung gesetzt. Seine offene Jacke soll ihm zum Verhängnis geworden sein. Sie kam unter die Räder und dann gab es kein Entrinnen. Der arme Kerl wurde platt gewalzt."

„Wou, tatsächlich? Wie kann so was passieren?",
hauchte Dave beeindruckt.

„Ob wir mal Einsicht in ihre Personalakte nehmen
könnten?", fragte Harry.

„Ich denke schon. Aber da fragen Sie am besten in der
Personalabteilung."

„Alles klar! Danke", sagte Harry und drehte ab.

„Keine Ursache." Mr. Franklin blieb noch eine Weile
stehen und beobachtete den Abgang der Beamten.

Die Polizisten ließen sich eine Kopie ihrer Personalakte geben und wollten auf dem Weg gleich mal die
Adresse von Mrs. Cutter überprüfen.

Unterwegs studierte Dave die Akte. „Das ist verblüffend. Diese Ähnlichkeit. Die Cutter ist der Husboon
wie aus dem Gesicht geschnitten", stellte Dave fest.

15. Kapitel

Die Sonne schien von einem wolkenlosen Himmel, als Angelina an diesem Vormittag durch das verwaiste Rockandtree zum Diner marschierte. Den schrecklichen Traum hatte sie längst verdaut und freute sich nun auf das Frühstück. Ihr Blick schweifte über die kahlgefressenen Bergkämme, die ringsum die Konturen am tiefblauen Horizont stellten und ohne die bunten Lichter fristete auch das Rumbamumu ein trostloses Dasein. Der Ort war wie ausgestorben. Nur eine streunende Katze kreuzte ihren Weg und trabte gemächlich über die staubige Straße. Vor dem Diner parkte ein mit Schnittholz beladener Truck. Seine grimmige Schnauze weckte böse Erinnerungen.

Angelina betrat das Diner mit gemischten Gefühlen. Würde sie auf die unehrenhaften Ritter der Landstraße treffen? Zwei raubeinige Kerle hockten in der

Ecke. Der mit dem Rücken zu ihr saß, trug ein Basecap. Sein wulstiger Specknacken, ähnelte der hässlichen Fratze aus dem Truck. Das war er, dieser unförmige Hinterkopf, der ihr den Schrecken einjagte. Die Männer schütteten den Kaffee hinter, als wäre es Whisky, packten das Geld auf den Tisch und verschwanden. Angelina erkannte den mit dem Cowboyhut. Gestern Abend hatte er sich stimmgewaltig aus dem Hintergrund gemeldet. Heute brannte nur ein kleines Licht, als könnte er kein Wässerchen trüben.

Angelina war nun der einzige Gast und beobachtete die Trucker durchs Fenster. Sie hatten es ziemlich eilig, als wären sie auf der Flucht. Der aufheulende Motor versetzte das Diner in Vibrationen, sodass die Gläser auf dem Tresen ein Loblied auf den Abgang der finsteren Gesellen anstimmten. Dann kehrte Ruhe ein.

„Hallo! Kundschaft!", machte Angelina auf sich aufmerksam, denn eine Bedienung war nicht zu sehen.

Plötzlich erklang Musik, anfangs leise, stieg der Pegel dann auf Zimmerlautstärke. Ein Schmusesong aus den 70ern eroberte den Raum und spülte die unbehagliche Aura fort. Im Takt der Melodie flog die Tür auf. Eine ältere Lady kam mit hochgesteckten Haaren und einer Kittelschürze bekleidet anmarschiert.

„Na Schätzchen! Was darf's denn sein?", fragte sie und kam ins Grübeln. „Sag mal, Kleines! Bist du nicht die Lady von gestern, die die Jungs nach Strich und Faden vermöbelt hat?" Die Kellnerin zog bewundernd die Brauen hoch und starte ihren Gast an, als wäre sie eine Berühmtheit. „Das klingt etwas übertrieben. Die Manieren der Burschen ließen zu wünschen übrig und da habe ich mir etwas Respekt verschafft", spielte es Angelina herunter.

„Bei den miesen Typen ist Hopfen und Mals verloren. Es macht ihnen Spaß jemanden zu drangsalieren, zu verkloppen und wenn einer dabei drauf geht. Das ist ihnen scheißegal. Jeden Abend geht es rund. Die saufen bis zum Abwinken, können sich kaum auf den

Beinen halten und polieren sich gegenseitig die Fresse. Wenn Fremde kommen, was selten der Fall ist, wird gepöbelt und wenn der nicht die Kurve kriegt wird er verdroschen. Mein Mann macht dort den Tresen. Er ist auch nicht mehr der Jüngste und kann nur zusehen. Er hat mir von deinem Auftritt berichtet. Alle Achtung! Wurde auch mal Zeit, dass denen mal jemand den Hintern versohlt", klagte die alte Dame mit einem Schuss Genugtuung.

„Gibt es keinen Sheriff?", wollte Angelina wissen. „Doch schon. Er hat sogar einen Deputy. Aber die beiden Napfsülzen kannst du knicken, einer ist so blöd wie der andere aussieht, außerdem stecken sie alle unter einer Decke. Die kriegen nichts auf die Reihe. Wenn du mich fragst, sollte man die ganze Bagage in einen Sack stecken und in einen tiefen Schacht werfen", legte die Bedienung die Karten auf den Tisch.

„Warum sucht ihr Mann sich nicht einen anderen Job?"

„Gibt doch nichts und für das Sägewerk ist er zu alt. Also was darf ich bringen?", hakte die Kellnerin das Thema ab.

„Ich hätte gern einen starken Kaffee, zwei Tost, dazu Käse und Schinken."

„Kommt sofort!" Die Kellnerin drehte zur Küche ab. Angelina sah ihr nach und schaute dann wieder aus dem Fenster, rüber zur gegenüberliegenden Häuserzeile. An einem Gebäude mit Türmchen blieb sie hängen. Im Gegensatz zu den anderen, bei denen die Fenster und Türen vernagelt waren, hielt man hier nur die Fensterläden geschlossen. Der Garten war allerdings wie überall verwildert.

Während sich Angelina in ihren Gedanken verlor, kam die Bedienung mit dem Frühstück. Der war es nicht entgangen, dass sie etwas bedrückte. „Sag mal Schätzchen, was treibt dich in diese gottverlassene Gegend? Du bist ein hübsches Ding und solltest nicht hier sein", gab sie sich belehrend. Angelina nahm einen Schluck Kaffee und schaute die alte Dame an.

„Ich wollte mich nur mal umsehen. Es soll ein paar interessante Höhlen geben." Die Alte schaute ungläubig. „Du willst mir doch nicht ernsthaft weiß machen, dass du die Höhlen erforschen willst? Da gibt es gefährliche Schächte und Stollen. Das Betreten ist verboten, wegen Einsturzgefahr!", bekräftigte sie ihre Warnung mit erhobenem Zeigefinger.

„Hab ich schon gehört. Der Alte vom Motel hatte mich schon gewarnt und dieser komische Kauz von der Tankstelle", ging Angelina darauf ein.

„Weißt du, Schätzchen! Mir ist es völlig egal, du bist schließlich alt genug und musst wissen was du tust, aber irgendwas brennt dir auf der Seele, das spüre ich."

„Ach ja! Was sollte das denn sein?", fragte Angelina verblüfft.

„Keine Ahnung. Ich hab nur so ein Gefühl."

Angelina ging nicht weiter darauf ein. „Sagen sie …!"

„Mrs. Appelgate, kannst Magie zu mir sagen", öffnete sich die reife Lady und reichte ihr die Hand. Angelina schlug ein. „Okay. Angelina! ... Also Magie! Was ist hier passiert? Das sah doch nicht immer so aus, oder?"

„Nein, natürlich nicht." Magie ging in sich und überlegte. „Es ist schon über 12 Jahre her, seit dem die Kupfermine geschlossen wurde. Es hieß, sie sei unrentabel. Fast alle Männer waren dort in Lohn und Brot. Reich geworden ist keiner, aber es ging uns gut. Damals waren die Häuser in Schuss und die Vorgärten blühten. Die Leute waren gut drauf, mein Laden immer gut besucht, dann folgte ein Jahr der Ungewissheit. Es tat sich nichts und als das Sägewerk kam, reichte es nicht für alle. Die meisten Leute zogen weg und ließen ihre Häuser zurück. Die anderen ereilte ein böses Schicksal. Durch eine seltene Krankheit starben viele Leute. Mein Mann und ich hatten Glück. Jetzt macht aber wohl auch noch das Sägewerk dicht, dann gehen endgültig die Lichter aus", äußerte sich Magie betrübt.

„Warum schließt das Sägewerk?"

„Brauchst dich doch bloß umzuschauen. Die Transportwege werden immer länger, das rentiert sich nicht."

„Wohnt da drüben noch jemand?", lenkte Angelina vom Thema ab und deutete auf das Haus mit dem Türmchen. „Da wohnt die alte Womber. Ihr Mann starb vor fünf Jahren. Ich habe sie schon eine ganze Weile nicht mehr gesehen, normalerweise kam sie öfter auf einen Plausch. Warum fragst du?", wurde Magie neugierig.

„Ach, nur so. Weißt du wer vor ihr dort wohnte?", fragte Angelina gleichgültig erscheinend.

„Natürlich weiß ich das. War ne schlimme Sache. Da wohnten die Dempforts mit ihren beiden Töchtern, zwei hübsche Mädchen, sag ich dir. Nach ihrem 16. Geburtstag waren sie plötzlich spurlos verschwunden, man hat wochenlang nach ihnen gesucht, aber sie nie gefunden. Es ging das Gerücht um, dass sie vergewaltigt und ermordet wurden. Zwei Jahre später starben ihre Eltern an der mysteriösen Krankheit. Sie haben bis zuletzt nichts von den Kindern gehört. Ist das nicht traurig?", brach es emotional aus Magie heraus.

Plötzlich brauste ein Leichenwagen die Straße hoch und wirbelte Staub auf. „Was ist los? Wo will der hin? Gibt es hier ein Bestattungsunternehmen?", fragte Angelina verwundert.

„Der will vermutlich zum Sägewerk. Wahrscheinlich gab es wieder einen Unfall", mutmaßte Magie.

„Kommt das öfter vor und warum kein Krankenwagen?"

„Verletzen tut sich öfter mal einer, aber heute scheint es schlimmer zu sein. Kein Wunder, wenn die schon morgens saufen, außerdem wird nichts mehr in die Sicherheit investiert. Ich frag mal nach", sagte Magie und schleppte sich schwerfällig zum Telefon, als hätte ihr eine böse Vorahnung den Schwung aus der Hüfte genommen. Während sie telefonierte, waren ihre Augen ständig auf Angelina gerichtet und ihre Miene verfinsterte sich. Fassungslos kehrte sie zurück und ließ sich wie im Trans nieder. Magie stellte die Ellbogen auf den Tisch und sank tief betroffen in ihre Hände. Dann lehnte sie sich zurück. „Ben hat's erwischt", schluchzte sie und fuhr mit bebender Stimme fort. „Er war einer der wenigen guten Jungs. Das herzlose Gesindel hat ihn ständig verarscht und gehänselt", seufzte Magie. Dann bahnten sich Tränen den Weg durch die zerfurchte Haut, die sie mit einem Taschentuch abtupfte.

„Was ist passiert?", wollte Angelina genauer wissen.

„Angeblich hat ihn ein abfederndes Kantholz erwischt. Der rückwärtsfahrende Trucker hat ihn nicht gesehen und so kam er unter die Räder. Ist das nicht furchtbar? Sie mussten ihn mit der Schaufel von der Straße kratzen", klagte Magie.

„Dann haben sie ihn heute zum letzten Mal auf die Schippe genommen", spukte Angelina die makabre Ironie seines Schicksals durch den Kopf. „Tut mir

Leid. Wie gut kanntest du Ben?", bekundete Angelina ihr Mitgefühl aus.

„Ben war für mich wie ein Sohn. Du musst wissen, wir haben keine Kinder. Wir hatten es oft versucht, aber es sollte nicht sein. Ben kam oft zum Frühstück. Manchmal half er in der Küche. Wir haben uns sehr gut verstanden", trauerte Magie.

„Ich werde mir das Haus mit dem Türmchen mal ansehen", suchte Angelina eine Gelegenheit sich zu verabschieden und drückte Magie das Geld in die Hand. „Kopf hoch Magie! Das Leben geht weiter."

„Danke, Schätzchen! Du kannst ja mal nach Mrs. Womber sehen. Hoffentlich ist ihr nichts zugestoßen."

Draußen hatte der Wind aufgefrischt, wirbelte Plastiktüten, Papier und trockenes Gestrüpp durcheinander, als wollte Mutter Natur auf die Versäumnisse hinweisen. Vor dem Haus fielen Angelina die kläglichen Reste des Gartenzaunes ins Auge. Die Fassade war dagegen noch gut erhalten. Andächtig nahm sie die Stufen bis zur Haustür. Die Klingel funktionierte nicht und so versuchte sie es mit dem gusseisernen Ring im Löwenmaul. Das Klopfen schallte durch das ganze Gebäude und wurde vom Wind die Straße hinunter getragen. Es tat sich jedoch nichts. Angelina klopfte noch einmal und bemühte sich über die Verglasung, einen Blick in den Flur zu werfen. Mit mäßigem Erfolg, denn eine Gardine und staubige Scheiben wussten es zu verhindern.

Dann kam ihr die Idee, es am Hintereingang zu versuchen, wo sich der verwilderte Garten über zweihundert Meter bis an die Berghänge erstreckte. Nur die Obstbäume zeugten noch von einer blühenden Vergangenheit. Das Gestrüpp war teilweise undurchdringlich, als wollte sie der Wildwuchs davon abhalten, ein Geheimnis zu lüften.

Da trug eine Windböe ein unverkennbares Geräusch heran. Ein anschwellendes Summen, das vermutlich von einem Schwarm Fliegen herrührte, der sich an einem Hundehaufen gütlich tat. Angelina folgte der

Quelle bis zu einer freien Fläche, auf der das Gras heruntergedrückt war. „Du liebe Güte! Was ist das denn?", hauchte Angelina ergriffen und näherte sich angespannt dem Unruheherd. Es war kein Hundehaufen, sondern der Kampfschauplatz zweier Giganten. Das Opfer war übel zugerichtet. Die blutige Auseinandersetzung konnte noch nicht lange her gewesen sein, denn der Kadaver war noch relativ frisch. Angelina erkannte, dass es sich um einen großen Hund handelte, der mit weit aufgerissenem Maul auf dem Rücken lag. Sein Bauch war aufgeschlitzt, die Pfoten gespreizt und die Eingeweide lagen verstreut. Am Hals zeichnete sich der Ansatz dreier Krallen ab. Angelina wandte sich angewidert ab und lief zum Haus. „Was war passiert? Ob ein Bär ihn so zugerichtet hat? War es das Jaulen und Winseln der letzten Nacht?", meinte Angelina die Erklärung dafür gefunden zu haben.

Die Hintertür war nur angelehnt. Angelina trat ein und fand sich auf einem Podest wieder, von dem eine schmale Treppe hoch in den Korridor führte. Rechts ging es in den Keller, wo eine Bretterwand den Niedergang umschloss. Auf einen Schlag wurde es finster, als hätte jemand das Licht ausgeblasen. Der Wind hatte die Tür zugeschlagen und nur durch das Glas in der Haustür schimmerte noch etwas Licht. Es genügte jedoch, um sich zu orientieren. „Hallo! Mrs. Womber! Mrs. Appelgate schickt mich", rief Angelina nach der Hausherrin. Es kam aber keine Antwort.

Im Korridor standen sämtliche Türen offen. Angelina suchte in den abgedunkelten Zimmern, doch von Mrs. Womber fehlte jede Spur. Das Haus war sehr eigentümlich eingerichtet. Vermutlich stammte das Mobiliar noch aus dem 19. Jahrhundert. „Hallo! Mrs. Womber!", wiederholte Angelina ihren Ruf an der Treppe zum Dachgeschoss. Doch auch von dort kam keine Antwort. Eine Stippvisite blieb ebenfalls erfolglos. „Wahrscheinlich hatte ihre Familie sie zu einem Ausflug abgeholt", malte Angelina eine Version für ihre Abwesenheit.

Dann wollte sie noch einen Blick in den Keller werfen. So wirklich glaubte sie zwar nicht daran, Mrs. Womber dort zu finden und eigentlich war es ihr auch völlig egal, aber sie fand es aufregend, sich in dem alten Haus umzusehen.

Die Tür zum Keller quietschte. Dahinter verlor sich eine Holztreppe in der Dunkelheit. Das Ungewisse war nicht gerade einladend, zumal auch noch das Licht defekt war. „Hallo! Mrs. Womber! Sind sie da unten?", fragte Angelina etwas ängstlich. Um wenigstens ein bisschen Licht ins Dunkel zu bringen, öffnete sie die Hoftür und legte einen Stein davor. Dann fasste sie sich ein Herz. Die Stufen knarrten. Plötzlich vernahm sie ein Schlurfen aus der Tiefe, als schleiche jemand in Pantoffeln über den Boden. „Hallo! Mrs. Womber! Sind sie das?" Es kam wieder nichts. Obwohl es allmählich unheimlich wurde, hatte Angelina die Neugier gepackt.

Unten im Keller erschlossen sich ihr die Umrisse. Das Gebäude war nur zum Teil unterkellert und bis auf zwei Stützen gab es keine Trennwände. Auf dem Boden lag ein Haufen Gerümpel und nutzloser Krempel. Ein altes Damenfahrrad lehnte an der Wand, gefolgt von einem hölzernen Ziehwagen. Beide waren völlig verstaubt und von Spinnweben überzogen. „Die könnten bestimmt eine Geschichte erzählen", dachte Angelina, als ihr Blick auf ein Regal mit Eingewecktem fiel, wo dutzende Gläser auf ihre Entdeckelung warteten.

Dann hörte sie ein Kratzen. „Mrs. Womber!", rief Angelina und in dem Moment sprang etwas Undefinierbares auf einen Tisch neben dem Fahrrad. Eine leere Weinflasche kippte um, kullerte zu Boden und zerschellte. Dann funkelten zwei Augen und nahmen sie ins Visier. Angelina griff sich die Harke, die am Pfeiler stand und näherte sich. Es war eine Monsterratte, die sich auf dem Tisch breitmachte. Ratten gehörten nun nicht gerade zu ihrer bevorzugten Gattung und so verscheuchte sie das Ungeziefer mit dem Stiel der Harke. Nun reichte ihr es und sie trat den Rückzug an. Hastig eilte sie die Treppe rauf, doch eine der obersten Stufen war morsch und gab nach. Das Holz knackte und Angelina stürzte ins Bodenlose.

Zum Glück landete sie auf einem Strohhaufen. Ein Augenblick der Besinnung verstrich, dann öffnete sie die Augen und sah sich drei ähnlich großen Ratten gegenüber. Nun hatte sie aber endgültig die Faxen dicke und ergriff die Flucht.

An der Treppe schien bereits das diffuse Licht des verschleierten Mondes durch die offene Hoftür. „Was war passiert? Wieso war es schon dunkel draußen? Wie lange hatte sie da gelegen? Hatte sie sich den Kopf gestoßen und dabei das Bewusstsein verloren?", warfen sich ihr die Fragen auf. An der Treppe erkannte sie den Grund. Eine Stufe war weggebrochen. Angelina konnte sich aber nicht mehr daran erinnern.

Allmählich ordneten sich ihre Gedanken. Sie war wegen der alten Womber hier, doch die war verschollen. Als Angelina wieder im Korridor stand, hatte sie eine geschlossene Tür vor Augen, die sie vorhin im Salon außer Acht ließ. Vielleicht machte Mrs. Womber dort ein Nickerchen. Da fiel ihr ein goldener Kerzenständer auf, der auf einer antiken Anrichte im Mondschein blinkte. Drei Talglichter waren zur Hälfte runter gebrannt. „Hatte er vorhin auch schon da gestanden?", fragte sich Angelina verwundert und lastete es dann aber ihrem kleinen Missgeschick an, dass sie sich nicht mehr erinnern konnte.

Sie probierte es aber erst am Lichtschalter und wunderte sich nicht, dass die Erleuchtung ausblieb. „Hat sie wohl die Stromrechnung nicht bezahlt", vermutete Angelina. Daraufhin holte sie ihr Feuerzeug aus der Hosentasche, zündete die Kerzen an und begab sich in den Salon. Das flackernde Licht ließ die gemusterte Tapete gespenstisch erscheinen, als würde der Geist von Mrs. Womber jeden Moment aus der Wand schmelzen und durch den Raum wabern.

Die besagte Tür war noch immer geschlossen. Überraschend stieß Angelina auf eine Blutspur, die vor

der Tür endete. Wieso hatte sie das vorhin übersehen? War es tatsächlich Blut? Angelina ging in die
Hocke und leuchtete den Boden ab. Die getrockneten,
dunkelroten Tropfen folgten einer Linie und es war
echtes Blut.

Angelina klopfte und das Herz schlug ihr bis zum
Hals, als sie den Knauf drehte. Kaum, dass die Tür
einen Spalt offen stand, flüchtete eine Katze. Angelina hätte fast den Leuchter vor Schreck fallen gelassen. Fauchend zischte der Stubentiger durch den
Spalt und suchte sein Heil in der Flucht. „War doch
nur ne Katze", versuchte sie sich zu beruhigen.

Dann wagte sie sich hinein und wurde von einem
derart beißenden Gestank empfangen, so dass sie
sich ein Taschentuch vor die Nase halten musste. Die
geschlossenen Fensterläden sorgten für absolute
Finsternis. Angelina schwenkte den Leuchter durch
die Kammer und fand auf den ersten Blick nichts Au-
ßergewöhnliches. Eine sauber aufgeräumte, altba-

ckene Schlafstätte mit schnörkellosem Eichenschrank, solidem Holztisch, zwei Stühlen, zwei Betten und Gardinen vor dem Fenster.

Halt Stopp! Etwas brach mit dem ordentlichen Gefüge. Auf dem Bett hinter dem Schrank lag etwas Schwarzes. Mit dem Leuchter voran näherte sich Angelina distanziert. Ein Schock fuhr ihr in die Glieder, als das Ausmaß des Grauens sichtbar wurde. „War das etwa Mrs. Womber? Du lieber Himmel!", klagte Angelina betroffen. Das Gesicht der Frau war leichenblass. Sie lag im schwarzen Kleid auf dem Bett, von der Schulter bis über die Brust war es zerfetzt. Der rechte Arm hing herunter und deutete auf eine Blutlache am Boden, die über ihn geflossen kam. Aus weit aufgerissen Augen, traten ihre Augäpfel wie Pingpongbälle hervor. Der offen stehende zahnlose Mund war verzerrt, als hätte sie bis zuletzt geschrien. Aus ihrer Nase quollen Maden und eine nach der anderen fiel in den offenen Rachen.

Die Blutspur führte bis ans Bett, doch sichtbare Verletzungen gab es offenbar nicht. Angelina stutzte, dachte aber nicht länger drüber nach. Sie machte auf dem Hacken kehrt und rannte hinaus. Durch den Windzug erloschen die Kerzen. Den Weg fand sie aber auch so und ließ den Leuchter im hohen Gras fallen.

Auf der Straße war es nicht zu überhören, dass im Rumbamumu schon wieder der Bär steppte. Angelina lief zum Diner, wo noch Licht brannte. Obwohl an der Tür das Schild „geschlossen" hing, klopfte Angelina wie wild. Magie schwang im Rhythmus der Musik den Besen. „Magie! Mach auf! Mrs. Womber...!" Magie hielt inne und öffnete. „Was ist los, Kleines? Du siehst schlimm aus! Hat dir Mrs. Womber einen übergezogen?", fragte Magie verdutzt.

„Nein! Wo denkst du hin? Sie ist tot! Sie liegt in der Kammer und sieht schlimm aus! Keine Ahnung, was passiert ist", überschlug sich Angelina und setzte sich erschöpft. Magie nahm eine Flasche Whisky und ein

Glas. Sie setzte sich zu ihr, nahm ihre Hand und ging beruhigend auf sie ein. „Nun hol erst mal tief Luft und dann noch mal von vorn! Der Whisky geht aufs Haus!", sagte Magie während sie einschenkte.

Angelina schüttete den Whisky hinter, pustete und nahm einen neuen Anlauf. „Ich wollte doch nach Mrs. Womber sehen. Da fand ich diesen Hund hinten im Garten. Er war tot und völlig ausgeweidet. Dann war da dieser unheimliche Keller mit den Ratten. Ich mag keine Ratten! Als ich dann Mrs. Womber auf dem Bett sah.... Den Anblick werde ich nie vergessen. Sah aus, als hätte sie ein Gespenst gesehen. Magie, du solltest den Sheriff rufen!" Magie blieb gelassen und schenkte ihr noch einen Whisky ein. „Komm Schätzchen! Trink noch Einen, dann ist die Welt wieder in Ordnung."

Angelina dachte aber gar nicht daran, sich zu beruhigen. „Was ist in Ordnung? Nichts ist in Ordnung. Da liegt ne tote Frau! Vermutlich wurde sie Opfer eines Verbrechens. Nun ruf doch den Sheriff!" Angelina verstand die Welt nicht mehr und sah Magie entgeistert an. Magie schien das nicht weiter zu beunruhigen und legte die Hand auf ihre Schulter. „Hör mal Schätzchen! Mrs. Womber ist tot. Daran können wir nichts ändern. Die liegt morgen früh auch noch da. Der Sheriff ist seit geraumer Zeit im Rumbamumu. Er hat es nicht gern, wenn er in seiner Pokerrunde gestört wird. Außerdem ist er längst besoffen. Ich rufe ihn gleich morgen früh an", versprach Magie mit einem nichtssagenden Grinsen. Angelina schüttelte den Kopf. „Okay. Ist ja nicht mein Bier", fügte sie sich der eigenwilligen Mentalität.

„Was hattest du noch sagst? Ein Hund wurde aufgeschlitzt? Das ist ja furchtbar. Das arme Tier", fügte Magie äußerlich bewegt hinzu. „Das war bestimmt ihr Hund. So ein lieber Kerl. War es ein großer, zotteliger Hund?" Angelina nickte. „Das kann nur ein Grizzlybär gewesen sein. Ich mach dir noch einen Tee und was zu essen. Da ist noch Hühnersuppe, möchtest du?", versuchte Magie abzulenken. Angelina nickte stumm und sah zum Haus, was die Dunkelheit nahezu vollständig verschlungen hatte. „Die alte Womber lag ihr wohl nicht sonderlich am Herzen", dachte Angelina als Magie mit der Schüssel kam. „Die wird dir gut tun. Danach ne heiße Dusche und du schläfst wie ein Murmeltier. Sieht aus als hättest du dir den Kopf gestoßen", bemerkte Magie und strich ihr sanftmütig über das zerzauste Haar. „Was ist das? Blut? Von Mrs. Womber? Oder hast du sie ...?", stellte Magie die Hypothese.

„Quatsch! Was soll das? Eine Stufe war morsch. Ich bin durchgebrochen." Damit gab sich Mrs. Appelgate offenbar zufrieden und stürzte sich wieder in die Arbeit. Angelina schlürfte die Suppe und spürte ihre misstrauischen Blicke. „Hat wunderbar geschmeckt. Was bin ich schuldig?" Angelina griff in die Tasche, als Magie abwinkte. „Ist schon gut. Geh schlafen!"

Kaum hatte sie den Diner verlassen, gingen die Lichter aus. Auf ihrem Zimmer lag Angelina noch lange wach und grübelte. „Was läuft hier? Was sind das für Zustände? Hier stimmt doch was nicht", fasste sie die

Eindrücke zusammen und war von den Gefühlen überrascht, die sie von sich so nicht kannte.

16. Kapitel

Am nächsten Tag saß Angelina wieder beim Frühstück im Diner und stocherte nachdenklich in ihrem
Rührei. Nebenbei beobachtete sie das geschäftige
Treiben am Haus gegenüber. Das Objekt war durch
ein gelbes Band abgesperrt. Der Sheriff diskutierte
mit seinem Deputy und gestikulierte mit den Armen.
Weiße Ganzkörperkondome, die Männer der Spurensicherung, waren damit beschäftigt, mögliche
Spuren sicherzustellen. Derweil brachte Magie fri-
schem Kaffee und schenkte unaufgefordert nach.
„Die alte Womber wurde in einem schwarzen Sack
abgeholt. Sie war zwar nicht unbedingt die netteste
Person, aber so einen Tod hat sie nicht verdient. Freddy ... unser Sheriff meinte, dass sie etwas gefunden
haben und auch im Keller soll der Einbrecher gewütet haben. Bei ihr wurde der Rücken aufgeschlitzt.
Kannst du dir das vorstellen? Er vermutet, dass es auf
dem Hof passiert ist und sie sich dann noch bis in die

Kammer schleppte", meinte Magie und schüttelte ungläubig den Kopf.

Angelina stutzte und reagierte aufgebracht. „Magie, was erzählst du da? Ich war doch gestern im Haus. Das sind bestimmt meine Spuren und im Keller war ich auch. Eine Stufe der Treppe war morsch. Die werden mich doch wohl nicht verdächtigen, oder?", äußerte Angelina ihre Besorgnis.

Plötzlich flog die Tür auf und der Sheriff platzte herein. Er schleuderte seinen speckigen Hut mit lässiger Handbewegung auf einen der Tische und wischte sich mit einem Taschentuch den Schweiß von der Stirn. „Magie! Ich brauch einen starken Kaffee!", brummelte er und baute sich provozierend vor Angelina auf. Wichtig tuend klemmte er die Daumen unter den Gürtel und streckte seinen Bauch heraus, als wäre er im neunten Monat. „Morgen! Ich bin der Sheriff in diesem Nest, Freddy Nickelhauer. Sie sind doch Angelina Modasosa?", fragte der adipöse

Staatsbedienstete mit der Knollennase und einer Hasenscharte und strich sein fettiges Haar glatt. Angelina nickte. „Wo kommen sie her und was wollen sie hier?", fuhr der Sheriff sie aufbrausend an. Dabei beglückte er ihr Frühstück mit saftigen Ablegern einer gesabberten Speichelprobe.

Angelina ließ sich nicht aus der Ruhe bringen und schob den Teller zur Seite. Sie musterte den ungehobelten Klotz und ließ ihn ein paar Sekunden zappeln. In dieser Zeit nahm sein Kopf die Farbe einer überreifen Tomate an. „Ich bin aus Los Angeles und wollte mich hier mal umsehen. Gibt es ein Problem?", ging sie gelassen auf seine Frage ein. Ihre lässige Art brachte den Sheriff auf die Palme. „So, so! Hier gibt's nichts zu sehen. Sie haben doch neulich Ärger gemacht. Ich könnte sie wegen Körperverletzung und Hausfriedensbruch dran kriegen. Was hatten sie im Haus von Mrs. Womber zu suchen? Die alte Dame wurde ermordet. Da waren Fingerabdrücke auf einem Leuchter den wir im Garten gefunden haben und Blut vom Opfer war auch dran. Ich würde meinen Arsch verwetten, dass es ihre Fingerabdrücke sind. Sie könnten uns ne Menge Arbeit ersparen. Nun spucken sie es schon aus! Sie haben die alte Womber mit dem Leuchter erschlagen, stimmt's?", polterte der Sheriff.

Angelina fühlte sich in die Enge getrieben und wusste nicht was sie sagen sollte. Noch bevor sie aber etwas zu ihrer Verteidigung vorbringen konnte, brach der Sheriff in dreckigem Gelächter aus und hielt sich die pulsierende Wampe. „Keine Panik! War nur ein Jux. Ich weiß, dass sie es nicht waren. Wahrscheinlich wurde sie von einem Bären angefallen, der vorher ihren Hund getötet hat. Die Viecher treiben sich hier manchmal rum. Möglicherweise war es ein krankes und verstörtes Tier. Mir schmeckt das überhaupt nicht. Als ob ich nicht schon genug Probleme hätte", fluchte der Sheriff.

Angelina versuchte gute Miene zum bösen Spiel zu machen. „Tut mir leid Sheriff. Da kann ich ihnen auch nicht helfen. Ach ja, … was die ungezogenen Jungs betrifft. Ich hatte keine andere Wahl."

Der Sheriff winkte ab. „Ja, ja, schon gut. Die Jungs haben sich köstlich amüsiert. Nun aber Spaß beiseite! Was wollen sie hier? Sie haben doch nicht den weiten Weg auf sich genommen, um hier Pilze zu sammeln?"

„Sie werden es nicht glauben, aber ich habe gehört, dass es hier in der Gegend seltene Kräuter geben soll"

Der Sheriff zog verwundert die Brauen zusammen und beugte sich herunter. „Wollen sie mich verarschen? Was Dümmeres konnten sie sich wohl auf die Schnelle nicht einfallen lassen? Ich warne sie! Bauen sie keinen Mist! Ich gebe ihnen einen guten Rat. Steigen sie in ihren Wagen und fahren sie wieder nach Hause!", flüsterte er bestimmend.

„Danke für den guten Rat. Aber ich bin ein großes Mädchen und weiß was ich will. So schnell werden sie mich nicht los!", blieb Angelina unbeeindruckt, stand auf und jonglierte sich an ihm vorbei zum Ausgang.

Freddy schlürfte seinen Kaffee und schaute ihr misstrauisch nach. „Was meinst du? Die führt doch was im Schilde. Wer in Gottes Namen steckt hinter dieser Maske? Außerdem gehen mir die Jungs von der Spurensicherung langsam auf den Sack. Die schnüffeln überall herum und klopfen kluge Sprüche. Hoffentlich verduften die bald", brummelte Freddy angesäuert an Magie gerichtet.

„Nun mach dir mal nicht ins Hemd! Die machen nur ihren Job und Angelina ist in Ordnung", ging Magie beruhigend auf ihn ein.

Am Nachmittag legte sich der Rummel um den Tatort. Angelina hatte eine Bergtour geplant. Draußen war es heiß und stickig und der Wetterdienst warnte vor schweren Gewittern. Doch sie wollte sich davon nicht abschrecken lassen, denn die Zeit drängte und es galt einen Schatz zu bergen. Ihr war bewusst, dass es nicht ungefährlich war, aber es war die Mühe wert und nur sie allein kannte das Versteck in der Höhle.

Ungeachtet der Wetterverschlechterung raste Angelina über die staubige Straße. Die schmale Trasse folgte dem Gebirgsbach, der die glatt geschliffenen Felsen umspülte. Plötzlich kreuzte einer dieser Holzlaster ihren Weg. Diesmal hatte er frisch gefällte Baumstämme geladen und es gab keine Komplikationen.

An einer Abzweigung bog Angelina in ein Seitental und fuhr noch ein paar Meilen. Von da an machte sie sich mit einem Kletterseil und anderer für eine Bergtour notwendigen Utensilien zu Fuß auf den Weg. Sie folgte einem schmalen Pfad steil den Hang hinauf und blickte sich immer wieder um, ob ihr jemand gefolgt war. Endlich kam sie an den Eingang der Höhle. Für das ungeübte Auge kaum auszumachen, war er über die Jahre zu gewuchert. Mühsam bahnte sich Angelina den Weg und zwängte sich durch eine schmale Öffnung im Fels. Das war nichts für klaustrophobisch veranlagte Menschen. Einige Meter kroch sie durch den knapp 30 cm breiten Spalt. Dann kam die erste Höhle, in der sie sich mit der Taschenlampe umsah. Sie war fünf bis sechs Meter hoch und hatte ungefähr die Ausdehnung einer mittleren Turnhalle. Gegenüber draußen, war es in der Höhle angenehm kühl. Am Ende wies ihr der Lichtkegel den Weg zu einem Gang, der noch tiefer in den Berg führte.

Angelina balancierte über loses Geröll auf das finstere Loch in der Größe einer Zimmertür zu. Sie leuchtete den Gang aus, doch der Lichtkegel fiel ins Bodenlose. Wegen dem abschüssigen und rutschigen Untergrund, suchte sie an den Felswänden Halt. Nach einer Weile verjüngte sich der Stollen und zwang Angelina, auf allen Vieren weiter zu kriechen. Ein Luftzug verriet ihr, dass die alte Verbindung noch existierte. Bald erreichte sie den senkrecht abfallenden Schacht in einer Nische. Der Einstieg hatte nicht einmal einen halben Meter im Durchmesser aber gerade genug, um sich abzuseilen. Der Lichtkegel ihrer Taschenlampe stieß bei ca. 25 Metern auf Grund. Sie legte das Seil um einen Felsen und ließ sich nach unten gleiten.

Als sie die Sohle erreichte stand sie in einer weiteren Höhle, die die Vorherige in ihrer Ausdehnung übertraf. Außerdem verfügte sie über mehrere Abgänge. Angelina war sich nicht mehr sicher und rätselte. Sie sah es sich aus der Nähe an und erinnerte sich, dass sie damals mit einem Nagel ein Kreuz in den Felsen geritzt hatte. Sorgfältig suchte sie die Felswände ab und entdeckte es. Als wurde es erst gestern angelegt, hatte die Markierung die Zeit unbeschadet überstanden.

Der Stollen schlängelte sich fast waagerecht in den Berg und endete als Sackgasse, wo der Schatz auf sie wartete. Sie war sich ziemlich sicher, dass ihn niemand gefunden hatte, denn es war ihr Geheimnis. Am Ende gab es einen handbreiten Spalt, wo sie ihre Hand bis zum Ellenbogen hineinschob. Zu ihrem

Entsetzen wurde sie nicht fündig. „War ihr jemand zuvorgekommen und durch Zufall drauf gestoßen?", schoss es ihr durch den Kopf. Etwas nervös suchte sie weiter und griff unter Schmerzen tiefer hinein. Dann endlich fühlte sie etwas zwischen den Fingern. Vorsichtig zog sie es heraus und hielt ein Stoffbündel in den Händen. Über zwanzig Jahre hatte es hier gelegen.

Plötzlich ging ein Grummeln durch den Berg und ließ ihn erzittern. Ein Erdbeben? Das wäre ein Alptraum für jeden Höhlenforscher. Doch es war kein Erdbeben. Dann grummelte es noch heftiger. Angelina wurde schlagartig bewusst, dass es das Gewitter sein musste und in welcher Gefahr sie steckte. Ein Unheil verkündendes Rauschen grub ihr auch sogleich Sorgenfalten in die Stirn und bestätigte die Vorahnung. In einer Sackgasse wie dieser könnte es dramatisch werden. Kaum hatte sie den Gedanken gefasst, schossen auch schon die Wassermassen herein. Schnell stand sie knietief in der Brühe. Angelina verstaute den Schatz in ihrer Gürteltasche. Dann wurde es höchste Zeit.

Gerade noch rechtzeitig erreichte sie die Höhle, bevor der Stollen sich mit Wasser füllte. Zum Glück ließ die Strömung nach, so dass sie besser vorankam. Doch wo war das Seil? Da wo es sein sollte, ergoss sich ein sintflutartiger Wasserfall. „Hatten die Wassermassen das Seil samt Felsen mitgerissen?", malte sie ein mögliches Szenario. Das wäre eine Katastrophe.

Auf der Suche nach einem anderen Ausweg, erfasste der nervös umherirrende Lichtkegel ihrer Taschenlampe etwas Furchtbares. Angelina zuckte zusammen. „Was war das?", fragte sie sich und richtete die Taschenlampe wieder auf die Stelle. Da sah sie in einer Nische oberhalb der Wasserlinie einen roten und blauen Anorak. Aus den Kragen starrten skelettierte Schädel mit Hautfetzen und Haarbüscheln behaftet. „Verdammte Scheiße! Das müssen die beiden Rucksacktouristen sein.", schlussfolgerte Angelina. Vermutlich waren sie abgestürzt und fanden keinen

Ausweg. Es war wohl ein Pärchen, denn sie lagen Arm in Arm eng aneinander gekuschelt.

Angelinas Anteilnahme hielt sich allerdings in Grenzen, da ihr gerade das eigene Schicksal vor Augen geführt wurde. Damit wollte sie sich aber nicht abfinden, näherte sich dem Wasserfall und griff in die sprudelnde Gicht. Leider erfolglos. Als sie die Hoffnung schon verloren hatte, bekam sie das Seil doch noch zu fassen. Zum Glück spürte sie noch den Halt und kletterte an der Kaskade hoch. Das anströmende Wasser und die zusätzliche Last an der Hüfte machte es nicht gerade leicht.

Auf halber Strecke gab es plötzlich einen Ruck und Angelina fiel zurück, bis ihre Füße wieder ins Wasser eintauchten. Nachfolgend ergoss sich ein Schwall schlammiger Brühe über sie, dann riss der Strom ab und verebbte in einem kleinen Rinnsal. „Was war passiert?", fragte sich Angelina und konnte es sich nicht erklären. Das Seil hing immer noch straff und so nahm sie einen neuen Anlauf. Oben wartete allerdings eine böse Überraschung. Als sie mit der Lampe den Ausstieg suchte erkannte sie, dass der Felsen, den sie als Haltepunkt für das Seil gewählt hatte, dem Wasserdruck zusammen mit ihrem Eigengewicht nicht stand gehalten und den Fluchtweg wie ein Korken versiegelt hatte. Angelina saß in der Falle. Jetzt war guter Rat teuer. Und damit nicht genug. Das Wasser unter ihr stieg weiter.

Angelina klammerte sich an den Strick und hoffte, dass der Pegel noch rechtzeitig stagnieren möge. Plötzlich lösten sich über ihr Gesteinsbrocken und stürzten an ihr vorbei in die Tiefe. Dem folgte eine kleine Sturzflut.

„Das ist doch ein beschissener Alptraum", fluchte Angelina, als der Nachschub so plötzlich wie er gekommen war wieder versiegte. Sie betrachtete den Felsbrocken aus der Nähe. Das war mindestens eine Tonne massives Gestein, dass sich nicht hätte ungünstiger platzieren können. Dann entdeckte sie seitlich eine Öffnung, die frei gespült wurde. Angelina schöpfte neuen Mut, vielleicht gab es doch noch eine Chance, dem Inferno zu entrinnen.

Die Öffnung war zwar nicht sehr groß, ein Versuch war es aber allemal wert. Doch wie sollte sie aus ihrer Position agieren? Schließlich hing sie unterm Felsen und das rettende Ufer war nahezu unerreichbar. Angelina sah sich um. Die sie umgebenden Felswände waren glatt und rutschig. Dort gab es keinen Halt. Dann entdeckte sie einen waagerechten Riss, in die die Klinge ihres Taschenmessers passen müsste. Das Messer könnte dann als Tritt fungieren.

Behutsam fingerte sie das Messer aus der Hose und setzte die Klinge an. Der erste Versuch misslang. Angelina stocherte weiter am Riss, fand aber keine geeignete Stelle. Dann endlich rutschte die Klinge hinein und saß fest. Nun folgte im wahrsten Sinne des Wortes ein Balanceakt auf Messers Schneide. Angelina setzte einen Fuß auf die provisorische Fußraste und stemmte sich der Öffnung entgegen. Es gelang ihr die Lampe so darin zu platzieren, dass sie den Fluchtweg ausleuchtete. Dann schob sie sich mit einem Arm voran hindurch. Entgegen ihrer ersten Einschätzung war der Querschnitt knapp bemessen. Leichte Panik machte sich breit, dass sie stecken bleiben könnte und weder vor noch zurück kam.

Angelina zwängte sich wie ein schlüpfriger Krake, dann passierte es. Ihr provisorischer Tritt brach weg und sie drohte abzustürzen. In letzter Sekunde konnte sie sich aber an einer Felskante festhalten und in den Stollen retten. Erschöpft und zugleich erleichtert fiel sie in den knöcheltiefen Schlamm.

Anschließend schleppte sie sich zum Ausgang und rutschte mit den Füßen voran durch die glitschige Röhre ans Tageslicht. Der Berg spuckte sie aus, als hätte er Geschmack bewiesen und gespürt, dass sie ungenießbar war. Angelina blieb einen Augenblick liegen und atmete befreit auf. Es störte sie auch nicht, dass sie von Kopf bis Fuß mit Schlamm besudelt war. Wenigstens hatte sich das Gewitter verzogen.

Auf dem Rückweg musste sie über die unbefestigte Straße, die von Pfützen übersät war. Der Gebirgsbach war zu einem reißenden Strom angeschwollen und trat teilweise über das Ufer. Plötzlich wurde sie von herannahenden Scheinwerfern geblendet. Da kam doch tatsächlich wieder ein Holzlaster. „Um Gottes Willen, wo kommt der denn her?", schimpfte Angelina und riss das Steuer herum. Der Laster fuhr durch eine Wasserlache, worauf sich ein brauner Schwall über die Windschutzscheibe ergoss. Für den Moment war ihr die Sicht genommen und so sah sie die Kurve nicht. Ihr Chevrolet verlor den Halt und rutschte in die Fluten. Sie hatte gegen die starke Strömung keine Chance und wurde mitgerissen. Instinktiv kurbelte Angelina die Scheibe herunter, so dass sich der Innenraum rasch füllte. Dann wurde ihr Wagen zum Spielball der Elemente.

Angelina entkam über das Fenster dem Inferno, wurde dann aber selbst von den mächtigen Fluten beherrscht. An einem überhängenden Baumstamm, der vom Ufer in das Wildwasser ragte, konnte sie sich klammern. Mit letzter Kraft zog sie sich ans Ufer auf der anderen Seite und rettete sich über die Böschung auf eine Anhöhe, wo sie erschöpft zusammenbrach. Kurz darauf schwanden ihr die Sinne.

Als die Dämmerung hereinbrach, lag Angelina immer noch bewusstlos am Ufer. Plötzlich regte sich hinter ihr das Gebüsch. Die Sträucher schienen sich, einer unsichtbaren Macht zu beugen. Langsam schob sich etwas aus dem Dickicht. Es sah aus wie eine verkrüppelte Dreizehenklaue, die ihren ausgestreckten Arm packte. Spielend wurde Angelina in das Unterholz gezerrt, als wäre sie ein Fliegengewicht.

Am nächsten Morgen plätscherte der Gebirgsbach wieder friedlich in seinem angestammten Bett, als wäre nichts passiert. Doch der dunkelgrüne Chevrolet, der drei Meilen flussabwärts unter einer Brücke verkeilt und völlig zerbeult aufgefunden wurde, war ein Zeuge der sich rächenden Natur. Der Sheriff und ein angeforderter Bergungstrupp waren mit der Sicherung beschäftigt. Da sich die Brücke unweit des Ortes befand, kam Magie herbeigeeilt. „Freddy! Um Himmelswillen! Das ist Angelinas Wagen. Was ist passiert?", fragte sie und schüttelte fassungslos den Kopf.

Der Sheriff zuckte mit den Achseln. „Keine Ahnung! Sieht aus, als wurde sie vom Gewitter überrascht. Sie muss von der Straße abgekommen sein. Die Frau haben wir nicht gefunden. Der Wagen ist leer. Wir werden weiter unten suchen, aber ich hab wenig Hoffnung. Wenn überhaupt, werden wir nur auf ihre Leiche stoßen." Seine Stimme war von Gleichgültigkeit und einer Priese Schadenfreude geprägt. „Oh Gott! Was ist das für eine verrückte Zeit. Erst Ben, dann die alte Womber und jetzt hat es auch noch dieses arme Ding erwischt", klagte Magie mit etwas mehr Anteilnahme.

17. Kapitel

Im Zufluchtsort der wurmstichigen Seelen, der verruchten Spielunke Rumbamumu, war um Mitternacht mal wieder die Hölle los. Zwei rabiate Halunken, Ethan Garbuster und Logan Runtucker, beide Mitte 30, deren grimmige Visagen von unrühmlichen Trophäen vergangener Raufereien geschmückt waren, hatten sich in einem Streit um eine der weiblichen Raritäten in die Haare gekriegt. Beide waren im Sägewerk beschäftigt und hatten sich über den Tag nicht den Arsch aufgerissen. Nun war es an der Zeit, selbigem nachzugehen. Die mäßig bestückte Pomeranze fungierte als Katalysator und stimulierte das verbale Wortgefecht zwischen den brunftigen Elchbullen.

„Wenn du dummes Arschloch nich die Finger von ihr lässt, polier ich dir deine dämliche Hackfresse!", polterte Ethan Garbuster großspurig. „Du dämlicher

Bastard! Komm doch her, du Missgeburt einer läufigen Hündin!", konterte Logan Runtucker, ob der beleidigenden Breitseite. Das konnte Ethan nicht auf sich sitzen lassen und bedingt durch den Alkohol eskalierte die Auseinandersetzung. Die Heißsporne fackelten nicht lange, sprangen auf, suchten das erstbeste Plätzchen und ließen die Fäuste fliegen. Einmal mehr wurden ihre lückenhaften Zahnreihen auf eine harte Bewährungsprobe gestellt.

Den ersten rechts ausgelegten klassischen Bauernschwinger parierte Logan und konterte mit einem linken Aufwärtshaken. Die darauf folgende rechte Gerade, absorbierte sein fliehendes Kinn wie ein Prellbock. Dann flogen die Fetzen. Die Dampfhammerkombinationen prasselten einem Trommelfeuer gleich, auf die Blut und Zähne streuenden Schlägervisagen.

Äußerlich schmerzfrei steckten die Rummelboxer es grinsend weg und wankten nicht. Ein probates Mittel, seinen Kontrahenten zur Weißglut zu treiben. Da sich aber keiner der beiden Streithähne die Blöße gab, kehrte bald Tristes ein. Um die öde Keilerei zu beleben, bediente sich Runtucker unorthodoxer Methoden. Er griff sich einen Barhocker und zog dem Garbuster einen neuen Scheitel. Der schüttelte sich und brummelte was von einer Beule. Dann rammte er seinem Rivalen wutschnaubend, den gehörnten Schädel in die Magengrube. Ausgehebelt wirbelte er ihn durch die Luft und ließ ihn mit voller Wucht auf eine Tischplatte krachen. Das Möbelstück machte die Grätsche und Logan blieb kurz die Luft weg. Er rappelte sich aber schnell wieder auf, denn es lechzte ihn nach Vergeltung. Im weiteren Verlauf sorgte das blindwütige Knäuel für Stimmung in der Bude, mischte die Bestuhlung auf und räumte die Tische ab.

Am Tresen lehnte Run Sathcook, ein Möchtegernrambo und Trunkenbold der übelsten Sorte. Wie so oft, führte er ein tiefgreifendes Zwiegespräch mit Jack Daniels. Als Zaungast der heißblütigen Hitzköpfe, schnalzte er genüsslich mit der Zunge und ließ sich zu gelegentlichen Anfeuerungsrufen hinreißen.

Am Tresen auf seine Ellbogen gestützt, knickte er manchmal ein, als hätte ihm der alte Jack einen Leberhaken verpasst.

Von all dem unberührt wurde in der Ecke gezockt. Die eingeschworene Pokerrunde setzte sich aus dem Sheriff, seinem Deputy, namens Frances Sekretary, Billy Bluster und Hulk Hunter zusammen, allesamt aus ganz faulem Holz. Die Mittvierziger Billy, Hulk und Frances waren von Kindesbeinen an dicke Freunde. Wobei sich Frances und Billy zumeist im Schlepptau von Hulk bewegten. Heute zählten sie zu den Durchschnittstypen mit leichtem Bauchansatz. Hulk dagegen war ein anderes Kaliber, ein respektabler Hüne bei dem das Oberstübchen allerdings auf der Strecke blieb.

Promillegeschwächt kämpfte der Sheriff gegen die zunehmende Gravitation der Tischplatte. Hulk hatte auch schon einen über den Durst getrunken und schnitt ein heikles Thema an. „Sag mal Freddy!

Wurde die Leiche von dieser Frau eigentlich gefunden, die vor drei Wochen ums Leben kam?" Der Sheriff hatte mit sich zu tun und reagierte abweisend. „Geh mir nicht auf den Sack. Wie oft soll ich dir noch sagen, dass wir nichts gefunden haben. Die wurde mitgerissen und ist ersoffen, basta. Hauptsache mir blieb der Papierkram erspart. Nun nimm die Karten auf!", drängte Freddy, um die unliebsame Debatte zu beenden. Doch Hulk brannte noch etwas auf der Seele. „Ich hatte einen seltsamen Traum, der mich noch immer verfolgt. Die erinnert mich an jemanden?" Der Sheriff schüttelte genervt den Kopf. „Nun hör auf mit dem Blödsinn und sag an!" Dann legte auch Hulk das Thema zu den Akten.

Billy packte den achten Royal Flush aus. Die Glückssträhne des prädestinierten Pechvogels ließ Hulk skeptisch werden. Aufbrausend wetterte er gegen Billy und schmetterte sein untaugliches Blatt in die aufgeschreckte Runde. Unvermittelt sprang er auf und warf den Tisch um, sodass die Gläser flogen. Für den Sheriff genügte es, um hinten über zu kippen.

Die Musik verstummte und Hulk plusterte sich nun erst richtig auf. „Ich hab die Schnauze voll. Billy bescheißt andauernd. Ich steige aus. Ihr könnt mich mal!", brüllte er zornig, schwang bezeichnend den Arm und torkelte zum Ausgang. „Schreib an!", ranzte er noch in Richtung Tresen und verschwand in die sternenklare Nacht.

Draußen hatte es sich empfindlich abgekühlt, doch Hulk spürte die Kälte nicht. Plötzlich hörte er Schritte, konnte aber niemanden sehen. „Huuunteeeer!", hallte sein Name schaurig durch die Nacht. Irritiert lauschte Hulk und sah sich um. Die Straße war menschenleer. „Billy! Bist du das?" Es kam aber keine Antwort. Hulk runzelte die Stirn, schüttelte den Kopf und trottete weiter. Kurz darauf knackte es. Blitzartig machte er auf dem Hacken kehrt, soweit es der Alkoholpegel zuließ und peilte die Straße hinunter. Halluzinierte er oder spielte ihm Billy einen Streich? „Na klar! Die alte Pappnase", dachte Hulk. „Mensch Billy! Was soll der Blödsinn? Bist du sauer oder was? Komm schon! Hast eben mal Glück gehabt. Wo steckst du? Mach mich nicht schwach!", rief er und suchte ein geeignetes Plätzchen, um sich zu erleichtern. Durch das Plätschern entgingen ihm die sich nähernden Schritte. Dann spürte er einen asthmatischen Hauch im Nacken. „Alles klar, Billy. Kannst aufhören mit der Scheiße", flachste er und gerade als er sich umdrehen wollte, krachte ihm ein Holzpflock mit voller Wucht in den Nacken. Hulk verdrehte die Augen und sackte zusammen. Etwas ungeheuer Kräftiges packte ihn am Schlafittchen und zerrte ihn mit sich.

18. Kapitel

Am nächsten Morgen erwachte Hulk in einem finsteren Keller. Sein Schädel brummte und daran war nicht nur der flüchtige Alkoholspiegel Schuld. Knapp über dem Boden sah er sich auf einer harten Pritsche gebettet. Spärlich drang Licht über ein kleines Fenster unterhalb der Kellerdecke. Das feuchte Mauerwerk verströmte einen modrigen Geruch.

Hinter ihm stieg eine Führungsschiene zur Decke auf und verlief darunter in einem Bogen zur Mitte. Hulk konnte sich keinen Reim darauf machen. Dann fuhr ihm ein Schock in die Glieder, denn er war splitternackt, an den gespreizten Armen und Beinen gefesselt. Zudem spannte sich ein Riemen über seine Stirn und zwang ihn, sein unbehagliches Umfeld mit rollenden Augen zu erfassen.

„Was hatte das zu bedeuten, wo war er?", rätselte Hulk und erinnerte sich dunkel an seinen Ausraster. Es war ihm aber unvorstellbar, dass einer der Jungs auf so eine verrückte Idee käme. Allmählich plagte ihn die Ungewissheit. „Hey! Hallo! Ist da jemand? Was soll die Scheiße?", rief er und lauschte in gespannter Erwartung. Doch sein Begehr stieß auf taube Ohren.

Nach einer halben Stunde war Hulk mit seinem Latein am Ende. Zumal ihm der steigende Druck in der Blase zu schaffen machte. „Hey! Arschloch! Ich muss pissen, verdammte Scheiße", brüllte er ungehalten. Doch niemand erbarmte sich seiner. Bald darauf konnte er nicht mehr an sich halten. Peinlich berührt, ließ er der Natur freien Lauf. „Scheiße! Das kann doch nicht wahr sein. Ich schwöre dir du verdammter Hurensohn, wenn ich dich in die Finger kriege, mach ich dich fertig", tobte Hulk angesichts seiner misslichen Lage.

Dann entdeckte er auf dem Regal ein rot blinkendes Lämpchen, welches zu einer laufenden Kamera gehörte. Nun rastete Hulk völlig aus. „Ich glaub mein Schwein pfeift. … Hey! Du perverse Sau! Was ziehst du hier ab? Geilst dich dran auf oder was? Holst dir gerade einen runter? Du alter Wichser! Ich ramme dir einen Besenstiel so tief in den Arsch, dass er dir zum Hals rauskommt", brüllte Hulk und rüttelte an den Fesseln, die aber für Zugeständnisse nicht autorisiert waren.

Als er sich beruhigte, flammte ein blaues Lämpchen auf und beschönigte die miserablen Zustände. „Was geht denn jetzt ab?", stutzte Hulk. Eine Tür öffnete sich, begleitet von untrüglichem Klacken. Die Geräuschquelle entzog sich jedoch seinem Blickwinkel. „Hey! Wer bist du und was willst du von mir?", fragte Hulk furchtsam. Bald filterte sich eine Gestalt mit zotteliger Mähne heraus. Das fremdartige Wesen im Katzenkostüm stolzierte um ihn herum und musterte ihn schweigend. Die ausgeprägt femininen Rundungen ließen kein Zweifel, es konnte sich nur um eine Frau handeln. „Ich bin einer beschissenen Fotze ausgeliefert", stellte Hulk deprimiert fest.

„Auf diesen Moment habe ich lange gewartet. Wie fühlt es sich an, so hilflos zu sein? Man sagt, du seist der unheimliche Hulk! Ha, ha, dass ich nicht lache. Aber nur heimlich oder? Sieh dich an! Wie erbärmlich. Wie ich sehe, bist du ein ungezogener Junge gewesen. Hast eingepullert, du kleines Ferkel! Außerdem ist mir zu Ohren gekommen, dass du dich wieder daneben benommen hast", brach die geheimnisvolle Unbekannte das Schweigen und setzte einen Fuß auf seine Brust. Dabei ging sie nicht zimperlich zu Werke und bohrte den spitzen Hacken tief in sein Fleisch. Hulk biss die Zähne zusammen und schielte auf die roten Lacklederstiefel. Wie parallelisiert wanderte sein Blick über ihre strammen Waden, die wohlgeformten Schenkel hinauf und wurde von den üppigen Brüsten eingefangen. Darüber funkelten feindselige Augen aus einer Katzenmaske. „Woher kennst du meinen Namen? Und was soll das alberne Theater? Ich steh nicht auf Sadomaso!", ereiferte sich Hulk.

„Ich weiß, dass ist auch gut so! Sonst wäre das Vergnügen vielleicht auf deiner Seite. Eins möchte ich von vornherein klarstellen, du hast hier nichts zu melden", gab sie zu verstehen, ließ sich mit dem Knie auf sein Brustbein fallen und packte ihn am Hals. „Du Schwein hast wohl gedacht, dass du damit durchkommst. Du glaubst ja nicht, wie ich diesen Augenblick herbeigesehnt habe. Heute ist Zahltag. Wir starten mit einem amüsanten Vorspiel und morgen folgt das Finale!", verkündete sie rachsüchtig und setzte sich am Fußende triumphierend in Szene.

„Ich habe keine Ahnung wovon du redest", stammelte Hulk in Ahnungslosigkeit ertrinkend. Das boshafte Kätzchen ignorierte sein Gelaber und schlug eine Gerte bedrohlich in die offene Handfläche. Der Einschüchterungsversuch zeigte Wirkung. „Was soll das werden? Was hast du vor?", hauchte Hulk in tiefer Abneigung. „Ich werde dir eine Lektion erteilen. Du sollst bitter bereuen was du getan hast. Und mach dir keine Hoffnung, dass dich hier jemand hört. Also tu dir keinen Zwang an!"

Doch dann kam Hulk ins Grübeln, als sie ihn plötzlich zärtlich streichelte. statt wild drauflos zu dreschen. Vom unrasierten Kinn über die behaarte Brust, drang sie ins Sperrgebiet ein und kitzelte seine erogene Zone. „Schade um den athletischen Körper", gab sie scheinheilig zu und umkreiste den kleinen Wurm, der bedingt durch die Umstände ein zurückgezogenes Dasein fristete. „Ach Gott. Wie niedlich! Das ist die ganze Pracht? Na toll!" Einhergehend mit der Stimulierung lockte sie das Fortpflanzungsorgan, trotz seiner innerlichen Verweigerung aus der Reserve. „Na guck mal einer an! Doll ist zwar nicht, aber immerhin. Ist wohl schon lange her?"

„Das geht dich einen Scheißdreck an, du blöde Schlampe!", bellte Hulk aufbrausend wie ein bissiger Köter.

„Na, na, na! Wer wird denn gleich so garstig sein? Dabei bin ich doch nett zu dir. Dieses Stehaufmännchen ist der beste Beweis. Das hat dir wohl gefallen? Und das mein lieber Hulk, kann ich nicht dulden", gab sie ihm klipp und klar zu verstehen und so wendete sich das Blatt. Die trügerische Miezekatze stellte sich breitbeinig über ihn und wuselte mit der Gerte durch sein versteinertes Gesicht, patschte ihm links und rechts Eine und steigerte die Heftigkeit, bis die Wangen rot anliefen. Hulk wollte sich nicht die Blöße geben und verkniff sich jegliche Regung. „War das alles? Mehr hast du nicht drauf?", stichelte er und bekräftigte es mit einem dreckigen Grinsen.

Diese Provokation hätte er sich lieber sparen sollen, denn nun hatte er ihren Killerinstinkt geweckt. „Das Lachen wird dir noch vergehen, du mieses Stück Dreck!" Sie holte zum Schlag aus und ließ die summende Gerte klatschen. Hulk biss die Zähne zusammen und versuchte sich zu beherrschen. Bald jedoch ging seine Standhaftigkeit den Bach runter. „Aua, Aua! Hör auf! Das reicht. Du hast gewonnen!", unterwarf er sich widerwillig, als sich seine Haut einem Zebra aus der Serengeti annäherte.

Doch die Kratzbürste hatte Blut geleckt. „Du hast keine Ahnung wie zermürbend es war, so lange darauf zuwarten. Ich habe Alpträume gehabt und konnte manchmal an nichts anderes mehr denken. Immer wieder habe ich es mir ausgemalt, wie ich dich in die Mangel nehme", gab sie ihm einen Einblick in ihr Seelenheil und drehte an einer Kurbel, wodurch er sich in die Senkrechte stellte. Hulk hing in den Seilen, wie an ein Kreuz geschlagen. Es folgte eine 180 Grad Drehung und eine Klappe öffnete sich hinter ihm, sodass der Rücken bis runter zu den Waden frei lag.

Jetzt stand einer Sonderbehandlung der Kehrseite nichts im Wege. Wieder versuchte er sich zusammenzureißen, doch seine Tapferkeit entwich, wie die Luft aus einem angestochenen Autoreifen. Hulk zuckte und schrie, als sie seinen pickeligen Arsch, als primäres Ziel auserkoren hatte. Das schnurrende Kätzchen versohlte ihn nach Strich und Faden und steigerte sich in eine Prügelorgie. In ihrem Rausch untermalte sie die Bestrafung mit wüsten Beschimpfungen und

Drohungen. „Aufhören! Bitte, bitte! Ich halt es nicht mehr aus", flehte Hulk blutüberströmt, worauf sie sich dem Anschein nach erweichen ließ.

Sie stellte den Ausgangszustand wieder her, wobei Hulk nun auf dem geschundenen Rücken lag und er sich daher nicht wirklich entspannen konnte. Inständig hoffte er, dass sie es nun dabei belassen würde. Doch dann schraubte sie die waagerecht liegende Platte auf Kniehöhe und begab sich ans Kopfende. Erhaben blickte sie auf ihr Opfer. „Das war nur die Ouvertüre du Mistkäfer! Jetzt wird es lustig", verkündete das geschmeidige Kätzchen. Hulk starrte leidgeprüft auf ihre kräftigen Schenkel. Allmählich hegte er einen Verdacht, um wen es sich handeln könnte, war sich aber nicht sicher.

„Wer bist du, verdammt noch mal? Und warum tust du das?", startete Hulk den Versuch, ihr das Geheimnis zu entlocken.

„Ich bin dein schlimmster Alptraum", kanzelte sie ihn ab und drehte sich um. Über ihm prangte ihr ausladendes Gesäß. „Was soll das werden? Wage es ja nicht! Das wirst du schön bleiben lassen! Tu das nicht!", sträubte sich Hulk in Vorahnung ihrer fiesen Absicht.

„Was willst du dagegen tun?", wies sie ihn in die Schranken und setzte sich hemmungslos. Hulk holte tief Luft, dann wurde es dunkel. Er konnte es nicht fassen, dass sie ihn derart demütigte. Zumal seine Peinigerin auch noch lässig die Beine übereinander schlug und plauderte, als wäre sie bei einem Kaffeekränzchen. „Denkst du ich habe es nicht bemerkt, wie du damals auf meinen Hintern gestarrt hast. Weiß der Teufel, was für schmutzige Phantasien in deinem kranken Hirn herumgeisterten. Aber diese gehörte ganz bestimmt nicht dazu. Ich könnte dich jetzt einfach ersticken." Sie schnippte mit dem Finger und fuhr dann fort. „Ich bräuchte nur sitzen bleiben. Apropos Sitzenbleiben! In der Beziehung sollst du in der Schule einsame Spitze gewesen sein." Sie lachte und drehte sich auf ihrem außergewöhnlichen Schemel.

Hulk jaulte und zuckte als hätte man ihm einen Stromschlag verpasst. Vergeblich versuchte er, sich herauszuwinden, war jedoch wie in einem Schraubstock gefangen. Ein Streichholz wurde angerissen, gefolgt von einem tiefen Atemzug. Hulk lauschte und musste die nächste Maßregelung über sich ergehen lassen. „Vergeude nicht sinnlos deine Kräfte! Du wirst sie noch brauchen!" Dann erbarmte sie sich, beugte sich vor und gönnte ihm ein knapp bemessenes Zeitfenster zum Luftholen. Bald wurde die Tortur unerträglich. In einer panischen Attacke brummelte er undefinierbare Laute. Die herzlose Diva kannte aber kein Erbarmen. „Ganz ruhig Brauner! Was meinst du! Wird dich überhaupt jemand vermissen? Kein Hahn wird nach dir krähen", urteilte sie in weiser Voraussicht.

Endlich kam die Erlösung. Den Erstickungstod vor Augen, schnappte Hulk nach Luft, wie ein Ertrinkender, der gerade noch rechtzeitig die Oberfläche erreicht. Sein Folterknecht blickte auf ihn herab. „Warum machst du so einen Bedrückten? Das ist schlimm für dich, einer Frau wehrlos ausgeliefert zu sein", spottete sie. „Du blöde Kuh bist doch total bescheuert! … Du tickst doch nicht! … Was soll die perverse Scheiße? Du dämliches Miststück! Du bist doch krank in der Birne!", spukte Hulk Gift und Galle.

„Das war aber nicht nett! Pass lieber auf was du sagst! Du bringst dich noch um Kopf und Kragen", warnte sie heuchlerisch. Dann verlegte sie den Schauplatz wieder nach unten und fixierte seine Nase unter ihrem Ballen. „Oh nein! Was für eine Sauerei hast du jetzt schon wieder vor?", polterte Hulk gefrustet. Ungeachtet seines Protestes erhöhte sie den Druck bis es knackte. Dann drehte sie den Fuß, als würde sie eine Zigarette austreten, bis der dunkelrote Saft hervorquoll. Hulk stöhnte und jaulte wie eine Sirene, was ihr einen wohligen Schauer unter die Haut fahren ließ. „Nun hab dich nicht so! Ist doch nicht das erste Mal, dass deine Nase gebrochen wurde", machte sie eine Anspielung auf sein gebeuteltes Organ.

Als nächstes posierte sie wie ein Nummerngirl im Boxring mit einer Zange und ließ das Maul vor seinen Augen auf und zuschnappen. „Was hast du vor? Das kannst du nicht machen!", protestierte Hulk energisch, als das Werkzeug seine Finger anvisierte. Allmählich wurde ihm klar, dass das Scheusal zu allem fähig war. „Ich werde dir alle Finger einzeln brechen und zerquetschen. Du wirst sie nie wieder auf so schändliche Weise missbrauchen!", gab sie unverblümt zu verstehen. Hulk schrie herzerweichend, als einer nach dem anderen zum Teufel ging. Als sie die Reihe durch hatte war sie derart verzückt, dass ihr auch sämtliche Zehen zum Opfer fielen. Dabei trieb ihn das kneifende Folterinstrument auf der höllischen Tonleiter rauf und runter.

Dann legte sie eine Zigarettenpause ein, machte es sich in einem Polstersessel bequem und bewunderte ihr schändliches Werk. Ignorant lauschte sie seinem Gezeter, verzog keine Miene und brütete die nächste fiese Schikane aus.

Die Zigarette drückte sie auf seinem Bauch aus, und schaute ihm tief in die leidgeplagten Augen. Dann schnallte sie einen Riemen um seine Hüfte und schob eine Kochplatte unter die Weichteile. Sie platzierte sich zwischen seinen Beinen und stemmte die Hände in die Hüften . „Da fällt mir ein, du hattest noch kein Frühstück. Wie möchtest du deine Eier, gerührt oder gespiegelt?", fragte sie sarkastisch. Hulk fand das nicht witzig und bäumte sich widerspenstig auf. „Nein! Das machst du nicht! Du kannst alles mit mir machen, aber nicht das!", protestierte er. Sie quittierte es mit einem Lächeln und widmete sich den Kügelchen. Die Kochplatte diente nur als Unterlage und um die Angst zu schüren. Dann quetschte sie die erste Murmel bis sie sich schmatzend der Übermacht ergab. Wie angestochen brüllte Hulk und musste es tatenlos hinnehmen, dass auch das zweite Glöckchen zerschellte.

Der Schmerz hatte noch nicht nachgelassen, da lüftete sie das Geheimnis um ihre Person. Sie hielt ihm ein Foto vor die Nase und ließ die Maske fallen. Schockiert entglitten ihm die Gesichtszüge. Hulk hatte schlagartig begriffen, dass es noch nicht ausgestanden war, bevor er jedoch was sagen konnte, versiegelte sie ihm die Lippen mit einem Knebel. Seine dubiosen Ausreden und haltlosen Entschuldigungen wollte sie sich ersparen.

Vielmehr stand ihr der Sinn danach, ihm endgültig das Fürchten zu lehren. Dazu wetzte sie vor seinen Augen eine Machete. Das scharfe Buschmesser blinkte unheilverkündend. „Sie wird doch wohl nicht?", dachte Hulk als sie die kalte Schneide mit der flachen Seite über seine verschwitzte Stirn zog und an der Gurgel schabte, als wollte sie ihn rasieren. Hulk wurde leichenblass. Sie dagegen weidete sich an seinem Leid und nahm es in sich auf, wie ein Verdurstender den erfrischenden Schluck Wasser.

Hulk schlussfolgerte, dass sie auch davor nicht zurückschrecken würde und rechnete mit dem Schlimmsten. Er kniff die Augen zu und brummelte ein Stoßgebet. Die Machete sauste auf seinen Knöchel nieder, doch er spürte nichts. Hatte sie ihn absichtlich verfehlt? War es eine Art psychologischer Kriegsführung, um ihn kleinzukriegen? Sie wiederholte das makabre Spielchen und hätte ihn am liebsten in Stücke gehackt, doch ihr Plan hatte ein anderes Schicksal für ihn vorgesehen.

Ein Ventil benötigte sie aber noch zum Abbau ihres aufgestauten Frustes. So traktierte sie ihn mit heftigen Fußtritten, die das Gejammer ihres Opfers zur süßesten Melodie aufschwingen ließ. Erst als die Rippen brachen, er blutüberströmt vor ihr lag, zügelte sie sich und kehrte die fürsorgliche Schwester heraus. Sie machte gar den Eindruck, als wolle sie ihn verarzten und bereitete eine Spritze vor. Doch zur Linderung seiner Leiden war die Injektion nicht gedacht. Hulk entschlummerte.

Am nächsten Tag erwachte er in einem Lüftungsschacht, der zwei Meter im Durchmesser hatte. Eingezwängt in ein Korsett hing er zehn Fuß über einem Propeller. Glühend rotes Licht schwappte durch die messerscharfen Rotorblätter, als wäre das Höllenfeuer entfesselt. Um seinen Hals legte sich eine Schlinge und die Hände waren auf dem Rücken gefesselt. Hulk schielte nach oben. Das Seil der Schlinge hing schlaff und war an einem Stahlträger befestigt. Ein Drahtseil hielt das Korsett und verschwand über ein Rollensystem in der Wand. Hulk wusste jetzt wo er war. Er hing in einem der alten Lüftungsschächte der Mine. „Aber wie war er hier hergekommen und was sollte das Ganze?", rätselte er.

Eine nachhallend, schrecklich vertraute Stimme ertönte und jagte ihm einen Schauer über den Rücken. „Nun, mein lieber Hulk! Dein letztes Stündlein hat geschlagen. Der Zeitpunkt der Abrechnung ist gekommen. Wie du dir vielleicht schon denken kannst, befindest du dich in einem tödlichen Zwiespalt. Ich werde es dir erläutern und danach einen Bewegungsmelder aktivieren. Allein mit dem Zwinkern deiner Augen würdest du einen Mechanismus auslösen, der dich langsam herab lässt. Da du schon immer ein Hitzkopf warst, wird es unvermeidlich sein. Doch du hast es selbst in der Hand, dein armseliges Leben zu verlängern. Wenn du geduldig bist, wird man dich vielleicht vorher finden. Du brauchst dich nur hängenzulassen. Eigentlich wiederum kein Grund zur Sorge. Sich hängen lassen, war eines deiner größten Talente", sprach sie und lachte niederträchtig.

„Noch betäubt die Injektion den Schmerz, aber schon bald wird die Wirkung nachlassen und dann zeigt sich was für ein harter Kerl du wirklich bist", fuhr sie in ihrem Plädoyer fort. Hulk konnte es nicht fassen, was sie da von sich gab und war stinksauer. „Lass mich runter du verfickte Schlampe! Ich reiß dir den Arsch auf! Du bist Tod. Du bist erledigt und wenn ich es nicht schaffe, werden es dir die Jungs besorgen", ereiferte sich Hulk und strampelte mit den Beinen, wobei er ins Trudeln kam.

„Du solltest meinen Rat nicht auf die leichte Schulter nehmen. Übrigens habe ich mir das Seil aus deinem Schuppen geliehen. Du hast es damals aus Hanf gefertigt. Es war eine Art Hobby von dir. Welch Ironie des Schicksals, du hast dir deinen eigenen Strick gedreht." Ein schauriges Lachen hallte durch den Schacht. „Ach ja. Bevor ich es vergesse. Ich habe noch eine technische Raffinesse eingebaut. Der Lüfter, den du unter dir siehst, wird sich ebenfalls in Bewegung setzen und schnell auf vollen Touren laufen. Der Strick um deinen Hals ist so bemessen, dass er dich bei angezogenen Beinen über dem Lüfter hält. Da sich die Schlinge aber langsam zuziehen wird, könntest du Probleme bekommen. Ich habe aber keinen Zweifel, dass die Rotorblätter sich deiner annehmen werden. Du hättest dir lieber von deinem Bruder eine Scheibe abschneiden sollen. Das war ein anständiger Kerl."

Hulk traute seinen Ohren nicht. „Das ist doch ein beschissener Alptraum", dachte er und sah seinen blutigen, von Hämatomen übersäten Körper, schloss die

Augen und riss sie wieder auf. An seiner aussichtslosen Lage änderte sich aber nichts. „Das ist doch totaler Schwachsinn", zweifelte Hulk insgeheim.

Allmählich ließ die Wirkung des Mittels nach und die Schmerzen kehrten zurück. Hulk hing wie ein nasser Sack und rief immer wieder um Hilfe, ohne groß die Lippen zu bewegen. Wohl mehr ein Akt der Verzweiflung, denn wer sollte ihn hören? Trotzdem war er bemüht, ihren Rat zu befolgen und hielt still. Doch dann zuckte er instinktiv und es geschah nichts. Hatte sie ihn zum Narren gehalten? „Hey! Du denkst wohl ich bin bescheuert! Du willst mich doch bloß verarschen und machst dich lustig", rief Hulk und glaubte nicht mehr an ihre irrwitzige Prophezeiung. Seine Geduld hatte sie eh schon lange genug auf die Probe gestellt und nun war für Hulk das Ende der Fahnenstange erreicht. Er legte sich ins Zeug, schaukelte und machte sich lustig. „Ich lass mich nicht verarschen. Da musst du schon früher aufstehen, du blöde Pissnelke!" Hulk rang sich ein gequältes Lachen ab, bis ihn ein Klicken abrupt verstummen ließ.

Irgendwo begann sich etwas zu drehen. Hatte ihre herablassende Art doch einen tieferen Sinn? Plötzlich senkte er sich dem Lüfter entgegen, der sich zu drehen begann. „Oh, oh!", entwich ihm die späte Einsicht.

Hulk zappelte wie ein Fisch an der Angel. Schwingend suchte er nach einem rettenden Anker, den er in den vorspringenden Bolzen an der Wand zu finden glaubte. Doch das war ein aussichtsloses Unterfangen. Derweil rückte der rotierende Propeller näher und lief auf vollen Touren. Die zur Neige gehende Reserve des Strickes, führten ihm die Stunde der Wahrheit vor Augen. Ein letzter Hilferuf kam über seine Lippen, dann schnürte sich die Kehle zu. Er wollte es nicht wahr haben, dass es doch so enden würde. Als er schon dem Tod ins Auge blickte, stoppte der Mechanismus. Der Lüfter lief zwar noch, aber die Schlinge hatte noch nicht zum finalen Würgegriff angesetzt. „Ein Fehler im System?", frohlockte Hulk in trügerischer Schadenfreude, denn eigentlich stand er so oder so auf verlorenem Posten.

Die Galgenfrist zog sich hin, währenddessen es weder hoch noch runter ging. Bedingt durch die zaghafte Strangulierung röchelte Hulk. Dann ging es wieder los. Panisch zog er die Beine an, während ihn die Schlinge zunehmend drosselte. Das hielt er nicht lange durch und suchte instinktiv nach unten Halt. In logischer Konsequenz, erfassten ihn die Rotorblätter. Einmal eingefädelt ging es rund und nicht nur seine Ängste wurden zerstreut. Auf eine Art hatte sie ihn doch hinters Licht geführt. Das Drahtseil mit dem Korsett hielt sich nicht an die Abmachung. Hulk wurde zu Aufschnitt verarbeitet.

19. Kapitel

Eine hagere Gestalt im hellblauen Kapuzenshirt zog durch die Straßen von San Francisco. Die Kapuze war tief ins Gesicht gezogen und so machte er sich nahezu unsichtbar. Von Nervosität geschüttelt, drehte sich die Kapuze alle Nase lang um. War es Verfolgungswahn oder war ihm jemand auf den Fersen? In Tenderloin, einem anrüchigen Stadtteil von San Francisco, musste man auf alles gefasst sein. Nach dem das Kapuzenshirt von der Van Ness Avenue in die Fern Street einschwenkte, preschte ein silbergrauer Cadillac vorbei. Es waren Dave und Harry, die dienstlich unterwegs waren und keine Ahnung hatten, was für ein dicker Fisch ihnen gerade durch die Lappen ging.

Er klingelte an der Haustür eines mehrstöckigen Wohnhauses, worauf sich eine krächzende Stimme über die Sprechanlage meldete. Das Kapuzenshirt, gab sich als Norman Wendslay zu erkennen. Der Öffner summte und Norman hastete über die Treppe in den dritten Stock. Dort wurde er schon von Richard Rustell erwartet, der wegen einer leichten Erkältung krankfeierte. Norman hatte ihn vom Krankenhaus angerufen und um einen nicht alltäglichen Gefallen gebeten. Sein Husarenritt war noch in aller Munde und hatte bei seinem Kollegen Eindruck hinterlassen. „Hey du alte Pestbeule! Bist spät dran", begrüßte Richard seinen zweifelhaften Held.

„Ja, ja, ich weiß. Hab einen Umweg genommen, falls mich jemand gesehen hat", rechtfertigte Norman die Verspätung.

„Cleveres Bürschchen", lobte Richard mit sarkastischem Unterton.

„Man weiß ja nie. Hast du alles?", kam Norman auf den Punkt und streifte die Kapuze in den Nacken, worauf Richard schockiert zusammenzuckte. „Du siehst furchtbar aus. Was hat sie dir angetan? Ich kann es immer noch nicht fassen, dass du das Ding gedreht hast. Das hätte ich dir nie zugetraut. Meine Fresse, die Eier muss man erst mal haben", schwärmte Richard beeindruckt. „Warst du dir eigentlich über das Risiko im Klaren? Die hätte dich kaltmachen können. Es wäre Notwehr. Aber ihre Foltermethoden waren auch kein Zuckerschlecken. Lass mal hören! Hat sie dich nackt ans Kreuz gebunden und ausgepeitscht? Oder musstest du ihre Stiefel lecken? So wie du aussiehst, hat sie dein Gesicht als Fußabtreter benutzt." Richards Augen funkelten und seine wühlende Hand in der Jogginghose verriet, dass er ganz heiß auf neckische Details war.

„Hör auf! Das glaubt mir sowieso keine Sau. In letzter Zeit trampelte die blöde Kuh doch nur auf mir herum Die Alte hat nicht alle Tassen im Schrank und wollte mir doch tatsächlich das Licht ausblasen. Wenn ich zurück bin gebe ich ein Bier aus und erzähl dir alles. Jetzt muss ich los. Es ist ein weiter Weg und ich wollte morgen vor Einbruch der Dunkelheit dort sein."

Richard war noch immer fasziniert. „Es gab mal eine Episode. Ms. Husboon hatte mich wegen einer Lappalie in ihr Büro bestellt und schlug mich mit einem Lineal auf die Wange. Links, rechts, links rechst. Ich wusste gar nicht wie mir geschieht. Nicht doll und wohl mehr zum Spaß. Es tat auch nicht sehr weh. Aber da war was in ihren Augen, was ich nie vergessen werde. … Also die 45er Magnum, die Autoschlüssel und die Adresse." Richard drückte ihm einen gefalteten Zettel in die Hand. „Wo sie sich da verkrochen hat, musst du schon selbst rausfinden. Frag lieber nicht, wie ich da rangekommen bin. Die Kanone ist übrigens nicht registriert. Also sei vorsichtig! Wie sieht eigentlich dein Plan aus? Du hast doch einen Plan oder? Willst du sie umpusten?", piesackte ihn Richard neugierig.

„Nein, um Gotteswillen. Ich will ihr nur auf die Spur kommen und sie dingfest machen. Dann übergebe ich sie der Polizei. Die Knarre ist nur zum Schutz und weil sie mir wohl kaum freiwillig folgen wird", gab Norman zu verstehen.

„Mensch Norman! So kenne ich dich gar nicht. Du bist fest entschlossen, oder? Hast du dir das reiflich überlegt?", appellierte Richard an seine alten Tugenden.

„Ich hatte viel Zeit zum Nachdenken. Meine Seele schreit nach Vergeltung. Ach übrigens. Ich werde dich jeden Tag zwischen zwölf und eins anrufen. Sollte mein Anruf ausbleiben ist was faul. Dann geh zur Polizei! Ich verlass mich auf dich. Hast was gut bei mir. Ich muss jetzt." Norman war schon auf dem Sprung als ihm einschoss, dass noch eine wichtige Info fehlte. „Wo steht die Karre und was ist es?"

Richard fasste sich an den Kopf, als wollte er sagen: „Oh man. Klar doch." Er deutete mit dem Daumen über die Schulter. „Ein brauner Chevrolet! Er steht in der Bush Street gleich um die Ecke. Sieh zu, dass er keinen Kratzer bekommt. Mein Bruder reißt mir sonst den Arsch auf", mahnte Richard mit erhobenem Finger.

„Alles klar, Richie! Ich gebe mir Mühe. Vielen Dank!"

Norman zog die Kapuze wieder über und mischte sich unter die Leute. Im Wagen suchte er nach der günstigsten Route, doch nach einer Übernachtung brachte ihn eine Umleitung vom Kurs ab. Der alte Pfadfinder nahm die Herausforderung an. Die Dämmerung setzte jedoch früher ein als erwartet und das Ziel war noch nicht erreicht. Als auch noch der Motor streikte, kamen endgültig Zweifel auf. Ein Blick auf die Tankanzeige ließ ihn aus allen Wolken fallen. Die Umleitung hatte ihm einen Strich durch die Rechnung gemacht. „So eine Scheiße! Wie konnte das nur passieren?", ging Norman mit sich ins Gericht und traktierte wütend das Lenkrad, während der Wagen am Straßenrand zum Stehen kam.

Norman haderte aber nicht lange mit sich und marschierte zu Fuß weiter. Irgendwie hatte er das Gefühl, schon ganz in der Nähe zu sein. Die Kanone steckte er sich hinten in die Hose und zog das Kapuzenshirt drüber, wie er es oft in Filmen gesehen hatte.

Nach einer halben Stunde kam er an eine Lichtung, auf der eine Brandruine und eine alte Scheune ihr Dasein fristeten. Normans Hoffnungen auf ein paar Tropfen Sprit lösten sich in Wohlgefallen auf, denn das Gehöft schien verlassen. Allmählich brach die Nacht über der Lichtung herein und so beschloss er, sich in dem vom Feuer verschonten Teil einen Schlafplatz zu suchen. Auf der Rückseite stand eine Tür offen. Mit einem mulmigen Gefühl schlich sich Norman in das marode Gemäuer. Plötzlich hörte er ein Kratzen. Oder war es nur Einbildung? „Hallo! Ist da jemand?", wollte er sich vergewissern. Es meldete sich aber niemand. „So ein Quatsch. Hier ist doch keiner", war Norman überzeugt.

Über einen Flur gelangte Norman in die Küche, zumindest sah es so aus. Dort wurde er von einem üblen Gestank empfangen, ein Gemisch aus verdorbenen Lebensmitteln und Fäkalien. Auf dem Tisch erkannte er eine der Quellen, da lagen Essensreste und leere Bierdosen auf dem Fußboden. Doch als Norman ein Bett entdeckte, übermannte ihn die Müdigkeit und das widrige Ambiente verblasste. „Die Nacht ist gerettet", frohlockte er, öffnete das Fenster, deponierte die Magnum in Reichweite und warf sich auf die Urin geschwängerte Pferdedecke. Dann lauschte er der Stille, die weder von einem Windhauch, noch vom Zirpen der Grillen unterbrochen wurde. Die frische Luft war eine Wohltat und ließ ihn bald entschlummern.

Plötzlich riss ihn ein Geräusch aus dem Halbschlaf. Ein Schock fuhr durch seine Glieder und katapultierte ihn aus der sanftmütigen Umklammerung des Orpheus. Ein Blick aus dem Fenster brachte Gewissheit. Scheinwerfer näherten sich und ein Pickup aus den 60ern kam auf den Hof gefahren.

„Verdammt. Dann wohnt hier doch noch jemand", stellte Norman konsterniert fest und war hin und her gerissen. Seine Trägheit wurde ihm einmal mehr zum Verhängnis, denn schon stampften schwere Schritte über den Flur, so dass es für eine Flucht zu spät war. Der wendslaytypische Hasenfuß übermannte ihn und so suchte er händeringend nach einem Versteck. Ihm fiel nichts Besseres ein, als sich unter dem Bett zu verkriechen. Da unten stank es wie in der Kloake. Leidend kniff er die Augen zu und presste seine Nase in die Armbeuge. Da schoss ihm ein, dass er seine Kanone auf dem Bett vergessen hatte. Er schob die Hand durch die Ritze an der Wand und fingerte nach dem Schießeisen. Glücklicherweise, kriegte er es gleich zu fassen. Dann lag Norman wie versteinert.

Schwerfällig schleppte sich jemand in die Küche, schaltete das Licht an und trat gegen die leeren Bierdosen. Ein Geschoss visierte Norman an und traf ihn voll auf die Zwölf. Er verkniff sich jeden Mucks. Zum Glück hing die Decke weit herunter und beschränkte den Blick unters Bett.

Zwei ausgelatschte, dreckverkrustete Schuhe machten vor dem Bett halt. Das war mindestens Schuhgröße 52. Was musste das für ein Hirte sein? Es folgte ein dumpfer Knall, verursacht von einer Axt die blutverschmiert zu Boden krachte. Norman erschrak.

„Hat er jemanden erschlagen oder ein Tier geschlachtet?", grübelte er und beobachtete die kanadischen Waldbrandaustreter, wie sie zum Fenster schlurften. Mürrisch gurgelte der Kerl undefinierbare Laute und schloss das Fenster. Behagte ihm die frische Luft nicht, oder fragte er sich warum es offen stand?

Norman lag wie erstarrt und hoffte, dass der Typ nicht auf dumme Gedanken kommt und unter dem Bett nachsieht. Dann platschte neben der Axt etwas zu Boden, was ihm das Blut in den Adern gefrieren ließ. Es war das abgeschlagene Haupt eines Mannes, das ihn mit offenen Augen anstarrte. Norman grub die Zähne in seine Hand, um den instinktiv aufkommenden Schrei zu ersticken. „Was geht hier ab? Wo bin ich gelandet? Hier treibt ein Irrer sein Unwesen. Das darf doch nicht wahr sein", dachte Norman und sah sich schon als nächstes Opfer des Psychopathen.

Dann ging das Licht aus und wie befürchtet, ließ sich das Ungetüm aufs Bett fallen. Der Federkern gab nach und Norman steckte im wahrsten Sinne des

Wortes in der Klemme. Zudem war er gezwungen den Mief der versifften Matratze, intensiv zu inhalieren. Norman kämpfte gegen die aufkommende Übelkeit. Seine Mission stand schon wieder unter keinem guten Stern. Nun war guter Rat teuer. Wie lange konnte er das aushalten? Ob der nachts mal raus muss? In Anbetracht der vollgeseichten Matte, wohl ein frommer Wunsch.

Nach einer Weile kam ihm der Gedanke, mit seiner Magnum durch die Matratze zu feuern. Aber dadurch könnte sich seine Lage noch verschlimmern. Mal angenommen der Kerl wäre sofort tot. Er bliebe liegen und Norman könnte sich nicht aus eigener Kraft befreien. Er würde jämmerlich verrecken. Das war keine gute Idee. Andererseits könnte das Geschoss schon in der Matratze stecken bleiben und der Knall hätte ihn verraten. Da nur eine Kugel in der Trommel steckt, würde er vermutlich das Schicksal mit dem Opfer vor dem Bett teilen. Er konnte es drehen und wenden wie er wollte, die einzige vernünftige Option lag darin, sich in Geduld zu üben.

Plötzlich schepperte die Küchentür und das Licht flammte auf. Forsche Schritte staksten über den Boden. „Ein Komplize?", kombinierte Norman. Zu seiner Verwunderung blickte er auf hochhackige, gepflegte Lacklederstiefel und lauschte der energischen weiblichen Stimme. „Was geht denn hier ab? Du willst doch nicht schon schlafen bevor der Dreck weggeräumt ist. Das stinkt ja fürchterlich und wie sieht es hier überhaupt aus? Du solltest Ordnung schaffen!", maßregelte ihn der immer vertrauter werdende Klang ihrer Stimme. Norman traute seinen Ohren nicht. Es war Ms. Husboon. Aufmerksam und ängstlich zugleich verfolgte er das Geschehen. Sie stellte ihren Fuß auf den enthaupteten Schädel und kickte ihn durch den Raum. Der Kopf kullerte einen Meter und blieb mit starrem Blick, der wieder auf Norman gerichtet war liegen, als wollte er sein Versteck verraten. „Na mein Lieber! Hab ich dir zu viel versprochen. Ich sagte doch, es werden Köpfe rollen.", tönte sie kaltherzig und lachte.

Der Kerl auf dem Bett murrte und brummte, erhob sich dann aber doch. Norman war im doppelten Sinne erleichtert, als sie die Küche verließen. Für den Moment war die Luft rein aber nicht wirklich, denn es stank immer noch bestialisch. Norman wagte sich aus seinem Versteck und schlich mit vorgehaltener Waffe nach draußen. Seltsamerweise war es ruhig und von den Beiden keine Spur. Doch kaum hatte er seine Nase durch die Tür gesteckt, wurde ihm die Pistole aus der Hand geschlagen und ein Sack übergestülpt. Ungeheure Kräfte packten zu und ehe er sich versah, war ein zappelndes Bündel geschnürt. Alles Gezeter half nichts. Norman wurde über die Schulter geworfen und verschleppt. „Hey! Was soll das? Was habt ihr mit mir vor? Ich wollte doch nur fragen, ob ich Benzin bekommen kann", versuchte Norman seinen Hals aus der Schlinge zu ziehen. „Mit vorgehaltener Waffe ziemlich unglaubwürdig", hinterfragte er seinen kläglichen Versuch.

Die Kidnapper ignorierten ihn. Einem Geräusch, als würde eine Luke geöffnet, folgten polternde Schritte eine Treppe hinunter. Unsanft landete Norman auf dem Boden. Dann stapften die schweren Schritte wieder die Treppe rauf und die Luke wurde zugeworfen als wollte sie sagen: „Hier sollst du verrotten!" Fortan war es stockfinster und totenstill.

Allmählich wurde ihm klar, dass er endgültig im Arsch war. Entweder lässt man ihn hier verrecken oder er wird erneut zum Spielball ihrer sadistischen Gelüste. Momentan war er jedenfalls nicht gerade auf Rosen gebettet und trotz der innerlichen Anspannung schlief Norman irgendwann ein.

Als er erwachte, steckte er noch immer im Sack. Endlose Stunden gingen ins Land bis sich die Luke wieder öffnete. Ein Lichtschimmer drang durch die Maschen des Gewebes, erkennen konnte er aber nichts. Jemand kam die Treppe runter, schnappte den Sack, schleppte ihn wieder rauf und warf ihn auf die Ladefläche das Pickup. Kurz darauf fuhren sie mit ihm davon, ohne irgendein Wort zu wechseln. Die Fahrt dauerte nicht lange und führte über holprige Wege.

Nachdem der Wagen stoppte wurde Norman von der Ladefläche gezerrt, über den Boden geschleift und mit einem Tritt in eine Grube befördert. Wollen sie ihn lebendig begraben? „Hey! Was soll das werden? Das könnt ihr nicht machen? Bitte lasst mich gehen! Ich werde auch niemandem etwas sagen", flehte Norman verzweifelt.

Sein Betteln verebbte, als sich ein Messer den Weg um seinen Hals bahnte und den oberen Teil des Sackes abtrennte. Norman hatte wieder freie Sicht und sah sich in einer Mulde im Wald an einem Berghang liegen. Der Anblick seines Peinigers erschütterte ihn bis ins Mark. Ein zwei Meter großes und kräftiges Scheusal war damit beschäftigt, seine gespreizten Beine an Holzpflöcken zubinden. Sein kahler Schädel war eine Kraterlandschaft und von Narben und Verwerfungen durchzogen. Nase und Ohren waren auf skurrile Weise mit der Haut verschmolzen und hinterließen unästhetische Irritationen. Das Gesicht war fürchterlich entstellt. Ein Auge hatte sich nach unten verschoben. Die Lippen verzerrten sich zu einer breiten Öffnung die sich nicht mehr schließen ließ, so dass die fauligen Zähne blank lagen. Dazwischen sabberte die Zunge auf und ab. Zu allem Übel gab es an seiner rechten Hand ein Handikap. Nur zwei Finger und der Daumen waren ihm geblieben. Dr. Frankenstein hätte das Monster nicht besser erschaffen können.

„Hey! Was soll das? Lass das! Bind mich wieder los!", schrie Norman. Als seine Forderung wirkungslos verpuffte wechselte er die Tonart. „Bitte lass mich gehen! Was hab ich dir denn getan?" Doch der Henkersknecht in seiner schmutzigen Latzhose zeigte sich unbeeindruckt. Nun wusste sich Norman keinen anderen Rat, als aus voller Kehle um Hilfe zu rufen. „Hilfe! Hilfe! Hilfe! Hilfe! Hilfe!" Kurz darauf kam hinter ihm das Kommando von der vertrauten Stimme, die jetzt unbarmherzig klang. „Knebel das Schwein! Auch wenn es hier draußen keiner hört, sein Gejammer nervt." Gehorsam stopfte ihm der Lakai einen Putzlappen in den Mund und fixierte ihn mit Klebeband. Als er sich dabei über ihn beugte, beglückte er ihn mit einem Tropfen seiner schleimigen Spuke, worauf Norman sich angeekelt zur Seite warf. Doch sein Sträuben nützte nichts. Die Ausgeburt hatte übermenschliche Kräfte und zurrte seine Arme auf die gleiche Weise fest. Die Pflöcke versenkte er mit einem Vorschlaghammer. Dann zog er sich zurück und überließ seiner kaltherzigen Gebieterin das Feld.

Normans Befürchtungen bestätigten sich. Es war Ms. Husboon, die sich herablassend an seiner Flanke aufbaute und triumphierend die Hände über ihrem kurzen Rock in die Hüften stemmte. Als würde sich sein letzter Alptraum verwirklichen, stellte sie ihren Fuß auf seine Brust, wobei sich der Hacken schmerzhaft zwischen die Rippen bohrte. Ms. Husboon schaute in das leidgeprüfte Gesicht und genoss den Anblick seiner verzweifelt umherirrenden Augen. Es entlockte ihr ein schadenfrohes Grinsen, bevor sie zu ihrem Plädoyer überging. „Norman Wendslay, du miese Ratte! Konntest es einfach nicht lassen. Eigentlich solltest du längst in der Hölle schmoren. Aber so wie es aussieht, hast du einen Schutzengel. Jetzt wolltest du mir schon wieder in die Suppe spucken. Was in Gottes Namen hat dich geritten? Du lässt mir jetzt keine andere Wahl und diesmal gibt es kein Entrinnen. Dir ist sicherlich nicht entgangen, dass ein tonnenschwerer Felsbrocken dort oben lagert. Er wird über ein Seil an einem Baum gehalten. Neben dem Seil haben wir eine Linse so angeordnet, dass sie um die Mittagszeit einen gebündelten Sonnenstrahl auf das Seil wirft. Wenn es durchgebrannt ist, wird die Schwerkraft den Findling in sein ursprüngliches Bett führen. Du wirst also wieder unter den Stein zurückkehren, unter dem du hervor gekrochen bist. Keine Angst! Du wirst nicht lange leiden. Der Felsen zerquetscht dich in Sekundenschnelle. Raffiniert, nicht wahr? Ist doch ein toller Grabstein. Eigentlich war es für jemand andern gedacht. Aber was tut man nicht alles für einen alten Freund. Lebe wohl Norman. Es ist gleich soweit. Ich möchte das aufregende Schauspiel in aller Ruhe genießen."

Norman war über alle Maßen erbost, brummelte wütend in den Knebel und zerrte an den Fesseln. Doch die Pflöcke kannten keine Gnade. Franziska nahm auf einem Baumstumpen in erster Reihe Platz. Dann kam der entscheidende Moment. Hinter dem Felsen stieg eine Rauchsäule auf und zeugte vom gebündelten Strahl, der seine ungnädige Arbeit aufgenommen hatte. In Anbetracht der furchtbaren Prophezeiung geriet Norman in Panik und mobilisierte die letzten Kräfte. „Das kannst du dir sparen! Es ist zwecklos. Der Findling wird gleich das Letzte sein, was du in deinem armseligen Leben zu erwarten hast", kommentierte sie sein Engagement und lachte niederträchtig.

Als hätten sich die Götter in letzter Sekunde auf seine Seite geschlagen, schob sich eine Wolke vor die Sonne und der Qualm verflog. „So ein Mist!", fluchte Franziska. „Das kann nicht wahr sein. Nun ja, egal. Wir könnten das Seil auch mit dem Messer durchschneiden, aber wo bleibt da die Spannung? Dann kommen wir eben morgen wieder. Bobby! Pack die Sachen!

Wir fahren!", kommandierte sie ihren hörigen Lakaien. Norman hoffte, dass sie schnell verschwinden, damit er sich ungestört befreien kann. Doch sie kehrte noch mal zurück, riss ihm den Knebel aus dem Mund und stellte sich breitbeinig über ihn. Mit weit aufgerissenen Augen sah Norman, dass sie kein Höschen unter dem Rock trug. „Da fällt mir ein, du Ärmster hast lange nichts mehr zu trinken bekommen", ließ Franziska sarkastisch verlauten, lüftete das Röckchen und ging in die Hocke. Begleitet von einem dreckigen Lachen, ergoss sich ein heißer Schwall auf sein Gesicht. „Die alte Sau schreckt vor nichts zurück", dachte Norman. Bei ihrem Abgang strafte sie ihn mit einem abfälligen Blick und stieg in den Wagen.

Norman schüttelte den Kopf, um sich des widerwärtigen Saftes zu entledigen. Allmählich verstummte das Motorengeräusch in der Ferne und das Gezwitscher der Vögel, begleitet vom Rauschen der Bäume übernahm die Geräuschkulisse. Norman zerrte an den Fixpunkten, doch so sehr er sich auch mühte, es war vergebens. Die Seile schnürten sich nur noch fester um seine Gelenke und bald kapitulierte er. Norman klammerte sich an den Hoffnungsschimmer, dass Wanderer oder Jäger zufällig auf ihn stoßen.

In der Nacht funkelten die Sterne und deuteten auf einen sonnigen Tag. Doch Norman wünschte sich nichts sehnlicher als einen bedeckten Himmel. Es wurde empfindlich kühl und die Reste des Kartoffelsackes wärmten kaum. Immer noch umgab ihn die Dunstglocke ihrer Ausscheidung.

Am nächsten Tag war der Himmel zugezogen. Norman war fürs Erste erleichtert. Doch dann öffneten sich die Schleusen und sintflutartiger Regen ergoss sich. Anfangs profitierte er in zweierlei Hinsicht. Der penetrante Geruch wurde fortgespült und er konnte Regentropfen haschen, um seinen Durst zu stillen.

Zu seinem Leidwesen schoss dann aber ein Sturzbach in die Senke und ließ den Pegel anschwellen. Bald stand ihm das Wasser bis zum Hals. Nun war der

Durst kein Thema mehr. Welch Ironie. Er sollte unterm Stein zermalmt werden und muss nun jämmerlich ersaufen. Norman reckte den Hals soweit es ging, um nach Luft zu schnappen. Als er nur noch mit gespitzten Lippen über die Wasserlinie kam, hatte der Himmel ein Einsehen. Der Regen ließ nach. Am Tag darauf war das Wasser versickert und die Sonne schien von einem tiefblauen Himmel. Später zogen lockere Wolkenfelder durch und sorgten dafür, dass die Intensität der Strahlung nicht genügte, um ihn ernsthaft zu gefährden. Doch am übernächsten Tag riss seine Glückssträhne, weit und breit keine Wolke in Sicht.

20. Kapitel

Detektiv Harry Morgan hatte es sich im Büro bequem gemacht und die Füße auf den Tisch gelegt. Ein Finger suchte in der Nase nach verborgenen Schätzen, während er sich den Untersuchungsbericht der Spurensicherung vornahm. Abrupt unterbrach die auffliegende Tür seine Schatzsuche und blitzschnell riss er die Füße vom Tisch. Harry hatte verinnerlicht, dass Sam von dieser Marotte nicht begeistert war. Doch es war nur der Donat mampfende Dave, der unvermittelt hereinplatze.

„Morgen Harry! Hast du schon gehört?", brummelte er durch seine Zwischenmahlzeit, wobei sein Hosenstall sperrangelweit offen stand.

„Du wirst mich sicherlich gleich aufklären", reagierte Harry halbwegs desinteressiert und schaute mit Verzögerung auf. „Wie läufst du denn rum? Dein Zipfel hängt raus", wies ihn Harry kopfschüttelnd zurecht.

Dave quittierte es mit einem ungläubigen Blick. „Oh! Tatsächlich. Das Handy klingelte auf dem Klo und überhaupt, ist doch nur der Zipfel vom Hemd", spielte Dave die unschickliche Situation herunter.

„Das Andere wäre wohl auch zu winzig, um rauszuhängen", setzte Harry noch einen drauf und fuhr fort. „Nun schieß los! Was gibt's?"

„Ha, ha! Sehr witzig", kommentierte Dave seine abwertende Bemerkung und ließ dann die Bombe platzen. „Die Deppenford hat einen Stecher." Ein erhabenes Grinsen legte sich auf sein Gesicht, als hätte er eine sensationelle Neuigkeit verkündet.

„Ach nee? Und wer ist der Glückliche? Sam doch nicht etwa?"

„Blödsinn! Den Hausmeister hat's erwischt. Letzten Freitag musste er sich um ihre Steckdose kümmern. Die hatte doch schon länger kein Kontakt. Als er so am Fummeln war, meinte die Deppenfort, das auf dem Klo noch ein Rohr zu verlegen wäre."

„Das gibt's doch nicht. Hat er es ihr besorgt?"

„Na klar. Das Rohr, er hat es aus dem Lager geholt."

„Blödsinn! Hat er sie aufgebockt, flachgelegt, durchgejodelt, na du weißt schon!"

„Ach so! Keine Ahnung. Wahrscheinlich schon. Zuletzt habe ich die Turteltäubchen in der Cafeteria gesehen."

„Na vielleicht hat sie diesmal ins Schwarze getroffen. Er ist eigentlich ein netter Kerl. Wie sieht's denn bei dir aus? Ich habe dich gestern mit einem kleinen Mäuschen im Cafe gesehen. Leider zeigte sich die kräftige Brünette nur von hinten. Wo hast du die denn aufgerissen?", zeigte sich Harry neugierig.

„Dir entgeht auch gar nichts. Du bist aber auf dem Holzweg, es war Helmut der Dachdecker. Er trägt die Haare meistens offen und ist nur 1,70 groß. Ich brauch ein neues Dachfenster", klärte Dave den Irrtum.

„Helmut? Den kenne ich doch. Seine Eltern stammen aus Deutschland. Ist ein komischer Kauz. Der ist doch vom anderen Ufer, oder?", mutmaßte Harry.

„Schon möglich. Aber er ist ein netter Kerl und besorgt es mir. Äh, … das Dachfenster", fügte Dave erläuternd hinzu.

„Selbstverständlich. Was auch sonst? Du hast doch aber was am Laufen, oder?", ließ Harry nicht locker.

„Das ist noch nicht spruchreif", versuchte Dave das Thema von sich zu weisen und ließ sich nach einer kurzen Pause doch in die Karten gucken. „Nun ja, ich bin im Park über was gestolpert. Sie lag auf der Weise in der Spätsommersonne. Ich jagte durch das hohe Gras einem Schmetterling nach, den ich dadurch aus den Augen verlor. Dann habe ich mich in sie verguckt und hatte Schmetterlinge im Bauch. Ich lud sie auf ein Kaffee ein und es wurde ein herrlicher Nachmittag. Demnächst wollen wir ausgehen", sprudelte es in freudiger Erwartung aus Dave heraus.

„Klingt gut. Na ja, genug Platz hatten die Schmetterlinge", kam von Harry die Anspielung auf seinen Wohlstandshügel.

„Arschloch!", reagierte Dave trotzig.

„Sorry, Dave. Das konnte ich mir nicht verkneifen."

„Ich habe im letzten Monat drei Kilo abgenommen und im Gegensatz zu dir, habe ich mal wieder was Vernünftiges kennen gelernt", konterte Dave.

„Okay, okay. Schuldig im Sinne der Anklage. Du wirst es nicht glauben, aber vor ungefähr 20 Jahren war da mal ein junges Ding. Janine hieß sie, … glaub ich. Das war eine Granate! Ich war über ein halbes Jahr mit ihr zusammen. Ist dann aber leider doch nichts draus geworden. So verliebt war ich nie wieder", schwelgte Harry in den Erinnerungen.

„Und? Woran hat's gelegen?"

„Nun ja, … ihr Studium in Los Angeles. Die Entfernung, du verstehst! Ich habe dann bei der Polizei angefangen. Den Rest kennst du. Nun lass uns aber wieder mal auf unseren Fall zurückkommen."

„Du hast Recht! Wenn wir nicht bald was liefern, sind wir geliefert", pflichtete ihm Dave bei.

„Haben wir denn schon was Handfestes?", stellte Harry die Frage.

„Nicht wirklich. Die letzte heiße Spur ist im Sande verlaufen. Wie war das noch mal mit den Opfern? Wurden sie wahllos ausgewählt oder war es Zufall, dass es Brüder waren? In welcher Beziehung standen Opfer und Täter zueinander? Kannten sie sich? Waren die Morde von langer Hand geplant oder geschah es im Affekt? Wie wurde das erste Opfer umgebracht, bevor es zu Hackfleisch verarbeitet wurde? Oder hat sie ihn bei lebendigem Leib durch den Fleischwolf gejagt?", wärmte Dave einige unbeantwortete Fragen auf.

„Man Dave! Woher soll ich das wissen?", kommentierte Harry seine Auslegung. „Es sind verdammt viele offene Fragen. Wenn dieser Taxifahrer nicht zufällig die Vermisstenanzeige mit dem Foto von dem Lambert gesehen und uns den Tipp gegeben hätte, dann hätten wir noch nicht mal eine Verdächtige. Und selbst bei ihr können wir nicht sicher sein, ob sie tatsächlich was damit zu tun hat. Und wenn. Was hatte sie für ein Motiv? Geschah es aus Rache, Hass auf Männer oder reine Mordlust? Die Opfer hatten eine weiße Weste, noch nicht mal einen Strafzettel und warum hatte sie das zweite Opfer nicht wie beim ersten Mal entsorgt und hinterließ so einen Sauhaufen? Wurde sie überrascht? Verheimlicht uns der alte Maysson was. Vielleicht hat er sie sogar gesehen. Ist doch zu dumm, dass in dem Haus von Mrs. Cutter nichts gefunden wurde. Vielleicht hätte uns das weitergeholfen", konstatierte Harry resignierend und wühlte in den Akten.

„Ja, das ist merkwürdig. Es gab nicht mal ein Foto von ihr oder ihrer Familie, keine Briefe, keine Dokumente und keine Papiere, nichts was ihre Existenz in irgendeiner Art und Weise bestätigt. So was habe ich noch nicht erlebt. Es gab nirgendwo Fingerabdrücke, weder auf den Türdrückern noch auf den Möbeln, keine Haare und kaum ein Staubkorn. In dem Haus hätte man einen Operationssaal einrichten können. Das war doch das richtige Objekt, oder?", fragte Dave ungläubig.

„Sicher! Der Name stand an der Haustür und die Anschrift haben wir aus dem Personalbogen. Sie ist dort polizeilich gemeldet. Da war alles korrekt."

„Aber irgendetwas stimmt nicht. Vielleicht gehen wir einer falschen Spur nach? Die Nachbarn haben sich positiv geäußert und die Kollegen beschrieben sie als zuverlässig, pflichtbewusst und unauffällig. Eigenartig ist allerdings, dass niemand etwas zum derzeitigen Aufenthaltsort sagen konnte. Selbst ihr Chef hatte keine Ahnung. Vielleicht sollten wir uns die

Husboon noch mal vorknöpfen. Schließlich haben wir Mr. Wendslay bei ihr gefunden", kam Dave zu dem Schluss.

„Ja, vielleicht sollten wir das machen", pflichtete ihm Harry bei.

„Irgendwie lässt mir die haarsträubende Geschichte mit dem Mann von der Cutter keine Ruhe. Sollte sie etwas mit den Morden zu tun haben, erscheint mir der Fall in einem ganz anderen Licht. Das stinkt doch zum Himmel. So ein erfahrender Mann legt sich nicht unter den Laster, ohne die Handbremse anzuziehen", fügte Dave hinzu.

„Dave! Das war nicht unser Fall. Außerdem liegt er lange zurück und ist abgeschlossen. Man konnte ihr nichts nachweisen. Es gab keine Zeugen. Vielleicht wollte sie ihren Mann auch loswerden und hat ihn absichtlich überfahren", stellte Harry klar und fuhr nach einer kleinen Pause fort. „Sie sieht der Husboon aber wirklich sehr ähnlich."

„Ja, ist doch mein Reden. Wie aus dem Gesicht geschnitten. Man könnte glauben es seien Zwillinge oder die Husboon führt ein Doppelleben?", kombinierte Dave.

„Ich glaube, ich habe dir noch nicht davon erzählt. Die Husboon traf ich zufällig vor ein paar Tagen in der Stadt. Wir haben zusammen Kaffee getrunken und abends gegessen. Über den Fall haben wir uns so gut wie gar nicht unterhalten. Mrs. Cutter soll zu dieser Zeit schon im Urlaub gewesen sein. Ein Doppelleben können wir also noch nicht ganz ausschließen, denn niemand konnte uns ihren Aufenthaltsort nennen. Die Theorie mit der Schwester gefällt mir allerdings besser, obwohl es laut Meldeamt keinen offiziellen Hinweis gibt. Angeblich waren es Einzelkinder. Die Eltern sollen bei der Husboon durch eine schwere Krankheit und bei der Cutter durch einen Autounfall ums Leben gekommen sein. Die Husboon machte mir aber nun wirklich nicht den Eindruck, als könnte sie einen Mord begehen."

„Warum erzählst du mir das erst jetzt? Du weißt doch, dass man nichts mit Tatverdächtigen anfangen sollte. Ich glaube nicht, dass man es jedem gleich ansieht was er auf dem Kerbholz hat. Manch einer kann das sehr gut verbergen. Gerade Frauen haben das Talent, einem Mann etwas vorzutäuschen. Du hast dich in sie verliebt. Ich sehe es dir doch an der Nasenspitze an", traf Dave einen wunden Punkt bei seinem Partner.

„Ach was. Wie kommst du denn auf die Idee?", wiegelte Harry ab.

„Du brauchst mir nichts vorzumachen. Ich spüre, dass da was gelaufen ist."

„Vergiss es! Da war nichts. Aber eines ist mir aufgefallen. Ihre Augen und ihre Stimme", bemerkte Harry nachdenklich.

„Was war damit", stocherte Dave.

„Nun ja, ganz sicher bin ich nicht. Die Farbe der Augen war beim letzten Hausbesuch dunkel, fast schwarz und ihre Stimme war kalt und gefühllos. Bei meinem Date, oder wie du es auch immer nennen magst, waren die Augen braun und die Stimme sanft-mütig. Vielleicht bilde ich es mir auch nur ein, aber möglicherweise war sie und die Frau in ihrem Haus nicht ein und dieselbe Person", stellte Harry nach-denklich fest.

Plötzlich wurden die Beamten durch das Telefon un-terbrochen. Harry nahm den Hörer ab und meldete sich auffallend vorschriftsmäßig. „San Francisco Po-lice Department, Detektiv Morgan, was kann ich für sie tun?" Nachdem er einen Augenblick aufmerksam lauschte, schossen seine Brauen überrascht in die Höhe. „Ja sicher! Wir sind im Büro. Bis gleich." Harry legte auf und schaute Dave triumphierend an.

„Wer war das?"

„Dreimal darfst du raten."

„Ms. Husboon?"

„Kalt!"

„Komm schon! Was soll das?", zeigte sich Dave von dem Ratespiel genervt. „Das war Mr. Rustell. Der Mitarbeiter von Ms. Husboon und Kollege von Mr. Wendslay. Er hat was für uns", präsentierte Harry die unerwartete Wendung.

„Whou. Da bin ich aber gespannt. Den haben wir doch schon mal in die Mangel genommen. Der wusste überhaupt nichts", schraubte Dave die Erwartungen herunter.

„Er klang ziemlich aufgebracht und überschlug sich geradezu. Ich denke es kann nicht schaden, wenn wir uns anhören was er zu sagen hat", äußerte sich Harry achselzuckend.

Da klopfte es auch schon. „Herein!", gab Harry das forsche Kommando, so dass sich die Tür nur zögerlich öffnete und sich Mr. Rustell eingeschüchtert hereinschob. Als hätte es ihm die Sprache verschlagen, blickte er in die verdutzten Gesichter der Beamten. „Wo kommen Sie denn so schnell her? Sind Sie geflogen?", staunte Dave.

„Ich hatte von der Telefonzelle um die Ecke angerufen."

„Okay! Na dann setzen Sie sich und schießen mal los!" Harry hockte sich provokant auf den Schreibtisch und durchbohrte ihn mit strengem Blick.

Das machte die Sache für Richard nicht gerade leichter und er rutschte nervös auf dem Stuhl hin und her. Mit gesenktem Blick begann er zu stammeln. „Nun ja, …ich sollte mich im Notfall melden …und jetzt scheint es so weit zu sein. Norman, …Norman Wendslay, …mein Kollege, …ich habe mich hinreißen lassen und ihm einen Gefallen getan. Ich glaube es war ein Fehler. Ich hätte mich nicht darauf einlassen sollen", schluchzte Richard und hob beschwörend die Hände.

„Was meinen Sie? Worauf hätten Sie sich nicht einlassen sollen?", stocherte Harry.

„Nun ja, … ihm muss etwas zugestoßen sein. Norman hatte sich mir anvertraut und war wie besessen von der Idee, die Husboon zur Strecke zu bringen. In gewisser Weise kann ich ihn ja verstehen, wenn man bedenkt was sie ihm angetan hatte. Ich habe ihm dann alles besorgt, unter anderem die Adresse, wo sie jetzt zu finden ist. Er wollte sich jeden Tag zwischen 12.00 und 13.00 Uhr melden. Ich hatte gestern bis spät in die Nacht auf seinen Anruf gewartet, aber als er sich heute auch nicht gemeldet hat musste ich handeln. Da muss was schief gelaufen sein. Sie müssen sich beeilen. Ich habe auf dieser Karte den Ort markiert. Da werden Sie ihn finden, wenn die Husboon ihm nicht schon den Hals umgedreht hat."

Richard breitete auf dem Tisch eine Karte aus und tippte mit dem Finger auf ein rotes Kreuz. Langsam wanderte sein Blick aufwärts und sah in die erstaunten Gesichter.

„Ich dachte, die Husboon ist im Urlaub. Irgendwo in der Südsee", gab Dave zu bedenken.

„Offiziell schon, aber das könnte nur ein Alibi gewesen sein, um dort ungestört ihr Unwesen zu treiben."

„Woher wollen Sie das wissen? Das ist doch nur eine Vermutung", stellte ihn Harry zur Rede.

„Nun ja, eine Garantie kann ich Ihnen nicht geben. Aber ihren Aufenthaltsort habe ich aus zuverlässiger Quelle und da sich Norman bis heute nicht gemeldet hat, müssen wir mit dem Schlimmsten rechnen", schlussfolgerte Richard.

„So, so! Eine zuverlässige Quelle. Und die ist natürlich streng geheim. Wie lange arbeiten Sie schon in der Firma?"

„Die Quelle kann ich nicht preisgeben. Das hab ich versprochen. In der Firma arbeite ich seit fünf Jahren, wieso? Das habe ich doch schon beim letzten Mal gesagt."

„Ich weiß. Ich wollte es nur noch mal hören. Wie war das Verhältnis zu der Husboon?"

„Etwas unterkühlt. Meistens war sie nett, aber manchmal unausstehlich."

„Haben Sie von den ausgefallenen Neigungen Ihrer Chefin gewusst?"

„Was soll die Frage? Das wissen Sie doch schon alles. Wir verschwenden nur unsere Zeit."

„Antworten Sie auf die Frage, Mr. Rustell", forderte Harry aufbrausend.

„Okay, okay! Wie ich schon sagte, man munkelte in der Firma, dass sie in ihrem Keller ein paar Leichen vergraben hat. Wie man halt so redet. Wir gingen aber davon aus, dass es nur Gerüchte sind. Wir haben geflachst und unsere Späße gemacht. Ernsthaft geglaubt hat es wohl niemand. Außer Norman, der war von dem Gedanken besessen. Er ist sehr sensibel und nahm es sich zu Herzen, wenn er mal wieder abgekanzelt wurde. Und in letzter Zeit war er öfter Mode", erklärte Richard kopfnickend.

„Kannten Sie die familiären Verhältnisse von Ms. Husboon? Hatte sie Eltern, Geschwister oder Verwandte?", wollte Harry wissen.

„Keine Ahnung. Ihr Privatleben geht mich nichts an."

„Wie haben Sie von den Plänen ihres Kollegen erfahren?", fragte Dave.

„Er rief mich aus dem Krankenhaus an und bat mich um einen Gefallen."

„Was für ein Gefallen und was hat er Ihnen erzählt?"

„Nun ja, er klang ziemlich aufgeregt. Er meinte, dass ihm übel mitgespielt wurde, was auch nicht zu übersehen war und hätte einen Plan, wo er meine Hilfe bräuchte. Ich sollte ihm einige Dinge besorgen."

„Was sollten Sie ihm besorgen und wie gut kennen Sie sich?"

„Wir sind Kollegen und verstehen uns ganz gut. Vielleicht auch ein bisschen mehr, aber gute Freunde, ... dass kann man nicht unbedingt sagen. Er brauchte ein Auto und wollte wissen, wo sie sich versteckt."

„Kennen Sie eine Mrs. Cutter?", warf Harry die Frage unvermittelt ein.

„Nein, keine Ahnung. Ich kenne niemanden der so heißt."

„Hier ist ein Bild von ihr. Schauen Sie es sich genau an!" Harry zeigte ihm eine Kopie vom Foto der Personalakte, worauf sich Richards Augen weiteten. „Das ist doch Ms. Husboon", stellte Richard überzeugend fest.

„Tut mir Leid Sie enttäuschen zu müssen, aber das ist Mrs. Cutter! Die arbeitet im Schlachthof, von dem Ms. Husboon ihr Hundefutter bezieht."

„Das gibt es doch gar nicht. Diese Ähnlichkeit. Ich hätte meine Hand dafür ins Feuer gelegt, dass es Ms. Husboon sei", bekräftigte Richard seine Sichtweise.

„Hier ist ein Bild von Ms. Husboon." Harry platzierte die Abbildungen nebeneinander.

„Oh ha! Dann führt sie ein Doppelleben", meinte Richard, die Erklärung gefunden zu haben.

„Soweit waren wir auch schon, sind uns aber nicht sicher", stellte Harry klar, stand auf und ging hinter Richard auf und ab.

„Dann sind es Zwillinge", kam Richard zu dem logischen Schluss und verrenkte seinen Hals, um den Blickkontakt zum Detektiv zu halten.

„Das haben wir überprüft. Von offizieller Seite wurde es nicht bestätigt. Ms. Husboon ist ein Einzelkind. Es könnte natürlich auch eine Doppelgängerin sein. Sagen Sie Mr. Rustell, können Sie Ihre Chefin telefonisch erreichen?"

„Ausgeschlossen! Sie hat es schon immer so gehalten, dass sie im Urlaub auf keinen Fall gestört werden wollte."

„Verstehe. Na gut. Dann wollen wir mal der heißen Spur nachgehen." Harry stellte sich vor die Landkarte, die an der Wand hing. Sein Finger fuhr suchend über den Plan. „Rockandtree! Sagen Sie, wo soll der Ort sein? Auf unserer Karte ist da nichts." Dann prüfte er die Karte von Mr. Rustell. Dort fand er nur das Kreuz, unter dem weder ein Punkt für die Ortsbezeichnung noch ein Ortsname zu erkennen war.

„Sagen Sie Mr. Rustell!" Harry drehte sich um und stemmte seine Hände in die Hüften. „Sind Sie sicher, dass es diesen Ort überhaupt gibt?"

„Ich war noch nie dort, aber …" Harry fuhr ihm in die Parade. „Ja, ja ich weiß, ihre zuverlässige Quelle." Dann nahm er das Telefon und wählte eine Nummer. „Hallo Janet! Kannst du mir einen Gefallen tun?" Harry schilderte die Sachlage und legte auf. Kurz darauf klingelte das Telefon und Harry nahm den Hörer ab. „Das ging aber schnell meine kleine Zuckerschnute!" Sein Gesicht verfinsterte sich. „Oh Sam! Sorry, ich dachte. Was gibst?" Sam wollte sich über den Stand der Ermittlungen informieren. „Sieht gut aus. Wir haben eine heiße Spur. Ich lasse sie gerade prüfen und hatte gedacht, dass es der Anruf wäre", rechtfertigte sich Harry und legte auf. Das Telefon klingelte erneut. Diesmal war es die ersehnte Information und Harry machte ein zufriedenes Gesicht.

„Also gut. Stürzen wir uns in ein Abenteuer. Meine Herren, die Lösung des Rätsels wartet in Rockandtree. Und Sie Mr. Rustell …werden uns begleiten. Sie sind unser Navigator", ordnete Harry an und warf sich sein Jackett über.

Richard fiel aus allen Wolken. „Äh, wieso? Ich hab doch nichts damit zu tun. Und außerdem muss ich wieder zur Arbeit. Meine Mittagspause ist um", versuchte sich Richard aus der Affäre zu ziehen.

„Da machen Sie sich mal keine Sorgen. Das regeln wir schon. Tut mir Leid Mr. Rustell, Sie haben Mr. Wendslay geholfen und sich somit zum Komplizen gemacht. Wir haben eine lange Fahrt vor uns. Vielleicht fällt Ihnen unterwegs noch was ein. Ich werde das dumme Gefühl nicht los, dass Sie uns noch etwas verheimlichen."

„Mir bleibt wohl keine Wahl?", lenkte Richard widerwillig ein, als ihm die nicht registrierte Waffe durch den Kopf schoss. Er hoffte inständig, dass sie nicht mehr auftauchen möge und verfluchte den Tag an dem er sich hat breit schlagen lassen.

„Haben Sie nicht!", stellte Harry unmissverständlich klar, legte die Hand auf seine Schulter und bugsierte ihn aus dem Büro.

Während der Fahrt löcherten die Beamten ihren Begleiter mit weiteren Fragen und nahmen ihn ins Kreuzverhör. Bald darauf war auch die Pistole kein Geheimnis mehr. Sie versprachen ihm, es unter den Tisch fallen zu lassen, sollte die Operation zum Erfolg führen.

Als die Männer sich nach einer Übernachtung dem anvisierten Ziel näherten, versagte das Navigationssystem. Den beschriebenen Ort gab es nicht. Da war weit und breit nichts. Nur eine Straße durch die Wildnis. „Verdammt noch mal! Hier ist doch was faul. Janet meinte, dass sie schon mal was von diesem Ort gehört hatte. Es sei aber lange her gewesen. Bisher konnte ich mich immer auf sie verlassen. „Dave! Wir fahren jetzt die Straße lang und Gnade Ihnen Gott Mr. Rustell, wenn da nichts kommt. Es wird nämlich bald dunkel."

Zwei weitere Stunden fuhren die Männer durch die finstere Bergwelt. Mit einsetzender Dämmerung erschien die Gegend noch unheimlicher. Als sie einen abgeholzten Berghang hinabfuhren, tauchte im Tal wie aus dem Nichts, eine Ortschaft auf. „Das glaube ich nicht. Ich hatte schon meine Zweifel, aber an Ihrer Geschichte scheint doch etwas dran zu sein", gestand Harry.

Es war schon dunkel, als sie ankamen. Der Ort zeichnete ein trostloses Bild. „Was ist das für ein gottverlassenes Nest? Kein Licht in den Häusern und die Straßenbeleuchtung funktioniert nicht", äußerte sich Dave entsetzt.

„Das soll früher mal ein Bergbaugebiet gewesen sein. Als die Mine dicht machte wanderten die meisten Leute ab. Einige sind geblieben und haben sich durch

Holzverarbeitung über Wasser gehalten", erklärte Richard.

„Nicht schlecht mein Junge. Sie haben Ihre Hausaufgaben gemacht", lobte Harry.

Das einzige Gebäude wo Licht brannte, abgesehen vom Lokal und dem Diner, war das verwahrloste Motel. Dave steuerte drauf zu und stellte den Wagen ab. Zusammen betraten sie die Rezeption, wo ihre Geduld auf die Probe gestellt wurde. Erst als sich Harry lautstark bemerkbar machte, empfing sie der einäugige Alte und bestätigte, dass sie sich in Rockentree befanden. Da wo sonst das Glasauge starr die Richtung wies, prangte diesmal eine weiße Murmel. Mürrisch und wortkarg legte er die Schlüssel auf den Tresen und wollte sich schon wieder abwenden. Da zeigte Harry ihm das Foto von der Husboon, worauf der alte Mann sein Gesicht verzerrte. „Die habe ich vor einer Woche das letzte Mal gesehen. Die Tussi hat ganz schön Staub aufgewirbelt und die Jungs aufgemischt", erklärte der Alte.

„Was ist mit Ihrem Auge passiert?", wollte Dave wissen.

„Mein Glasauge ist mir unter den Schrank gekullert. Da muss wohl ein Loch in den Dielen gewesen sein. Ich habe es nicht mehr gefunden", reagierte der Alte angesäuert.

„Tut mir Leid! Ich wollte Ihnen nicht zu nahe treten", bemühte sich Dave die Wogen zu glätten.

Und ehe sie sich versahen, verschwand der Alte so plötzlich wie er gekommen war. Harry und Dave schauten sich fragend an und zuckten die Achseln. „Ich bin müde. Komm Harry! Wir hauen uns aufs Ohr."

Dave und Mr. Rustell gingen vor die Tür. Einen Augenblick später folgte Harry, der sie unter dem Laubengang auf dem Weg zum Zimmer einholte. „Was für eine Absteige. Fünf Sterne sind ein Scheißdreck", klassifizierte Harry die runtergekommene Residenz.

„Hoffentlich dauert es nicht allzu lange. Was hältst du von dem Alten?", fragte Dave

„Nicht gerade redselig. Er weiß aber was und das finden wir noch raus." Harry öffnete die knarrende Tür und schaltete das Licht an. Für Sekunden flammte es auf. „Ach du Scheiße!", stieß Harry noch heraus als er die muffige Bude sah, dann gab es einen Knall und Finsternis hüllte die erschrockenen Männer ein.

21. Kapitel

Dave lag noch lange wach und grübelte. „Harry! Schläfst du schon? Ich krieg kein Auge zu."

„Ich bin schon weg", brummte Harry im Halbschlaf.

„Der Knall fuhr mir ganz schön in die Glieder und dieser verwahrloste Ort, dann der Alte an der Rezeption und das Zimmer. Ist alles ziemlich gruselig. Bei dem Knall dachte ich im ersten Moment, dass jemand auf uns geschossen hat."

„So ein Quatsch. Wer soll auf uns schießen? Hier kennt uns doch keiner. Du bist schreckhaft geworden alter Mann. Keine Panik Dave, es war nur die Glühbirne. Wenn man die Bude sieht, ist es nicht verwunderlich. Schlaf jetzt! Wir haben morgen einen harten Tag."

Harry zog die Decke über die Ohren und drehte sich um. Dave ließ als Gutenachtgruß noch mörderisch Einen fahren. „Oh man Dave! Du alte Sau!", protestierte Harry. „Sorry! Früher hatte ich öfter Sex, heute muss ich öfter furzen. Muss wohl am Alter liegen", versuchte sich Dave zu rechtfertigen.

Eine Weile später vernahm er schwere Schritte vor der Tür. Anschließend folgte ein seltsames Kratzen, als würde jemand mit einer Hakenprothese an der Wand entlang schaben. Dann verstummte das Geräusch. „Hast du das gehört?", flüsterte Dave und schnellte wie ein Klappmesser in die Senkrechte. Durch die vergilbte Gardine, war kaum etwas auszumachen. Dave war ernsthaft besorgt und rüttelte Harry an der Schulter. „Harry wach auf! Da draußen ist jemand."

„Mensch Dave! Mach mich nicht fertig! Ich bin hundemüde und hatte gerade einen geilen Traum", murmelte er mit geschlossenen Augen.

„Harry! Ich verarsch dich nicht. Ich habe was gehört. Sieh doch mal nach!"

„Wer weiß was du gehört hast?", winkte Harry ab. Dave ließ aber nicht locker und wie auf Bestellung setzte das Kratzen wieder ein. „Da war es schon wieder. Hörst du das?"

„Ich hör nichts. Sieh doch selber nach!", wiegelte es Harry gleichgültig ab.

„Du bist dichter an der Tür", hoffte Dave auf den entscheidenden Schachzug, als das Kratzen wieder pausierte.

Harry hob den Kopf und lauschte. „Da ist nichts. Du nervst gewaltig, weißt du das? Du hörst schon wieder die Flöhe husten", spielte Harry auf seine Empfindlichkeit an und beobachtete im einfallenden Mondlicht, wie sich bei Dave Sorgenfalten breitmachten. „Okay, okay! Damit der Quälgeist endlich Ruhe gibt." Harry raffte sich auf, nahm aus Gewohnheit seine 38er aus dem Halfter und schlurfte zur Tür. Dort hörte er nun auch etwas. Was ist das verdammt noch mal. „Jetzt höre ich es auch. So ein komisches Kratzen."

Vorsichtig öffnete Harry die Tür und trat mit vorgehaltener Waffe in den Laubengang. Der Vollmond flutete ihn mit seinem Licht. Begleitet vom Konzert der Grillen, begab sich Harry auf Erkundung. Für den Moment war alles ruhig. Doch irgendwie sagte ihm sein Gespür, dass hier was im Busch war. Aus den Augenwinkeln erkannte Harry einen Schatten um die Ecke huschen.

„Halt stehen bleiben!", rief er und peilte das Phantom an. Der mutmaßliche Unruhestifter war jedoch längst über alle Berge. Harry warf einen Blick um die Ecke. Da war tatsächlich was im Busch, denn er bewegte sich wo er den Flüchtigen verschluckte. Harry hatte zu dieser späten Stunde aber keinen Bock auf eine Verfolgungsjagd durch das Unterholz, zumal mit Unterhose und Badelatschen. Außerdem war nicht zweifelsfrei geklärt, mit wem oder was er es zu tun hatte. Erstaunt war er, als im Hintergrund einige Bäume wankten, als würde ein Rhinozeros das Weite suchen. „War das überhaupt ein Mensch?", rätselte Harry unschlüssig.

Als er zurückkehrte, saß Dave immer noch aufrecht im Bett. Harry schloss die Tür und schob seine Waffe zurück in das Halfter. „Nun rück schon mit der Sprache raus! Was war da?", löcherte ihn Dave von Neugier geplagt.

„Da war irgendwas. Vermutlich ein Waschbär oder ein Fuchs. Er ist ins Gebüsch geflüchtet." Das genügte Dave und drehte sich auf die Seite. Harry kam noch nicht gleich zur Ruhe. Er hatte Dave nicht die ganze Wahrheit gesagt.

Am nächsten Morgen traten die ausgeschlafenen Jungs vor das Zimmer. Die Sonne schien von einem wolkenlosen Himmel. Routinemäßig hielten sie nach Spuren des nächtlichen Intermezzos Ausschau. „Das gibt's nicht. Hier muss doch was zu sehen sein", wunderte sich Harry. „Das ist sehr merkwürdig. Zumindest im Sand müsste es Spuren geben, aber da ist nichts. Vielleicht ist das Biest auf den Brettern gelaufen und über den Rasen verschwunden", stellte Dave die These auf.

„So könnte es gewesen sein. Wie dem auch sei? Bestimmt war es nur ein Waschbär oder so was ähnliches", wollte es Harry abhaken, denn er hatte die Nase voll von der Nummer. Außerdem knurrte ihm der Magen. Er klopfte bei Mr Rustell, während für Dave das Thema noch nicht vom Tisch war und er den Rasen unter die Lupe nahm. „Mr. Rustell! Aufstehen! Wir wollen zum Diner." Harry wartete und klopfte noch mal. „Mr. Rustell! Nun machen Sie schon!" Dann wurde es ihm zu bunt und er öffnete die Tür, die nicht verschlossen war. Das Zimmer war leer, das Bett unbenutzt und seine Sachen verschwunden.

„Verdammte Scheiße! Wo ist der hin? Der wird doch nicht etwa…", war sein erster Gedanke, dass er ausgebüxt sei und führte sich die letzte Nacht vor Augen. War es Mr. Rustell der die Geräusche verursachte? Aber warum sollte er? Das war eine verdammt einsame Gegend. Zu Fuß und allein hätte er kaum eine Chance und es war ganz bestimmt nicht Mr. Rustell, der die Bäume ins Wanken brachte.

„Harry! Komm mal her! Das solltest du dir ansehen!", meldete sich Dave aufgelöst. Harry lief um das Motel und sah Dave mit offenem Mund nach oben starren. „Was ist los? Siehst du wieder Gespenster?", spielte Harry sein Gehabe herunter. „Sieh mal! Von wegen Waschbär." Dave deutete auf eine Stelle am First. Harry folgte seinem Blick und staunte. „Was in Teufelsnamen …? Das ist doch unmöglich." Die Männer waren ratlos. In fast vier Metern Höhe war die Bretterwand von Kratzspuren durchzogen. „Wie kamen die dort hin und wer war das? War es vielleicht ein Grizzlybär? Gab es überhaupt solch große Exemplare?", warfen sich die Fragen auf.

Plötzlich war wieder was im Busch. Schlagartig standen die Männer unter Strom und zogen ihre Pistolen. „Wer ist da? Kommen Sie mit erhobenen Händen raus!", forderte Harry barsch, obwohl er sich ziemlich sicher war, dass es sich nicht um einen Menschen handelte. Es kam auch keine Antwort. Wieder bewegten sich die Sträucher, als würde eine Windböe hindurchfahren. Die angespannten Polizisten konnten jedoch nichts erkennen, da das dichte Laub im Busch ihnen die Sicht versperrte. In Erwartung der Dinge die da kommen sollten, rutschte ihnen das Herz ein Stück weit in die Hose.

Der Busch teilte sich und spuckte zur Überraschung Mr. Rustell aus. „Hey, Leute! Locker bleiben! Ich war geschäftlich unterwegs. Auf dem versifften Klo kann man doch keinen abseilen. Ich habe alles im Griff", sprach er, nahm die Hand aus der Hose und zog den Reißverschluss zu. „Was ist passiert?", fügte er verwundert hinzu, als er die Bleichgesichter erblickte. Harry stecke die Kanone weg und klärte die mysteriösen Umstände.

„Wo haben Sie geschlafen?", fragte er.

„Auf meinem Zimmer, wieso?"

„Nun ja, das Bett sah unberührt aus und Ihre Sachen habe ich nicht gesehen."

„Ich habe gestern meine Tasche in den Schrank geschmissen und mich so auf die Tagesdecke gehauen.
Ich war hundemüde und muss sofort eingeschlafen
sein."

„Haben Sie in der Nacht was gehört?"

„Nein. Was soll ich gehört haben?" Harry deutete auf
die Kratzspuren über ihren Köpfen. Mr. Rustell sah
hinauf und trat einen Schritt zurück. „Das muss ein
ausgewachsener Grizzlybär gewesen sein. Man sollte
nicht glauben wie groß die werden, wenn sie sich aufrichten. Aber so weit oben? Das ist außergewöhnlich.
Allerdings scheint es da, ein lohnenswertes Ziel zu
geben. Sehen Sie doch!", er zeigte auf eine Fuge in der
Bretterwand aus der Bienen geflogen kamen. „Im
Dachraum muss es einen Bienenstock geben. Der Ho-
nig hat ihn angelockt. Eines ist allerdings merkwürdig. Es scheint so, als hätte der Bär nur drei Krallen.
Normalerweise haben sie fünf."

„Nun wird mir einiges klar", kam Harry die Erleuchtung.

„Könnte es sein, dass der Bär sich einen Stuhl ange-stellt hat?", bemerkte Dave und erntete abfällige Bli-cke. „Es könnte doch ein Zirkusbär gewesen sein. Ach was, vergesst es! Lasst uns frühstücken!", schlug Dave ausweichend vor und ging voraus. Die anderen folgten ihm, wobei sich Harry noch einiges über die Verhaltensweise von Grizzlybären anhören musste, denn Mr. Rustell kannte sich ganz gut aus.

Im Diner war Mrs. Appelgate damit beschäftigt, fri-schen Kaffee anzusetzen. Ansonsten war niemand da. „Guten Morgen! Wäre es Ihnen möglich, uns ein Frühstück zu servieren?", fragte Harry mit übertrie-bener Höflichkeit.

„Aber sicher doch meine Herren. Dafür bin ich doch da. Nehmen Sie Platz! Ich bin gleich bei Ihnen." Die Männer hatten gerade an einem der Tische Platz ge-nommen, da stand auch schon die verzückte Bedie-nung mit Block und Stift bereit.

„Solch schmucke Jungs kriegt man selten zu Gesicht. Was verschafft mir die Ehre?"

„Nun, meine Teuerste!", setzte Harry seine Schmei-chelattacke fort, als ihm die betagte Dame ins Wort fiel. „Ich heiße Magie! Magie Appelgate. Aber ihr könnt Magie zu mir sagen." Dabei strich sie sich verlegen über ihr silbernes Haar, als hegte sie die Hoffnung, bei einem der Herren zu landen.

„Okay Magie! Wir sind vom Police Departement San Francisco und hätten ein paar Fragen. Wir suchen zwei Personen. Eine Frau und einen Mann." Wieder fuhr ihm Magie in die Parade. „So, so! Ihr seid also von der Polizei und sucht ein Pärchen?"

„Nein. Nun lassen Sie mich doch mal ausreden!", kehrte Harry zum gewohnten Jargon zurück.

„Okay, okay!" Magie hob beschwichtigend die Hand.

„Also noch einmal. Wir suchen eine Frau mittleren Alters, schlank, lange schwarze Haare, ca. 1,70 groß, die mutmaßlich mehrere Männer auf dem Gewissen hat. Und dann suchen wir noch einen Mann, der möglicherweise ihr Opfer geworden ist, oder werden könnte. Harry zog ein paar Fotos aus seiner Jackentasche und legte sie auf den Tisch. „Kennen Sie die Person?", fragte er und tippte auf eine der Fotografien. Magie nahm das Foto, führte es dichter an die Brille und war sich sicher. „Das ist Angelina. Die war bei mir im Diner. Na klar. Das muss sie sein." Was sie nicht wusste, es war das Foto von Mrs. Cutter. „Aha! Angelina nennt sie sich also. Doch nicht etwa Angelina Jolie?", scherzte Harry.

„Nein. Nicht doch", schmunzelte die alte Dame, wobei sich die Falten über ihr Gesicht wie wogende Wellen ausbreiteten. „Oh Gott, wie war ihr Nachname noch gleich? Ich bin mir fast sicher, dass sie ihn erwähnt hat, kann mich aber nicht mehr erinnern. Ich sollte Angelina zu ihr sagen. Wir haben uns gut verstanden. Zu so was wäre sie nicht fähig, sie war ein liebes Ding", gab sie zu verstehen und wechselte ihr Lächeln in eine sorgenvolle Miene.

„Wieso war, sie ein liebes Ding?", stellte Dave die Frage.

„Das wisst ihr nicht? Sie hatte einen Unfall. Die Ärmste ist mit dem Auto in den Fluss gestürzt und ertrunken."

„Ach was? Woher wissen Sie das?"

„Der Sheriff hat es behauptet."

„So, so! Der Sheriff hat es behauptet. Über diese Brücke gehe ich noch nicht. Wir werden ihm nachher einen Besuch abstatten", misstraute ihr Harry.

„Ach ja, Apropos Brücke. Man fand ihren Wagen flussabwärts unter einer solchen. Ich habe ihn höchstpersönlich gesehen. Er sah schlimm aus, total zerbeult", fügte Magie hinzu, um ihrer Aussage Nachdruck zu verleihen.

„Okay. Hat man die Leiche gefunden und was wollte Angelina hier?", wollte Dave wissen.

„Soweit ich weiß noch nicht. Sie wollte irgendwelche Höhlen erkunden."

Harry schob ihr ein Foto von Mr. Wendslay unter. „Haben Sie den Mann schon mal gesehen?" Magie prüfte das Bild. „Nee, mit Sicherheit nicht. Da würde ich mich dran erinnern."

„Wieso?", hakte Harry nach. „Nun ja, so viel Betrieb ist hier nicht und nichts für ungut, aber so ein hageres Bürschchen wäre mir aufgefallen. Habt ihr sonst noch Fragen? Ich würde nämlich gerne die Bestellung aufnehmen", reagierte sie schnippisch.

„Nein. Das war's fürs Erste. Danke!", sagte Harry und bestellte.

„Sie hat auf dem Foto von Mrs. Cutter, Angelina erkannt, alias Ms. Husboon. Langsam bin ich mir nicht mehr sicher, wem wir auf den Fersen sind. Ist es die Cutter oder die Husboon? Und glaubst du die Unfalltheorie?", äußerte Dave seine Bedenken. „Also wenn Sie mich fragen, ich habe da meine Zweifel. Außerdem ist es nebensächlich wie sie sich nennt. Vielleicht hat sie gerade meinen Kollegen in der Mangel, während wir in aller Ruhe frühstücken. Wir sollten uns ran halten", meldete sich Mr. Rustell zu Wort.

„Sie haben vollkommen Recht Mr. Rustell. Wir können aber nicht blind drauf losstürmen. Nach dem Frühstück gehen wir zum Sheriff und holen uns ein paar Informationen. Außerdem sind wir auf seine Unterstützung und Ortskenntnis angewiesen. Der von der Rezeption hat uns zu um 9.30 Uhr angemeldet." Dave stutzte. „Davon weiß ich ja gar nichts. Wann hast du denn das arrangiert?"

„Sorry, hatte ich ganz vergessen. Ihr ward schon draußen, da kam der Alte noch mal zurück und ich habe ihn darum gebeten."

„Und du glaubst allen Ernstes, dass du diesem schrägen Vogel trauen kannst?", hegte Dave seine Zweifel.

„Wir werden sehen. Er hätte den Sheriff auch so von unserer Ankunft informiert. So wie ich das sehe, ist er hier eine Art Bewegungsmelder."

„Du und dein Gespür. Da bin ich aber gespannt", lästerte Dave.

Nach dem Frühstück verabschiedeten sich die Männer. Vor dem Ausgang fiel Harry ein, dass noch eine wesentliche Information fehlte. „Ach ja, beinahe hätte es vergessen. Wo finden wir den Sheriff?"

Magie kam ans Fenster und deutete auf ein Gebäude schräg gegenüber. „Da drüben die Bruchbude. Passt auf euch auf! Seit diesen schrecklichen Vorfällen ist der Sheriff ziemlich gereizt und bei seinen Leuten sitzt der Colt ziemlich locker. Gerade Fremden gegenüber sind sie sehr misstrauisch", warnte Magie.

„Danke für den Tipp!"

Vor der bröckelnden Fassade kamen die Männer ins Grübeln. Das soll das Büro des Sheriffs sein? Das Schild hing auf halb acht und war kaum zu entziffern. Die Fenster waren vernagelt und die Farbe blätterte von den Wänden. Trotz der zweifelhaften Aussichten näherte sich Harry über die drei Stufen dem Eingang. Dann war er am Drücker und wurde abrupt gestoppt, denn die Tür war verschlossen. „Nanu!", stutzte Harry und wandte sich hilfesuchend an seine Begleiter, die mit den Achseln zuckten.

„Ich hab's geahnt. Wenn wir dich und die großen Kartoffeln nicht hätten", stichelte Dave mit einem Funken Schadenfreude. Unbeeindruckt klopfte Harry an die Eichentür. Es rührte sich aber nichts. „Das kann doch nicht sein", fluchte Harry. „Dave! Lass uns hinten nachsehen. Vielleicht kommen wir von der anderen Seite rein. Du gehst rechts und ich links rum. Mr. Rustell, Sie halten die Stellung!", kommandierte Harry und marschierte los.

Hinter dem Haus trafen sich die verblüfften Detektive, denn es gab nicht mal eine Tür. Die Fenster waren ebenso vernagelt und durch die Ritzen, war nichts zu erkennen. „Komisch. Hat die Alte uns verarscht? Gibt es in diesem Nest überhaupt einen Sheriff? Die Hütte steht doch seit Jahren leer", schlussfolgerte Dave.

Plötzlich vernahmen die Männer im Rückraum ein bedrohliches Knurren und erstarrten zur Salzsäule.

Ihre ungläubigen Blicke trafen sich und wiesen auf die verzwickte Unpässlichkeit. Wie Zeitlupe schwenkten sie herum und sahen sich Auge in Auge mit zwei zähnefletschenden Bestien. „Wo kommen denn her?", fragte Dave mit schockierter Miene. „Keine Ahnung. Eine Fata Morgana ist es jedenfalls nicht", flüsterte Harry und suchte händeringend nach einer Lösung.

Zwei abgerichtete Schäferhunde hatten sich in Stellung gebracht und machten sich zum Sprung bereit. „Dave! Mach jetzt keinen falschen Fehler, sonst sind wir im Arsch. Die sind nicht gerade kurz angebunden, sondern an einer langen Leine. Weiß der Teufel, wie weit sie reicht", stellte Harry fest. „Es gibt nur eine Möglichkeit, das herauszufinden. Bei drei laufen wir los. Eins, zwei, drei!", zählte Dave, worauf sie sich aus der Starre lösten, ihre Beine in die Hand nahmen und rannten was das Zeug hielt. Die kläffenden Tölen setzten nach und holten sie ein. Doch gerade als die sabbernden Kiefer zuschnappen wollten, wurde ihr Appetit auf saftigen Schinken von der Leine ausgebremst.

„Das war knapp", hechelte Dave und stützte sich vor dem Eingang durch schnaufend auf die Knie. „Ich hatte schon gedacht er erwischt mich", fügte er hinzu. Dann schauten sie sich verwundert an. „Verdammt noch eins, wo ist dieser Mr. Rustell? Der sollte doch die Stellung halten", schimpfte Harry. Plötzlich wurden hinter ihnen Gewehre durchgeladen. „Nehmen Sie die Hände hoch und keine falsche Bewegung!", forderte eine ernstzunehmende Stimme. Mit Verzögerung kamen die Polizisten der Aufforderung nach.

„Wir sind von der Polizei! Police Department San Francisco. In meiner Jacke habe ich den Ausweis", bemühte sich Harry, das Missverständnis aufzulösen. „Ja sicher doch und meine Großmutter ist die First Lady der Vereinigten Staaten. Drehen Sie sich um und werfen Sie die Waffen weg, falls Sie überhaupt welche haben", forderte einer der Männer, gefolgt von hämischem Gelächter. Als Dave und Harry den Anweisungen Folge leisteten, sahen sie sich sechs schwer bewaffneten Männern gegenüber. Dann wurde die Tür aufgerissen und der Sheriff trat heraus. „Jungs! Ihr könnt die Kanonen runter nehmen. Alles in Ordnung. Man sollte es nicht glauben, aber es sind tatsächlich Kollegen", bemerkte der Sheriff mit geringschätzendem Unterton, was seinen Männern zur weiteren Belustigung gereichte.

Aus dem Schatten des stämmigen Ordnungshüters trat Mr. Rustell. „Der Deputy öffnete als Sie gerade um die Ecke waren", erklärte er sein Verschwinden.

Der Sheriff hob die Hand und wandte sich an seine Männer. „Ihr könnt wieder nach Hause gehen! Ich hab alles unter Kontrolle." Dann widmete er sich seinen Gästen und schlug eine höflichere Tonart an. „Entschuldigen Sie das ungewöhnliche Begrüßungskomitee, aber seit den letzten Vorfällen sitzen die Finger locker am Abzug. Ich bin untröstlich, dass ich Ihnen nicht gleich öffnen konnte, aber ich saß auf dem Scheißhaus und mein Deputy hatte wieder diese dämlichen Knöpfe im Ohr. Treten Sie näher! Wie war noch gleich Ihr Name?", fragte der Sheriff als wüsste er es schon.

„Wir wurden uns noch nicht vorgestellt", bemerkte Harry und fuhr fort. Das ist Detektiv Hollywan und ich bin Detektiv Morgan, vom Police Department San Francisco. Der dritte im Bunde ist Ihnen sicherlich schon bekannt. Mr. Rustell, ist Angestellter der Tatverdächtigen und möglicherweise ein wichtiger Zeuge", schloss Harry mit den Formalitäten und näherte sich mit ausgestreckter Hand. „Und Sie sind Sheriff Nickelbauer?" Der machte zwar kein empfängliches Gesicht, gab ihm aber trotzdem die Hand. „Sie sind gut informiert Detektiv Morgan und dass Sie aus San Francisco sind, wissen wir schon." Der Sheriff legte zum Zeichen von wem, seine fleischige Hand, in der Größe eines Klodeckels, auf die schmächtige Schulter von Mr. Rustell, der dabei in die Knie ging. „Kommen Sie rein und nehmen Sie Platz!", bat er sie in sein Büro und übertraf sich mit

Höflichkeitsfloskeln, was nicht unbedingt zu erwarten war. „Darf ich Ihnen etwas anbieten? Einen Kaffee oder einen Whisky?"

„Nein danke! Wir haben gerade gefrühstückt und für Alkohol ist es noch zu früh. Außerdem trinken wir grundsätzlich nicht im Dienst", lehnte Harry auch im Namen seiner Begleiter ab. „Mich würde es interessieren, wieso die Fenster vernagelt sind? Soweit ich informiert bin, ist die nächsten Tage kein Hurrikan im Anmarsch", spielte er auf die Sicherungsmaßnahmen am Gebäude an.

„Nein, natürlich nicht. Eine Bestie treibt hier sein Unwesen. Es hat schon Opfer gegeben. Ich komme gleich drauf zurück. Machen Sie es sich bequem und fühlen sich wie zu Hause! Ich kann es mir zwar schon denken, aber was genau führt sie zu mir?", fragte Sheriff Nickelbauer während er sich in seinem Sessel zurücklehnte, die Hände über dem Bauch ineinander faltete und unverhohlen die Füße auf den Tisch legte.

„Eins möchte ich von vornherein klar stellen. Ich hab es nicht gern, wenn Fremde in meinem Teich fischen, Sie verstehen!", ließ der Sheriff unmissverständlich verlauten und bedachte die Fremdlinge mit ernstem Blick. „Das verstehe ich nur allzu gut", pflichtete ihm Harry bei und begann mit seinen Ausführungen. „Wir möchten Ihnen bei der Aufklärung behilflich sein. Im Gegenzug haben Sie vielleicht ein paar wichtige Informationen und könnten uns Ihre Männer zur Verfügung stellen. Ich denke, dass wir uns irgendwie arrangieren."

Der Sheriff nahm sich eine Auszeit und überlegte. Einerseits schmeckte ihm das ganz und gar nicht. Andererseits sah er sich in einer Sackgasse. Er hatte keinerlei Anhaltspunkte und keinen blassen Schimmer wer Hulk auf so grausame Weise abgeschlachtet hatte.

„Also gut! Was haben Sie?", willigte der Sheriff ein.

„Soweit ich informiert bin, hält sich die gesuchte Person in der Nähe auf. Es soll hier auch schon drei Opfer geben. Möglich, dass sie was damit zu tun hat und eine Art Rachefeldzug gestartet hat. Die Beweggründe sind uns noch nicht klar. Außerdem hat ein Angestellter ihrer Firma versucht, auf eigene Faust zu ermitteln und ist spurlos verschwunden. Harry legte die Bilder auf den Tisch. „Haben Sie die Personen schon mal gesehen?"

„Der Sheriff hörte sich alles in Ruhe an, nahm behäbig die Füße vom Tisch und ließ sich zu einem prüfenden Blick herab. „Den Typen kenne ich nicht. Die Frau kommt mir bekannt vor. Das ist doch diese überhebliche Tussi, die ich zuletzt im Diner gesehen habe. Ein ziemlich arrogantes Aß. Wie hieß sie noch?", wandte er sich an seinen Deputy, der in eine Zeitschrift vertieft war. „Deputy!", wiederholte der Sheriff aufbrausend als er bemerkte, dass der durch geistige Abwesenheit glänzte. „Ja Sheriff! Was gibt's?", schreckte der Deputy auf.

„Diese Tussi aus der Stadt. Wie war noch ihr Name?"

„Angelina Modasosa!", kam es wie aus der Pistole geschossen.

„Wenn ich den nicht hätte, sein Namensgedächtnis ist phänomenal", lobte der Sheriff und richtete sich wichtigtuend auf. „Falls Sie der Meinung sind, dass diese Tussi was mit dem Mord zu tun hat, da muss ich Sie enttäuschen. Die ist vor drei Wochen tödlich verunglückt", kam er auf den Punkt. Trotz der Vorwarnung durch Magie machte sich Verwunderung breit. „Wie jetzt? Tödlich verunglückt? Das kann doch nicht sein", platzte Dave heraus. „Wie ist das möglich? Was ist passiert?", fragte Mr. Rustell mit ungläubiger Miene.

„Sie ist mit dem Auto von der Straße abgekommen und in den Fluss gestürzt. Der führte zu dieser Zeit Hochwasser. Wir gehen davon aus, dass sie ertrunken ist. Ihr Auto fanden wir unter einer Brücke. Ein einziger Schrotthaufen."

„Haben Sie die Leiche gefunden?", kam von Harry die Frage.

„Leider noch nicht. Die wurde von den Fluten mitgerissen und landete außerhalb unseres Zuständigkeitsbereiches."

„Was macht Sie da so sicher? Vielleicht wurde sie aus dem Wagen geschleudert oder konnte sich in letzter Sekunde retten. Solange wir keine Leiche haben müssen wir davon ausgehen, dass sie noch lebt. Vorrang hat aber die Angelegenheit mit diesem Herren." Harry deutete auf das Foto von Mr. Wendslay. „Wir vermuten, dass sie ihn schon wieder in die Finger gekriegt hat. Nur diesmal könnte es nicht so glimpflich ausgehen. Die Frau ist zu allem fähig und da sie sich gerade in einem Blutrausch befindet, ... weiß der Teufel was die mit ihm anstellt", verschärfte Harry den Ton.

Der Sheriff zeigte sich beeindruckt und hakte ein. „Eins möchte ich noch klar stellen. Wir haben drei Opfer." Harry nickte und fragte: „Vielleicht könnten sie uns über den Tathergang und die Todesursachen der einzelnen Fälle genauer in Kenntnis setzen. Wäre doch durchaus denkbar, dass die Verdächtige auch da ihre Aktien dran hatte."

„Also bei der alten Womber schließen wir einen Mord definitiv aus. Sie wurde vermutlich von kranken Bären angegriffen und tödlich verletzt. Der ganze Rücken wurde aufgeschlitzt. Das merkwürdige daran, er hinterließ keine Spuren. Wir stellten fest, dass sich anschließend ein Vielfraß rumgetrieben und die Spuren verwischt haben muss. Und eins noch! Der Bär, wenn es denn einer war, hatte nur drei Krallen."
Harry horchte auf und fiel ihm ins Wort. „Das ist interessant. Letzte Nacht hatten wir ein seltsames Rendezvous und fanden heute Morgen Kratzspuren am Giebel des Motels, die von drei Klauen verursacht wurden. Es könnte sich um das besagte Tier handeln. Was meinen Sie Sheriff?"

„Schon möglich. Wir sind ihm seit längerem auf der Spur. Er scheint gerissen zu sein und ging uns immer

wieder durch die Lappen. Aber ich bin zuversichtlich, dass wir das Problem bald in den Griff kriegen",
gab der Sheriff selbstsicher zu verstehen und fuhr in
seinen Ausführungen fort.

„Das dritte Opfer war ein Mitarbeiter vom Sägewerk.
Ben Parker. Hierbei handelte es sich um einen Unfall.
Ein Kantholz hat ihn vermutlich am Kopf erwischt
und dann kam er unter einen Laster. Der Fahrer war
gerade im Büro wegen der Papiere. Als er zurückkam
hat er den Mann nicht gesehen und stieß zurück. Das
müssen die Holzlaster an dieser Stelle, damit sie die
Kurve zum Tor kriegen. Dabei hat er den armen Kerl
voll erwischt. Er ist zweimal über ihn drüber. Nur der
Kopf und die Beine blieben verschont. Der Fahrer hat
nichts bemerkt. Ich sage Ihnen was! So was habe ich
noch nicht gesehen.

Und dann die Geschichte mit Hulk Hunter. Das war
die Krönung. Sollten Sie Recht behalten und diese
Verrückte noch am Leben sein, könnte sie möglicherweise was damit zu tun haben. Der arme Hulk wurde

im alten Bergwerk von einem Lüfter zu Hackfleisch verarbeitet. Kein schöner Anblick, das kann ich Ihnen sagen. Da war nicht mehr viel übrig. Vom Kopf wurde überhaupt nichts gefunden, nicht mal ein Zahn."

„Es tut mir Leid um Ihren Freund. Aber das Schema passt. Das mit Ben muss nicht zwingend ein Unfall gewesen sein. Es könnte ihm jemand eins übergezogen und ihn so platziert haben, dass er überrollt wurde und der mutmaßliche Täter hat aus seinem Versteck zugesehen", versuchte Harry die Theorie des Sheriffs, in Zweifel zu ziehen.

„Sie lesen wohl zu viele Horrorgeschichten Detektiv", vermutete der Sheriff. „Andererseits haben sie vielleicht gar nicht so Unrecht. Ausgeschlossen ist es jedenfalls nicht. Langsam habe ich meine Bedenken, was den Unfalltod der Verdächtigen betrifft. Die Platzwunde am Kopf könnte durchaus von einem Knüppel stammen. Sie hätte dann alle Zeit der Welt, denn es geschah um die Mittagszeit wo alle im Diner saßen und Verstecke gab es genug."

„Ist die Leiche untersucht worden?", wollte Dave wissen.

„Was sollte man da untersuchen? Da war nur ein Haufen Matsch."

„Sie erwähnten, dass der Kopf unversehrt blieb. Man hätte ihn in einem Labor untersuchen lassen und bezüglich der Tatwaffe etwas herausfinden können", analysierte Dave.

„Falls es ein Mord war, hätte er oder in unserem Fall auch sie, die Tatwaffe ganz sicher nicht liegengelassen", konterte der Sheriff. „Wie dem auch sei. Sie kommen leider ein paar Tage zu spät. Wir sind von einem Unfall ausgegangen und haben den Fall abgeschlossen. Im Übrigen wurde der Mann bereits eingeäschert und beigesetzt. Aber lassen Sie uns lieber, auf den Notfall zu sprechen kommen. Sie sagten, dass dieser Mr. Wendslay vermisst wird. Wie sollen wir Ihrer Meinung nach vorgehen? In Bezug auf den

Täter haben wir schon alles abgesucht, jedes Haus und jeden Schuppen auf den Kopf gestellt, sogar die Umgebung durchgekämmt", verkündete der Sheriff in der Art einer falschen Schlange, denn er hatte nichts dergleichen veranlasst, nur ein paar Männer den Fluss hinunter geschickt.

Harry lauschte seiner Geschichte und zweifelte an der Glaubwürdigkeit. Er fand es eigenartig, wie schnell er das Thema mit dem Unfall abhakte. „So, so! Ich würde es allerdings begrüßen, wenn wir uns alles noch einmal vornehmen. Vorausgesetzt es macht Ihnen keine Umstände. Wie schon gesagt, solange die Leiche nicht gefunden wird, müssen wir davon ausgehen, dass sie irgendwo untergetaucht ist. Zuerst sollten wir uns aber um die vermisste Person kümmern. Mr. Rustell hat uns freundlicher Weise den Terminplaner von Mr. Wendslay zur Verfügung gestellt. Wie wir unliebsam erfahren mussten, verfügen Sie über Spürhunde. Ich wäre Ihnen sehr verbunden, wenn Sie einen Suchtrupp zusammenstellen. Mit der

aufgenommenen Witterung sollten unsere Erfolg-
saussichten steigen."

22. Kapitel

Ein weiterer Tag war angebrochen und die Sonne brannte von einem wolkenlosen Himmel. Wohltuend nahm Norman die wärmenden Strahlen in sich auf, denn in der Nacht hatte er oft gezittert und das nicht nur wegen der Kälte. Da knackte und knirschte es und Wölfe heulten in der Ferne.

Doch nun rückte der Zeitpunkt schon wieder näher, wo sich sein grausames Schicksal erfüllen sollte. „Wie viel Zeit bleibt ihm noch? Würde der Mechanismus diesmal greifen? Wie wird es sich anfühlen, wenn der Felsbrocken über ihn kommt?", gingen Norman die Gedanken durch den Kopf.

Die Sonne kletterte höher und bald stieg hinter dem Felsen die unheilverkündende Rauchsäule auf. Obwohl ihm die Sinnlosigkeit bewusst war, mobilisierte Norman noch mal alle Kräfte. Möglicherweise lassen sich heute die Pflöcke aus dem aufgeweichten Boden ziehen. Doch einmal mehr wurde er enttäuscht, als sich wieder nichts rührte. In seiner Verzweiflung klammerte er sich an jeden noch so kleinen Hoffnungsschimmer. Vielleicht würde das Seil dem gebündelten Strahl standhalten. Ob es vorher getestet wurde? Woher sollte sie wissen wie lange es dauert und wie dick es sein musste? Den Felsen hielt es zumindest in Position. Möglich, dass die Zeit nicht reicht und er einen weiteren Tag hätte, wo man ihn finden könnte.

Norman konnte es nicht fassen, dass er so elend zu Grunde gehen sollte. Womit hatte er das verdient? Oft genug hatte er sich lautstark bemerkbar gemacht und gab nicht auf. „Hilfe, … Hilfe, …Hilfe … Hilfe! Hört mich denn niemand? Ich brauche Hilfe!", schrie er wiederholt aus voller Kehle, bis die Stimme zu versagen drohte.

Doch sein Flehen verhallte im Schweigen des Waldes. Totenstille umgab ihn, nur der Wind säuselte sein Lied in den Wipfeln der Bäume. Plötzlich knackte es und Norman spitzte die Ohren. Da war doch was.

Wurden seine Hilferufe erhört? „Hallo! Hier bin ich. Hallo! Helfen sie mir! Bitte beeilen sie sich. Es bleibt nicht mehr viel Zeit. Hallo!", rief er mit krächzender Stimme. Das ersehnte Echo blieb allerdings aus. „Verdammt noch mal, da war doch was. Hallo!", stutzte Norman. Wieder kam keine Antwort. Da waren doch deutliche Schritte, die sich näherten. Oder war es seine Peinigerin, die sich von der Vollendung ihrer Missetat überzeugen wollte?

Ein tiefes Schnaufen, begleitet von schweren, tapsigen Schritten brachte alsbald traurige Gewissheit, dass es sich nicht mal um einen Menschen handelte. Norman war bis ins Mark erschüttert, als er den furchtbaren Tatsachen ins Auge blickte. Es war ein ausgewachsener Grizzlybär, der ihn misstrauisch beäugte. Er muss sehr alt gewesen sein. Vermutlich hatte er 30 Jahre auf dem Buckel und wog 500 kg. Er hatte wohl einiges durchgemacht und war schwer angeschlagen. An der vorderen linken Pranke fehlten zwei Krallen, die er wohl beim Kampf mit einem Rivalen eingebüßt hatte. Ein Zeugnis der blutigen Aus-einandersetzung waren wohl auch die Narben am Kopf. Das machte ihn aber nicht minder gefährlich, zu dem schien der Bär hungrig zu sein. Hechelnd tropfte aus seinem Maul der Speichel in langen Fä-den.

Die gefräßige Bestie verharrte am Rand der Grube und ließ seine potentielle Mahlzeit nicht aus den Au-gen. Um zu testen, ob von dem tafelfertigen Menü eine Gefahr ausging, riss er das Maul auf, brüllte und legte den Kopf auf die Seite. Bei Norman löste es Ängste aus, die er so noch nie erlebte. Als würde ein rumpelnder Güterzug durch ihn hindurchfahren. Es überkam ihn derart, dass er nicht mehr an sich halten konnte. Mit Entsetzen blickte Norman auf die Reiß-zähne, die offensichtlich gleich in sein wehrloses Fleisch geschlagen werden. Da wird ihn auch der un-freiwillig verrichtete Stuhlgang kaum von abhalten. Allerdings stellte sich die berechtigte Frage, ob der Bär noch zum Zug kommt, bevor das reichhaltige Buffet vom Felsen geschlossen wird.

Das Raubtier setze eine Pranke auf seine Brust, wodurch ein paar Rippen brachen und schnupperte am Kopf. Norman verinnerlichte, dass nun sein letztes Stündlein geschlagen hatte. Starr vor Angst kniff er die Augen zu und erwartete den tödlichen Biss. Doch der Grizzly hielt inne, als hätte ihn etwas irritiert. Er hob den Kopf, schaute sich nach allen Seiten um und hielt die Nase in den Wind. Hatte er etwas gewittert? Bären haben eine feine Nase und nehmen Beute oder Gefahren aus großer Entfernung wahr. Ob ein Konkurrent im Anmarsch war, der ihm seine Beute streitig machen könnte? Der Bär wiederholte sein Drohgebärde mit furchteinflößendem Gebrüll. Ein Widersacher tauchte jedoch nicht auf und Norman lag auf dem Silbertablett. Aber irgendetwas verunsicherte den Bären.

Das Tier beruhigte sich, ließ von ihm ab und trottete um das Festmahl, als wäre er sich immer noch nicht ganz sicher. Vor dem Felsen stellte sich der Bär auf die Hinterbeine, richtete sich zu voller Größe auf und reckte die Nase in die Luft. Norman konnte sich kaum vorstellen, dass ihm ein anderer Bär Paroli bieten könnte. Vielleicht ein Rudel Wölfe? Doch die halten sich für gewöhnlich zurück und würden sich nicht mit dem Bären anlegen. Die Gefahr, sich zu verletzten wäre viel zu groß. In der Wildnis könnte es den Tod bedeuten. Ein Wolfsrudel würde abwarten, bis der Bär sich satt gefressen hat und dann über die Reste herfallen.

Dann war der Bär überzeugt, dass er nichts zu befürchten hatte und wollte sich dem Festschmaus widmen, als sich der Felsen löste. Norman sah nur den Bären und in Erwartung der beißenden Schmerzen kniff er die Augen zu. Doch es kam anders als erwartet. Norman vernahm Klagelaute und traute seinen Augen nicht. Gab es doch einen Gott oder hatte er einen Schutzengel? Die Bedrohung schien vorerst abgewendet, da Meister Petz mit einem Bein unter den Felsen feststeckte. Zumindest war er groß und kräftig genug, den Findling eine Weile zu blockieren. Instinktiv stemmte sich das Tier gegen die Gefahr, die ihn unvermittelt ereilte.

Viel Zeit über den Ausgang zu philosophieren blieb Norman nicht, denn schon schnüffelte etwas hinter ihm. Ein Schäferhund? War das die Rettung? Hatte ihn ein Suchtrupp aufgespürt? Seine aufflammende Euphorie erlitt einen herben Dämpfer, als sich der vermeintliche Hund als Wolf entpuppte. Und schon heulte Isegrim als Vorhut seines Rudels, das jetzt seine Chance gekommen sah. Es dauerte auch nicht lange, da hatte sich das ganze Rudel versammelt und fletschte die Zähne. Norman wusste aus Büchern und aus dem Fernsehen, dass man Wölfen gegenüber keine Schwäche zeigen sollte. Also brüllte und wälzte er sich hin und her, soweit es die Kräfte zuließen. Es funktionierte sogar und die hungrigen Mäuler blieben auf Distanz. Gänzlich abschütteln, ließen sie sich allerdings nicht. Außerdem fühlten sie sich stark, da der Bär in ihren Augen keine Bedrohung mehr darstellte. Hatte er ihm mit seinem Missgeschick etwa einen Bärendienst erwiesen und somit den Wölfen das Festmahl überlassen?

Norman war zu schwach, um den abwehrenden Zustand noch lange zu erhalten. Die Wölfe haben dafür ein Gespür. Als ihn die Kräfte endgültig verließen, schnappte eine Bestie zu. Zum Glück hatte sie nur den Schuh erwischt und dennoch tat es höllisch weh, denn die Zähne bohrten sich durch das Leder. Das war das Zeichen für seine Artgenossen und als ob es kein Morgen gäbe, fielen sie über Norman her. Sie verbissen sich in Arme und Beine und zerrten daran. Norman wurde bei lebendigem Leibe gefressen. Seltsam, dass er keinen Schmerz verspürte.

Plötzlich hallte ein Schuss durch den Wald. Die Wölfe schreckten auf, ließen von ihm ab und trollten sich. Zwei artverwandte Vierbeiner nahmen ihren Platz ein und schienen nicht von bösartiger Natur. Diesmal waren es tatsächlich Schäferhunde, die herum tollten, bellten und aufgeregt mit dem Schwanz wedelten.

Jemand näherte sich im Laufschritt und rief seinen Namen. „Mr. Wendslay!" Da Norman schon fast das

Bewusstsein verloren hatte, tat er sich schwer zu reagieren. Unterschwellig nahm er die Leute wahr, die sich um ihn scharrten. Ihre Konturen verschwammen Zusehens. Jemand beugte sich herunter, nahm seinen Kopf hoch und setzte eine Trinkflasche an seine Lippen, wobei die Hälfte daneben ging. „Was ist passiert? Wer hat ihnen das angetan?" Wurde Norman gefragt, der aber nicht mehr imstande war und nur noch wirres Zeug nuschelte. Dann schwanden ihm endgültig die Sinne.

„Seht mal, ein Bär! Der steckt unter dem Felsen fest", bemerkte einer der Männer und brachte instinktiv seine Flinte in den Anschlag. „Der rührt sich gar nicht. Lebt der überhaupt noch?", fragte ein anderer und warf einen Knüppel. Ein Zucken ging durch den Pelzträger und ließ ihn allzu lebendig werden. Der Bär warf seinen Kopf herum und brüllte.

Die Männer zuckten zurück und aus dem Gewehr löste sich ein Schuss. Volltreffer! Das Projektil durch-

schlug das Herz des Bären und ließ ihn zusammen-
sacken. Dadurch erlahmte aber auch der Widerstand
gegen den Felsen, den der Bär getrieben vom Überlebensinstinkt im Gleichgewicht hielt. So kam wieder
Bewegung in das Gestein. „Verdammte Scheiße! Der
Felsbrocken! Er kommt runter. Holt den Mann raus!",
bemerkte der Schütze die Gefahr, zückte ein Jagd-
messer und durchtrennte die Seile. Zu allem Unglück
nahm der Findling nun Fahrt auf und wälzte sich
über den Bären. Drohte Norman doch noch, seiner
grausamen Bestimmung zu folgen? Die Männer be-
eilten sich und zogen ihn in letzter Sekunde heraus.
Kaum war er in Sicherheit, rumpelte der Felsbrocken
mit voller Wucht in die Senke.

Den Männern schlug das Herz bis zum Hals, denn es
hätte um ein Haar auch sie erwischen können. „Das
war verdammt knapp", brach der Todesschütze nach
einer kleinen Pause das betretene Schweigen. „Kaum
zu glauben, dass der Bär ihm das Leben gerettet hat",
meinte ein anderer. Die Männer lehnten Norman be-

hutsam an einen Baum und versorgten seine Wunden. Dann versammelten sie sich um den Bären, der gerade von dem Felsbrocken plattgewalzt wurde. „Seht euch das an! Der ist platt wie ein Pfannkuchen", äußerte sich einer aus der Truppe. „Das wird ein kuscheliges Bärenfell", gab der Schütze zu verstehen, damit auch ja keiner auf die Idee kam, ihm die Trophäe streitig zu machen. Er nahm sein Handy und wählte eine Nummer.

„Hallo, Freddy! Wir haben ihn gefunden. Er wurde von Wölfen angegriffen und hat üble Bisswunden. Jetzt ist er ohnmächtig. Wir kommen runter und brauchen einen Krankenwagen, noch besser wäre ein Hubschrauber. Der Mann muss so schnell wie möglich in die Klinik."

23. Kapitel

Dem schwülheißen Sommertag folgte ein schweres Gewitter. Am Abend braute sich über Rockandtree etwas zusammen, als stünde das Ende der Welt unmittelbar bevor. Grelle Blitze zuckten durch pechschwarzes Gewölk und ohrenbetäubende Donnerschläge krachten durch das Tal. Das Leben erstarrte in Ehrfurcht. War es der unerbittliche Zorn der Götter, der wegen des schlechten Leumundes über die Gemeinde kam?

Dann öffnete der Himmel seine Schleusen, begleitet von einem weiteren heftigen Einschlag der den gebeutelten Seelen einen Stromausfall bescherte. Der gesamte Ort hüllte sich in Dunkelheit. Allein die zuckenden Blitze machten für Sekunden finstere Schattengestalten sichtbar, die sich im Rumbamumu um einen runden Tisch scharrten. Ein Streichholz wurde angerissen, gehalten von einer verknöcherten Hand, die keinem aus der Runde gehörte. Die Flamme wurde an ein Talglicht weiter gereicht und erhellte die besorgten Gesichter, die auf den Sheriff gerichtet waren. Die unverhoffte Erleuchtung brachte der Alte von der Rezeption in zweierlei Hinsicht.

Er hatte nämlich was zu berichten, ob Wahrheit oder Gerücht, auf jeden Fall entbrannte eine heftige Diskussion und mit steigendem Alkoholpegel erhitzten sich die Gemüter. Freddy Nickelbauer fühlte sich besonders angepisst. „Ich hab die Schnauze voll! So eine verdammte Scheiße? Die ganzen Jahre war es ruhig und jetzt das. Der letzte nennenswerte Vorfall war der alte Jack und das ist schon ein paar Jahre her", schimpfte er wie ein Rohrspatz.

Logan Runtucker, der erst vor drei Jahren dazugestoßen war, kannte die Story noch nicht. „Was war mit ihm?", fragte er neugierig.

„Das glaubst du sowieso nicht. Ist ne verrückte Geschichte", stellte der Sheriff mit gehobener Stimme in den Raum und machte es spannend. „Erzähl doch mal! Was ist passiert?", ließ Logan nicht locker und auch die anderen wollten die Geschichte noch einmal hören. „Also gut. Jack war ein oller Suffkopp durch und durch. Auch an diesem Tag hatte er mal wieder ordentlich getankt. Für die Nacht war ein schweres Unwetter vorhergesagt. So ungefähr wie heute. Es war gerade Erntezeit und Jack wollte die Äpfel vom Baum holen, bevor sie der Sturm runter schmeißt. Sein Apfelbaum war noch älter als er selbst. Nun ja, …" Der Sheriff gönnte sich eine kurze Pause, nippte an seinem Bier und fuhr fort. „…als er auf die Leiter stieg brach im oberen Bereich eine Sprosse und er stürzte zu Boden."

„War er tot?", unterbrach ihn Logan von der Geschichte gefesselt.

„Man sagt doch immer, dass Betrunkene einen Schutzengel haben. Der alte Schluckspecht blieb völlig unversehrt, schüttelte sich und ging unverdrossen wieder an die Arbeit. Wer es nicht gesehen hat, hätte es nicht geglaubt, aber wie ein Jim Panse hangelte er von Ast zu Ast und holte eine Frucht nach der anderen. Ein besonders prächtiges Exemplar wurde ihm dann zum Verhängnis. Der Apfel hing unerreichbar hoch und weit draußen. Dem alten Jack ist noch nie was in den Schoß gefallen, aber was er sich vornahm hat er meistens geschafft. Er wollte ihn unbedingt haben. Also balancierte er auf einem Ast und streckte die Hand aus. Er konnte den Apfel fast schon berühren, da gab der Ast nach. Er fiel ein zweites Mal in die Tiefe und kam mit einer Beule davon. Aber nicht etwa durch den Sturz, wie man vermuten mag. Nein, der Wind lebte auf und schüttelte den Baum. Dadurch fiel ihm der Apfel auf den Kopf. Ist doch irre oder?"

„Aber dann hatte er doch großes Glückt", schlussfolgerte Logan.

„Warte mal ab mein Junge", hob der Sheriff geheimnisvoll die Stimme, so dass es auch die anderen von neuem in den Bann zog. „Das ist noch nicht das Ende der Geschichte. Als der gute alte Jack im Bett lag, da war übrigens schon längere Zeit tote Hose, hatte im Gegensatz zu ihm der Sturm seinen Höhepunkt. Na jedenfalls schoss ihm ein, dass die dämliche Leiter noch am Baum stand. Der alte Narr hätte sie auch am nächsten Tag holen können. Er war aber der Meinung, dass der Sturm sie auf das Gewächshaus schmeißen könnte. Daraufhin schlug er sich wie bei einem Spießrutenlauf, von den wütenden Elementen gepeitscht zum Baum durch. Als er die Leiter ergriff, packte ihn eine Böe und warf ihn mit samt der Leiter zu Boden. Der alte Baum hielt der Naturgewalt genau in diesem Moment nicht mehr stand und stürzte so unglücklich um, dass der abgebrochene Ast auf dem Jack gestanden hatte, seine Brust durchbohrte.

Am nächsten Morgen fand ihn seine Alte. Da war er natürlich längst zur Hölle gefahren. Und jetzt kommt der Hammer. Die Ironie des Schicksals. Der alte Knabe hatte es nie zu etwas gebracht, war immer ein armer Teufel. Seine Alte, durch den Schock völlig aufgelöst, lief im Morgenmantel um den Baum und fand unter der Wurzel einen Schatz. Es war Gold in

Form von Nuggets. Damals sollen sie einen Wert von einer halben Million Dollar gehabt haben. Ihre Tränen trockneten schnell und bald wusste es der ganze Ort. Sie träumte von einem Haus am Meer, in dem sie ihren Lebensabend verbringen wollte. Leider zerplatze dieser Traum, denn das Gold verschwand auf mysteriöse Weise. Bis heute fehlt davon jede Spur. Man sagt, dass es heute eine Million wert sein könnte oder sogar mehr. Wahnsinn, oder?

Völlig verbittert starb sie im Jahr darauf. Der baufällige Katen wurde abgerissen. Dabei fand man in der Decke zum Dachboden eine Schatzkarte mit einem Brief. Sein Großvater hatte ihn geschrieben und auch die Karte gezeichnet. Er pflanzte den Apfelbaum bei der Geburt seines Vaters und hat das Gold darunter vergraben. Raffiniert, nicht wahr? Unter einem Apfelbaum kann keiner graben und niemand wusste damals etwas. Die Leute munkelten, dass sein Großvater in den Bergen auf eine Ader gestoßen sei. Dieses Geheimnis nahm er mit ins Grab, denn er kam später bei einem Unfall ums Leben. Von dem Schatz hatte er nicht mal seinem Sohn erzählt und seine Frau starb bei der Geburt. Danach infizierte der Goldrausch den Ort. Die Leute waren wie besessen und ließen keinen Stein auf dem anderen. Es wurde aber kaum was gefunden. Möglich, dass er das Gold auch gestohlen hatte. Aber solange es nicht wieder auftaucht ist alles nur Spekulation."

„Der arme alte Jack! Wäre er bloß im Bett geblieben, dann wäre er am nächsten Tag ein reicher Mann. Es war aber nicht sein Tag", bemerkte Logan.

„Der alte Jack hatte niemals seinen Tag und war ein echter Pechvogel.", korrigierte ihn der Sheriff.

„Wo mag das Gold abgeblieben sein?", fragte Billy.

„Keine Ahnung. Glaube mir! Wenn ich das wüsste, wäre ich nicht mehr hier. Aber nun haben wir andere Sorgen. Mir gehen diese Großstadtpinsel auf die Eier. Die Schnösel denken doch, dass sie etwas Besseres sind und hoffen auf unsere Unterstützung. Sag mal Billy! Diese Tussi, die seit drei Wochen verschwunden ist. Ich werde das Gefühl nicht los, dass sie dir bekannt vorkam. Die Detektive meinen, dass sie nicht bei dem Unfall ums Leben gekommen ist und sich in der Nähe aufhält. Vielleicht hat sie sich sogar im Ort verschanzt und macht sich lustig über uns. Kennst du die Schlampe?"

Billy war peinlich berührt und druckste herum. „Keine Ahnung! Ich kenne die nicht. Das kannst du mir glauben", ging er darauf ein und fummelte nervös an seine Ohr.

„Okay!", quittierte Freddy seine Aussage kurz und bündig und fuhr fort. „Unsere lieben Gäste von der Polizei berichteten von weiteren Opfern, die das Miststück auf dem Gewissen haben soll. Die wurden auf übelste Weise zugerichtet. Details möchte ich euch lieber ersparen. Es ist nur seltsam, dass die Spur in diese gottverlassene Gegend führt. Die beiden aus San Francisco sollen hier aufgewachsen sein. Sagt euch der Name Lambert was?", stellte der Sheriff die Frage und musste mit ansehen, wie sich die Mienen der Männer verfinsterten. Am härtesten traf es Billy, der wie ein Chamäleon von puterrot zu leichenblass die Farbe wechselte. Er öffnete sein Hemd und schluckte, als hätte er einen Kloß im Hals. Dann platzte es aus ihm heraus. „Klar doch! Die Gebrüder Lambert. Ich bin mit ihnen aufgewachsen. Wir haben eine Menge zusammen unternommen und viel Mist gebaut. Bist du sicher Freddy, dass es sich um die Beiden handelt?", stellte Billy die Frage in einer Form, als wollte er die vom Sheriff geschilderten Tatsachen nicht wahr haben.

„Die DNS konnte eindeutig nachgewiesen werden. Da gibt es keine Zweifel. Es handelt sich definitiv um die Brüder Lambert." Billy schluckte erneut. Hulk sein Schicksal wurde ihm ins Gedächtnis gerufen und was von ihm übrig blieb.

„Was ist los Billy? Geht es dir nicht gut? Du siehst aus wie ausgeschissen", stellte der Sheriff besorgt fest. Derweil nestelte Billy an seinem Hemdkragen, öffnete den nächsten Knopf, nahm den Hut von seiner verschwitzten Glatze und wischte mit dem Ärmel drüber. „Du solltest nach Hause gehen, Billy! Hau dich hin und schlaf dich aus! Hast bestimmt wieder irgendeinen verdorbenen Mist gegessen. Morgen geht's dir besser."

„Ja, du hast wohl Recht", pflichtete Billy dem Sheriff bei. Er setzte seinen vom Schweiß durchtränkten Hut wieder auf und verschwand ohne ein Wort in die Nacht. Das Gewitter hatte sich verzogen und wie von einer übergroßen schwarzen Kuppel glitzerten die Sterne. Doch Billy hatte kein Auge dafür. Ihn plagten andere Sorgen. Der Strom machte noch immer einen großen Bogen um die Gemeinde und so gab es keine Laterne, die ihm heimleuchten konnte. Sein Unbehagen verstärkte sich mit jedem Schritt. Alle paar Meter drehte er sich um. Vor der Haustür vernahm Billy ein merkwürdiges Geräusch, sah aber niemanden. „Ist da wer?", flüsterte er mit bebender Stimme.

Dann war es wieder ruhig, zu ruhig, nicht einmal die Grillen zirpten und so nahm er Kurs auf das rettende Ufer. Die Haustür war zum Greifen nah, da hörte er diesmal ziemlich deutlich. „Billllyyyy!", hallte es ge-spenstisch gehaucht durch die Finsternis. Billy verfiel in eine lähmende Starre. Seine ängstlich umherirren-den Blicke streiften durch das Ursprungstal der un-heimlichen Laute. „Wer ist da? Was soll das dumme Spielchen? Komm raus du feige Sau und zeig dich! Ich polier dir die Fresse!", drohte Billy mit dem Mute der Verzweiflung und obwohl er bei Leibe kein Schwächling war, bekam er Wracksausen und der Angstschweiß ergoss sich in einem Sturzbach über seinen Nacken. „Was ist? Hast du Schiss oder was?", bemühte er sich vergeblich Mut einzuimpfen. Ein er-neutes Lebenszeichen der Spuckgestalt blieb jedoch aus und so schob er es auf Halluzinationen, die ihn in letzter Zeit öfter heimsuchten, wenn Gevatter Whisky mal wieder die Sinne vernebelte.

Dieses Phänomen hinterließ jedoch seine Spuren. Im-mer wieder musste er an Hulk denken. Auf keinen Fall wollte er so enden. Billy suchte hektisch nach dem Schlüssel und als er ihn nicht gleich fand, ver-schärfte sich sein innerer Unfrieden. Endlich bekam er ihn zwischen die Finger. Verkrampft peilte er das Schlüsselloch an, doch er fiel ihm aus den zittrigen Händen. In panische Angst verfallend nahm er immer wieder Anlauf, doch es wollte ihm nicht glücken. Als wäre das noch nicht schlimm genug, hörte er Schritte die sich von hinten näherten. Billy scheute den Blick über die Schulter, denn er war von einem akustischen Zerrbild überzeugt. Endlich gelang es ihm, die Tür zu öffnen. Hastig schlug er sie von innen zu, verriegelte sie, lehnte sich erleichtert an und wähnte sich in Sicherheit.

Als ihn die Müdigkeit übermannte, schleppte er sich zum Bett. Zur Ruhe kam Billy aber noch nicht, denn das Geschehene beschäftigte ihn. Ein kräftiger Schluck Whisky musste herhalten, um ihm den Eintritt in die nächtliche Traumwelt zu ermöglichen.

Um Mitternacht riss Billy von einem Alptraum geplagt die Augen auf. Schweißgebadet stellte er fest, dass sich neben seinem Bett eine dunkle Gestalt befand. Das geisterhafte Wesen war in einen schwarzen

Umhang mit Kapuze gehüllt und rührte sich nicht vom Fleck. Billy suchte den Augenkontakt, doch das Monster hatte kein Gesicht. Ein schwarzes Loch gähnte unter der Kapuze.

Es war nicht das erste Mal, dass Billy von fürchterlichen Träumen in Angst und Schrecken versetzt wurde. Anfangs waren es nur weiße Mäuse, die über sein Bett krochen. Dann trat der schwarze Mann in Erscheinung. Anfangs stand er in der Tür und näherte sich von Mal zu Mal. Billy rätselte über die Bedeutung. War es der Leibhaftige oder der Sensenmann? Sollte es ein Wink mit dem Zaunpfahl sein, dass er dem Alkohol abschwören möge?

„Irgendwann, wenn seine Zeit gekommen ist, wird die todbringende Sense aus dem Umhang schnellen. Über gute Vorsätze, bräuchte er dann nicht mehr nachdenken. Der Abgesandte aus dem Fegefeuer würde ihn einen Kopf kürzer machen oder in die Hölle verschleppen", malte sich Billy ein mögliches

Szenario aus und schüttelte sich. In der Regel verschwand die Gestalt im Anschluss. Doch diesmal schien es unmöglich, sich aus dem Alptraum zu reißen. Billy strampelte, schüttelte und wälzte sich, doch der Geist gab den Selbigen nicht auf. Auch von verbalen Attacken ließ er sich nicht vertreiben. „Hau ab du! Verschwinde du Hurensohn! Lass mich in Ruhe! Was willst du von mir?", brüllte Billy, doch der finstere Geselle war nicht zu beeindrucken und ignorierte sein Wortgefecht.

Billy verstand die Welt nicht mehr. Sonst hatte er sich spätestens jetzt in Luft aufgelöst. Er kniff die Augen zu, wartete einen Augenblick und hoffte, dass der ungebetene Gast sich in Luft auflöste. Doch er tat ihm den Gefallen nicht und stand wie eine Eins. Nun wurde es Billy zu bunt und schnappte sich den Baseballschläger, der griffbereit am Bett stand. In Erwartung, dass er widerstandslos durch den schwarzen Mann hindurch sausen würde, holte Billy zum Schlag aus.

Verblüfft stellte er fest, dass sich das Hirngespinst bewegte und nicht nur das, es setzte sich sogar zur Wehr. Blitzartig schnellten zwei Arme wie Tentakeln aus dem Umhang, die vorne mit Pranken bestückt waren und stürzten sich auf ihn. Eine blockte den Arm und die andere entriss ihm den Baseballschläger ohne große Mühe. Dann packte die finstere Gestalt Billy am Hals und zwang ihn zurück auf das Kissen. Spätestens jetzt kam die ernüchternde Gewissheit, dass es bittere Realität war. „Wer war der mysteriöse Kerl und was wollte er?", fragte sich Billy als er die übermenschlichen Kräfte spürte und nichts entgegenzusetzen hatte.

Plötzlich bohrte sich das Knie seines Widersachers wie ein Dolch in seine Brust. Er presste ihm ein Tuch, mit Äther getränkt auf Mund und Nase. Billy sträubte sich und versuchte sich herauszuwinden, hatte aber nicht den Hauch einer Chance. Bald darauf schwanden ihm die Sinne. Der schwarze Mann packte ihn, als wäre er ein Sack mit Knüll Papier, warf ihn über die Schulter und verschwand.

24. Kapitel

Als Billy am späten Vormittag erwachte, fuhr ihm ein Schock in die Glieder. War er gelähmt oder warum konnte er sich nicht bewegen? Schnell erkannte er seine missliche Lage und war über alle Maßen bestürzt. Es war ihm ein Rätsel, wieso er knapp einen Meter unter der Erde lebendig begraben lag. Nicht einen Finger konnte er rühren, fühlte sich wie einbetoniert. Nur sein Gesicht war frei und blickte einen schmalen Schacht hinauf, der von einer aus Brettern bestehenden Einhausung umschlossen war. Billy versuchte den Kopf zu drehen, doch auch das war ihm nicht vergönnt. Ein Gipskorsett hielt ihn eingespannt.

„Was hatte das zu bedeuten? Sollte er in diesem Drecksloch verrecken?", warfen sich Billy die Fragen auf. Eine Panikattacke befiel ihn, doch Dank der fehlenden Bewegungsfreiheit blieb es bei erhöhter innerer Anspannung. Schnell musste er erkennen, dass es aus dieser Notlage aus eigener Kraft kein Entrinnen gab. Fremde Hilfe war gefragt und so versuchte sich Billy lautstark bemerkbar zu machen, auch auf die Gefahr hin, dass der auf ihn aufmerksam wurde, dem er das zu verdanken hatte. „Hallo! Ist da jemand? Hallo! Was soll die Scheiße? Holt mich hier raus, verdammt noch mal!"

Eine geraume Zeit tat sich nichts. Dann hörte er Schritte, die sich durch den kiesigen Sand knirschend näherten. Billy schrie so laut er konnte, doch sein Begehren stieß auf taube Ohren. Im Gegenteil, es sollte noch schlimmer kommen. Selbst in den kühnsten Träumen hätte er sich eine solche Demütigung nicht ausmalen können. Die Schritte waren jetzt ganz nah und traten auf der Stelle. Dann wurde über dem Verbau ein Deckel angehoben, so dass sich ein ovales Loch abzeichnete. Ein Reißverschluss ratschte und mit Entsetzen blickte Billy auf einen nackten weiblichen Hintern, der das Oval vollständig abdeckte. „Das kann doch nicht wahr sein", fluchte Billy schockiert. Sein Kopf lag doch tatsächlich unter einer beschissenen Latrine und die blöde Schlampe da oben, war im Begriff sich zu entleeren.

Nach einem Schwall warmer Flüssigkeit, der sich über sein Gesicht ergoss, sah Billy mit blinzelnden Augen, wie etwas zwischen den Pobacken hervorquoll und auf ihn herabstürzte. Mit einem seichten Platschen landete die weiche Masse auf Mund und Nase. Eine zweite Ladung verschloss die Augen. Auf Grund der Umstände war es ihm leider nicht möglich, sich der widerwärtigen Masse zu entledigen und übler Gestank hüllte ihn ein. Billy pustete und spuckte hektisch und konnte nur mit Mühe nach Luft schnappen. Dann wurde der Deckel geschlossen und Billy in seinem Elend zurückgelassen. „Das kann doch nicht wahr sein. Sollte er auf so ekelhafte Weise zu Grunde gehen?", fragte er sich, während sich die Schritte entfernten.

Es dauerte nicht lange, da näherten sich schwere Schritte und er wurde mit einer weiteren Portion bedacht. Diesmal war es eine andere, nicht minder übel riechende Duftmarke. Sollte es so weitergehen, wird er im wahrsten Sinne des Wortes zu geschissen und würde tief in der Scheiße stecken. Konnte man sich überhaupt ein schlimmeres Ende vorstellen? Er würde es verstehen, in einem Kampf Mann gegen Mann ins Gras zu beißen. Aber hier sah er sich weder dem einen, noch dem anderen gegenüber.

Billy kämpfte gegen den Ekel und die Zwangslage. Eine Stunde ließ man ihn schmoren, dann spürte er, wie unweit seiner Lagerstätte geschaufelt wurde. „War es die Rettung oder waren es vorbereitende Maßnahmen für weitere Peinlichkeiten?", dachte er und erkannte schemenhaft durch die Ausscheidungen, dass das Häuschen entfernt wurde. Doch statt der erhofften Befreiung, wurde mit Verfüllung gedroht.

„Was meinst du Billy! Sollen wir das Loch zu buddeln? Ich würde es liebend gern tun. Allein die Vorstellung jagt mir einen wohligen Schauer über die Haut. Du kannst dich nicht wehren und musst unter dem Dreck jämmerlich krepieren. Bedauerlich, dass das neckische Spielchen einen Makel hat. Ich kann es nicht sehen wie du leidest und vor deinen Schöpfer trittst. Außerdem sollst du noch erfahren, wer dich in die Hölle schickt", verkündete eine boshafte weibliche Stimme.

Dann begannen die Ausgrabungen und das Artefakt Billy war fürs erste erleichtert. Doch die trügerische Freiheit währte nicht lang, denn schlafende Fesseln an Händen und Füßen, die mit Seilen verbunden waren, zerrten ihn aus der Grabstätte, wo die nächste böse Überraschung wartete. Ein eiskalter Wasserstrahl malträtierte ihn unter hohem Druck. Positiv zu bewerten war, dass er sich der Exkremente entledigen durfte und der Gestank verflog. Anschließend schleifte man ihn in eine verwahrloste Scheune. Dort strafften sich die Seile und noch bevor Billy sich umschauen konnte, wurden ihm die Augen verbunden. Nun lag er mit gespreizten Gliedmaßen und lauschte.

Ein Klacken auf dem Beton; wies auf Hackenschuhe oder hochhackige Stiefel hin. Das rhythmische Stakkato näherte sich und verebbte an seiner Seite. Eine Gänsehaut überzog ihn, die nicht nur von der kalten Dusche oder dem Untergrund herrührte. Obwohl ihm der Blickkontakt verwehrt war spürte Billy, wie er niederträchtig gemustert wurde. „Wer in Gottes Namen bist du? Was sollte dieses abartige Spielchen? Warum bin ich gefesselt und was willst du von mir? Bind mich wieder los, sonst kannst du was erleben!", drohte Billy mit dem Mute der Verzweiflung, obwohl ihm bewusst war, dass er schlechte Karten hatte und allmählich ahnte er, wem er zu Füßen lag.

Die traurige Gewissheit ließ auch nicht lange auf sich warten. „Billy, … Billy, … Billy! Du bist ein böser Junge gewesen und deshalb muss ich dich bestrafen. Ich bin noch lange nicht fertig mit dir, denn das war nur die Ouvertüre. Du warst doch damals der, der seine Freunde andauernd angeschissen hat. Nun weißt du wie es sich anfühlt. So wie ich gehört habe, sollst du immer noch dieser schmierige, schleimige Lappen sein! Was soll ich nur mit dir machen? Kurzen Prozess? Ich hätte da eine Idee. Was hältst du davon, wenn ich mit dem Truck über deinen mit Dummheit gesättigten Schädel fahre? Wahrscheinlich würde er zerplatzen wie eine reife Traube. Das würde dir bestimmt Kopfzerbrechen bereiten, nicht wahr Billy?", resümierte sie mit einem Schmunzeln. „Bedauerlicherweise gibt es einen Haken. Es wäre nur ein kurzes Vergnügen und das kann ich nicht zulassen.

Für dich habe ich mir was ganz besonderes ausgedacht. Glaube mir Billy, ich werde dafür sorgen, dass du lange leidest und am Ende wie ein Mistkäfer unter einem Stiefel zerquetscht wirst. Du fragst dich sicherlich, wie ich das anstellen will? Lass dich überraschen. Du hast doch nicht ernsthaft geglaubt, dass du

ungeschoren davonkommst? Ich habe nichts vergessen und du weißt, welche Schuld du auf dich geladen
hast. Heute wird abgerechnet und für dich gibt es
kein Entrinnen. Viel zu lange musste ich darauf warten und nichts und niemand wird mich davon abhalten. Hast du noch etwas zu sagen?", kam die verhöh-
nende Frage.

Was sollte Billy nach diesem eindrucksvollen Plädoyer noch vorbringen? Da fehlten ihm die Worte.
Selbst wenn er etwas zu seiner Entlastung sagen
könnte, sie hätte es ignoriert und ihn nur belächelt.
Für sie stand das Urteil doch schon lange fest. Billy
wollte sich aber noch nicht aufgeben und einen Versuch unternehmen, sie von dem teuflischen Plan abzubringen. „Bist du Josephine? Die kleine Josy?
Okay, okay! Du hast Recht. Es war ein Fehler und es
tut mir Leid! Ich wollte das nicht. Die anderen haben
mich gezwungen. Was blieb mir übrig? Ich hatte
nicht die Absicht dir weh zu tun, das kannst du mir
glauben. Bitte tu mir nichts. Bind mich los und lass
mich gehen! Ich werde nichts sagen", flehte Billy

herzerweichend. „Du bist doch Josy oder Doro?", appellierte er an ihr Mitgefühl.

Doch die kaltherzige Diva hatte kein Mitleid. Erst recht nicht mit diesem armseligen Haufen Scheiße. Das erbärmliche Gejammer brachte sie nur noch mehr in Fahrt. „So, so! Du wolltest es also nicht. Natürlich sind wieder mal die anderen schuld. Der liebe Billy konnte nichts dafür. Er könnte keiner Fliege was zu leide tun", ging sie zynisch auf sein Gewinsel ein und ignorierte die namentliche Anspielung. „Billy! Es gibt keine Gnade. Mach dein dreckiges Maul auf du kleines Schweinchen!", kam die strenge Order. Als er der Aufforderung nicht unverzüglich nachkam, bohrte sich ihr Hacken zwischen seine Rippen. Der stechende Schmerz entlockte Billy einen Schrei, den sie postwendend mit einem Knebel erstickte.

Anschließend riss sie ihm die Augenbinde vom Kopf. Angsterfüllt und mit Schweißperlen auf der Stirn schaute sich Billy um. Zu seiner Verwunderung lag er in einer alten Scheune. Über ihn türmte sich breitbeinig eine gut gebaute Frauengestalt im hautengen Katzenkostüm. Aus der Maske funkelten eiskalte Augen, die ihn unablässig ins Visier nahmen, während ihre Zunge die feuchten Lippen begierig umspielte. Wie von einem Magnetfeld eingefangen, wanderte sein Blick abwärts, über die üppigen Brüste, die Wespentaille und die strammen Schenkel, die auf eine ausladende Kehrseite hinwiesen. Als er die schwarzen Lacklederstiefel in Augenschein nehmen wollte, machte er auf unliebsame Weise mit ihnen Bekanntschaft. Ohne Vorwarnung prasselten Fußtritte auf ihn ein und dabei ging sie nicht zimperlich zu Werke, achtete darauf, dass keine Stelle seines Körpers zu kurz kam. Begleitet von wüsten Beschimpfungen, drohte sie in einen Rausch zu verfallen.

Billy stöhnte und jammerte, doch seine Peinigerin ließ nicht locker und trampelte weiter auf ihm herum. Als die ersten Wunden aufbrachen und roter Lebenssaft austrat, blickte sie wie auf ein rotes Tuch und hielt inne. „Oh Billy! Ich muss mich zügeln, sonst zertrete ich dich bevor der Spaß begonnen hat", kicherte sie mit vorgehaltener Hand. „Soll ich dir mal was sagen? Es gibt doch tatsächlich Leute, die blättern dafür einen Haufen hin. Kannst du dir das vorstellen? Einen sollte ich sogar zu Tode quälen. Ich hätte mit ihm alles machen können. Ein Vermögen hatte er mir geboten. Das ist doch total verrückt, oder? Na jedenfalls brauchst du nichts dafür bezahlen, du bekommst es gratis und manch einer würde dich beneiden."

Zum Abschluss führte sie den Ballen ihres Stiefels gezielt auf seine Nase. Billy ahnte die garstige Absicht und wollte sich wegdrehen, doch wie aus dem Nichts packten Hände zu und vereitelten das Ausweichmanöver. Dann genügte ein leichtes Vorbeugen ihrerseits, um einen stechenden Schmerz durch seinen Schädel zu jagen. Aus der gebrochenen Nase strömte ein tiefrotes Rinnsal, das sich wie Tränen über seine Wangen ergoss. Sie fand es sehr amüsant und strahlte Zufriedenheit aus.

„Oh je, Billy! Ich glaube es hat dein Näschen erwischt. Damit solltest du zum Arzt gehen. Das wird sonst ein krummer Zinken und aus dem Spiegel grinst eine Boxervisage. Aber keine Angst Billy! Wenn ich mit dir fertig bin, sollte die lädierte Nase das kleinere Übel sein." Billy musste ein hämisches Lachen über sich ergehen lassen. Die niederträchtige Prophezeiung warf die Frage auf, was das teuflische Scheusal noch alles mit ihm anstellen wird. Außerdem wunderte er sich, wo zum Henker diese übermächtigen Pranken herkamen? Er hätte doch ein Gesicht sehen müssen. Wer war der Höllenknecht der ihr bedingungslos zur Hand ging? Handelte es sich um den Besuch der letzten Nacht? Noch während Billy die Ereignisse aufarbeitete, lockerten sich die Seile, jedoch keineswegs zur Erlösung. Ehe er sich versah, wurde er wie auf einem Spieß gedreht. Dabei gelang es ihm einen Blick, von einer großen Gestalt zu erhaschen. „War es sein Kumpel Hulk? Das konnte doch nicht sein. Den hatte man in der Mine zerstückelt aufgefunden. Die Ähnlichkeit war jedoch verblüffend. Ober haben die perversen Schweine Hulk seine Larve vom Kopf geschält und diesem Monster aufgenäht?", grübelte Billy. Ein zweiter Blick bestätigte den grausigen Verdacht. Eine lausig gezogene Zickzacknaht mit schwarzen Fäden rahmte die gruselige Maskerade.

Billy war fassungslos. Wird ihn ein ähnliches Schicksal ereilen? Für einen Moment lag er entlastet auf dem Bauch, dann strafften sich die Seile wieder und zogen ihn mit gespreizten Armen und Beinen bis auf einen Meter über den Boden. Hilflos hing er in den Seilen und fühlte sich zum Zerreißen gespannt. „Was hatte das zu bedeuten?", fragte er sich, als ein schrammendes Geräusch Licht ins Dunkel brachte. Eine rostige Egge ging unter ihm in Stellung und ihre frisch geschliffenen Spitzen zeigten nach oben. „Verdammte Scheiße! Was soll das werden?", brummelte Billy. „Sie wird mich doch nicht fallen lassen. Das konnte doch nicht in ihrem Sinne sein", schoss es ihm in furchteinflößender Erregung durch den Kopf, als ein Brett polternd auf den Spitzen landete. Seine Peinigerin balancierte darauf, zog seinen Kopf an den

Haaren zwischen ihre Schenkel und quetschte ihn, bis er jaulte. Dann setzte sie sich auf seinen Nacken und behielt den Kopf in der Beinpresse. Durch die zusätzliche Last kamen die scharfkantigen Eisenspitzen bedrohlich nahe.

„So Billy! Jetzt spielen wir ein Spiel, was schon die alten Römer praktizierten. Nur mit dem Unterschied, dass damals das Opfer auf die Außenseite eines hölzernen Rades gebunden wurde. Wie ein Hamsterrad nur viel größer. Unter dem Rad hatte man Spitzen angeordnet. Der Schafrichter drehte das Rad erst langsam, dann schneller und konnte die Einstellung nach oben oder unten variieren. Der arme Teufel wurde am Ende in Fetzen gerissen. Angeblich soll es sich sehr lange hingezogen haben und äußerst qualvoll gewesen sein. Mal sehen Billy, wie lange du es ertragen wirst."

Dann schippte sie das Brett mit der Stiefelspitze zur Seite und begann zu schaukeln. Erst ganz zaghaft, dann immer schwungvoller und mit zunehmender

Amplitude sauste Billy über das entartete Nagelbrett. Als die Distanz zu den blutrünstigen Kameraden auf wenige Zentimeter schmolz, war er von panischer Angst ergriffen. Erschwerend wirkte die Last auch auf seine Gelenke, wodurch sich die Seile tiefer in das Fleisch gruben. Folgerichtig drangen Schreie durch den Knebel, die seiner Henkersbraut zur höllischen Freude gereichten.

Die Tortur schien nicht enden zu wollen und so nahm die furchtbare Verheißung der kantigen Spießgesellen, die nach seinem schutzlosen Leib gierten, um sich seiner Eingeweide anzunehmen, ernste Züge an. Nur mit Mühe gelang es Billy bei den engen Passagen, mit eingezogenem Bauch der fiesen Schikane zu entgehen.

Als dann aber doch erste blutige Schrammen in seinen Wanst geritzt wurden und die Spitzen sich mit einem roten Kleid schmückten, brach sie das einseitige Vergnügen ab und sprang mit einem Satz von der unorthodoxen Schaukel. Billy wurde außer

Reichweite der blutdürstigen Zacken gehievt. Entgegen seiner Befürchtungen, war das makabre Spielchen mit ein paar harmlosen Kratzern, verhältnismäßig glimpflich ausgegangen.

„Welche abstruse Grausamkeit, hatte er als nächstes zu erwarten? Wäre es nicht besser, wenn sie ihm gleich den Gnadenstoß verpassen würde", kamen ihm die Gedanken und gab sich keinen Illusionen hin, dass er heil aus dieser Nummer heraus kommt. Auf Rettung von außen, wagte er erst gar nicht zu hoffen.

Während er in den Seilen hängend philosophierte, wurde ein alter mit Taubendreck besudelter Küchentisch unter ihm abgestellt, auf dem man ihn bäuchlings niederließ. Das ausgediente Möbelstück war hart und unbequem, dennoch eine Wohltat, die überdehnten Glieder entlastet zu sehen. Für sie war es allerdings nur Mittel zum Zweck, eine weitere Sonderbehandlung folgen zu lassen. Eigens dafür hatte sie ein raffiniertes Folterinstrument gefertigt, einen Besenstiel mit aufgesetztem Dildo.

„Billy du kleines Ferkel! Jetzt werde ich es dir ordentlich besorgen und dich hart ran nehmen. Du sollst am eigenen Leib erfahren wie es sich anfühlt, vergewaltigt zu werden. Vielleicht gefällt es dir sogar. In diesem Fall solltest du es genießen, denn bis ich dir das Licht ausblase, wird es noch ein steiniger Weg. Ihr hämisches Grinsen verriet, dass sie es ernst meinte und in diebischer Vorfreude aufging.

Sie ließ auch nichts anbrennen und führte den Dildo umgehend an seine ängstlich zuckende Rosette. Anfangs kitzelte sie ihn im Genitalbereich und um den Anus, als wollte sie ihn liebevoll stimulieren. Doch das zärtliche Vorspiel war nur von kurzer Dauer. Brutal versenkte sie den mit Nocken besetzten Penis bis zum Anschlag. In logischer Konsequenz folgte ein Aufschrei, den der Knebel teilweise unter Verschluss hielt. Doch die tiefe Abneigung gegen die eindringende Prozedur, brachte er unverkennbar zum Ausdruck. Sie zeigte sich dagegen äußerst verzückt, angesichts seiner antipathischen Haltung. Nach einer wilden Kanonade tief reichender Eingriffe, ergoss sich eine blutige Soße über den Hodensack und bildete eine Lache auf dem Scheunenboden. In Ekstase verfallend, erhöhte sie die Schlagzahl und zerfetzte alles drum herum. Seine leidvollen Klagelaute stellten das aufspielende Orchester und kredenzten ihr einen genussvollen Ohrenschmaus. Dann hatte sie genug und begutachtete den Schaden. „Oh, Billy! Hätte ich geahnt, dass du deine Regel hast ...", bemerkte sie ironisch in Anspielung auf sein blutverschmiertes Hinterteil. Belächelnd ließ sie den Rest in der Luft hängen und die nächste Folter vorbereiten. Billy wurde von unsäglichen Schmerzen geplagt, als hätte man ihm eine Rolle Stacheldraht aus dem Arsch gezogen.

Dann trat sie an ihn heran und packte ihn am Schopf. „Billy! Du bist eine alte Sau! Sieh dir an, was du gemacht hast! Dafür werde ich dich bestrafen", maßregelte sie ihn. Der bösen Verheißung folgte ein ohrenbetäubender Knall, der schaurig durch die Scheune hallte. Billy lag noch auf dem Küchentisch und zuckte zusammen, als der erste Hieb einer Pferdepeitsche auf seinem Rücken klatschte. Wie ein Blitz durchzuckte ihn der stechende Scherz. Weitere Schläge prasselten in rasanter Folge auf ihn ein und zeichneten ein Netz von blutigen Striemen. Bald verlor er das Bewusstsein und verstummte. Doch das missfiel der grausamen Diva. Ein Fingerschnipsen genügte und eine weitere kalte Dusche ergoss sich auf das geschundene Opfer. Billy kam zurück und sofort waren die Schmerzen wieder allgegenwärtig. Da er offensichtlich schwächelte, ließ sie es zu ihrem Bedauern dabei bewenden.

Billy wurde wieder nach oben gezogen. Der Küchentisch tauschte seinen Platz mit einer hölzernen, offen stehenden Truhe. Herablassend baute sie sich neben ihm auf und verfolgte seinen Eintritt. Widerstandslos glitt er hinein und wurde durch kräftige Hände zurechtgerückt, so dass er auf Knien hockte. Die Seile blieben dran und landeten mit ihm in der Truhe. Dann wurde der Deckel geschlossen und ein Vorhängeschloss klickte. Um ihn herum wurde es stockfinster und ehe er sich versah war er eingepfercht. Nun hatte Billy ein Problem, denn er litt unter Platzangst und eine aufflammende Panikattacke ergriff ihn. Nun rappelte es in der Kiste. Billy tobte wutentbrannt wie ein wilder Stier, der sich in seinem Gatter vor dem Rodeo Platz verschaffen will. Doch das Behältnis blieb hartnäckig. Außerdem wurde er bei seinem Wutausbruch und dem damit verbundenen Kontakt mit der äußeren Hülle, auf schmerzhafte Weise an die vorangegangene Pein erinnert. Schnell sah Billy die Sinnlosigkeit ein und versuchte sich zu beherrschen. Es viel ihm unsagbar schwer, doch er hatte keine Wahl.

„Was hatte sie nun vor? Sollte er schon wieder bei lebendigem Leib begraben werden oder will sie ihn hier drin verrecken lassen? Irgendwann würde der

Sauerstoff knapp werden und ein qualvoller Ersti-ckungstod wäre unausweichlich", schlussfolgerte Billy.

Plötzlich heulte ein Elektromotor auf. Was war das? Eine Kreissäge, ein Trennschleifer oder eine Bohrma-schine? Es war letzteres, denn die Bestätigung folgte auf dem Fuße. Die Truhe vibrierte und um ihn herum dröhnte und kreischte es ohrenbetäubend. Dann fraß sich ein Bohrer durch das Holz und hinterließ neben seinem Kopf ein Loch mit einem Durchmesser von ei-nem Zentimeter. Ein Lichtstrahl bahnte sich den Weg in das Innere und beendete die Finsternis. Weitere Löcher folgten und trotzdem blieb es für Billy ein Höllentrip.

Was hatte das nun wieder zu bedeuten? Sollte er ge-nügend Luft bekommen, damit sich sein Leiden ver-längert? Auch in diesem Fall ließ die Antwort nicht lange auf sich warten, denn er spürte einen schmerz-haften Stich im Oberschenkel. Sie wird doch wohl nicht einen Schwarm Hornissen in die Truhe leiten.

Ein weiterer fieser Stich folgte von der anderen Seite, doch das Summen stechwütiger Insekten blieb aus. Die schmerzhaften Einstiche hingegen mehrten sich und gingen tief unter die Haut.

Für die fiese Gemeinheit kam ein dünner Stab mit aufgesetzter Nadel zum Einsatz, ähnlich einem aufgepflanzten Bajonette. Billy quiekte wie angestochen, angesichts der hinterhältigen Sticheleien. Er ahnte nicht, dass es nur das Vorspiel für die nächste Qual sein sollte.

Eine Verschnaufpause wurde ihm gegönnt. in der Ketten rasselten und geschäftiges Treiben herrschte, als würden am Filmset die Kulissen geschoben. Auf makabre Weise hatte man hier aber nicht die Szene, sondern den Hauptdarsteller im Kasten.

Billy vernahm das unverwechselbare Geräusch eines Gabelstaplers. Kurz darauf strafften sich Ketten und brachten Bewegung in die Truhe. Losgelöst schwankte sie aufwärts. Als die Truhe in luftiger

Höhe baumelte, nahm der Stapler Fahrt auf. Über einem mit Wasser gefüllten Bottich wurde sie abgesenkt. „Was zum Teufel sollte das werden?", fragte sich Billy, als das Wasser durch die Bohrungen schoss und schnell bis zum Bauchnabel stieg.

„So Billy! Jetzt werden wir dich wie eine Ratte ertränken", verkündete sie. Dann ging es weiter und das Wasser stand ihm bis zum Hals. Die Truhe füllte sich, bis er mit verrenktem Hals nur noch unter dem gewölbten Deckel nach Luft schnappen konnte. Bald war aber auch diese Option gestrichen. Die Truhe versank und das Wasser schlug über ihr zusammen. Jetzt entwich auch die allerletzte Luftblase durch die Löcher im Deckel.

Nun geriet Billy erneut in Panik und konnte es nicht fassen, dass er jämmerlich ersaufen sollte. Das war ein geschmackloses Süppchen, was in ihrem Hexenkessel kochte. „Das war's dann wohl", dachte Billy, als er anfing Wasser zu schlucken. Doch dann wurde er wieder aus dem Kessel gezogen und das Wasser schoss durch die Löcher hinaus.

Billy hustete, spuckte Wasser und japste nach Luft. Hatte sie es sich etwa anders überlegt? Weit gefehlt. Die folgende kaltherzige Ansage erstickte die Hoffnung im Keim. „Bilde dir keine Schwachheiten ein Billy! Gleich geht's weiter und diesmal bleibst du länger unten", kam die erbarmungslose Verheißung, als sich sein leckgeschlagenes U-Boot zum zweiten Tauchgang senkte. Billys lautstarke Proteste verstummten blubbernd im Wasser. Sie ließ die Prozedur mehrmals wiederholen und den armen Kerl einen Tod nach dem anderen sterben. Nach dem sechsten Auftauchen kam jedoch kein Lebenszeichen mehr aus der Quälbox, so dass sie das Spiel beendete. Die Truhe wurde auf dem Scheunenboden abgesetzt, das Schloss aufgesperrt und der Deckel hochgeklappt. Sie zerrten Billy heraus und begannen mit der Wiederbelebung. Nach Herzdruckmassage und Mund zu Mund Beatmung gelang es, den Probanden für ein letztes neckisches Spielchen zurückzuholen.

Viel Zeit wurde ihm nicht gelassen, als sich die Seile schon wieder spannten. Zur endgültigen Wiederherstellung seiner Sinne verabreichte sie ihm, auf seinem Bauch sitzend, klatschende Ohrfeigen. „Du dummes Schwein, du Drecksau, du mieses Stück Scheiße wolltest dich dem Finale entziehen? Aber nicht mit mir. Ich will sehen wie du krepierst", schimpfte sie wütend. Billy nahm die Maßregelung der aufbrausenden Furie emotionslos entgegen. Gerade dem Tod entronnen, war es für ihn schwer zu erfassen, was ihm da um die Ohren flog.

„Die Polizei soll angeblich schon auf dem Weg sein. Wir sollten uns also beeilen, damit wir dich noch zerquetscht kriegen", fuhr sie in einem ruhigeren, aber lüstern angehauchten Ton fort. Dieser Unterton verriet Billy, dass sie heiß auf den letzten Tanz war. Was es auch immer sein mochte? „Du kannst beruhigt sein Billy! Auch auf diesen Fall sind wir vorbereitet. Wir werden die Jungs gebührend empfangen und so lange hinhalten, bis das Werk vollendet ist. Rund um die Scheune haben wir Sprengfallen ausgelegt und mit Feuerkraft sind wir bestens ausgerüstet. Wir werden sie alle in die Hölle schicken. Jetzt kümmern wir uns aber erst mal um dich. Wie heißt es so schön? Das Beste kommt zum Schluss", verkündete sie, erhob sich und beglückte ihn mit einem Tritt in die Rippen.

Billy erschrak, als er den herannahenden Gabelstapler erblickte. Er traute seinen Augen kaum. Der Stapler hatte eine ca. vier Meter hohe, originalgetreu nachgebildete, knallrot lackierte Stiefelette geladen. Allein der Absatz maß knapp einen Meter im Durchmesser. „Siehst du Billy! Hab ich dir zu viel versprochen? Du hattest doch einen Fetisch für Damenschuhe oder liege ich da falsch? Einer deiner Freunde hatte es mir gesteckt, dass du öfter davon geträumt hast, von einer Frau in hochhackigen Schuhen zertreten zu werden. Wie du siehst haben wir keine Kosten und Mühen gescheut. Nur schade, dass ich mir diesen Schuh nicht anziehen kann. Er ist leider ein paar Nummern zu groß", äußerte sie sich kokett und kicherte.

Dann wies sie den Stapler ein, dessen Gabel zwischen Hacken und vorderer Sohle angesetzt war, bis die gigantische Stiefelette der Länge nach über ihm einschwebte. Die Stiefelspitze reichte bis über die Füße hinaus und der schwarze Hacken rangierte über seiner Brust. Billy starrte wie parallelisiert auf den übergroßen Damenschuh, der einen unheilverkündenden Schatten auf seinen geschundenen Körper warf. Sein wirrer Blick sprang den ausgewölbten Schaft hinauf bis zum Rand, der im Normalfall die bestrumpfte Wade umfasste.

Dann senkte sich Gullivers Absatz unaufhaltsam. Der erdrückenden Last zum Trotz zeigte Billy Nehmerqualitäten. Er atmete flach und hielt sich wacker. Doch als sie ihm den weiteren Verlauf schilderte, wurde ihm Angst und Bange, denn der zu erwartenden Belastung wird er nicht gewachsen sein.

„So Billy! Jetzt wird der Stiefel mit feinem Sand gefüllt. Sein Leergewicht beträgt ungefähr eine halbe Tonne. Einen großen Teil davon spürst du schon.

Wenn er voll ist, könnten es sieben Tonnen werden. Ich denke, das dürfte reichen, oder was meinst du Billy?", stellte die kaltblütige Bestie die sarkastische Frage. Billy war nicht mehr in der Lage, zu antworten. Zu schwer lastete schon der leere Schuh auf seiner Brust. Ein Wunder, dass noch keine Rippe gebrochen war.

Für Billy nicht einsehbar, fiel hinter der Stiefelette ein Vorhang, hinter dem ein Silo bereit stand. Dazwischen wurde ein Förderband geschoben, das den Sand vom Silo in den Stiefel transportieren sollte. Während ihr Lakai alles Notwendige arrangierte, trat seine Peinigerin ein letztes Mal an ihn heran und stupste ihn mit der Stiefelspitze am Kopf. „Na Billy! Möchtest du, dass ich mich auf dein Gesicht setze oder soll ich den Sessel nehmen?", fragte sie in einer Art und Weise, in der die Gleichgültigkeit gegenüber seiner Meinung zum Ausdruck kam. Sie wies auf einen bereitgestellten Sessel und schwenkte dann aber ihr pralles Gesäß herum und ließ sich hemmungslos nieder.

Angelehnt am Stiefelschaft streckte sie die Beine aus und nahm eine bequeme Haltung ein. Billy wusste nicht wie ihm geschah, als die fleischige Masse sich seiner annahm, es dunkel wurde und ihm die Atmung versagt blieb. Zudem kehrte ein fast vergessener Schmerz über die zerstörte Nase zurück. Zähneknirschend nahm er die niederträchtige Demütigung hin. Da er aber unter diesen Umständen unweigerlich ersticken würde, entschied sie sich doch für den Sessel. Billy schnappte röchelnd nach Luft, soweit es der Knebel, die gequetschte Nase und der erdrückende Hacken zuließen.

„Ich denke, es ist die bessere Wahl. Erstens wärst du vorher erstickt, bevor der Stiefel sein Werk vollendet hat und zweitens hätte ich es gar nicht verfolgen können. Das wäre doch sehr bedauerlich. Es war mir trotzdem ein Vergnügen und ich konnte dir eindrucksvoll vor Augen führen, dass du im Arsch bist", verkündete sie und nahm die Maske ab. Anschließend fuhr sie mit den Händen durch ihre schwarze Mähne und warf sie aufschüttelnd in den Nacken.

Dann zwinkerte sie mit einem verführerischen Lächeln und zündete sich eine Zigarette an.

Billys schockierter Blick verriet, dass er nun endgültig Gewissheit hatte, wer seine Peinigerin war. Doch nicht nur dieser Tatsache war es geschuldet, dass ein Farbenspiel an seinem Kopf zu beobachten war. Längst lief das Förderband auf vollen Touren. Wie bei einer Sanduhr strömte das feinkörnige Material unablässig in den Stiefel. Scheinbar unberührt von seinem Leid zog Angelina an der Zigarette, während sie jede seiner leidvollen Regungen wie ein Schwamm genüsslich in sich aufnahm. Millimeter für Millimeter näherte sich der Absatz dem Boden. Der ständig anwachsende Druck und die Ausweglosigkeit seiner Lage, bereiteten ihm höllische Qualen. Nur sporadisch gelang Billy der eine oder andere Atemzug. Sein Kopf verfärbte sich dunkelrot und die Adern an der Schläfe pulsierten krampfhaft. Der Sand rieselte weiter und bald brachen die ersten Rippen und Blut sickerte durch den Knebel.

Instinktiv zerrte Billy an den Fesseln. Am Knebel vorbei und durch die zertrümmerte Nase spritzte Blut, bis das Gesicht besudelt war. Folgerichtig platzte er an der Hüfte auf und die Gedärme quollen heraus. Ein letztes Aufbäumen fuhr durch seinen Körper, dann war es vorbei. Sein Leidensweg hatte ein Ende. Angelina hatte aber noch nicht genug und ließ die Maschinerie weiter laufen, bis der Stiefel überlief. Am Ende hatte der Hacken seinen Körper völlig zerquetscht. Der Absatz war gesäumt von einem gelblich roten Kranz aus schleimig breiiger Masse.

Dann gab sie ein Zeichen und ihr Gehilfe öffnete an der Stiefelspitze eine Klappe, aus der ein großer Teil des Sandes auslief. Als die für den Stapler ausgelegte Masse erreicht war, konnte die Stiefelette vom Opfer gehoben werden. Jetzt wurde das ganze Ausmaß ihres teuflischen Werkes sichtbar. Angelina blickte mit Genugtuung auf das Ergebnis. Man könnte glauben Billy hätte einer Riesin im Weg gelegen, die ihn im Vorbeigehen achtlos zertrat.

25. Kapitel

Als Harry erwachte, war an Schlafen nicht mehr zu denken. Einerseits lag es daran, dass Dave schnarchte wie ein Bär und einem Holzfäller mit einer Motorsäge Paroli bieten könnte. Andererseits ließ es ihm keine Ruhe, dass der Alte von der Rezeption etwas verheimlichte. Seine Gedankenspiele wurden durch einen Aussetzer bei Dave unterbrochen. Das Schnarchen verstummte und bedrückende Stille machte sich breit. Dann schnappte Dave wie ein Frosch auf Fliegenjagd nach Luft und als wäre nichts gewesen, rollte er sich auf die Seite. Er zog die Faust vors Gesicht, als wollte er wie ein Baby am Daumen lutschen.

Es war bereits 7.35 Uhr als Harry sich entschlossen hatte, alleine die Rezeption aufzusuchen. Verwundert war er nicht, dass er niemanden antraf und so läutete die Glocke. Harry musste sich gedulden, bis der alte Mann gemächlich und schlaftrunken heran-

schlurfte. „Um Gottes Willen, was ist denn in Sie gefahren? Es ist mitten in der Nacht", protestierte der
Alte mit versoffener Stimme.

„Was heißt hier mitten in der Nacht? Tut mir leid,
aber es ist bereits kurz vor acht. Normale Menschen
arbeiten um die Zeit. Hören Sie Mr. ich hätte da noch
ein paar Fragen. Es wäre sehr freundlich von Ihnen,
wenn Sie mir erst mal Ihren Namen verraten."

Der Alte starrte ihn entgeistert an. „Was wollen Sie
denn noch alles von mir? Ich habe doch schon alles
gesagt was ich weiß. Mein Name ist Sam! Sam Sackholder!" Harry musterte den Greis ungläubig. „Eigenwilliger Name! Haben Sie etwas dagegen, wenn
ich nur Sam sage?"

„Nein, natürlich nicht."

„Ihr Glasauge hat sich wohl noch nicht angefunden?"
Sam zeigte sich irritiert. „Wie kommen Sie darauf?
Ich habe es doch gerade rein getan", entgegnete er
überrascht. „Das ist doch noch die weiße Murmel",
widersprach Harry. Daraufhin drehte sich der Alte

um, überprüfte es im Spiegel und fummelte mit zitt-rigen Händen daran herum. Als Sam wieder kehrt machte zeigte die Pupille nach rechts, während das intakte Auge nach links peilte. „Mmh ... Sam! Das haut immer noch nicht hin", gab ihm Harry den Tipp, worauf Sam die Prozedur wiederholte. Nach der zweiten Feineinstellung hatten sich beide Pupillen auf die Nasenspitze eingeschossen. „Tut mir Leid Sam, aber das passt immer noch nicht so ganz." Da-raufhin schüttelte der Alte den Kopf, als hätte ihn ein Stromschlag getroffen und siehe da, die Pupille jus-tierte sich wie von Geisterhand. „Passt es nun?", ver-gewisserte er sich. „Ich denke schon", bestätigte Harry etwas verdutzt ob der skurrilen Vorstellung.

„Nun wollen wir aber zur Sache kommen. Da gibt es etwas, was mir Kopfzerbrechen bereitet. Ich bin mir ziemlich sicher, dass Sie wissen wo sich diese Frau versteckt hält. Vielleicht könnten Sie ja mal in Ihrem schlauen Buch nachsehen, wann und unter welchem Namen sie sich eingetragen hat", drängte Harry mit forschem Ton.

„Warten Sie! Ich schau mal nach." Sam Sackholder griff unter den Tisch und brachte ein zerfleddertes Buch zum Vorschein. Harry hatte schon befürchtet, dass er eine Kanone zieht und legte vorsichtshalber Hand an seine 38er. Doch es war nur ein abgegriffenes Buch, in dem Sam blätterte und mit dem Finger auf der letzten Seite die Eintragungen prüfte. „Ah, ja. Das müsste sie sein. Sie hat sich unter dem Namen Angelina Modasosa eingeschrieben."

„Modasosa, sagen Sie? Der Sheriff hatte so was in der Art erwähnt und auch im Dinner kannte man sie unter dem Namen. Ist ein eigenartiger Name, meinen Sie nicht auch? Wenn es die Person ist die wir suchen, dann muss sie sich eine neue Identität zugelegt haben und ihr Pass ist vermutlich auch gefälscht."

„Mag schon sein. Sah aber verdammt echt aus."

„Also Sam, nun mal raus mit der Sprache! Wo könnte sie sich zur Zeit aufhalten?"

„Ich sagte doch schon, dass ich Ihnen nicht weiterhelfen kann und jetzt nerven Sie mich nicht länger mit diesen dämlichen Fragen", wandelte sich Sam wieder zum widerspenstigen Alten, der zu kooperieren nicht bereit war. Er hob abwinkend die Hand und schwenkte zur Tür. Nun wurde es Harry zu bunt. Er nahm sich den Alten zur Brust, packte ihn und drückte ihn an die Wand. Da Sam nur ein Fliegengewicht war, riss es ihn förmlich aus den Puschen. „Verdammt noch mal! Nun spucken Sie es schon aus!", forderte Harry barsch. Bedingt durch den Ruck und den dadurch ausgelösten Hustenanfall, flog sein Gebiss auf den Tresen. „Das meinte ich nicht", kommentierte Harry den Kollateralschaden.

„Okay, okay!", ergab sich Sam der Übermacht, worauf Harry seinen Würgegriff lockerte. Das verknöcherte Männlein sank zu Boden und rang um Fassung. Während Harry kurzzeitig sein Vorgehen in Frage stellte, führte der Alte seine Zähne zurück an den Bestimmungsort und begann wie ein Vögelchen zu singen.

„Also gut. Ungefähr dreißig Meilen von hier gibt es eine Farm. Da wohnt der kleine Bobby. Bobby Publester! Nun ja, so klein ist er nun auch nicht mehr. Es ist schon sehr lange her. Ich kann mich nicht mehr genau erinnern. Es könnten gut und gerne 30 Jahre sein oder mehr, als seine Eltern bei einem Brand ums Leben kamen. Damals stand das halbe Haus in Flammen. Die Eltern kamen im Feuer um. Bobby konnte sich in Sicherheit bringen, trug aber schwere Verbrennungen davon. Fortan war er fürs Leben gezeichnet und leidet bis heute darunter. Die Brandursache wurde nie geklärt. Seitdem lebt er zurückgezogen in dem Teil des Gebäudes der vom Feuer verschont wurde."

„Das ist ja eine rührende Geschichte. Aber was hat das mit unserem Fall zu tun?", hakte Harry ein.

„Nun ja, ich bin mir nicht hundertprozentig sicher aber ich denke, dass diese Ms. Modasosa oder wie sie auch immer heißen mag, dort untergekommen ist. Hier hat sie sich jedenfalls schon eine Weile nicht mehr blicken lassen und in der näheren Umgebung gibt nichts weiter, außer sie hat sich in einer Höhle verkrochen. Das halte ich bei der Lady aber für unwahrscheinlich."

„Okay, und wo finden wir diese Farm?"

„Wenden Sie sich an den Sheriff! Der kann sie hinführen."

„Okay! War doch gar nicht so schwer, oder? Ich bin Ihnen zutiefst zu Dank verpflichtet", verabschiedete sich Harry mit etwas übertriebener Höflichkeit, dann war er schon mit den Gedanken beim bevorstehenden Einsatz und platzte ins Zimmer. Dave saß in Unterhosen und mit dem Rücken zur Tür auf der Bettkante. Der rechte Arm zuckte und ließ eine vertikale Handbewegung in hoher Frequenz erahnen.

„Oh Scheiße, Dave! Was machst du da?", wollte ihn Harry, ob der vermeintlichen Ferkelei zur Rede stellen. Aufgeschreckt und wie in flagranti erwischt drehte sich Dave um. „Mensch Harry! Bleib locker! Ich putz meine Kanone." Nun erkannte Harry die

38er, die Dave mit dem Lauf nach unten mit einem Lappen polierte. „Sorry Dave! Ich dachte schon …", ruderte Harry peinlich berührt zurück.

„Ich wusste nicht wo du warst und da habe ich die Zeit genutzt. Aber wo du gerade dastehst, könntest du mir mal die Schulter massieren? Ich muss sie mir heute Nacht auf dieser harten Pritsche verlegen haben."

„Muss das jetzt sein?", hielt sich die Begeisterung bei Harry in Grenzen. „Tut mir leid, dass ich dich damit belästige, aber es würde vielleicht die Verspannung lösen. Hier in der linken Schulter zieht es", klagte Dave und legte seine Hand auf die schmerzende Partie. „Okay, dann komm her und beug dich über den Tisch", wies ihn Harry an, eine für die Massage geeignete Stellung einzunehmen. Harry kam von hinten und packte zu. „Man Dave! Du musst unbedingt abspecken und öfter Joggen", mahnte Harry beim Griff in den gepolsterten Nacken.

Unbemerkt von den Beiden riss bei Dave das Gummi der Unterhose, so dass sie durch die Bewegung nach unten rutschte. In diesem denkbar ungünstigen Moment polterte der Sheriff ohne anzuklopfen und völlig aufgelöst ins Zimmer. Er schien ein großes Problem zu haben und wollte sich gerade mitteilen, als ihm das Wort im Halse stecken blieb. Mit offenem Mund erstarrte er zur Salzsäule und beäugte argwöhnisch das muntere Treiben der Protagonisten in ihrer denkwürdigen Position.

„Hallo Sheriff! Was verschafft uns die Ehre Ihres überfallartigen Besuches. Es gab Zeiten, da war Anklopfen noch in Mode", mahnte Harry und musste eingestehen, dass die Stellung in der sie überrascht wurden, einer Aufklärung bedurfte. „Es ist nicht so wie Sie denken." Doch die Glaubwürdigkeit stand beim Sheriff nicht allzu hoch im Kurs. Das Kind war in den Brunnen gefallen. „Sorry! Lassen Sie sich nicht stören", entschuldigte sich der Sheriff und zog sich diskret zurück. „Man Dave, verdammte Scheiße! Was macht die Unterhose da unten. Der Sheriff muss doch gedacht haben ...", meinte Harry und ließ den Rest in der Luft hängen.

Beim Anziehen rätselte Dave, wie das mit dem Gummi passieren konnte, als es klopfte. „Detektiv Morgan! Kann ich reinkommen. Es ist wirklich dringend", hallte das Organ des Sheriffs durch die geschlossene Tür. „Ja sicher, kommen Sie rein!" Als der Sheriff eintrat, knöpfte sich Dave gerade den Hosenschlitz zu. „Ich hatte mich die letzte Nacht verlegen und Detektiv Morgen war so freundlich, mir die Schulter zu massieren", bemühte sich Dave um Klarstellung.

„Ja, ja, schon gut. Sie müssen sich nicht rechtfertigen. Das geht mich nichts an", winkte der Sheriff mit einem beifälligen Grinsen ab und war immer noch völlig aus der Puste, als hätte er einen 3.000 m Lauf absolviert. Er wischte sich die Schweißperlen mit einem Taschentuch von der polierten Glatze, setzte die Mütze wieder auf und kam zur Sache. „Francis, ... mein Deputy ... ist wie vom Erdboden verschluckt.

Gestern Abend kam er völlig aufgelöst und meinte, dass Billy verschwunden sei. Er wollte ihn zum Kartenspielen abholen, doch er war nicht zu Hause. Wir haben uns in seinem Haus umgesehen. Das Bett war zerwühlt und das Schlafzimmer verwüstet, als hätte es einen Kampf gegeben. Wir wollten morgen einen Suchtrupp zusammenstellen. Nun vermute ich, dass er es nicht abwarten konnte und sich alleine auf die Suche gemacht hat."

„Was für ein Leichtsinn. Das ist doch gegen die Vorschrift. Hat er denn schon vergessen, was mit Hulk passiert ist?", brachte Harry sein Unverständnis zum Ausdruck.

„Das hat er ganz bestimmt nicht vergessen. Aber manchmal ist er eben ein Hitzkopf und nicht zu bremsen. In gewisser Weise kann ich ihn sogar verstehen. Billy war sein bester Freund und gerade weil er wusste was mit Hulk passiert war, ließ es ihm wohl keine Ruhe."

„Hat Ihr Deputy wenigstens eine Nachricht hinterlassen?", wollte Harry wissen.

„Nein, natürlich nicht. Das ist doch das Problem. Allerdings kann ich es mir schon denken, wo er hin ist."

„Okay, Sheriff! Trommeln Sie Ihre Leute zusammen. Ich habe einen Tipp bekommen. Vielleicht handelt es sich um dieselbe Adresse."

„Und die wäre?", fragte der Sheriff stirnrunzelnd.

„Die Publesterfarm", erwiderte Harry. „Das war auch mein Gedanke. Da wohnt der etwas zurückgebliebene Bobby. Eine Farm ist das allerdings schon lange nicht mehr, eher ein Schrottplatz. Von wem haben Sie den Tipp?", fragte der Sheriff neugierig.

„Vom alten Sam. Wieso?"

„Der olle Suffkopp hat seinen Verstand doch längst versoffen. Aber in diesem Fall könnte er richtigliegen."

„Dann sollten wir keine Zeit verlieren, Sheriff. Drei oder vier Ihrer Männer dürften genügen. Ich würde vorschlagen, wir treffen uns um 10.30 Uhr an der alten Brücke. Sam meinte, dass Sie den Weg kennen."

„Okay! Dann bis gleich an der Brücke", zeigte sich der Sheriff einverstanden und machte sich auf die Socken.

26. Kapitel

Um 10.30 Uhr saßen Dave und Harry zusammen mit Mr. Rustell im Wagen am vereinbarten Treffpunkt, der sich eine Meile außerhalb befand. Der Sheriff und seine Leute ließen noch auf sich warten.

„Wo bleiben die nur? Von Pünktlichkeit, scheint der Sheriff nicht viel zu halten. Dabei hatte er es doch so eilig. Das ist seltsam oder?", zeigte sich Dave beunruhigt.

„Das kann man sagen. Das Leben eines seiner Schäfchen hängt vielleicht am seidenen Faden. Normalerweise hätte er vor uns da sein müssen", stimmte ihm Harry zu.

„Da tut sich was! Hört ihr das?", bemerkte Dave, als er zehn Minuten später ein leises Motorengeräusch durch das offene Fenster wahrnahm.

Die auffrischende Brise trug eine Staubwolke um den Berghang und ihr folgte die Silhouette eines Polizeiwagens. „Das wurde aber auch Zeit", machte Harry seinem Unmut Luft.

Der Wagen des Sheriffs war mit fünf schwer bewaffneten Männern besetzt. Auf gleicher Höhe kurbelte Freddy Nickelbauer die Scheibe herunter. „Folgen Sie uns und fahren Sie vorsichtig! Die Straße ist eine Katastrophe", brüllte er.

„Okay! Alles klar!" Harry hob zum Zeichen des Verständnisses die Hand und setzte ihm nach. Er blieb auf Abstand, um nicht blind wie ein Maulwurf in der Staubwolke umherzuirren. Die Warnung des Sheriffs war nicht unbegründet, denn die Straße war miserabel. Ein Schlagloch reihte sich an das andere. So kamen die Männer nur langsam voran.

Nach einer Stunde war das Ziel noch nicht erreicht, doch der Sheriff hielt am Straßenrand. Harry fuhr auf und stoppte. „Was ist los? Warum halten wir? Wir

sind doch noch nicht da, oder?", fragte Harry angespannt und stiegt aus dem Wagen.

„Von hier ist es ungefähr noch eine Meile. Das letzte
Stück gehen wir zu Fuß durch den Wald. Von Süden
können wir uns durch das Unterholz bis auf ein paar
Meter heranpirschen. Mit etwas Glück erwischen wir
sie auf frischer Tat und umgehen die Gefahr, von
bleihaltiger Luft empfangen zu werden."

„Das ist eine gute Idee! Na dann mal los!", willigte
Harry ein.

Der Sheriff scharrte seine Männer um sich und
schwor sie auf den bevorstehenden Zugriff ein.
„Jungs! Seid vorsichtig! Die erste halbe Meile bleiben
wir zusammen, dann schwärmen wir aus und halten
einen Abstand von zehn Meter zueinander. Ich bin
guter Dinge, dass wir heute das Übel an der Wurzel
packen und sollten wir einbrechen müssen. Das ist
mir scheißegal. Überprüft eure Waffen und dann
los." Die Männer nickten und folgten der Anweisung. Nach einer Dreiviertelmeile, die Jungs hatten

sich gerade entsprechend der Vorgabe aufgeteilt, knackte es und ein Schrei ließ die Männer vor Schreck zusammenfahren. „Habt ihr das gehört? Was war das?", erkundigte sich der Sheriff bei seinem Nebenmann.

„Keine Ahnung. Hörte sich an wie ein Schrei." Dann waren kaum wahrnehmbar, Hilferufe zu vernehmen. „Scheiße verfluchte! Da ruft doch jemand. Verdammt, ich hab da so eine dumme Ahnung", brummelte der Sheriff gereizt, so dass die letzten Worte kaum jemand verstehen konnte. Mike, einer seiner Leute kam herbeigeeilt. „Hank ist verschwunden. Er war letzter Mann und plötzlich wie vom Erdboden verschluckt", berichtete er dem Sheriff.

„So eine Scheiße. Das kann doch nicht wahr sein", fluchte der Sheriff in einem Ton der jetzt durchblicken ließ, dass er wusste was passiert sein könnte. Dave und Harry kamen dazu und blickten in seine gestresste Miene. „Was ist los? Gibt es ein Problem?", wollte Harry wissen.

„Einer meiner Männer ist verschwunden. Wäre möglich, dass er in einen der alten Schächte gefallen ist. Anscheinend gibt es noch welche, die unzureichend gesichert sind. Man hätte die Scheißlöcher längst sprengen sollen, aber auf mich hört ja keiner", versuchte sich der Sheriff herauszureden, weil er es versäumt hatte, auf die Gefahr hinzuweisen.

„Das ist ja sehr interessant. Schön, dass wir auch schon davon erfahren", ereiferte sich Harry. „Tut mir leid! Aber das ist im Eifer des Gefechtes untergegangen", rang sich der Sheriff eine halbwegs glaubwürdige Entschuldigung ab. „Wo hast du Hank zuletzt gesehen?", fuhr er an Mike gerichtet fort.

„Das muss ungefähr dort gewesen sein." Mike wies in eine bestimmte Richtung und die Männer stürmten drauf los als gäbe es kein Morgen. „Halt! Verdammt noch mal! Seid ihr wahnsinnig? Habt ihr Dummbeutel nicht gehört was ich gerade gesagt habe. Wir müssen uns vorsichtig herantasten. Ich will nicht noch einen Mann verlieren", legte sich er Sheriff ins Zeug, um die ungestüme Horde zu bändigen.

Als sie sich der vermeintlichen Unglücksstelle näherten, hielten sie für einen Moment inne und lauschten. Doch nur das Rauschen der Blätter durchbrach die Stille.

„Bist du dir sicher Mike, dass es hier gewesen ist?", vergewisserte sich der Sheriff. Mike nickte. „Hank! Wo bist du?", rief der Sheriff. In der Runde herrschte betretenes Schweigen, als die Antwort ausblieb. Der Sheriff tastete sich ein paar Meter weiter und versuchte es erneut. „Hank! Gib mir ein Zeichen, wenn du mich hörst!" Doch wieder warteten sie vergeblich. Dann vernahm Mike, der ein Stück vorausgegangen war, ein leises Wimmern unterhalb der Grasnarbe. „Hey, Leute! Ich bin hier unten", kam offenbar aus dem Erdinneren.

Jetzt erkannte Mike, wie sich zwischen dem Moos und hochstehenden Gras ein unscheinbares Loch auftat. Um ein Haar wäre auch er eingebrochen, denn der Boden unter ihm gab schon nach. Von Angst erfüllt, trat er vorsichtig zurück. „Freddy! Jungs! Kommt her! Hier muss es sein", rief er als er wieder festen Boden erreichte.

„Okay! Wir müssen den Schacht freilegen. Räumt das Moos und das Gras zur Seite!", gab der Sheriff die Anweisung. „Seit vorsichtig! Die Abdeckung scheint morsch zu sein. Das muss noch die Alte sein. Kein Wunder, dass die morsch ist. Das wurde bei der letzten Kontrolle übersehen", wetterte der Sheriff.

Während Mike ein Brett nach dem anderen entfernte, mahnten die Hilferufe aus der Tiefe zur Eile. „Leute, macht hin! Ich kann mich nicht mehr lange halten."

„Hank! Wo hängst du?", fragte der Sheriff ins Ungewisse und ließ den Lichtkegel seiner Taschenlampe suchend in den Schacht fallen. Dann wurde ihm etwas mulmig, als er in den schwarzen Schlund blickte. Das Licht der Lampe fiel ins Bodenlose und schaffte es nicht einmal bis auf den Grund. Dann streifte der Lichtkegel den Unglücksraben, der sich ungefähr vier Meter unterhalb des Waldbodens an eine Wurzel klammerte, die im Laufe der Jahre in den Schacht gewachsen war. Das war sein Glück, denn ansonsten gab es keinen Halt. Um ihn herum nur glatter und glitschiger Fels, der steil nach unten führte.

„Hank hängt an einer Wurzel", teilte es Mike den Anderen mit. „Hey, Leute! Macht schnell, ich kann bald nicht mehr", wies Hank zum wiederholten Mal auf seine prekäre Lage hin.

„Mike! Lauf zum Wagen! Im Kofferraum liegt ein Seil", gab der Sheriff die Anweisung und warf ihm den Schlüssel zu, worauf Mike sofort los sprintete. In der Zwischenzeit versuchte es der Sheriff mit Durchhalteparolen. „Hank! Halte durch! Wir lassen dich nicht hängen. Mike kommt gleich mit dem Seil und dann holen wir dich raus!" Kaum waren seine aufmunternden Worte verklungen, kehrte Mike völlig außer Atem zurück. Eilig fertigte er eine Schlaufe, legte das andere Ende um einen Baum und ließ das Seil in den Schacht gleiten.

„Hank! Das Seil kommt. Stell einen Fuß in die Schlaufe und halt dich fest!", rief der Sheriff, worauf Hank nach dem rettenden Anker griff. Dann zogen die Männer mit vereinten Kräften. Langsam ging es nach oben, doch solange er noch frei über dem Abgrund schwebte, traute er dem Frieden nicht. Ängstlich klammerte sich Hank an den Strick. Ein ungewollter Blick nach unten jagte ihm einen Schauder über den Rücken, so dass er sich schnell wieder nach oben orientierte.

Plötzlich stockte ihm der Atem, als er einen halben Meter über seinem Kopf eine schadhafte Stelle erblickte. Das Seil war eingerissen und durch die Belastung fetzte eine gespleißte Faser nach der anderen auseinander. „Hey, Jungs! Beeilt euch! Das Seil macht es nicht mehr lange", trieb Hank die Leute in panischer Angst zur Eile. Daraufhin zogen die Jungs noch einmal kräftig an, was wiederum das Abreißen beschleunigte. Das Zeitfenster für eine erfolgreiche Bergung, drohte sich vorzeitig zu schließen. Es kam wie es kommen musste. Ein peitschender Knall unterbrach die Anfeuerungsrufe und schickte die Männer der Länge nach zu Boden. Das abgerissene Ende schnellte ihnen entgegen und ein Schrei drang aus dem Schacht.

Die Enttäuschung war den Männern ins Gesicht geschrieben. Freddy Nickelbauer wollte es nicht wahrhaben und trat an den Rand des Schachtes. Als er dort niemanden erblickte war er maßlos enttäuscht. „Der arme Hank!", brummelte er und wollte gerade abdrehen als er seine Finger sah, die sich an der Kante festkrallten.

Freddy wickelte sich hastig das restliche Seil um die Hüfte und ließ sich von seinen Männern sichern. Dann packte er Hank am Unterarm und zog ihn aus dem Schacht. Als der sich sicher fühlend mit schlotternden Knien an einem Baum lehnte, fiel ihm ein Stein vom Herzen. Der Sheriff legte ihm fürsorglich die Hand auf die Schulter. „Du hast verdammt großes Glück gehabt." Nach einer kurzen Pause, war er schon wieder zu Scherzen aufgelegt. „Das mit dem Einbrechen und das Übel an der Wurzel packen, war nicht wörtlich gemeint." Hank war dagegen noch nicht so weit und quittierte den Wortwitz mit versteinerter Miene.

Dem ausgebliebenen Anklang geschuldet, verkroch sich das Lächeln beim Sheriff. „Leute! Wir haben viel Zeit verloren. Sichert den Schacht mit umliegenden Ästen und dann lasst uns weiterziehen! Hoffentlich kommen wir nicht zu spät", drängte der Sheriff zum Aufbruch.

Ohne weitere Zwischenfälle erreichte die Truppe das Gehöft mit der Brandruine. Jetzt trennte sie nur noch ein etwa zwanzig Meter breiter Streifen aus halbhohen Sträuchern. Die Männer gingen in Deckung. Der Sheriff beobachtete das verlassen erscheinende Terrain. Abgesehen von den Schrottkarren, war kein fahrtaugliches Auto in Sicht. „Es hat den Anschein als wäre niemand zu Hause, aber das muss nichts heißen. Ich habe keine Ahnung was sich dahinter oder im Haus verbirgt. Wir werden kein Risiko eingehen und durch das Gestrüpp kriechen. Am Ende sind es nur noch ein paar Meter. Von dort wird einer von uns das Objekt erkunden. Falls jemand einen besseren Vorschlag hat, ich bin ganz Ohr!", flüsterte der Sheriff.

„Ich denke, so sollten wir vorgehen", stimmte Harry zu und Dave nickte wohlwollend. „Okay, dann stellt sich nur die Frage wer die Aufgabe übernimmt?", meinte der Sheriff, blickte in die Runde und erntete andächtiges Schweigen. Die knisternde Spannung war spürbar. Irgendwie konnte sich keiner durchringen. „Ich mach es", fasste sich Mike ein Herz und hob den Finger.

„Also gut. Mike, du gehst ums Haus und wirfst einen Blick in die Fenster! Vielleicht kannst du was erkennen. Wir geben dir Deckung und greifen im Notfall ein. Pass auf dich auf! Die Frau ist zu allem fähig", warnte der Sheriff und machte es Mike nicht gerade leichter. „Es ist doch nicht sicher, ob sie hier ist. Das war doch nur ne Vermutung, oder?", versuchte sich Mike etwas Last von den Schultern zu nehmen.

„Ja sicher. Aber wo sollte sie sonst sein? Kriegst du etwa kalte Füße?", fragte der Sheriff provozierend. Die Blöße wollte sich Mike jedoch nicht geben und zeigte sich kämpferisch. „Blödsinn! Natürlich nicht. Ich zieh das durch."

Anschließend krochen die Männer auf allen Vieren durch das Gestrüpp. Am Ende machte sich Mike bereit. Offensichtlich war ihre Annäherung unbemerkt geblieben, denn am und um das Haus rührte sich nichts. Der Sheriff vergewisserte sich trotzdem noch einmal und gab dann das Zeichen. Geduckt und mit dem Gewehr im Anschlag stürmte Mike zur Brandruine. Nach ein paar Sprüngen hatte er den Giebel erreicht und richtete sich auf. Mit dem Rücken an der Wand suchte er den Blickkontakt zum Sheriff. Der zeigte ihm den erhobenen Daumen und nickte.

Daraufhin bog Mike um die Ecke und huschte die Wand entlang. Die Fenster passierte er unterhalb der

Brüstung, um nicht entdeckt zu werden und riskierte einen Blick. Da sie schon jahrelang nicht mehr geputzt wurden und es drinnen finster war, gab es so gut wie nichts zu sehen.

Die Männer warteten im Busch liegend auf seine Rückkehr. Allmählich hätte Mike auf der anderen Seite auftauchen müssen. Die Minuten verstrichen. „Wo bleibt er nur? Er müsste längst rum sein. Da ist doch was faul", äußerte der Sheriff seine Befürchtungen. „Wir warten noch ne Minute und stürmen dann das Haus", zeigte er sich entschlossen.

Aber auch diese Frist verstrich ohne ein Lebenszeichen. „Da muss was passiert sein. Los Männer! Wir gehen rein!", gab Freddy den Befehl, worauf sie losstürmten. Mr. Rustell ließen sie zurück. Er sollte aus sicherer Deckung die Umgebung im Auge behalten und bei Gefahr Alarm schlagen.

Schnell war die Ruine eingenommen, doch das Objekt war menschenleer. Die Männer hatten alle Räume durchsucht, aber von Mike fehlte jede Spur.

In der Küche und im Flur stießen sie auf Blutspuren, die schon etwas älter und nicht eindeutig zuzuordnen waren. Es könnte das Blut von Billy oder Franzis sein, aber auch von einem geschlachteten Huhn oder Hasen stammen.

„Verdammt noch mal, wo ist Mike abgeblieben? Der kann sich doch nicht in Luft auflösen", fluchte der Sheriff und blickte in die ratlos dreinschauende Runde. Als etwas Ruhe einkehrte, war aus der Tiefe etwas zu vernehmen. „Habt ihr das gehört? Da war doch was", bemerkte einer der Männer. „Das kam von unten", stellte Harry fest. „Tatsächlich. Mich soll der Teufel holen, wenn das nicht unser Spürhund ist", pflichtete ihm der Sheriff bei. „Wenn es einen Keller gibt, wo in Dreiteufelsnamen ist die Treppe? Oder ist mir da etwas entgangen?", grübelte der Sheriff und erntete allgemeines Achselzucken. Unbemerkt hatte sich Harry aus der Küche in den Flur zurückgezogen. Dort stampfte er über den Boden und spürte, dass es einen Hohlraum gab. Sein Verdacht bestätigte sich, als er den Teppich lüftete. Eine Falttür mit rostigem Eisenbügel kam zum Vorschein. „Hey Leute! Hier geht's runter."

„Man gut, dass wir das clevere Bürschchen aus der Stadt dabei haben", ließ sich der Sheriff zu einer kleinen Stichelei herab und grinste übers ganze Gesicht. „Worauf warten Sie? Machen Sie schon auf!", forderte der Sheriff, während Harry schon längst dabei war. Die Männer starrten in ein dunkles Loch, in das eine steile Treppe hinabführte. „Mike! Bist du da unten?", rief der Sheriff in die Finsternis. „Ja! Ich bin hier", kam die Antwort mit Verzögerung. Da die Suche nach einem Lichtschalter erfolglos blieb, nahm der Sheriff seine Taschenlampe und stieg vorsichtig über die knarrenden Stufen hinunter. „Was ist passiert Mike und was machst du da unten?", fragte er als ihn der Lichtkegel erfasste.

„Da war so ne blöde Klappe, wo man Kohlen rein schüttet. Die hat nachgegeben und ich konnte mich nirgends festhalten. Bei dem Sturz muss ich mir den Fuß verstaucht haben." Freddy wollte ihn gerade zur

Treppe schleppen, als sich sein Verdacht nicht bestätigte, so dass er ohne Hilfe hinaufgehen konnte.

Die Männer versammelten sich vor dem Haus und auch Mike fühlte sich schon wieder fit. Der Sheriff schaute sich auf dem Grundstück um und als ihm die Scheune ins Auge fiel, die ungefähr 200 Meter entfernt stand, machte er eine seltsame Entdeckung. „Oh, Scheiße! Ich glaub ich habe da was gesehen. Am mittleren Fenster ist etwas vorbeigehuscht", erregte der Sheriff die Aufmerksamkeit und starrte wie gebannt auf die Scheune. „Ihr beide geht rüber und seht nach! Wir halten euch den Rücken frei", gab er die Anweisung an zwei seiner Männer, ohne den Blick vom Objekt abzuwenden.

Mittlerweile brach die Dämmerung herein, während sich die Zwei anschlichen und jede sich bietende Deckung nutzen. Als sie die Scheune erreichten, postierte sich einer neben der Tür im Scheunentor und öffnete sie einen Spalt. Nach einem kurzen Blick, gab er dem Anderen ein Zeichen. Dann verschwanden beide in der Scheune. Die Nachhut schaute wie gebannt, als plötzlich ein Schuss fiel und noch einer. Der erstaunte Haufen zuckte zusammen, als in der Scheune wie von Sinnen aus allen Rohren gefeuert wurde. Durch die Fenster sahen sie das aufblitzende Mündungsfeuer. Erst als ihre Munition verschossen war, kehrte Ruhe ein.

Zwischen den Männern herrschte beängstigende Stille. „Verdammte Scheiße! Was war da los?", brach der Sheriff das Schweigen. „Entweder sind sie auf Grund ihrer Anspannung auf ein Trugbild reingefallen und haben panisch um sich geschossen oder sie hatten tatsächlich Feindberührung und es kam zum Gefecht", analysierte Harry. „Wir sollten mal nachsehen", fügte er hinzu.

„Sie haben Recht. Vorwärts!" Die Männer schwärmten aus und näherten sich der Scheune. Mike riss die Tür auf und einer nach dem anderen schlüpfte hindurch. Drinnen stießen sie auch gleich auf die Schießwütigen, die verwirrt und mit weit aufgerissenen

Augen dastanden und die Maschinenpistolen im Anschlag hielten.

„Hey, Leute! Was ist passiert? Warum habt ihr wie die Verrückten um euch geballert?", forderte der Sheriff eine Erklärung. Doch keiner reagierte, erst als Freddy einem auf die Schulter klopfte, erwachte dieser. „Da war etwas. Da hinten in der Ecke hat sich was bewegt. Etwas Großes, Schwarzes kam mit ausgebreiteten Armen oder Flügeln auf uns zu. Es war furchtbar und als Gary anfing zu schießen, habe ich auch das Feuer eröffnet", äußerte er sich zu dem mysteriösen Vorfall.

„Habt ihr nachgesehen?"

„Nein, noch nicht." Der Sheriff leuchtete mit seiner Taschenlampe den hinteren Bereich aus. Da lag etwas unter einem schwarzen, von Kugeln zerfetzten Umhang. Freddy näherte sich vorsichtig, nahm auf dem Weg eine Mistgabel, die an einem Pfeiler lehnte und äußerte eine tragische Vermutung: „Es wird doch wohl nicht den armen Bobby erwischt haben, der uns einen Streich spielen wollte." Als er den Umhang mit einem Zinken lüftete, entspannten sich seine Gesichtszüge. „Ihr dämlichen Hornochsen habt eine Vogelscheuche zerlegt", kanzelte er seine Männer ab. „Aber es kam auf uns zu und fauchte", versuchten sich die Übeltäter zu rechtfertigen.

„Wahrscheinlich habt ihr eine Katze aufgescheucht, die auf der Flucht die Vogelscheuche umgerissen hat", lieferte der Sheriff eine plausible Erklärung.

„So wie es aussieht war es ein Reinfall. Die Blutspuren müsste man noch untersuchen, aber sonst haben wir nichts. Für heute brechen wir ab und probieren es morgen woanders. Mir ist eingefallen, dass es ein paar Meilen von hier noch eine Scheune gibt. Die ist zwar seit Jahren verlassen und halb verfallen, aber wer weiß. Vielleicht haben wir da mehr Glück", zog der Sheriff das nüchterne Fazit.

„Ich weiß welche Scheune du meinst. Aber morgen kann es zu spät sein. Wir sollten uns das heute noch ansehen und könnten in einer halben Stunde dort sein", gab Mike zu bedenken.

„Es ist schon dunkel und falls wir da tatsächlich auf etwas stoßen, stünden bei Tageslicht die Chancen besser. Oder was meint ihr?", richtete sich der Sheriff an alle Beteiligten.

„Ich denke, Mike hat Recht. Wir sollten es heute noch riskieren. Die Dunkelheit hat auch Vorteile", schlug sich Gary auf seine Seite.

„Wie sieht´s mit Ihnen aus", wandte sich der Sheriff an Harry und Dave. „Zwei Ihrer Männer sind in Gefahr. Es wäre fahrlässig, wenn wir nicht alles Menschenmögliche tun würden", antwortete Harry ohne zu zögern.

„Also gut. Dann gehen wir zu den Fahrzeugen", ließ sich der Sheriff umstimmen.

27. Kapitel

Kurz nach dem Mittag kam Francis Sekretary, der Deputy des Sheriffs nach Hause und schlug wütend die Tür zu. Frustriert warf er sich auf die Couch und legte die Füße hoch. Er dachte gar nicht daran, sich seiner staubigen Stiefel zu entledigen und musste ständig an Billy denken. Sein bester Kumpel war verschwunden und wahrscheinlich hat sie ihn in die Finger gekriegt. Francis hatte noch die Bilder vor Augen, als er mit Freddy durch seine Wohnung ging. Was war passiert und wo mag Billy sein?

Freddy hatte versprochen, morgen einen Suchtrupp zusammenzustellen. Bis dahin könnte es aber zu spät sein. Francis würde es sich nie verzeihen, wenn Billy ein ähnliches Schicksal ereilen sollte wie Hulk. Er hatte auch schon einen Verdacht, wer dahintersteckt und warum das passierte. Dann kam ihm eine Idee wo er suchen musste.

Francis wollte nicht länger warten. Mit dem überkandidelten Weibsbild wird er schon fertig. Er nahm seinen Revolver und überprüfte die Vollzähligkeit. Sechs Patronen zählte er in der Trommel und weitere sechs steckte er sich in die Brusttasche seines Holzfällerhemdes. Dann warf er sich die Weste über und nahm seinen Hut. Mit seinem Jeep Cherokee machte er sich auf den Weg zur Puplesterfarm.

Er war sich ziemlich sicher, dass er sie dort antreffen wird und dass sie Bobby um den Finger gewickelt hatte. Als Francis ankam war das Gehöft jedoch verweist. Er sah sich überall um, fand aber nur ein paar Blutspuren im Haus. Dann kam für ihn nur noch ein Ort in Frage. „Klar doch, da hätte ich auch gleich drauf kommen können, dass sie die alte Scheune gewählt hat", schoss es ihm ein, gab Gas und ließ die Räder durchdrehen.

Als er sich dem Ziel näherte, stellte er den Wagen an der Straße hinter einem Busch ab. Die letzte halbe

Meile wollte er zu Fuß gehen und sich unauffällig nähern. Doch schon nach zehn Metern hielt er inne. Ihm fiel ein, dass der Feldstecher von Nutzen sein könnte. Bald sollte sich sein Geistesblitz auszahlen, als er hinter einem Hügel in Deckung ging und das Objekt in Augenschein nehmen wollte.

Vor der Scheune erkannte Francis den rostigen Pickup von Bobby. Weiter hinten stand ein Kipper mit Erde beladen. „Dann habe ich also richtiggelegen. Sie hat Bobby eingespannt und somit muss ich beide erledigen", schlussfolgerte Francis und fingerte nach seinem Colt. „Sie werden mich bestimmt angreifen und dann wäre es Notwehr", legte er sich eine Strategie zu recht. Mit dem Colt konnte Francis sehr gut umgehen und darauf vertraute er.

Um die Scheune herum gab es keine auffälligen Aktivitäten. Was sich drinnen abspielte blieb ihm verborgen, denn durch die Fenster war kaum etwas auszumachen. Francis musste also dichter heran. Am Westgiebel gab es kein Fenster und das Tor war zu, so dass er sich von der Seite unbemerkt nähern und die beiden überraschen könnte.

Soweit der Plan. Auf das Ziel fokussiert zog er seinen Revolver, hielt ihn im Anschlag und lief geduckt. Hochmotiviert und mit einer gehörigen Portion Wut im Bauch, stürmte er flink wie ein Wiesel drauf los. Sein unvorsichtiger Übereifer wurde ihm jedoch zum Verhängnis, denn plötzlich knallte es ohrenbetäubend. Vor dem Tor wurde Francis zu Boden geschmettert, als hätten ihn übernatürliche Kräfte gepackt. Wie ein geschlagener Ritter lag er auf dem Rücken und bevor er begreifen konnte was geschah, wurde ihm schwarz vor Augen.

Er tauchte ab in eine andere Welt, wo ihm ein bezaubernder Engel erschien. Anfangs waren die Konturen verzerrt, doch bald filterte sich ein geflügeltes Wesen heraus, dessen betörendes Antlitz von schwarzer lockiger Mähne gesäumt war. Der süße Engel lächelte verführerisch. Francis sah weißes Gewölk wabern und wähnte sich im Himmel. Seine Probleme warf er über Bord. Der Engel kniete sich nieder und beugte sich zu ihm. Fürsorglich hielt er seinen Kopf und säuselte liebevolle Worte.

Angelina und ihr Lakai waren gerade dabei Holz aufzuschichten, auf dem die Überreste des zu Tode Gequälten verbrannt werden sollten. Da unterbrach ein lauter Knall ihr frevelhaftes Treiben. Angelina zuckte erschrocken zusammen. „War ihr die Kavallerie etwa schon auf den Pelz gerückt? Oder war es ein Tier, was zufällig in eine Sprengfalle tappte. Merkwürdig war allerdings, dass nach der Explosion am Tor geklopft wurde und warum sollten sie überhaupt klopfen und warum nur einmal?", rätselte Angelina und wollte sich vergewissern.

Zu diesem Zweck hatten sie die Scheune als Festung ausgebaut. Im oberen Bereich wurde umlaufend eine begehbare Ebene geschaffen. Von der aus man über Schlitze in der Wand das gesamte Umfeld im Blick hatte. Die Schlitze konnten aber auch als Schieß-scharte genutzt werden, geladene Gewehre und aus-reichend Munition lagen bereit.

Angelina kletterte die Leiter rauf und schnappte sich ein Gewehr. Am Giebel, wo das Klopfen zu verneh-men war, schob sie den Lauf des Karabiners durch einen der Schlitze und ließ ihren Blick schweifen. Da entdeckte sie einen Kerl, der regungslos im Dreck lag. Er hielt einen Revolver in der Hand und sein Gesicht war von einem Hut bedeckt.

„War es die Vorhut, ein Späher oder kam er vielleicht allein?", fragte sich Angelina und nahm das Gelände genauer unter die Lupe. „Der Mann war offensicht-lich ein Einzelkämpfer, doch wer war der Typ?", ließ ihr die Frage keine Ruhe. Angelina stieg die Leiter runter und öffnete das Tor. Sie erkannte sofort, dass er schwer verletzt war. Eine der Sprengfallen hatte ganze Arbeit geleistet und sein linkes Bein unterhalb des Kniegelenkes abgerissen. Das muss dabei gegen das Tor geflogen sein und hat das Klopfen verursacht. Die Blutspritzer wiesen darauf hin.

Während sie ihrem Lakaien, der neugierig durch das Tor lugte die Order gab, weiter am Scheiterhaufen zu arbeiten, kümmerte sie sich um den Verletzten. Es war Eile geboten, denn der Mann war am verbluten. Sie zog seinen Gürtel aus der Hose und band das verletzte Bein ab, so dass die Blutung gestoppt wurde. Dann schnippte sie mit der Stiefelspitze den Hut vom Gesicht und war positiv überrascht. „Sieh an, sieh an! Wen haben wir denn da? Der liebe Francis. Das muss eine Fügung des Schicksals sein. Dich hat der Himmel geschickt", säuselte Angelina hoch erfreut. Ihre Augen funkelten und ein schadenfrohes Grinsen huschte über ihr Gesicht. Der böse Bube hatte ihr gerade noch gefehlt.

In dem Moment schlug Francis die Augen auf, war noch etwas benommen und phantasierte. Es war nahezu windstill und die Rauchschwaden der Detonation standen noch in der Luft. Angelina kniete nieder und hielt seinen Kopf. Nun sah sie sich endgültig bestätigt, dass es noch Gerechtigkeit gab und sie dazu auserkoren war, über diese schlimmen Finger zu richten. Francis war der letzte im Bunde, den sie eigentlich schon abgeschrieben hatte. Was sie sehr bedauerlich fand. Aber nun konnte sie sich doch noch seiner verirrten Seele annehmen.

Da die Zeit drängte musste Angelina schnell handeln und hatte auch schon eine Idee. Sie ging in die Scheune und kehrte mit einer Tasche zurück. Eigentlich war es für Billy gedacht, doch bei ihm war es nicht von Nöten und so entnahm sie eine Spritze und ein kleines Fläschchen. Das Serum zog sie mit der Spritze auf und ließ die Luft entweichen, bis sich ein Tropfen bildete.

Francis wurde langsam klar im Kopf, als sie seinen Arm freimachte und ihm die Injektion verabreichen wollte. „Ich werde dir eine Spritze geben. Sie wird die Schmerzen lindern und dich beruhigen. Der Notarzt ist unterwegs", gab sie vor, worauf er es geschehen ließ. Bald wurde ihm jedoch klar, dass sie es war die er suchte. Francis wollte sich dagegen zur Wehr setzen, doch es war zu spät. Ein kurzes Aufbäumen, zu mehr reichte es nicht, dann setzte die Wirkung ein. Lähmende Müdigkeit zwang ihn gegen seinen Willen zu Boden.

„So mein Lieber! Wie du am eigenen Leib erfahren hast, zeigt das Präparat Wirkung. Ich muss dich enttäuschen, ein Notarzt kommt nicht und das Mittel hat lähmende und betäubende Wirkung. Aber ich habe nicht nur geschummelt, denn du wirst ab sofort keinerlei Schmerzen mehr spüren. Im Gegensatz zu Billy. Der hat fürchterlich gelitten und einen qualvollen Tod gehabt. Du wirst es nicht glauben, er wurde wie ein Mistkäfer unter einem Stiefel zertreten", verkündete sie triumphierend.

Francis konnte nur mit den Augen rollen und sogar das Sprechen blieb ihm versagt. Die Schmerzen spürte er nicht mehr, geistig war er aber voll da und musste mit anhören, was für eine gequirlte Scheiße sie da von sich gab. Das klang sehr unglaubwürdig, dass sie Billy so etwas angetan hatte. Wie hätte sie das anstellen wollen? Es drängte ihn zu widersprechen, doch es kam kein Ton.

Für Francis hatte sich Angelina etwas perfides ausgedacht. Als vorbereitende Maßnahme band sie seine Gliedmaßen im oberen Bereich zum Körper ab. „Was hatte das zu bedeuten? Was hat die verrückte Schlampe vor?", grübelte Francis. Dann packte sie ihn am Handgelenk und schleifte ihn auf eine freie Fläche, die Gebeine abgespreizt. Dann trat Angelina an ihn heran und platzierte ihren Fuß auf seiner Brust. Obwohl es nicht weh tat, spürte er ihren Hacken zwischen den Rippen.

„So mein lieber Francis! Nun hat auch dein letztes Stündlein geschlagen. Nur schade, dass uns die Zeit davonläuft. Zu gerne hätte ich mich etwas länger mit dir beschäftigt. Leider sind mir deine missratenen Artgenossen auf den Fersen und somit müssen wir uns beeilen. Hast du eine Ahnung, was ich mit dir machen werde?", stellte sie die Frage obwohl sie wusste, dass er nicht antworten konnte und selbst wenn, woher sollte er es wissen?

„Ich werde dich mit dem Kipper überfahren, dich richtig schön plattmachen. Der hat bestimmt seine 40 Tonnen. Das dürfte reichen, oder was meinst du? Keine Panik, ich werde mir zuerst die Arme und Beine vornehmen und dann kommt der Rest unter die Räder. Du wirst es nicht glauben, aber das schrottreife Teil fährt noch. Ich habe gestern eine Probefahrt gemacht", offenbarte sie euphorisiert sein grausiges Schicksal.

Francis starrte angsterfüllt, wodurch sich der Schockzustand nicht verbergen ließ. „Das kann doch nicht wahr sein, was die blöde Kuh da raushaut. Das ist ein beschissener Alptraum", dachte Francis und versuchte seine Ohnmacht zu verdrängen. Es verlangte ihn zu schreien, aufzuspringen und ihr gehörig in den Arsch zu treten. Doch weder das Eine noch das Andere war ihm vergönnt. Für Angelina war der

Blick in seine verwirrten Augen eine Genugtuung, denn sie spürte die Ängste und die Wut, die in ihm hochkochte.

Einen Augenblick weidete sie sich daran, dann setzte sie noch einen drauf und legte den Finger in die offene Wunde. „Du brauchst keine Angst haben Francis. Es wird nicht wehtun und da alles sorgfältig abgebunden ist, wirst du auch nicht so schnell verbluten. Du sollst vor allem seelisch leiden, denn du musst mit ansehen wie alles zum Teufel geht. Am Ende wirst du um den Tod betteln, wenn du könntest. Aber in diesem Punkt kann ich dich beruhigen, denn heute wird es geschehen. Ich bin mir nur noch nicht sicher, ob ich dich platt walze oder ab einem Grad zusammen mit den Überresten von deinem Kumpel verbrenne. Wäre auch sehr reizvoll, wie dich die Flammen bei lebendigem Leib verzehren. Das muss schlimm sein. Im Feuer liegend und mein zufriedenes Lächeln als Abschiedsgruß vor Augen. Also gut, dann wollen wir mal."

Angelina wandte sich ab und stolzierte mit übertriebenem Hüftschwung zum bereitstehenden Kipper. Äußerst elegant bestieg sie das Führerhaus und ließ den Motor an. Der Laster stand ungefähr zwanzig Meter entfernt und dennoch spürte Francis die Vibrationen, die ihm zurecht den Angstschweiß auf die Stirn trieben. Mit Begeisterung trat Angelina aufs Gas und ließ den Motor aufheulen. Sie legte den Gang ein und das Gefährt setzte sich in Bewegung.

Im Schritttempo näherte sich der beladene Kipper, wobei schon die Schnauze des Kühlers Angst und Schrecken verbreitete. Francis konnte nur noch auf ein Wunder hoffen. Vielleicht wollte sie ihm aber auch nur Angst einjagen. Doch dieser Strohhalm war ziemlich dünn, denn warum sollte sie sich die Mühe machen?

Es wäre jetzt ein guter Zeitpunkt, dass seine Leute auf den Plan treten und dem Wahnsinn ein Ende bereiten. Der Funken Hoffnung zerstreute sich jedoch, als der monströse Lastwagen schon einen unheilvollen

Schatten warf. Zu seiner Verwunderung nahm Angelina Francis zwischen die Räder. Aber auch das hatte einen guten Grund. Ihre sadistische Ader wollte zusätzliche Ängste schüren und einen furchteinflößenden Eindruck von der Mächtigkeit der Maschine vermitteln.

Francis blickte mit Entsetzen auf das rostige und verdreckte Fahrgestell, welches langsam über ihn hinweg zog. Die wuchtigen Reifen verfehlten seine Fingerspitzen nur knapp. Er wollte es sich gar nicht erst ausmalen, wie es sich anfühlen wird, wenn sie ihn tatsächlich erfassen. Zu Letzt tuschierten die Gelenkgehäuse der Hinterachsen seine Nasenspitze. Ein paar Zentimeter tiefer wäre es nicht so glimpflich ausgegangen. Wieder heulte der Motor auf und schickte einen Vibrationsschub in den Boden, der nicht nur diesen erzittern ließ.

Zehn Meter hinter ihm stoppte der Laster und zischend entwich die Druckluft beim Bremsen. Angelina kurbelte das Fenster herunter, schaute nach hinten und prüfte die Lage ihres Opfers. Dann legte sie den Rückwärtsgang ein und visierte den linken Arm an. Die Zwillingsreifen näherten sich bedrohlich und stoppten wenige Zentimeter davor. Angelina stieg aus und kontrollierte den Stand der Dinge. So recht zufrieden war sie nicht und befand, dass sie zu dicht an die Schulter herangefahren war. So würde sie einen Teil seiner Brust erwischen und dann hätte es sich zu schnell erledigt. Das wollte sie nicht riskieren und nahm eine Korrektur vor. Beim nächsten Anlauf stand sie perfekt und hatte schon Tuchfühlung aufgenommen. Angelina ließ es sich nicht nehmen, ihr Opfer noch einmal zu beehren.

„So Francis, du miese Ratte! Du elender Mistkerl! Nun ist es so weit und es gibt kein zurück. Allerdings könnte ich es mir noch mal überlegen. Mit einer Beinprothese lässt es sich ganz gut leben." Angelina griff sich ans Kinn, als würde sie ernsthaft darüber nachdenken. Doch ihr niederträchtiges Grinsen verriet, dass es zu keiner Zeit ein Thema war. „Aber warum sollte ich? Mach dir keine falschen Hoffnungen! Ich denke nicht im Traum daran, dich ungeschoren davonkommen zu lassen. Gleich wird dein Arm zerquetscht und dann lohnt es sich ohnehin nicht mehr. Oder was meinst du? Ach ja, du kannst ja nichts sagen. Wie dem auch sei, du hast es nicht anders verdient. Lebe wohl Francis!", sprach sie kaltherzig, winkte lächelnd und stieg ein.

Der Motor sprang wieder an und schickte einen erschütternden Gruß über die Reifen, worauf Francis von panischer Angst ergriffen war. Angelina sah aus dem Fenster und ließ die Kupplung kommen. Erbarmungslos erfassten die Räder seinen Arm auf ganzer Länge. Spielend drückten sie ihn in den Sand und blieben fast auf gleicher Höhe. Der Arm wurde bis auf die Finger zerquetscht. Angelina konnte es nicht direkt sehen, war aber auf Grund der unwiderruflichen Tatsache sehr erregt.

Dann fuhr sie wieder vor und überrollte den Arm ein zweites Mal. Nun wurde er völlig zermalmt und

Francis musste es tatenlos hinnehmen. Dabei spürte er zwar keinen Schmerz, doch das Knacken und Knirschen seiner Knochen ging durch Mark und Bein.

Anschließend richtete Angelina den Kipper neu aus, so dass der rechte Arm auf die gleiche Weise dran glauben musste. Dann war das intakte Bein an der Reihe und wurde ebenso dem Erdboden gleichgemacht, auch den Stummel verschonte sie nicht. Danach fuhr sie seitlich an seinen Unterleib, so dass er unter dem Reifen klemmte. Nach einem Stopp ging es Stück für Stück weiter, bis der Beckenknochen knirschend zu Bruch ging.

Francis rechnete mit dem Schlimmsten und schloss mit seinem Leben ab. Doch anstatt ihn vollständig zu überrollen und den sicheren Tod herbeizuführen, zog sie die Handbremse. Angelina begutachtete ihr teuflisches Werk und stemmte die Hände in die Hüften. „Das sieht übel aus. Was meinst du? Ist noch was zu retten? Wohl kaum. Ich sollte dir den Rest geben.

Bräuchte nur das Gaspedal kitzeln und deine Einge-weide verteilen sich auf dem Boden. Danach fahre ich über deine Brust und zu guter Letzt kommt dein hässlicher Schädel dran. Dann werde ich dir ein neues Profil verpassen", gab sie kichernd von sich und kletterte ins Führerhaus.

Nun deutete alles darauf hin, dass sich die Räder gleich schmatzend durch seinen Unterleib fressen. Francis starrte angsterfüllt auf die Reifen.

Doch dann kam alles ganz anders, denn Angelina legte den Vorwärtsgang ein und fuhr davon. Sie drehte eine Schleife und nahm ihn mit Vollgas ins Vi-sier. Hatte sie umdisponiert und sich diesen Akt als Gnadenstoß überlegt? So würde sie ihn im Bruchteil einer Sekunde zu Matsch verarbeiten.

Francis kniff in Erwartung der niederwalzenden Masse die Augen zu. Doch es erzitterte nur die Erde. Er öffnete die Augen und wunderte sich, dass sie ihn im letzten Moment umkurvt hatte. „Was für ein ma-kabres Spiel hatte sie sich jetzt wieder ausgedacht?

Wollte sie ihn noch länger zappeln lassen oder nur ihr sadistisches Werk bewundern?", fragte er sich.

Angelina hatte noch lange nicht genug. Hinter dem Engelsgesicht reifte ein teuflischer Plan. Sie brach die Aktion ab und verschwand mit dem Laster hinter der Scheune, wo sie ihrem Lakaien Anweisungen gab. Einen Augenblick später kam sie mit einem Gabelstapler, der von Bobby gefahren wurde und mit einer Holzpalette beladen war. Angelina stand darauf wie eine Galionsfigur. Bobby sah eigenartig aus und war kaum wiederzuerkennen. Als hätte er eine missglückte Gesichtsoperation hinter sich.

Vor Francis hielt der Stapler und hob Angelina in den Himmel, sinnbildlich für die Ergebenheit ihres Lakaien? „Ich könnte wetten, dass du dir in die Hosen geschissen hast. Hab ich Recht, Francis? Ist aber nicht weiter schlimm, denn ich habe es mir anders überlegt und das wäre genau das Richtige für dich. Du perverses Schwein kommst sowieso nicht in den Himmel. Ich glaube eher, dass in der Hölle schon ein Platz für dich reserviert ist. Wir werden dir den Eintritt erleichtern und dich auf das Fegefeuer vorbereiten. Du kommst auf den Scheiterhaufen und kannst Billy Gesellschaft leisten. Ist doch ein feiner Zug von uns, oder? Am Ende wird von euch nur ein Häufchen Asche übrig bleiben", prophezeite Angelina von oben herab und gab das Zeichen zum Absenken.

Francis traute seinen Ohren nicht. „Das meint die nicht Ernst. Die blöde Tussi ist doch total durchgeknallt. Die ist irre. Die will mich tatsächlich bei lebendigem Leib verbrennen", hatte er es verinnerlicht, da er ihr nun alles zutraute.

Obwohl von Francis nicht viel übrig war, flammte der Überlebensinstinkt noch einmal auf. Vielleicht würde er doch noch gerettet, wenn die Jungs jetzt kämen? Von Bobby hatte er Nichts zu erwarten. Der haste ihn wie die Pest, denn schließlich hatten sie ihn damals oft genug gehänselt.

Während Francis sich gedanklich noch nicht ganz aufgegeben hatte, ging es ans Eingemachte. Stoßweise grub sich die Gabel des Staplers unter seinen Leib. Mit einem sachten Ruck wurde er angehoben, wobei die Extremitäten nur gehalten von den Sehnen, wie die Zweige einer Trauerweide herabhingen. Francis wurde auf die Holzpalette umgebettet und an den Ort des Grauens verbracht. Angelina ließ sich chauffieren und saß auf ihrem Opfer.

Sie näherten sich einem Haufen trockenen Holzes, der aus fauligen Brettern, wurmstichigen Balken, Gestrüpp und Stroh bestand. Mitten drin erkannte Francis einen zermalmten Körper, bei dem die Arme und Beine unversehrt geblieben waren. Bei ihm war es genau umgekehrt. Hatte das irgendeine Bedeutung? Wohl kaum, denn Francis landete schon mit samt der Palette über seinem Freund auf dem Scheiterhaufen. Eines hatte ihm Billy voraus, ihm konnte das Feuer kein Leid mehr zufügen. Derweil wurde Francis mit weiteren trockenen Ästen und Zweigen bedeckt, so dass er kaum die ersten Sterne am Himmel beobachten konnte.

Dann war es still, nur die Grillen zirpten. „Was geht da vor?", lauschte Francis ängstlich in die abendliche Dämmerung. Zu tiefst erschüttert registrierte er das Anreißen eines Streichholzes. Eine Fackel loderte auf und verdrängte die hereinbrechende Dunkelheit. „War es soweit?", schoss es ihm Furcht erregt durch den Kopf. Angelina lief mit der Fackel um den Haufen. Dann knisterte es an mehreren Stellen, was ihm verdeutlichte, dass ringsherum gezündelt wurde. Ein beißender Qualm hüllte ihn ein. Das trockene Holz brannte wie Zunder und schnell breiteten sich die Flammen aus.

Jetzt war alles zu spät. Nichts und niemand hätte ihn noch retten können. In kürzester Zeit fraßen sich die Flammen zu ihm durch und verschlangen ihn mit Haut und Haar. Francis fühlte sich von Gott und der Welt verlassen und bereute bitterlich was er damals getan hatte. Das war nun die Quittung.

Zu seinem Pech ließ nun die Wirkung der Spritze nach, so dass er die Hitze spürte. Als die Flammen über ihm zusammenschlugen, musste er ein letztes Mal Hohn und Spott über sich ergehen lassen. „Mach's gut Francis! Es war mir ein Vergnügen. Ich bin verzückt von dem Augenblick, ja Feuer und Flamme. Ich werde es nie vergessen, wie du zu Asche zerfallen bist. Asche zu Asche, Staub zu Staub. Aus Sternenstaub bist du entstanden und kehrst zu Staub zurück", leierte Angelina ein abschließendes Plädoyer herunter, als sie von einem Schuss unterbrochen wurde und das Projektil ihren Kopf um Haaresbreite verfehlte.

28. Kapitel

Die Nacht legte sich über die Lichtung, wie der schwarze Umhang des Sensenmanns und nur das lichterloh brennende Feuer wusste sich gegen die Finsternis zu behaupten. Die lodernden Flammen schlugen meterhoch und trugen aufsteigende Funken in den Abendhimmel. Wo auch immer ein Funken verglühte, nahm ein Stern seinen Platz ein.

Noch in gebührendem Abstand herrschte unerträgliche Hitze. Es knisterte und brutzelte und von den Opfergaben waberte nur noch ein glühendes Inferno. Bobby warf das abgerissene Bein von Francis ins Feuer und ergötzte sich, wie die Flammen sich der frischen Nahrung begierig annahmen. Angelina hatte sich in die Scheune zurückgezogen und seitlich neben der Tür Schutz gesucht. Sie wollte ihn warnen, doch Bobby stand wie hypnotisiert. „Der hat den Schuss nicht gehört?", dachte Angelina. „Bobby!

Bobby! Schätzchen, komm rein! Draußen ist es gefährlich. Die bösen Jungs kommen und schießen auf dich", versuchte sie ihn noch einmal zum Reinkommen zu bewegen.

Bobby reagierte nicht und ahnte nichts von der Gefahr. Es fiel aber auch kein weiterer Schuss, obwohl er eine gute Zielscheibe abgab. „Bobby, komm rein! Die bösen Jungs wollen dir wehtun", rief sie noch lauter und hoffte, dass er endlich auf sie hören möge. Bobby stand jedoch wie angewurzelt und rührte sich nicht. Hatte das Feuer böse Erinnerungen geweckt, die ihn damals beim Brand seines Elternhauses traumatisierten? Nun geschah das Paradoxe, anstatt sich vom Feuer zu entfernen, trat Bobby näher heran. „Mum? Dad? Wo seid ihr? Ich hol euch raus", rief er mit kindlicher Stimme.

Als die aufgenähte Larve erste Blasen warf und in Auflösung begriffen war, spürte Bobby die Hitze und schlug die Arme schützend vors Gesicht. Seine Hose hätte beinahe Feuer gefangen, als rs ihn instinktiv zur

Flucht trieb. Er rannte wie von Sinnen in die offenen Arme von Angelina. „Alles gut, Bobby! Es ist alles gut. Deine Eltern sind an einem sicheren Ort und haben nichts mehr zu befürchten. Dort müssen sie nicht leiden und denken an dich. Glaube mir, bald seit ihr wieder vereint", tröstete sie ihn und bemühte sich, seine Wahnvorstellungen zu vertreiben.

„Mum und Dad sind noch im Haus. Ich muss sie retten", klagte Bobby schluchzend und wollte sich losreißen. Doch Angelina hielt ihn fest. „Nein Bobby. Das musst du nicht. Das ist nur ein Lagerfeuer. Wir müssen uns jetzt auf einen heißen Tanz vorbereiten", wollte sie ihn auf den bevorstehenden Kampf einschwören. Im gleichen Atemzug wurde ihr jedoch klar, dass ihm der Sinn der Redewendung nicht geläufig war. „Bobby kann nicht tanzen", kam auch schon die Bestätigung. „Nicht doch, Bobby. Das hat mit Tanzen nichts zu tun. Damit meinte ich, dass wir uns gegen die bösen Jungs wehren müssen. Du weißt doch, dass sie nur gekommen sind um dir wehzutun?

Das dürfen wir nicht zulassen. Nehme dir ein Gewehr und schieße auf alles was sich bewegt!", forderte Angelina und kletterte über die Leiter auf die obere Ebene. „Okay. Dann komm ich jetzt. Die Saubande machen wir fertig. Niemals mehr sollen sie Bobby wehtun", gab er sich kämpferisch.

„So gefällst du mir. Nimm das Gewehr und geh in Stellung!", wies sie ihn ein und tat es ihm ein paar Meter weiter gleich. „Schau durch den Schlitz und wenn du jemanden siehst, halte drauf!", gab Angelina die Anweisung und hielt ebenfalls Ausschau. Obwohl der Mond etwas Licht spendete, gab es im Schatten des Waldes nicht viel zu entdecken. „Da ist doch keiner. Ich sehe nichts", bemerkte Bobby. „Oh Mann, das habe ich glatt vergessen. Bin gleich wieder da", fluchte Angelina und sauste die Leiter runter.

Sie nahm etwas aus der Tasche und kehrte mit zwei Gegenständen zurück. „Was ist das? Was soll ich damit?", zeigte sich Bobby ahnungslos. „Das sind Nachtsichtgeräte. Du setzt sie auf und kannst im

Dunkeln sehen. Draußen sieht dann alles grün aus, kannst aber die bösen Jungs erkennen und abknallen. Glaube mir Bobby, die sind da draußen und lauern nur darauf, dich in die Finger zu kriegen. Aber wir werden ihnen die Suppe versalzen, nicht wahr Bobby? Achte auf den Waldrand. Da haben sie sich versteckt. Du musst auch ab und zu die Stellung wechseln, also schieße mal aus dem Schlitz und mal aus dem", forderte Angelina.

Es verstrichen einige Minuten, in denen zwei Augenpaare den Waldrand absuchten. Plötzlich huschte eine Gestalt von einem Baum zum anderen. Ohne zu zögern legte Angelina an und drückte ab. „Bobby, es geht los! Da sind sie. Schieß Bobby, schieß!", kam die Aufforderung, doch Bobby hielt inne, drehte sich zu ihr um und grinste übers ganze Gesicht. „Was ist los Bobby? Du sollst schießen!", wunderte sich Angelina. „Ich dachte du willst Foto machen", entfuhr es ihm glaubwürdig. „Oh Bobby, ich habe schieß gesagt und nicht Cheese und nun schieß!", klärte sie ihn auf, worauf Bobby kurz stutzte und dann los ballerte was das Zeug hielt.

Angelina war sich sicher, dass er nichts treffen würde. Das war aber auch nicht entscheidend. Wenn die sahen, dass aus mehreren Stellungen gleichzeitig das Feuer eröffnet wurde, würden sie Verwirrung stiften und so wechselte Angelina ebenfalls die Schießscharten. Auf keinen Fall wollte sie sich kampflos ergeben. Der hasserfüllte Stachel saß immer noch so tief, dass sie sich am liebsten jeden einzeln vorgeknöpft hätte. Sie war sich aber nicht sicher, ob sie dem Angriff auf Dauer stand halten kann, denn irgendwann wird die Munition ausgehen. Doch auch für den Fall hatte sie vorgesorgt und einen Plan B in der Hinterhand.

Aus der Scheune wurde ununterbrochen gefeuert, als müsste eine im Sturmangriff befindliche Hundertschaft abgewehrt werden. Die Männer um den Sheriff gingen hinter einem Hügel in Deckung. „Scheiße, verdammte! Mike, wieso hast du geschossen? Wir hätten sie überraschen können", polterte der Sheriff, das Gesicht in den Sand gedrückt. „Tut mir leid Freddy! Ich hatte mein Gewehr im Anschlag und dann hat sich ein Schuss gelöst", gestand Mike kleinlaut. „Nächstes Mal schiebe ich dir das Gewehr in den Arsch, mal sehen ob sich dann auch was löst. Du hast bestimmt wieder mit deinen nervösen Griffeln am Abzug gespielt", ereiferte sich der Sheriff „Mit wie viel Leuten haben wir es überhaupt zu tun. Wenn ich das Mündungsfeuer sehe, könnten es gut und gerne vier oder fünf sein."

„Keine Ahnung. Alleine scheint sie jedenfalls nicht zu sein", antwortete Mike. „Da könnten Sie richtigliegen, aber wahrscheinlich sind es nur zwei. Es wurde nie an mehreren Stellen gleichzeitig geschossen", mischte sich Harry ein, der in der Nähe lag. „Sieh an, sieh an, die pfiffige Großstadt meldet sich zu Wort. Über diese Brücke gehe ich noch nicht. Weiß der Teufel wen sie alles rekrutiert hat und solange die wie die Wahnsinnigen um sich ballern, kommt doch kein

Schwein ran. Wir könnten warten bis ihnen die Munition ausgeht, wissen aber leider nicht wie viel sie gebunkert haben?", gab der Sheriff zu bedenken.

„Bisher wurde nur in unsere Richtung geschossen. Wir sollten die Scheune umstellen, auf jeder Seite zwei Leute und dann das Feuer eröffnen. Dann werden wir sehen, ob es überall erwidert wird", schlug Harry vor. „Das ist ne gute Idee. So haben wir auch rundherum die Kontrolle und niemand kann uns entwischen", gestand der Sheriff und begann sofort mit der Einteilung. „Ich werde hier mit Mike die Stellung halten, ihr zieht euch in den Wald an dem Giebel zurück und ihr beide geht am anderen Giebel in Stellung. Detektiv Morgan, ich würde vorschlagen, dass Sie mit Ihrem Partner die gegenüber liegende Seite in Schach halten. Wenn die Positionen eingenommen sind, bitte gebt mir Bescheid", sprach der Sheriff und gab das Zeichen zum Abmarsch. Ein paar Minuten später kamen die Vollzugsmeldungen.

Das blieb Angelina nicht verborgen und so versuchte sie beim Wildwechsel dazwischen zu funken, traf aber niemanden. „Gaben die etwa auf?", war ihr erster Gedanke, den sie aber schnell wieder verwarf und einen Schachzug vermutete, den sie vorsorglich einkalkuliert hatte. „Die wollen uns einkreisen. Da haben sie die Rechnung aber ohne den Wirt gemacht", frohlockte Angelina und hatte für diesen Fall automatische Maschinengewehre installiert, die über eine Fernbedienung gesteuert wurden. Über Kameras konnte sie die Feindbewegungen auf einem Monitor überwachen.

Wie nicht anders zu erwarten, wurde allseitig das Feuer auf die Scheune eröffnet. Angelina wollte gerade gebührend antworten und auf den Auslöser drücken, doch eine innere Stimme hielt sie zurück. „Die wollen dich aus der Reserve locken. Sollen sie doch glauben, dass du verwundbar bist", mahnte die Stimme und so entschied sie sich wie gehabt fortzufahren.

Freddy und seine Männer waren nun fest davon überzeugt, dass sie es nur mit zwei Leuten zu tun hatten. „Jungs! Die feuern nur in unsere Richtung und auf Detektiv Morgan und Detektiv Hollywan. Hank, Roger! Ihr könnt jetzt die Scheune erstürmen", gab der Sheriff die Weisung über Funk. Wieder mischte sich Harry ein. „Sheriff Nickelbauer! Das könnte eine Falle sein. Vielleicht erwartet sie genau das und erledigt ihre Männer sobald sie den Kopf raus stecken." Der Sheriff überlegte kurz und auch die Jungs blieben noch in der Deckung. „Blödsinn! Wenn es nur zwei Leute sind, können sie nur zwei Seiten sichern. Los Leute, vorwärts!", kam der Befehl. Die Männer stürmten drauflos und wurden sofort von einem wütenden Sperrfeuer in die Schranken gewiesen, so dass sie sich sofort in den Dreck warfen. Zum Glück kamen sie mit dem Schrecken davon.

Angelina und Bobby hielten derweil die anderen Stellungen unter Feuer, so dass der Sheriff gezwungen war, die Operation Sturmangriff abzublasen.

„Scheiße verfluchte. Geht wieder in Deckung!",
blökte der Sheriff wütend in den Sprechfunk.

„Die ballern wie die Besenkten. Da kommen wir nicht
durch. Das wäre Selbstmord", meldete sich Hank
spürbar angespannt. „Ist jemand verletzt? Seid ihr
okay? Was ist denn da los?", forderte der Sheriff einen Bericht. „Mit uns ist alles in Ordnung. Wir wurden unter Dauerfeuer gesetzt. Das müssen wohl doch
mehr als zwei Leute sein", kam die Meldung von beiden Stellungen.

Nun fühlte sich Freddy bestätigt. „Okay Leute! Wir
haben es also mit mehreren zu tun und müssen davon ausgehen, dass auch Profis darunter sind. Ich
werde in der nächsten Feuerpause ein Ultimatum
stellen. Entweder sie ergeben sich oder wir räuchern
sie aus", tönte der Sheriff lauthals.

Als die Waffen einen Moment schwiegen, nutzte Freddy die Gelegenheit und schnappte sich das Mega-
fon. „Geben Sie auf! Sie sind umstellt und haben

keine Chance! Werfen Sie die Waffen weg und kommen Sie mit erhobenen Händen raus!", brüllte Freddy und beobachtete aus sicherer Deckung die Scheune. Als sich keiner blicken ließ, wiederholte er die Forderung mit verschärftem Ton. Diesmal ließ die Antwort nicht lange auf sich warten. Ein Kugelhagel, der alles Bisherige in den Schatten stellte, prasselte auf die Männer nieder. Freddy warf sich zu Boden und hielt seinen Hut. „Diese verdammten Hurensöhne", fluchte er wutentbrannt.

Erst jetzt bemerkte der Sheriff, dass er mit der Nase in einem Haufen Bärenscheiße steckte. Langsam zog er zurück und richtete den Finger drohend auf Mike, der das Missgeschick beobachtet hatte. „Kein Ton!", ranzte Freddy und reinigte sein Gesicht notdürftig mit einem Grasbüschel. „Diese Himmelhunde denken gar nicht daran. Mike, … geh zum Wagen und hol die Bazuka. Wir werden ihnen Feuer unterm Arsch machen. Wollen doch mal sehen, wer den längeren Atem hat. Soweit ich mich erinnern kann, stehen in der Mitte ein paar Fässer Benzin. Drum herum lagert ne Menge Holz und Stroh. Wenn wir da rein halten, fliegt alles in die Luft. Los Mike, beeil dich! Ich informiere die Anderen. Wir halten sie solange mit ein paar Feuerstößen bei Laune", gab der Sheriff sich kämpferisch.

Aus der Festung wurde weiter gefeuert, ohne jedoch nennenswerten Schaden anzurichten. Als Mike zurückkehrte, kam er mit der Bazuka auf dem Rücken angekrochen. „Wo sagtest du soll ich drauf halten?", fragte Mike, als er neben Freddy in Stellung ging.

„Unter dem mittleren Fenster müssten die Fässer stehen. Wenn du da den Treffer setzt, dann knallt's. Das gibt ein schönes Feuerwerk", frohlockte der Sheriff. Mike legte zur Tarnung ein paar Grasbüschel auf den Hügel, zielte und betätigte den Auslöser. Das Geschoss zischte davon, flog durch das berstende Fenster über dem Ziel und schlug auf der anderen Seite ein. Dort riss die Explosion ein großes Loch in die Wand und ließ die Galerie einstürzen. Trümmerteile wurden in die Luft geschleudert und lösten bei der

Landung eine Kettenreaktion bei den Sprengfallen aus. Der eigentlich erhoffte Effekt blieb jedoch aus.

„Mike! Was ist los? Das war wohl nichts. Wieso gab es da drüben weitere Explosionen?" Für den Moment herrschte Ratlosigkeit und auch das Gewehrfeuer verstummte, um gleich wieder umso heftiger aufzuleben. „Sorry! Tut mir leid Freddy! Der nächste Schuss sitzt", brüllte Mike wegen dem Gefechtslärm. Er pflanzte einen neuen Sprengkörper auf und zielte etwas tiefer. Diesmal traf er genau ins Schwarze und wie es der Sheriff prophezeite, gab es einen riesigen Feuerball. Im Umkreis von zehn Metern ging sofort alles in Flammen auf und einige Minuten später hatte sich die ganze Scheune in ein Inferno verwandelt. Die Trümmerteile ließen auch diesmal einige Sprengfallen hochgehen.

„Gut gemacht Mike! Das hat gesessen", lobte der Sheriff. „Die Schweine haben Sprengfallen ausgelegt. Gut, dass wir vorhin abgebrochen haben. Der Schuss wäre sonst nach hinten losgegangen. Wir warten ab!

Entweder hat es sie erwischt, oder sie verlassen wie die Ratten das sinkende Schiff", mutmaßte der Sheriff.

Kaum hatte er den Satz beendet, sprang eine Tür auf und spuckte eine menschliche Fackel aus. Der Kerl trug ein flambiertes Kleid, stürmte auf ihre Stellung zu und feuerte schreiend mit einem Maschinengewehr. Freddy wollte gerade anlegen, um ihn zu erlösen, als der arme Teufel auf eine Mine trat.

„Scheiße man, hast du das gesehen? Den hat es völlig zerlegt", zeigte sich der Sheriff schwer beeindruckt und griff nach seinem Sprechfunkgerät. „Leute, … wir ziehen ab und treffen uns am Ausgangspunkt!" Nach und nach trafen alle Beteiligten ein. „Mal herhören! Für heute war's das. Hier gibt's nichts mehr zu tun. Das hat keiner überlebt und sich der Scheune zu nähern ist zu riskant. Die haben überall Sprengfallen gelegt. Erst wenn der Räumdienst und die Spurensicherung durch sind, schauen wir uns um."

Am nächsten Tag um 11.00 Uhr gaben die Spezialisten Entwarnung. Nun konnten Dave und Harry zusammen mit dem Sheriff durch die eingestürzten und verkohlten Überreste streifen, wo noch einzelne Glutnester qualmten. Bis auf das Brandopfer vor der Scheune wurde keine weitere Leiche gefunden. Es stellte sich heraus, dass es sich um Bobby Puplester handelte. Die Männer sahen sich fragend an. „Das ist doch unmöglich. Der war doch nicht alleine. Wo sind die gottverdammten Hurensöhne abgeblieben? Aus dieser Hölle gab es doch kein Entrinnen", rätselte der Sheriff kopfschüttelnd.

„Da muss ich Ihnen Recht geben. Wenn jemand entkommen wäre, hätten wir ihn gesehen. Schauen Sie mal Sheriff, in der Hitze sind sogar die Gewehre geschmolzen", entdeckte Harry eine deformierte Waffe. „Wenn sie nicht fliehen konnten, dann müsste man wenigstens ein paar verkohlte Überreste finden oder sehe ich das falsch? Die Spurensicherung hat aber nichts gefunden", grübelte der Sheriff.

„Das ist für wahr sehr merkwürdig. Die konnten sich doch nicht in Luft auflösen. Selbst wenn sie mit Bobby alleine war, müsste von ihr was zu finden sein", meldete sich Dave zu Wort, als jemand von der Spurensicherung rief: „Sheriff! Das sollten Sie sich mal ansehen!" Die Männer sahen wie der Kollege eine mit Blech beschlagene Holzplatte anhob und zur anderen Seite kippte. Harry und Dave befürchteten, dass eine Leiche darunterlag. Möglicherweise die gesuchte Person, die unter der Platte Schutz gesucht hatte.

Als die Männer sich um die Fundstelle versammelten, war ihnen die Überraschung ins Gesicht geschrieben. Es war aber nicht das, was sie erwartet hatten. „Das kann doch nicht wahr sein. Ein verfluchter Tunnel. Ich hatte nicht die leiseste Ahnung, dass es hier einen gibt. Die haben uns verarscht. Als es brenzlig wurde, haben sie sich aus dem Staub gemacht und sind uns so durch die Lappen gegangen", fluchte Freddy. „Wo mag der Tunnel hinführen?", stellte Harry die Frage, die jedem auf der Zunge lag. „Weiß der

Teufel? Da unten geht ein Stollen nach Norden ab",
stellte der Sheriff fest, als er den Einstieg mit der Taschenlampe ausleuchtete. „Mike! Schau doch mal
nach. Geh aber nur rein, wenn du dir sicher bist, dass
keine Einsturzgefahr besteht", mahnte der Sheriff zur
Vorsicht.

In dem knapp drei Meter tiefem Schacht stand eine
verrostete Leiter. Mike stieg hinunter und leuchtete
den Stollen aus. „Sieht gut aus Freddy! Da geht es
ziemlich weit. Der Tunnel ist zwar nur einen Meter
hoch, aber gut ausgebaut. Den gibt es ganz bestimmt
nicht erst seit einer Woche. Ich geh rein", rief Mike
und verschwand.

„Okay. Pass aber auf dich auf!", gab ihm der Sheriff
mit auf den Weg und wandte sich Harry zu. „Da fällt
mir ein, vor langer Zeit machte ein Gerücht die
Runde. Jemand hätte Gold gefunden. Niemand
wusste wo und wie viel. Die meisten Leute taten es
als Hirngespinst ab und haben nicht daran geglaubt.

Diese Scheune gehörte dem alten Frank, sein Großvater hat sie noch bewirtschaftet. Damals soll es eine prächtige Farm gewesen sein. Die Scheune ist das Einzige, was davon übrigblieb. Jetzt glaube ich langsam, dass an dieser Geschichte was dran sein könnte. Der alte Ganove hat von seiner Scheune aus nach Gold gegraben. Jetzt weiß ich auch, woher die Hügel am Waldrand kommen", kombinierte er scharfsinnig.

„Das wäre eine plausible Erklärung", mischte sich Harry ein. „Ja verdammt, und keine Sau hat was davon gewusst", nuschelte der Sheriff in sich gekehrt, ging in die Hocke und rief in den Schacht. „Mike! Wie weit bist du?" Es kam aber keine Antwort. Die Männer schauten verdutzt. „Ihm wird doch wohl nichts zugestoßen sein. Mike! Hörst du mich?", versuchte der Sheriff es noch einmal. Im Schacht herrschte jedoch Totenstille. „Verdammter Mist. Da ist was passiert. Hank! Geh runter und schau nach!", zitierte er den am nächsten Stehenden heran.

Daraufhin kletterte Hank die Leiter runter und leuchtete den Schacht aus. „Kannst du was erkennen?", fragte der Sheriff, kaum dass Hank die Sole erreicht hatte. „Keine Spur von ihm. Da drin sieht es ziemlich finster aus und nach ungefähr zwanzig Metern endet der Stollen", gab Hank nach oben durch. „Was sagst du? Das gibt's doch nicht und Mike ist nicht zu sehen?", wunderte sich der Sheriff. „Kann natürlich sein, dass der Stollen da hinten abknickt. Das kann ich von hier nicht erkennen", relativierte Hank seinen Bericht. „Dann schau doch mal nach!", forderte der Sheriff, während Hank bereits die Leiter rauf kam. „Tut mir leid Freddy! Das kann ich nicht. Nicht in so einer engen Röhre. Du weißt doch, dass ich Platzangst habe. Da kriegen mich keine zehn Pferde rein", legte Hank stichhaltige Argumente dar und klopfte den Sand von seiner Jacke.

Plötzlich kam Mike über den Trümmerhaufen gestolpert und sorgte für Erleichterung. „Ihr werdet es nicht glauben, aber der Tunnel führt in den Wald hinein und hat unterwegs seitliche Abgänge. War ziemlich schaurig. Fast hätte ich mich verlaufen. Wir können davon ausgehen, dass sie den Tunnel als Fluchtweg benutzt haben", sprudelte es aus ihm heraus.

„Der Tunnel verläuft im Zickzack und endet in einer Senke mitten im Wald. Die ist von Brombeerbüschen überwuchert und somit gut getarnt. Spuren habe ich keine gefunden. Ist auf dem Waldboden, der größtenteils aus Moos und Gras besteht auch so gut wie unmöglich. Im Tunnel wird es auch keine geben, der Boden ist mit Stroh ausgelegt. Die haben an alles gedacht und uns an der Nase herumgeführt. Wenn ihr mich fragt, hatten sie in der Nähe einen Fluchtwagen und sind längst über alle Berge", vervollständigte Mike seinen Bericht und atmete tief durch.

„Na toll! Dann haben wir unseren Arsch umsonst riskiert und stehen wieder mit leeren Händen da. Wir waren so nah dran", kam Harry zu dem Schluss und deutete den geringen Abstand zwischen Daumen und Zeigefinger an. „Weiß der Teufel wo die sich jetzt verkrochen hat. Das sieht nicht gut aus. Wir können ihr nicht mal beweisen, dass sie die Morde begangen hat. Das Feuer hat alles vernichtet und der vermutlich einzige Zeuge, liegt halb verkohlt und zerfetzt vor der Scheune. Von den beiden Opfern ganz zu schweigen. Da ist nur noch ein Häufchen Asche übrig. Dann bleibt noch Mr. Wendslay. Der Mann ist unsere letzte Hoffnung. Sobald er aus dem Koma erwacht, knöpfen wir ihn uns vor. Dann kriegen wir sie wenigstens wegen versuchten Mordes, Freiheitsberaubung und Körperverletzung dran, vorausgesetzt wir finden sie", legte Dave nach. „So sieht's aus", kommentierte Harry seine Ausführung.

„Tut mir leid Jungs. Sie können mir glauben, dass ich dieses Flittchen zu gerne in die Finger gekriegt hätte. Die hat drei meiner Leute auf dem Gewissen und ist für den Tod des armen Bobby verantwortlich. Am liebsten hätte ich sie mit den Händen an die Decke gebunden und ihr das Geständnis aus dem Leib geprügelt. Die müsste ähnliche Qualen erdulden und hat es nicht anders verdient. Wenn es nach mir ginge, würde ich sie erschlagen wie eine räudige Hündin", gab der Sheriff mit verbitterter Miene unumwunden zu.

Dave und Harry hatten Verständnis für den emotionalen Ausbruch, waren aber dennoch etwas überrascht. „Also gut. Dann brechen wir jetzt ab und fahren zurück", hatte sich der Sheriff wieder gefangen. „Wir packen auch unsere sieben Sachen und machen uns auf die Socken. Wir halten Sie auf dem Laufenden. Vielen Dank noch für die Unterstützung", verabschiedeten sich Harry und Dave und drückten dem Sheriff die Hand. „Wir könnten die Hunde holen und ihre Fährte aufnehmen", zauberte der Sheriff noch eine Idee aus dem Hut. „Das ist gut gemeint, wird aber nicht nötig sein. Soweit ich informiert bin, kommt ein paar hundert Meter weiter der Fluss. Spätestens da werden sich ihre Spuren verlieren", lehnte Harry dankend ab und marschierte voran.

„Wenn wir in San Francisco sind, sollten wir sofort zum Krankenhaus fahren und Mr. Wendslay einen

Besuch abstatten", machte Dave den Vorschlag, als sie schon ein paar Meilen auf dem Highway unterwegs waren. Ich denke auch, dass wir in dieser Hinsicht keine Zeit verlieren sollten. Hoffen wir mal, dass sich sein Zustand nicht verschlechtert hat."

29. Kapitel

Norman Wendslay lag im Hospital im Streckverband und war wie eine Mumie von Kopf bis Fuß in Mullbinden gewickelt. Nur ein Schlitz für die Augen und eine Öffnung für den Mund hatte man ihm gelassen. Die Nase war gespickt mit einem Beatmungsschlauch und über den rechten Arm stand die Verbindung zu einem Tropf. Vor zwei Tagen war er aus dem Koma erwacht.

Norman erinnerte sich an den Traum der letzten Nacht. Es war kein Alptraum, aber auch nicht weit entfernt, fühlte sich anfangs sogar romantisch an. Auf einer Sommerwiese lag er und schaute in den blauen Himmel. Ein paar harmlose Schönwetterwolken zogen vorbei und ein laues Lüftchen strich durch sein Haar. Jemand hielt seine Hand, es fühlte sich weich und fleischig an. Norman glaubte seiner großen Lieben ganz nah zu sein. Doch als er sich der Angebeteten zuwandte, war er schockiert und konnte es nicht fassen. Da himmelte ihn ein Dragoner im Kastenformat, 400 Pfund schwer, mit männlichen Zügen aus Glupschaugen an. Ihr Doppelkinn präsentierte sich unrasiert und die breitflügelige Nase zierte eine Warze. Ihre fettigen Haare fielen glatt auf die kräftigen Schultern. Ein breites Grinsen machte ihre lückenhaften Zahnreihen sichtbar.

Norman war bis ins Mark erschüttert und wollte sich entziehen. Doch seine Hand war fest eingespannt und zu allem Übel beugte sie sich über ihn, schloss die Augen und formte die Lippen zum Kuss. Als sie ihm bedrohlich nahe kam, kniff Norman die Augen zu, presste die Lippen aufeinander und erwartete den schleimigen Kontakt.

Zum Glück erwachte er und war erleichtert, dass es nur ein Traum gewesen ist. Er sah sich wohlbehalten im Krankenhausbett liegen. Doch irgendetwas stimmte nicht. Warum war er an Händen und Füßen gefesselt? Die Tür öffnete sich und eine Schwester trat ein, die er noch nie zuvor gesehen hatte und doch kam sie ihm bekannt vor. Sie schob ein rollendes Tablett, auf dem chirurgische Instrumente lagen. Norman schaute angsterfüllt und ungläubig aus seiner Mullbindenrüstung. Im Gegensatz zum Dragoner im Traum, war sie bezaubernd schön und entsprach seinem Ideal. Doch die hochgesteckten schwarzen Haare, die teilweise das weiße Häubchen verbargen und die vertrauten Gesichtszüge, weckten böse Erinnerungen. Norman war tief besorgt.

„Die Husboon hatte sich als Krankenschwester verkleidet und wollte ihn endgültig zum Schweigen bringen", fiel es ihm wie Schuppen von den Augen. Norman wollte um Hilfe rufen, doch seltsamerweise kam kein Laut über seine Lippen. Hilflos musste er mit ansehen, wie sie in diebischer Vorfreude eine Monsterspritze aufzog und ihm durch die Mullbinden hindurch in den Oberschenkel rammte. Norman erwartete einen stechenden Schmerz, doch er spürte nichts.

Dann musterte sie die Instrumente auf dem Tablett. Ihr nachdenklicher Blick sprang von einem zum anderen, als wäre sie sich nicht schlüssig, für was sie sich entscheiden sollte. Als sie rätselnd den Finger auf ihre Lippen legte, verschwammen zunehmend ihre Konturen. „Was geschieht da? Das ging doch nicht mit rechten Dingen zu", dachte Norman und lastete es der Injektion an, die ihm die Sinne vernebelte.

Die in Auflösung begriffene Gestalt entschied sich für die Handkreissäge und sprang wie ein geölter Blitz an seine Seite. Ihr Daumen prüfte die Schärfe des Sägeblattes und bedeutete ihm ihre teuflische Zufriedenheit. Zu seiner Verwunderung begann ihr Gesicht zu bröckeln, wie ein ausgetrocknetes Flussbett war es von Rissen durchzogen. Ungeachtet dessen versetzte sie mit einem Knopfdruck das Sägeblatt in Rotation und schlug es skrupellos in seine Flanke. Kreischend fraß sich das Werkzeug durch die Mullbinden, die sich rot färbten. Ihr weißer Kittel wurde von oben bis unten mit blutigen Spritzern besudelt. Norman spürte aber auch diesmal keinen Schmerz. Stattdessen sah er mit Schrecken, dass ihr Kopf sich in Bruchstücke aufspaltete und wie ein zerbröselnder Kuchen auseinanderfiel.

„Das konnte doch nicht sein", dachte Norman und versuchte, sich aus dem traumatischen Strudel zu reißen. Er wälzte sich und strampelte und siehe da, das Monster verschwand mit samt dem Tablett. Dann sprang die Tür auf und eine aufgebrachte Stimme näherte sich. Die Nachtschwester kam angestürmt, die gerade an seinem Zimmer vorbeilief. „Was ist los, Mr. Wendslay? Sie schreien, als wollte man sie in Stücke schneiden." Norman kam ins Grübeln, ob des Bezuges zu seinem Traum. Doch dann schüttelte er nur irritiert den Kopf und verwarf den Gedanken. „Oh man Schwester, wenn sie wüssten was ich für einen beschissenen Traum hatte", klagte Norman.

„Kann ich mir denken. Sie haben im Schlaf fantasiert und das hörte sich gar nicht gut an. Aber ihre Stimme ist wieder da und das freut mich. Es kommt gerade zur rechten Zeit, denn für morgen hat sich Besuch angekündigt." Norman stutzte. „Wer sollte ihn besuchen? Doch nicht etwa die Polizei", spekulierte er, doch als die Schwester sich zwinkernd zurückzog, schied die als möglicher Kandidat aus.

Norman grübelte die halbe Nacht, so dass ihn nach dem Frühstück die Müdigkeit übermannte. Doch ein Klopfen an der Tür hinderte ihn am Einschlafen. Eine feine Lady im dunkelblauen Kostüm trat ein und verbarg ihr Gesicht hinter einem Blumenstrauß. So fiel sein Blick auf den knielangen Rock und die formschönen Waden. Dieses Ensemble war ihm nur allzu vertraut und eine böse Vorahnung beschlich ihn.

Norman fühlte sich auf Schlag nicht wohl in seiner Haut, als sich die Vermutung bestätigte. Er konnte es nicht fassen, dass ihn Ms. Husboon mit einem Strauß Blumen beehrte. „Nachdem was sie ihm angetan hatte. Wollte sie sich etwa entschuldigen? Längst hätte sie hinter Schloss und Riegel sitzen müssen.

Warum lief sie noch frei herum?", spukten ihm die Gedanken durch den Kopf.

War sein Alptraum eine Prophezeiung? Offenbar hatte sie nur die Blumen dabei. Franziska wollte gerade zur Begrüßung ansetzen, als die Schwester mit einer Vase hereinkam und das Bukett auf dem Nachtschrank arrangierte.

„Danke, das ist nett von Ihnen", bedankte sich Franziska höflich und kam näher, nachdem die Schwester das Zimmer verlassen hatte. Norman wäre am liebsten in der Matratze versunken, doch entgegen seiner Erwartung, überraschte sie ihn mit menschlichen Zügen.

„Hallo, Mr. Wendslay! Es tut mir schrecklich leid, was Ihnen zugestoßen ist. Mr. Rustell hat mir alles erzählt. Ich hatte doch keine Ahnung. Wenn ich gewusst hätte, was sie vorhat, hätte ich es gewusst zu verhindern. Niemals hätte es so weit kommen dürfen. Ich hätte es Ihnen sagen sollen, sah aber anfangs keine Notwendigkeit und nicht selten war es auch von Vorteil. Sie hat mich immer wieder davon abgehalten, unser Geheimnis preis zu geben. Nun komme ich aus dem Urlaub und dann das." Norman verstand die Welt nicht mehr. „Was labert die für eine Scheiße?", grübelte er und starrte ungläubig aus dem Schlitz im Verband.

„Mr. Wendslay, ich will Sie nicht länger auf die Folter spannen. Sie werden sich sicherlich fragen, von wem die Rede ist. Das wird Sie jetzt vielleicht überraschen und wahrscheinlich werden Sie mir nicht glauben, aber ich habe eine Zwillingsschwester. Wir gleichen uns wie ein Ei dem anderen. Niemand hat es gewusst und keiner hat etwas gemerkt, wenn sie mich im Büro vertreten hat. Zugegeben, manchmal hat sie es übertrieben, doch im Großen und Ganzen spielte sie ihre Rolle perfekt. So konnte ich an manchen Tagen auf zwei Hochzeiten tanzen. Da eröffneten sich ungeahnte Möglichkeiten.

Sehr amüsant wurde es, wenn wir die Männer tauschten. Ich vertrat sie bei ihrem Date und sie bei meinem. Die Kerle haben es nie geschnallt. Meine Schwester war sogar verheiratet, durfte bei mir aber ein und ausgehen. In erster Linie sollte sie mein Anwesen nutzen, wenn ich auf Dienstreise oder im Urlaub war. So war immer jemand zu Hause und Einbrüche hat es bis auf den einen nie gegeben.

Alles fing damit an, dass ihr Mann unter mysteriösen Umstanden ums Leben kam. Vorher kriselte es schon länger und sie stritten sich immer öfter. Sie hat sich bei mir ausgeheult und drohte ihn umzubringen. Ich nahm es nicht für voll, doch als ein paar Wochen später dieser Unfall geschah, kam ich ins Grübeln. Die Umstände waren eigenartig und dennoch kam es bei der Polizei nur als Unfall zu den Akten.

Später erzählte sie mir von einem alten Bekannten, den sie zufällig in der Stadt getroffen hatte. Er hat sie nicht erkannt und so kam sie auf die Idee, ihn in eine Falle zu locken. Sie wollte ihm eine Lektion erteilen, da noch eine offene Rechnung zu begleichen war. Ich kannte ihn auch und kann bestätigen, dass es ein mieses Schwein war. Als sie mit ihm fertig war meinte sie nur, dass er bekommen hat was er verdiente. Ich ging davon aus, dass sie ihn ein bisschen in die Mangel nehmen wollte und nicht gleich tötet. Danach soll es weitere Opfer gegeben haben und Sie Mr. Wendlay hätte es um ein Haar auch noch erwischt.

Niemals hätte ich gedacht, dass sie so weit gehen würde und ich habe sie auch noch gedeckt. Wie schon gesagt Mr. Wendslay, es tut mir unendlich leid, was Ihnen widerfahren ist. Es ist unverzeihlich. Sie wird ihre gerechte Strafe kriegen.

Ich frage mich, was sie sich dabei gedacht hat? Mal jemandem den Hintern versohlen ist das Eine, aber ihn zu Tode foltern, … nein, das geht eindeutig zu weit. Ich kann es immer noch nicht fassen, was geschehen ist."

Norman zuckte mit den Achseln und war sprachlos. „Mr. Wendslay! Ich hoffe, dass Sie bald wieder auf die Beine kommen und keine bleibenden Schäden davontragen. Wir brauchen Sie in der Firma. Sie sind ein fähiger Mitarbeiter, auch wenn es zu selten gewürdigt wurde. Das wird sich künftig ändern. Die Schikane mit dem Modell war übrigens auch auf ihrem Mist gewachsen. Ich fand das gar nicht lustig und bin mit ihr hart ins Gericht gegangen. Ich habe mich sehr in ihr getäuscht." Franziska schaute auf die Uhr. „Oh, es ist schon spät. Tut mir leid, Mr. Wendslay! Ich muss mich jetzt leider verabschieden. Werden Sie schnell wieder gesund!", sprach sie, machte auf dem Absatz kehrt und verließ das Zimmer.

Einen Augenblick später klopfte es erneut. Norman dachte, dass sie etwas vergessen hätte. Zu seinem Erstaunen standen jedoch Detektiv Morgan und Detektiv Hollyvan in der Tür. „Guten Tag, Mr. Wendslay! Die Schwester meinte, dass es Ihnen schon besser geht. Wir hätten nämlich noch ein paar Fragen und hoffen, dass Sie uns weiterhelfen", kam Detektiv Morgan gleich zur Sache.

Norman wunderte sich, dass Ms. Husboon ihnen nicht in die Arme gelaufen war und deutete mit weit aufgerissenen Augen zur Tür. Er wollte es ihnen vermitteln, doch vor lauter Schreck brachte er kein Wort heraus. „Ist schon gut, Mr. Wendslay! Wir sind jetzt bei Ihnen. Sie brauchen keine Angst zu haben. Wir werden einen Beamten zu Ihrem Schutz vor die Tür stellen. Sie können ganz beruhigt sein, es wird Ihnen nichts geschehen", bemühte sich Dave. Doch Norman dachte gar nicht daran, sich zu beruhigen und fühlte sich falsch verstanden. Plötzlich war die Stimme wieder da. „Da, da! Ms. Husboon, ist gerade raus. Sie müssen sie doch gesehen haben", platzte es aus ihm heraus. Unverzüglich machte Harry auf dem Hacken kehrt und lief auf den Flur. „Schwester! Haben Sie die Frau gesehen, die gerade aus dem Zimmer kam?"

„Ja sicher. Sie hat die Treppe genommen. Das war vielleicht vor drei Minuten."

„Danke!", sagte Harry kurz angebunden und stürmte über die Treppe nach draußen. Als er vor die Tür trat, schaute er sich fieberhaft um, doch die Tatverdächtige war nicht zu sehen und auch kein abfahrendes Auto. „Das gibt's nicht. Das kann doch nicht sein", brummelte Harry und ging etwas verwirrt zum Haupteingang.

„Das war ein Schuss in Ofen! Da war niemand", meinte Harry zähneknirschend, als er wieder auf dem Zimmer war. „Sind Sie sicher, dass es Ms. Husboon war oder haben Sie eine Fata Morgana gesehen?", hakte Dave nach, der nicht ahnen konnte, dass die Schwester bestätigt hatte, eine weibliche Person gesehen zu haben. „Die sind von ihr", deutete Norman auf den Blumenstrauß. „Wir haben Ms. Husboon heute Morgen verhaftet. Sie ließ sich widerstandslos festnehmen, beteuerte zwar ihre Unschuld und faselte was von einem Alibi, kann es aber nicht gewesen sein", gab Dave unmissverständlich zu verstehen. „Es war eine junge Frau hier, auf die die Beschreibung passt. Die Schwester hat sie gesehen", bestätigte Harry die Angaben von Mr. Wendslay.

Norman wurde ganz anders zu Mute. „Dann hat sie also doch eine Zwillingsschwester, die mir vorhin gegenüberstand und der mutmaßliche Täter war. Sie hätte mich problemlos zum Schweigen bringen können, nur das Kissen aufs Gesicht drücken und gut. Stattdessen gab sie sich als ihre Schwester aus und versuchte durch den Rollentausch ihre Weste reinzuwaschen. Was für eine falsche Schlange, alles ihrer Schwester in die Schuhe zu schieben, um ihren eigenen Kopf zu retten", schlussfolgerte Norman gedanklich.

„Okay, dann können wir davon ausgehen, dass Ms. Husboon eine Zwillingsschwester hat. Das kann dann nur Mrs. Cutter gewesen sein, die sich als Ms. Husboon ausgegeben hatte. Ist nur merkwürdig, dass sie so schnell und spurlos verschwunden war", kam Harry ins Grübeln und zuckte verständnislos mit den Achseln. Was er nicht wusste, Mrs. Cutter hatte die Beamten bemerkt, eine Etage tiefer die Toiletten aufgesucht und dann den Fahrstuhl genommen.

„Mr. Wendslay, jetzt erzählen sie uns doch mal Ihre Geschichte! Was wollte Ms. Husboon oder Mrs. Cutter, wer es auch immer gewesen sein mag und was hat sie mit Ihnen angestellt?" Harry und Dave nahmen unaufgefordert Platz und lauschten. Norman begann zu erzählen und die beiden Männer staunten. Soweit es die Erinnerungen zuließen gab er einen detaillierten Bericht über die Ereignisse. Harry und Dave saßen wie gebannt und schüttelten immer wieder ungläubig den Kopf.

„Das ist ja unglaublich. Eine haarsträubende Geschichte", konstatierte Dave und strich sich mit der Hand über die hohe Stirn, auf der sich erste Schweißperlen gebildet hatten. „Auf jeden Fall kriegen wir sie wegen Körperverletzung, Freiheitsberaubung und versuchten Mordes dran. Die fünf Morde werden wir ihr auch noch nachweisen. Jetzt müssen wir aber erst mal diese Mrs. Cutter finden und feststellen wer von beiden wer ist. Ich bin mir ziemlich sicher, dass wir jetzt bald das Geheimnis lüften", konstatierte Harry. „Sie werden doch vor Gericht aussagen, oder?", fügte er an Mr. Wendslay gerichtet hinzu.

„Aber sicher doch. Darauf können Sie wetten, Detektiv Morgan."

30. Kapitel

Angelina verweilte auf der Toilette im Krankenhaus und plagte sich mit Gewissensbissen. Hatte sie das Richtige getan, Norman einmal mehr an der Nase herumzuführen? Vielleicht hat er ihr die Einlage gar nicht abgekauft und der Plan wäre ohnehin zum Scheitern verurteilt. Zu allem Übel kreuzten auch noch die Bullen auf. „Was sollte sie jetzt machen?", fragte sie sich, zögerte eine Viertelstunde und überzeugte sich dann auf dem Korridor und im Treppenhaus, ob die Luft rein war. Es war niemand zu sehen, auch draußen nicht.

Angelina fuhr ziellos durch die Stadt. Nach Hause konnte sie nicht, da wartete mit Sicherheit ein Empfangskomitee und das Haus ihrer Schwester war auch keine Option. Da fiel ihr ein alter Freund ein, der ganz in der Nähe wohnte und ihr schon öfter aus der Patsche geholfen hatte. „Es sind zwar schon ein paar Jahre vergangen, aber einen Versuch war es wert", fasste sie den Entschluss. Drei Blocks weiter stellte sie den Wagen ab und lief zu Fuß zurück. An der Haustür des Mehrfamilienhauses drückte sie den Klingelknopf. Erleichtert vernahm sie die raue Stimme. „Wer ist da?", krächzte es aus der Sprechanlage. „Hallo Jack! Ich bin's. Ich brauch deine Hilfe", meldete sich Angelina und der Öffner summte.

Da der Fahrstuhl außer Betrieb war, nahm sie die Treppe und kam außer Atem in der achten Etage an. Jack wartete in Jogginghosen und weißem Unterhemd an der Tür. Die qualmende Fluppe im Mundwinkel hüpfte. „Sieh an, sieh an! Wen haben wir denn da? Lange nichts gehört. Der Fahrstuhl ist seit zwei Wochen kaputt. Die kriegen so ein beklopptes Ersatzteil nicht ran. Was für ein linkes Ding hast du diesmal gedreht?", fragte er und bat sie herein.

„Hallo Jacky! Siehst gut aus. Rauchst immer noch zwei Schachteln am Tag und ist es bei einer Flasche Whisky geblieben?", stichelte Angelina in Anspielung auf seinen ungesunden Lebenswandel. „Das

geht dich einen Scheiß an. Du bist doch nicht gekommen, um mir auf die Eier zu gehen? Komm gefälligst
zur Sache! Ich hab nicht den ganzen Tag Zeit", tat er
als wäre er ein vielbeschäftigter Mann. „Tut mir leid!
Ich sehe, du hast viel zu tun. Es tut mir auch leid, dass
ich mich so lange nicht gemeldet habe, aber in letzter
Zeit ging alles drunter und drüber und ich wusste
nicht wo mir der Kopf steht. Erzähl doch mal! Wie
geht es dir?"

„Was soll die blöde Frage? Was meinst du wohl? Seit
zwei Jahren bin ich arbeitslos und halte mich mit Gelegenheitsjobs über Wasser. Letztes Jahr ist meine
Mutter gestorben. Sie hatte ne gute Pension und mir
ab und zu unter die Arme gegriffen. Heute schlag ich
mich so durch. Nun komm aber endlich auf den
Punkt!", reagierte Jack ungehalten.

„Das mit deiner Mutter tut mir leid. Sie war eine liebe
Seele und hat es immer gut mit dir gemeint", versuchte Angelina ihre Anteilnahme glaubhaft zu vermitteln. „Ich hab ein kleines Problem. Die Polizei

648

rückt mir auf die Pelle. Bis auf weiteres kann ich weder nach Hause noch zu meiner Schwester. Du bist meine letzte Hoffnung. Es wäre lieb von dir, wenn ich für ein paar Tage bei dir untertauchen könnte", kehrte sie die flehende Seite heraus und schmollte.

„Von wie vielen Tagen reden wir?"

„Höchsten drei oder vier. Bis es sich beruhigt hat."

„Damals die Aktion war ne heiße Kiste. Ohne das Alibi hätten sie dich am Arsch gehabt. Was hast du diesmal ausgefressen?"

„Es ist besser, wenn du es nicht weist. Ich bin da in etwas hineingeschlittert, was so nicht geplant war. Es ist aus dem Ruder gelaufen und manchmal habe mich selbst nicht erkannt. Als hätte eine zweite Person Besitz von mir ergriffen", erklärte Angelina.

„Wenn sie mich diesmal dran kriegen, möchte ich schon genauer wissen worum es geht", forderte Jack unmissverständlich.

„Okay, ich erzähle es dir später. Also kann ich nun bleiben oder nicht?" Jack nickte in sich gekehrt. „Ich geh erst mal duschen, bin total durchgeschwitzt. Jacky Schätzchen, wäre nett, wenn du uns einen Kaffee machst", rief sie auf dem Weg zum Bad. Jack legte eine CD ein und drehte die Musik etwas lauter, dann nahm er das Telefon. Heute Vormittag hatte er auf Kanal 5 gesehen, dass die Polizei hinter ihr her war. Er hatte sich nichts anmerken lassen und sie hat offenbar kein Verdacht geschöpft. Jack war es leid, sich immer wieder ausnutzen zu lassen und außerdem schuldete sie ihm noch Geld. Die ausgesetzte Belohnung, war deshalb nicht zu verachten. Jack wählte eine Nummer.

Zehn Minuten später kam Angelina in ein Handtuch gewickelt. Sie nahm die Tasse, umschloss sie mit beiden Händen und ging ans Fenster. „Ne tolle Aussicht hast du hier", bemerkte sie gedankenversunken und erblickte die heranbrausenden Polizeiwagen, die sich mit Blaulicht vor dem Haus versammelten. Auf Grund der Musik und der geschlossenen Fenster, konnte man die Sirenen nicht hören. Einige Polizisten sprangen heraus und liefen zum Eingang. Angelina blieb unbeeindruckt und drehte sich um. „Mir ist der Kaffee ein bisschen zu stark. Hast du noch Milch?", fragte sie, worauf Jack in die Küche lief.

Von einer bösen Vorahnung beschlichen, nahm Angelina den Hörer vom Telefon und drückte die Wahlwiederholung. Wie befürchtet kam die 911 als zuletzt gewählte Nummer. „Das kann nicht wahr sein. Diese miese Ratte", kam ihr die bittere Erkenntnis und das Blut schoss ihr in den Kopf. Ihre Wut kannte plötzlich keine Grenzen und am liebsten hätte sie ihn in der Luft zerrissen. Ohne zu zögern nahm sie den silbern glänzenden Revolver aus der Handtasche und entsicherte ihn.

Als Jack mit der Milch zurückkehrte, blieb er wie versteinert stehen und hob beschwörend die Hände. „Was soll das? Das kannst du nicht machen!", flehte er mit Blick auf die Mündung ihrer Pistole. Dann sah er, dass der Hörer neben dem Telefon lag. „Hör zu!

Ich hatte keine Wahl. Die hatten mich auf dem Kieker und wollten mir was anhängen. Du solltest dich stellen. Wenn du mich umlegst, reitest du dich nur noch weiter in die Scheiße!", appellierte er an ihre Vernunft.

„Glaube mir, einer mehr oder weniger macht den Kohl nicht fett und du mieses Schwein hast es nicht anders verdient. Man hat immer eine Wahl, du jetzt leider nicht mehr", verkündete Angelina, zielte und drückte dreimal ab. Jack riss die Hände noch höher, wobei der Becher mit Milch an die Wand klatschte. Zwei Projektile schlugen in seiner Brust ein. Die dritte zischte durch die Finger ins rechte Auge und trat am Hinterkopf wieder aus. Jack war sofort tot und schlug auf dem Boden auf. Doch ihr Rachedurst war noch nicht gestillt. Angelina war derart wütend, dass sie auf sein Gesicht eintrat, bis der Schädel platzte. Erst als sie merkte, dass sie auf einer breiigen Masse herum stampfte, ließ sie von ihm ab.

Jetzt war es höchste Eisenbahn, den Tatort zu verlassen. Angelina eilte auf den Flur hinaus und warf einen Blick die Treppe hinunter. Nur wenige Stockwerke trennte sie noch von einer Horde Polizisten, die angetrieben von den gefallenen Schüssen einen Zahn zulegten. Angelina sah in der kürze der Zeit keinen anderen Ausweg, als nach oben zu flüchten. Auf dem Dach hoffte sie mit einem Sprung zum Nachbargebäude, ihre Haut retten zu können. Um die Verfolger nicht gleich auf ihre Fährte zu locken, zog sie die blutverschmierten, klappernden Schuhe aus und warf sie zwei Etagen höher in den Müllschlucker.

Angelina hatte noch fünf Etagen vor sich und ihre Rechnung schien aufzugehen. Die Polizei stürmte mit Mann und Maus den Tatort. Auf dem Dach stützte sie sich auf die Knie und atmete tief durch. Dann schaute sie sich prüfend um. Ein brauchbares Versteck gab es nicht, was auch wenig Sinn machen würde, früher oder später würde man sie finden. Angelina lief zum Rand, wo es hinter einer Maueraufkantung 14 Etagen abwärts ging. Das Nachbargebäude war ungefähr fünf Meter entfernt und drei Stockwerke tiefer. Das war zu weit und mit knapp zehn Metern zu tief. Selbst wenn sie bis auf das andere Dach käme, wären sämtliche Knochen gebrochen.

Harry kam als letzter die Treppe rauf und schaute routinemäßig über das Treppenauge nach oben. Ihm war, als hätte er eine Tür klappen gehört, doch es war niemand zu sehen. Dann sah er blutige Streifen und Flecken auf den Stufen, die nach oben führten. Sein Instinkt sagte ihm, dass er dieser Spur nachgehen sollte. Dave war schon den anderen zum Tatort gefolgt und kehrte zurück, als er seinem Partner vermisste. Der war aber schon auf dem Weg nach oben. „Harry! Wo willst du hin? Warte auf mich", rief er und folgte ihm. Zwei Etagen höher kamen sie im Flur bis an den Müllschlucker, wo sich die Spur verlor. „Sie wird doch wohl nicht?", dachte Dave laut. Harry sah ihn zweifelnd an. „Ganz bestimmt nicht. Ich denke, sie ist ganz nach oben", kombinierte Harry und lief zurück zur Treppe.

Angelina wollte die andere Seite in Augenschein nehmen. Im Vorbeigehen riskierte sie einen Blick ins Treppenhaus. Da kam jemand rauf. Nun war Eile geboten. Der Abstand auf der anderen Seite betrug etwa vier Meter und die Höhendifferenz ein Stockwerk. „Das sollte zu machen sein", redete sie sich ein. Ohne lange zu überlegen warf sie ihre Handtasche rüber und nahm Anlauf. Wild entschlossen und mit dem Mute der Verzweiflung, rannte sie auf den Abgrund zu.

Gerade als sie in vollem Sprint auf die Häuserschlucht zulief, wurde die Tür aufgestoßen. Harry Morgan sprang auf das Dach und erkannte die Situation. „Bleiben sie stehen! Tun sie es nicht!", rief er. Es genügte, um ihr einen kleinen Schreck in die Glieder fahren zu lassen, der kurzzeitig Zweifel aufkommen ließ. Doch es war zu spät. Sie hatte den Fuß zum Absprung schon auf die Mauer gesetzt. Auf Gedeih und

Verderb, war sie nun darauf angewiesen, dass sie es bis auf die andere Seite schafft. Leider ging die Rechnung nicht auf. Angelina verfehlte das Ziel um einen halben Meter und landete punktgenau am Fallrohr der Dachentwässerung. Mit Glück konnte sie sich festklammern und rutschte einige Stockwerke nach unten. Pech hatte sie, als fünfzehn Meter über dem Boden ein Stück fehlte und sie an einem Mauersims Halt suchen musste.

Harry und Dave stürmten zu der Stelle, an der Angelina gesprungen war und rechneten mit dem Schlimmsten. Derweil kamen zwei weitere Beamte auf das Dach. „Ach du Scheiße!", platzte es geschockt aus Dave heraus, als er die Flüchtige am Sims hängen sah. Harry gab über Funk die Anweisung, die Straße vor dem Haus zu sichern und schickte ein paar Leute mit einem Seil auf das Nachbargebäude. Dann alarmierte er die Feuerwehr, damit sie ein Sprungtuch aufspannen. Allerdings hatte er Zweifel, dass die Maßnahmen greifen würden, bevor sie abstürzt. „Sie wird sich nicht mehr lange halten können", sprach

Dave aus, was auch die anderen dachten. „Halten sie durch! Hilfe ist unterwegs. Wir lassen ein Seil runter", ermutigte sie Harry zum Durchhalten.

Als das Rettungsteam auf dem Nachbargebäude eintraf, hing Angelina noch am schmalen Grad. Allmählich ließen die Kräfte nach und da der Sims feucht war, rutschte sie immer wieder mit einer Hand ab und musste mit den anderen nachfassen. Von oben näherte sich das Seil mit einer Schlinge. Sie wurde aufgefordert, mit einem Fuß in die Schlinge zu treten und sich am Seil festzuhalten. Anfangs traute sie sich nicht und blieb am Mauervorsprung kleben. Doch dann nahm sie allen Mut zusammen. Der erste Versuch misslang und beinahe wäre sie abgerutscht. Panische Angst machte sich breit. Aufgeben wollte sie aber nicht und versuchte es ein weiteres Mal. Diesmal kam ihr ein Windstoß in die Quere. Sie verfehlte die Schlinge und konnte sich nun auch am Sims nicht mehr halten. Händeringend versuchte sie noch das Seil zu greifen, was aber auch nicht glückte.

Angelina stürzte fünf Stockwerke in die Tiefe. Glück im Unglück hatte sie, als der Aufprall von einer als Sperrmüll abgelegten Matratze abgefedert wurde. Auf Grund der Höhe brach sie sich jedoch einige Knochen, so dass sie wie gelähmt auf dem Rücken lag. Durch den Schock verspürte sie kaum einen Schmerz. Die Männer auf den Dächern riefen und gestikulierten wild durcheinander. Kurz darauf erkannte sie den Grund.

Ein Müllwagen schob sich von der anderen Straßenseite rückwärts in die schmale Gasse und Angelina lag genau in seiner Spur. Der Fahrer hörte die Männer nicht, denn er berauschte sich mit einem irren Sound aus dem Radio. Den Sturz hatte er nicht bemerkt, da sich das Unglück außerhalb seiner Blickwinkel abspielte. Das Glück mit der Matratze, wandelte sich nun in ihr Verderben. Sie musste hilflos zusehen, wie sich die Zwillingsreifen bedrohlich ihren Füßen näherten. Diverser Unrat auf dem Weg, wie Blechdosen, Flaschen und Pappkartons wurden vor ihren Augen demonstrativ plattgewalzt. „Will der

Idiot nicht bald auf die Bremse treten", dachte Angelina mit Schrecken.

In diesem Augenblick traf die Feuerwehr auf der Seite ein, wo der Müllwagen in die Gasse gefahren war. Die Männer wollten mit dem Sprungtuch los, als ihnen über Funk mitgeteilt wurde, dass es nicht mehr nötig sei. Dennoch liefen einige Kameraden in die Gasse, um das Opfer zu bergen. Doch sie kamen zu spät. Zu ihrem Entsetzen schaute nur noch der Arm unter den Hinterrädern heraus. „Um Gotteswillen!", rief einer der Rettungskräfte und kam gerade drauf zu, als auch der Kopf zerquetscht wurde. Mit wilden Gesten brachten sie den Fahrer dazu, den Müllwagen zu stoppen. Angelina war allerdings schon vom Scheitel bis zur Sohle unter die Räder geraten. Die Kameraden hatten schon einiges gesehen und trotzdem mussten sich ein paar Leute abwenden und übergeben. Der Fahrer vom Müllwagen war völlig irritiert und wusste nicht was Phase ist. In seiner Hektik legte er den Vorwärtsgang ein. Nun wurde Angelina völlig geplättet.

Harry und Dave verfolgten das unfassbare Geschehen vom Dach aus, erkannten das Ausmaß des Grauens aber erst, als der Müllwagen die Gasse verlassen hatte. „Verdammte Scheiße! Das ist ja furchtbar!", stellte Dave entsetzt fest.

„Sie wird uns nichts mehr sagen können", konstatierte Harry.

„Das hast du gut erkannt. Die können wir nicht mehr ausquetschen", fügte Dave hinzu.

„Das hat der Müllwagen schon erledigt", flachste Harry.

„Angesichts der Tatsache können wir jetzt sicher sein, dass sie die Morde begangen hat. Und wenn ich bedenke, wie ihre Opfer gelitten haben, dann hat sie ihre gerechte Strafe bekommen, so makaber das auch klingen mag", resümierte Dave.

„Ich würde sagen, dass die Strafe noch zu mild ausfiel. Die hat doch nichts mehr gemerkt, als der Müllwagen sie erfasste. Bedenke die Höhe, aus der sie gefallen war. Das überlebt doch keiner. Wie dem auch sei? Unser Job ist erledigt, lass uns abdüsen! Die Husboon können wir dann ja laufen lassen und sollten uns bei ihr entschuldigen. Oder was meinst du?", kam Harry zu dem Schluss.

„Ich denke schon. So wie ich dich kenne, kriegst du das bestimmt hin", äußerte sich Dave und ging voran. „Ich denke auch, hab allerdings noch keinen Plan, wie ich ihr die Nummer mit ihrer Schwester beibringen soll", offenbarte Harry.

„Da musst du gar nicht lange um den heißen Brei reden. Sag ihr was Sache ist. Eigenartig ist es schon, dass die Husboon nichts von alledem wusste. Zwillingsschwestern teilen doch alles, ob Freud oder Leid. Oder sehe ich das falsch?"

„Mag sein, muss aber nicht in jedem Fall zutreffen. Schwer vorstellbar, aber vielleicht hat sie wirklich

keine Ahnung gehabt, was ihre bessere Hälfte abgezogen hat. Ich werde sie noch mal darauf ansprechen", meinte Harry und stiefelte hinter ihm her.

Im Präsidium begab sich Harry ins Untergeschoss zu
den Arrestzellen. Der Wärter schloss auf und machte
sich auf Geheiß aus dem Staub. Harry lehnte lässig
am Türrahmen. „Hallo Ms. Husboon! Wie geht's?
Hattest du einen angenehmen Aufenthalt?", erkundigte er sich mit einem Schuss Sarkasmus. Franziska
stand den Rücken zugewandt am vergitterten Fenster und starrte zum wolkenverhangenen Himmel.
„Sag nichts! Es ist etwas Schlimmes passiert, hab ich
Recht? Ist sie bei einem Schusswechsel getötet worden oder anderweitig unter die Räder gekommen?",
äußerte sich Franziska emotionslos.

„Wie kommst du darauf?", fragte Harry nach einem
Augenblick der Verwunderung. „Nun ja, ich fühle es.
Ein Zwilling spürt so was", antwortete sie und drehte
sich um. Als sich ihre Blicke trafen, ging Harry auf sie
zu und nahm sie in den Arm. Franziska wehrte sich

nicht und hatte es sogar ersehnt, auch wenn der Mann der sie gerade sanft umarmte, möglicherweise für den Tod ihrer Schwester mit verantwortlich war. Er tat nur seinen Job und sie war eindeutig zu weit gegangen.

Als Harry die genauen Umstände ihres Ablebens schilderte, brach sie schluchzend in Tränen aus und schmiegte sich dicht an ihn. Harry drückte sie ganz fest und nahm das emotionale Beben in sich auf. Nach ein paar Minuten fasste er sich ein Herz. „Wenn der Schmerz verflogen ist, würde ich dich gerne zum Essen einladen. Vielleicht in ein oder zwei Wochen. Was meinst du? Ein bisschen Abwechslung könnte nicht schaden und du würdest auf andere Gedanken kommen", versuchte er es feinfühlig.

Franziska löste sich aus der Umarmung und trat zurück, als wollte sie sagen, dass der Moment nicht unpassender gewählt sein konnte. Sie sah ihm tief in die Augen und obwohl es ihr schwer fiel, zauberte die Einladung ein zaghaftes Lächeln auf ihr von Tränen benetztes Gesicht. „Warum nicht? Das Leben geht weiter. Nächste Woche wäre okay. Ich melde mich bei dir. Darf ich jetzt gehen?", sprach Franziska und ging an ihm vorbei zur Tür.

„Du bist ein freier Mensch. Wir müssen aber demnächst noch ein paar Fragen klären."

„Das hab ich mir schon gedacht. Ich steh jederzeit zur Verfügung." Harry nickte und blieb regungslos stehen. Franziska kam noch mal zurück, küsste ihn auf die Wange und ließ beim Gehen ihre Hand von seiner Schulter gleiten. Harry lauschte dem Stakkato ihrer Schritte, bis die sich schließende Tür vom Zellentrakt es verstummen ließ.

31. Kapitel

Zehn Tage waren seit dem Tod ihrer Schwester und dem Aufenthalt in der Untersuchungshaft vergangen, da flatterte die Vorladung zur Klärung eines Sachverhaltes bei Franziska auf den Tisch. So zeitig hatte sie damit noch nicht gerechnet, denn den schmerzlichen Verlust hatte sie noch nicht ganz überwunden. Es wollte ihr einfach nicht in den Kopf, wie es dazu kommen konnte. Ihre Seele war zerrissen.

Franziska erschien ganz in Schwarz auf dem Revier. Dave war allein im Büro und bot ihr mit der entsprechenden Handbewegung einen Platz an. „Möchten Sie was trinken? Einen Kaffee, Tee oder Wasser? Detektiv Morgan ist noch im Haus unterwegs und müsste jeden Moment zurück sein." Franziska setzte sich und schlug die Beine übereinander. „Danke, wenn es Ihnen keine Umstände macht, nehme ich ein Glas Wasser", ging sie bescheiden auf das Angebot ein. Dave stellte das Glas auf den Tisch und lümmelte sich in seinen Sessel. Franziska nahm einen Schluck, sah zu ihm rüber und rang sich ein gezwungenes Lächeln ab. Dave wollte gerade ein zwangloses Gespräch eröffnen, als Harry in das Stillleben platze. „Oh, Sie sind schon da. Das ist gut. Wie geht es Ihnen?", fragte er obligatorisch, doch seine leuchtenden Augen verrieten, dass er sich auch auf andere Weise freute sie zu sehen.

„Nicht so besonders. Die Geschichte macht mir zu schaffen. Ich werde wohl noch eine Weile brauchen, bis die Wunden verheilt sind, wenn das überhaupt jemals der Fall sein wird."

„Verstehe. Nun ja, Ihre Schwester war zweifellos ein böses Mädchen. Das ist nicht von der Hand zu weisen und dennoch war es Ihre Schwester, Ihre Familie, die für immer gegangen ist. Es wird sicherlich nicht einfach, aber wir müssen noch ein paar Dinge klären. Vorab die Fakten. Es waren sechs Opfer, alles Männer im mittleren Alter. Keiner wurde nur einfach erschossen, erstochen oder erschlagen, sondern langsam zu Tode gequält. Mal abgesehen vom letzten Opfer.

Ein Siebenter starb vermutlich durch einen Unfall. In diesem Fall konnte nichts Gegenteiliges nachwiesen werden. Die DNA-Proben und andere Spuren lassen keinen Zweifel, dass die Mordopfer auf das Konto ihrer Schwester gehen, in Person Mrs. Cutter. Leider gibt uns die Frage nach dem Motiv immer noch Rätsel auf und warum mussten die Opfer so lange leiden? In einigen Fällen sollen es mehr als zwei Stunden gewesen sein. Dabei ging sie äußerst brutal und skrupellos zu Werke. Der genaue Tathergang in den einzelnen Fällen konnte leider nicht mehr genau rekonstruiert werden. Da können wir, dank der skurrilen Hinterlassenschaften nur spekulieren. Vielleicht können Sie uns erklären, was Ihre Schwester dazu getrieben hat?"

Franziska brach in Tränen aus und versuchte mit einem Taschentuch, dem endlosen Strom der salzhaltigen Flüssigkeit Herr zu werden. Als sie sich gefangen hatte, begann sie zu erzählen. „Zuerst möchte ich sie wissen lassen, dass es mir unendlich leid tut, was meine Schwester getan hat. Soweit hätte es niemals kommen dürfen. Ich hatte doch keine Ahnung, was sie hinter meinem Rücken anstellte. Das Drama soll sich hauptsächlich während meines Urlaubs abgespielt haben. Als ich es aus der Zeitung erfuhr, hatte ich schon einen Verdacht, denn das konnte kein Zufall sein.

Wie Sie bestimmt wissen, sind wir in Rockentree aufgewachsen. Damals hieß sie Josephine und ich Dorothea Dempfort. Die Namen haben wir später geändert. Den Grund werden Sie noch erfahren. Wir waren 16 und sind oft in die Berge. An einem Sommertag, soweit ich mich erinnere war es ein Sonnabend, streiften wir durch den Wald. Damals reichte er bis an den Ort und erste Bäume standen hinter dem Haus. An diesem Tag hatten wir uns weit entfernt, als Josephine in einer Mulde den Eingang zu einer neuen Höhle entdeckte. Sie wollte die Höhle erkunden, ich hatte meine Bedenken und ihr davon abgeraten. Doch wenn sie sich etwas in den Kopf gesetzt hatte, war es schwer sie davon abzubringen. Jedenfalls war sie plötzlich verschwunden. Ich rief ihr nach, doch sie antwortete nicht. Ich machte mir schon Sorgen, als sie wie aus dem Nichts wieder auftauchte.

Die Höhle sei ein Tunnel, hätte mehrere Abgänge und würde noch weiter führen, meinte sie. Ich war skeptisch und mahnte, dass es zu gefährlich sei. Der Tunnel könnte einstürzen und uns lebendig begraben oder es gäbe tiefe Schächte in die man stürzen könnte. Niemand würde uns finden. Josephine ließ aber nicht locker und schlug meine Warnungen in den Wind. Sie wollte zur Not auch alleine gehen, falls ich die Hosen voll habe. Letztendlich gab ich nach und wir sind rein. Eine Taschenlampe hatten wir immer dabei, weil es in der Gegend viele Höhlen und verlassene Stollen gab.

Der Tunnel zog sich und wir hatten keinen blassen Schimmer, wo er enden würde. Plötzlich hörten wir Musik und sahen uns verdutzt an. Woher sollte hier Musik kommen? Wir folgten den Klängen und gelangten in einen schmalen Seitengang, der am Ende immer niedriger wurde. Als es nicht weiter ging, schien es genau über uns zu sein. Eine verrostete Leiter führte hinauf. Ich leuchtete den Schacht aus, der vier Meter über uns mit Brettern abgedeckt war. Als ich die Lampe ausschaltete, fiel ein schwaches Licht durch die Ritzen. Dort musste es nach draußen gehen.

Ich war neugierig und stieg die Leiter rauf. Josephine sollte unten warten. Oben stellte ich fest, dass es keine einzelnen Bretter waren, sondern eine Luke. Ich drückte sie hoch und sah durch den Spalt. Wir waren in einer Scheune gelandet und irgendwie kam sie mir bekannt vor. Bald stellte sich heraus, dass es sich um die alte Scheune der verlassenen Farm handelte. Die Musik war laut und ein paar Männer grölten. Zu sehen war aber niemand. Ich öffnete die Luke, bis sie senkrecht stand und wollte nachschauen, wer da so einen Alarm machte.

Als ich einen Blick um die Heuballen warf, erkannte ich die Jungs aus dem Ort. Sie feierten eine wilde Party mit Alkohol und Drogen. Es waren die übelsten Schurken, die immer wieder Ärger machten und dummes Zeug im Kopf hatten. Sie waren um einiges älter und mir wurde sofort klar, dass es besser wäre, sich zu verziehen. Ich wollte gerade zum Schacht, als ich einem der fiesesten Typen in die Arme lief. Offensichtlich kam er von draußen. Er packte mich und fragte, was ich hier zu suchen hätte und ob ich alleine wäre. Meine Schwester wollte ich nicht in Gefahr bringen und so habe ich gelogen. Er zerrte mich zu seinen Kumpels und warf mich auf den Boden. Die notgeile Horde war begeistert und johlte.

Ich flehte sie an, mich gehen zu lassen. Aber sie lachten und meinten, dass sie sich die Gelegenheit nicht entgehen lassen und dass ich ohnehin längst fällig wäre. Sie haben mich auf einen Tisch gebunden, geknebelt und mir die Kleider vom Leib gerissen. Dann haben sie mich mit ihren dreckigen Pfoten begrabscht und einer nach dem anderen, es waren insgesamt fünf, haben sich an mir vergangen. Zwischendurch wurde ich geschlagen und als dreckige Hure beschimpft.

Als sie fertig waren und wieder etwas zur Besinnung kamen, wurde ihnen die Tragweite bewusst und sie überlegten, wie sie das Problem aus der Welt schaffen. In einem Punkt waren sich alle einig. Sie wollten mich zum Schweigen bringen. Einer machte den Vorschlag, mich mit dem Auto zu überfahren und es wie ein Unfall aussehen zu lassen. Ein anderer wollte mir einen Stein ans Bein binden und mich in einem wassergefüllten Schacht versenken. Der Nächste hatte noch nicht genug, wollte noch ein bisschen Spaß, mich dann erschlagen und im Wald verscharren. Der Vierte brachte ein Lagerfeuer ins Gespräch, wo ich wie auf einem Scheiterhaufen brennen sollte. Er fand es sogar ganz reizvoll, wenn es bei lebendigem Leib geschehen würde. Der letzte hatte die Idee, mich in einen Lüftungsschacht mit laufendem Propeller zu stürzen. Ich schrie um Hilfe, doch der Knebel und eine auf den Mund gepresste Hand verhinderten, dass etwas nach außen drang. Die letzte Hoffnung war meine Schwester, dass sie Hilfe holen möge.

Plötzlich wurde das Scheunentor aufgeschoben und Mr. Handson überraschte die Jungs. Er war Jäger und kam zufällig vorbei. Als er die Situation erkannte, legte er auf die Jungs an und forderte sie auf zu verschwinden und dass es noch ein Nachspiel haben wird. Das war mein Glück, sonst säße ich heute nicht hier. Meine Schwester hatte sich hinter Heuballen versteckt und alles mit angesehen. Nachdem die Übeltäter das Weite gesucht hatten, brachte uns Mr. Handson nach Hause.

Unseren Eltern haben wir erzählt, dass ich in ein Gestrüpp gefallen sei. Ich bin mir nicht sicher, ob sie es geglaubt haben. Vor Scham haben wir uns nicht getraut, zum Sheriff zu gehen. Zumal der mit den unter einer Decke steckte und vermutlich nichts unternommen hätte. Außer meiner Schwester und Mr. Handson gab es keine Zeugen. Ihr hätte der Sheriff sowieso nicht geglaubt und Mr. Handson kam am nächsten Tag auf mysteriöse Weise ums Leben. Angeblich soll er vom Dach gefallen sein und hat sich das Genick gebrochen.

Die Jungs haben uns prophezeit, die Drohungen wahr zu machen, wenn wir auch nur ein Sterbenswörtchen darüber verlieren. Ein halbes Jahr später, nach dem wir die Schule beendet hatten, packten wir unsere sieben Sachen und sind bei Nacht und Nebel abgehauen. In Los Angeles haben wir uns eine neue Identität zugelegt und anschließend ein Studium absolviert. Später erfuhren wir, dass unsere Eltern an einer Epidemie gestorben sind. Das tat uns sehr leid, denn wir hatten sie seitdem nicht mehr gesehen. Josephine hat dann geheiratet und nannte sich Jane Cutter und mein Name ist ihnen ja geläufig.

In ihrer Beziehung war sie nicht sonderlich glücklich. Der Kerl taugte nichts, war ein Looser und Trunkenbold. Im Suff hat er sie oft geschlagen. Als er durch mysteriöse Umstände ums Leben kam, fühlte sie sich wieder frei, hatte sich aber irgendwie verändert. Eines Tages spürte sie das Verlangen, offene Rechnungen zu begleichen. Sie hätte sich schon Gedanken gemacht und recherchiert. Ich war mir nicht sicher, worauf sie hinaus wollte. Doch als ich dieses Leuchten in ihren Augen sah, wurde mir einiges klar. Ich hatte ihr davon abgeraten und es nach den vielen Jahren, auf sich beruhen zu lassen. Sie hatte es mir versprochen.

Danach haben wir viel Zeit miteinander verbracht. Gemeinsame Auftritte in der Öffentlichkeit waren aber eher selten. Während meiner Abwesenheit hütete Josephine das Haus, wegen der Gefahr eines Einbruchs. Auch im Büro vertrat sie mich gelegentlich und niemandem ist es aufgefallen. Irgendwann nahm sie einen Job im Schlachtbetrieb an. Von da an sahen wir uns nur noch selten. In der Zeit muss sie ihre Pläne ohne mein Wissen umgesetzt haben. Mit den Räumlichkeiten im Keller war sie vertraut. Dort hatten wir ab und an unseren Spaß. Es waren aber nur diverse Spielchen, bei denen niemand ernsthaft zu Schaden kam. Nicht im Traum hätte ich gedacht, dass sie die Kammern während meiner Dienstreisen für ihre düsteren Zwecke missbrauchte.

Das erste Opfer hat sie offenbar raffiniert verschwinden lassen. Wenn ich nur im geringsten geahnt hätte, dass sie dann in der alten Heimat einen Rachefeldzug starten wollte, hätte ich es zu verhindern gewusst. Ich kann es immer noch nicht glauben, was sie getan hat und sie hat es für mich getan, denn ich war diejenige, die vergewaltigt wurde. Ich war das Opfer. Sie konnte es wohl nicht ertragen, dass ich es auf mir sitzen ließ und nichts unternommen habe. Zu dem letzten Opfer kann ich nichts sagen. Das muss ein Bekannter gewesen sein, der zur falschen Zeit am falschen Ort war.

So nun kennen Sie die Geschichte. Viel mehr kann ich Ihnen nicht sagen. Ich habe wirklich nichts geahnt und erst aus den Medien davon erfahren. Da war ich total geschockt und völlig fertig. Eine Welt brach zusammen. Das können Sie mir glauben", beichtete sie und zerfloss in Tränen.

„Okay! Das klingt halbwegs glaubhaft, auch wenn es schwer vorstellbar ist, dass sie sich derart für ihre Schwester aufopferte und sogar ihr Leben riskierte. Ihr muss doch klar gewesen sein, dass sie lebenslänglich in den Knast wandert oder sogar die Todesstrafe wartet", äußerte sich Dave skeptisch.

„Ich glaube, dass es ihr irgendwann völlig egal war. Spätestens nach dem zweiten Mord hatte sie verinnerlicht, dass es kein zurück gab. Wahrscheinlich fand sie sogar Gefallen daran, mit den Typen zu spielen."

„Sie erwähnten vorhin ein Leuchten in ihren Augen. Was hatte es damit auf sich?", fragte Dave.

„Ich hatte Befürchtungen, dass ihre sadistische Ader wieder hochkommt. Damals als Kind und auch noch als junges Mädchen hatte sie mit wachsender Begeisterung Tiere gequält. Anfangs waren es nur Insekten, die sie absichtlich zertrat oder ihnen die Beine und Flügel ausriss. Später waren es Kleintiere. Ich stellte sie zur Rede und habe sie gewarnt, dass es ein schlimmes Ende nehmen würde. Wenn man es mit ihr so machen würde, hätte es ihr ganz bestimmt nicht gefallen. Sie versprach mir hoch und heilig, es nie wieder zu tun. Ich sollte es aber für mich behalten. Es blieb auch unser Geheimnis und soweit ich weiß, ist es nie wieder vorgekommen. Sie hatte dann immer so ein Leuchten in den Augen, wenn sie mal wieder etwas Böses getan hatte", gestand Franziska.

„Sehr interessant! Das erklärt einiges und ist typisch für krankhaftes Fehlverhalten, das später in der uns bekannten Form ausartet. Es muss nicht immer so sein, aber Serienmörder mit einer sadistischen Neigung haben oft so angefangen. Bald genügte es nicht mehr nur Insekten oder Kleintiere zu quälen und zu töten. Sie wollten die Angst in den Augen ihres Opfers sehen, wenn die ganz bewusst wahrgenommen haben, dass ihr letztes Stündlein geschlagen hat. In unserem Fall ist es schon bemerkenswert, dass eine Frau die kräftigen Kerle überwältigt und mit ihnen machen konnte was sie wollte", gab Harry eine Einschätzung.

„Aus den Ermittlungen ging hervor, dass ihr jemand zur Hand ging. Er muss groß und kräftig und ihr hörig gewesen sein. Von Vorteil war das angespannte Verhältnis zu den Opfern, die ihn in der Schule wegen seiner Behinderung und dem entstellten Gesicht gehänselt hatten. Daher bedurfte es keiner großartigen Überzeugungsarbeit, die Opfer tafelfertig zu servieren", fügte Dave hinzu.

„Das kann nur Bobby Publester gewesen sein. Der war verrückt nach meiner Schwester und auch nach mir. Leider war er geistig zurückgeblieben und nach seiner Brandverletzung …, na ja, das ging gar nicht. Er tat mir ein bisschen leid, vor allem wegen der

Jungs, die ihn immer verarschten. „Den Pup lässt der Publester!", haben sie gerufen. In diesem Fall hat sie ihn ganz sicher nur benutzt, wahrscheinlich was versprochen, um seine Dienste zu erschleichen."

„Okay, Ms. Husboon. Ich denke, wir haben soweit alles. Da die Schuldige ermittelt wurde und die Person nicht mehr belangt werden kann, wird der Fall wohl zu den Akten gelegt. Nun wollen wir Ihre kostbare Zeit nicht länger in Anspruch nehmen. Falls noch etwas sein sollte, melden wir uns", gab Dave abschließend zu Protokoll.

Harry folgte Franziska auf den Flur, wo sie sich zum Abendessen in einem feinen Restaurant verabredeten. Ein halbes Jahr später haben sie geheiratet und zwei Mädchen bekommen. Es waren Zwillinge und nannten sich Josephine und Dorothea. Die abgründige Kammer wurde nie wieder benutzt und vor den Mädchen geheim gehalten. Erst nach dem Tod der Eltern sollte ein Testament die Offenbarung bringen. Es ist nicht überliefert, ob und in welcher Form das Erbe angenommen wurde.

Biografie

Manfred Reichl wurde am 9.6.1961 in Grabow, im schönen Bundesland Mecklenburg Vorpommern,  Landkreis Ludwigslust- Parchim einer Kleinstadt an der Elde geboren. Er absolvierte seinen 10. Klassenabschluss mit sehr gut, sodass ihm 1978 in der heutigen Landeshauptstadt Schwerin, ein Platz an der Berufsschule ermöglicht wurde und er seinen Abschluss als Baufacharbeiter mit Abitur abschließen konnte. Bevor er 1981-1984 seinen Dienst bei der Armee antrat, lernte er seine erste große Liebe kennen. Wie es das Schicksal wollte, hielt es nur sechs Monate. Im Herbst 1984 fing er dann das Studium an der Fachhochschule für Bauwesen in Neustrelitz an und beendete es erfolgreich.

Als frisch gebackener Bauingenieur zog es ihn 1987 an die Küste, wo er eine Anstellung bei der Deutschen Seerederei in Rostock (DSR), in der Abteilung Landanlagen (Projektierung) fand. Dort wurde er mit den unterschiedlichsten Projekten betraut und knüpfte Kontakte.

Nach dem Erwerb einer Zulassung, wurde er offiziell nebenbei als Bauplaner tätig. Nach der Wende reifte in ihm der Entschluss, sich selbstständig zu machen. So gründete er 1991 ein Architektenbüro, welches sich bis heute fest etabliert hat und ihn über die Jahre voll in Anspruch nahm. Im laufe der Zeit ermutigten ihn einige Freunde, die Geschichten, die er oftmals zur Belustigung erzählte, aufzuschreiben. Es muss kurz nach der Jahrtausendwende gewesen sein, als er seine ersten Kurzgeschichten verfasste. Vor zehn Jahren begann er mit dieser Geschichte und das Buch ist nun fertig geschrieben und ich hoffe, dass es bei den Lesern ankommt.

Danksagung

Vermutlich kann kein Autor ein Buch ohne Mitwirkung und den tatkräftigen Beistand andere veröffentlichen. In meinem Fall haben mir viele hilfreiche Menschen zur Seite gestanden und an dieser Stelle möchte ich ihnen allen danken. Von meinen Freunden und Bekannten, die nie an meinem Talent zweifelten, wurde ich zum Schreiben ermuntert. Meine Herausgeberin vollbrachte ein neuerliches Wunder, indem sie mir genau das richtige Maß an Feedback gab, um das Beste aus mir heraus zu locken. Einige Bekannte haben bei der Entstehung dieses Buches mitgewirkt.